『十四五』国家重点图书出版规划项目
国家社会科学基金重大项目『中国近代日记
文献叙录、整理与研究』（项目编号：
18ZDA259）阶段性研究成果

中国近现代稀见史料丛刊【第九辑】

张剑 徐雁平 彭国忠 主编

# 高枏日记

(清)高枏 著

谢文君 整理

本辑执行主编 彭国忠

凤凰出版社

图书在版编目（CIP）数据

高栴日记 / (清) 高栴著 ; 谢文君整理. -- 南京 : 凤凰出版社, 2022.10
（中国近现代稀见史料丛刊. 第九辑）
ISBN 978-7-5506-3719-1

Ⅰ. ①高… Ⅱ. ①高… ②谢… Ⅲ. ①日记—作品集—中国—清代 Ⅳ. ①I264.9

中国版本图书馆CIP数据核字(2022)第166638号

| | |
|---|---|
| 书　　　名 | 高栴日记 |
| 著　　　者 | (清)高　栴 著　谢文君 整理 |
| 责 任 编 辑 | 李　霏 |
| 装 帧 设 计 | 姜　嵩 |
| 出 版 发 行 | 凤凰出版社(原江苏古籍出版社)<br>发行部电话025-83223462 |
| 出版社地址 | 江苏省南京市中央路165号,邮编:210009 |
| 照　　　排 | 南京凯建文化发展有限公司 |
| 印　　　刷 | 江苏凤凰通达印刷有限公司<br>江苏省南京市六合区冶山镇,邮编:211523 |
| 开　　　本 | 880毫米×1230毫米　1/32 |
| 印　　　张 | 13.5 |
| 字　　　数 | 351千字 |
| 版　　　次 | 2022年10月第1版 |
| 印　　　次 | 2022年10月第1次印刷 |
| 标 准 书 号 | ISBN 978-7-5506-3719-1 |
| 定　　　价 | 116.00元<br>(本书凡印装错误可向承印厂调换,电话:025-57572508) |

袁行霈先生题辞

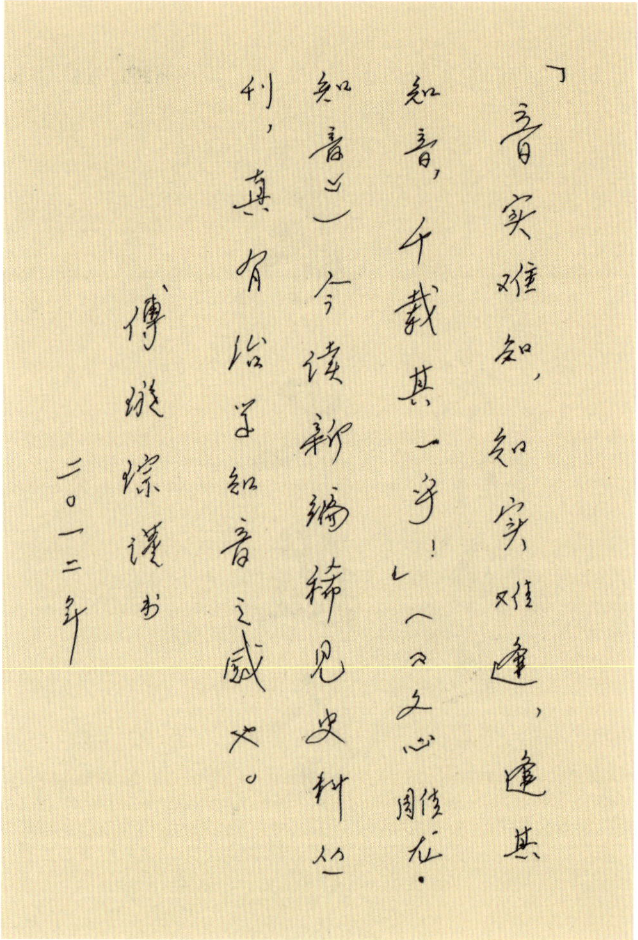
「音实难知，知实难逢，逢其知音，千载其一乎！」（《文心雕龙·知音》）今读新编稀见史料丛刊，真有治学知音之感矣。

傅璇琮谨书

二〇一二年

傅璇琮先生题辞

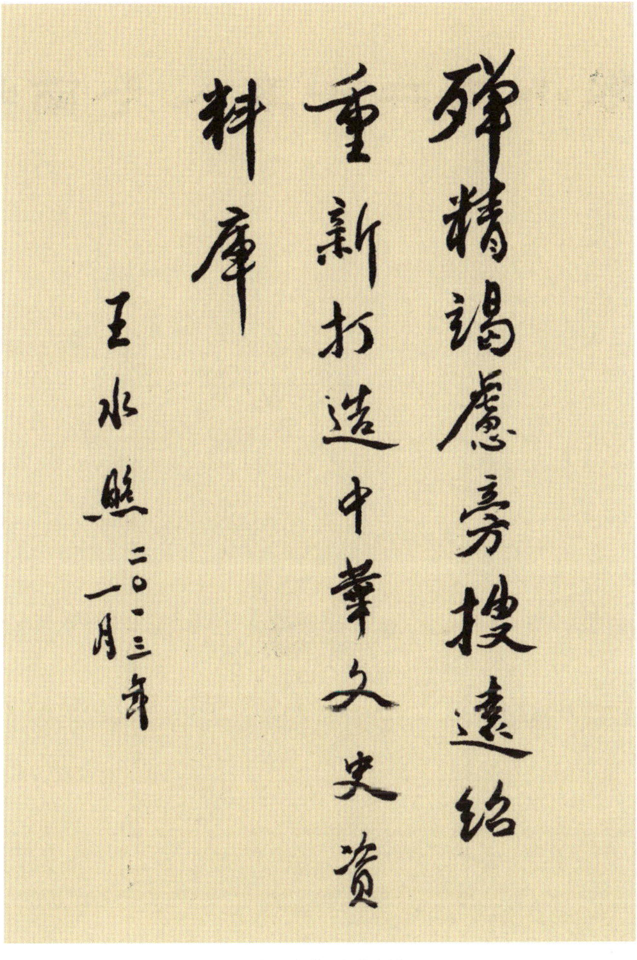


王水照先生题辞

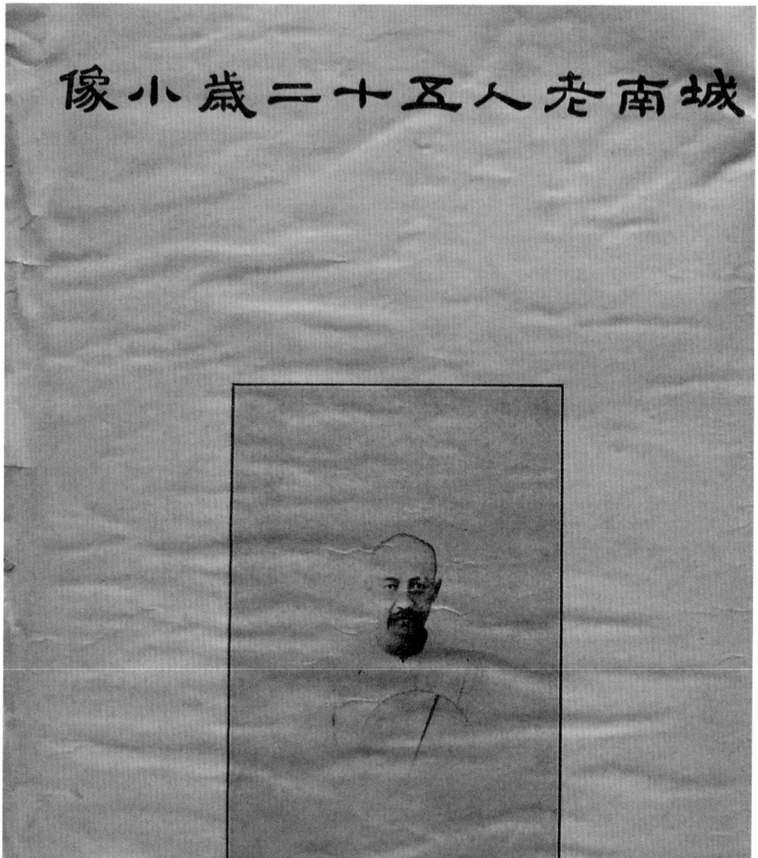


高枏像

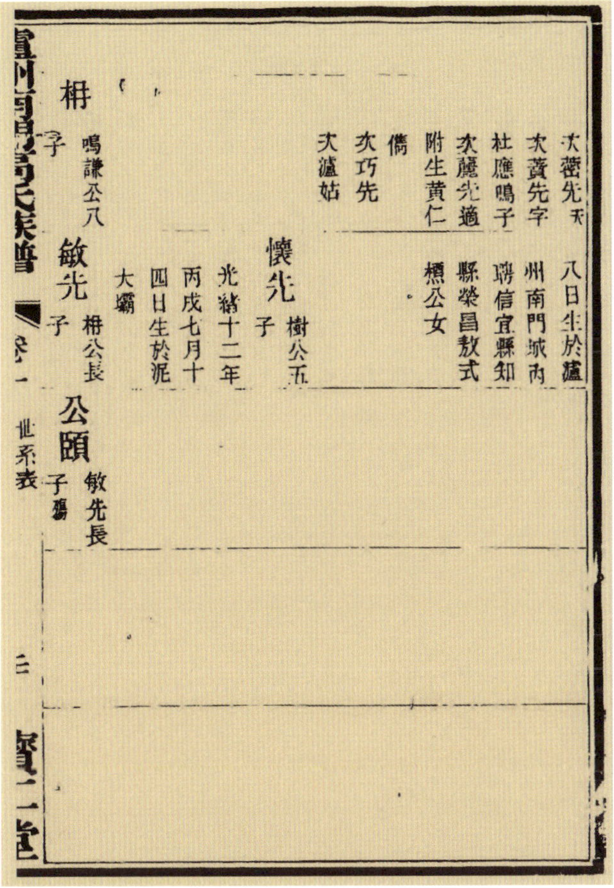

瀘州南門高氏族譜　卷一　世系表　三

次蕃先天八日生於瀘
次蕡先字州南門城內
杜應鳴子聘信宜縣知
次麗先適縣榮昌敖式
附生黃仁櫄公女
儁
次巧先
次瀘姑

懷先
子　樹公五
光緒十二年
丙戌七月十
四日生於泥
大壩

栫
子　鳴謙公八

敏先
子　栫公長

公頤
子　敭　敏先長

《泸州南门高氏族谱》世系表1

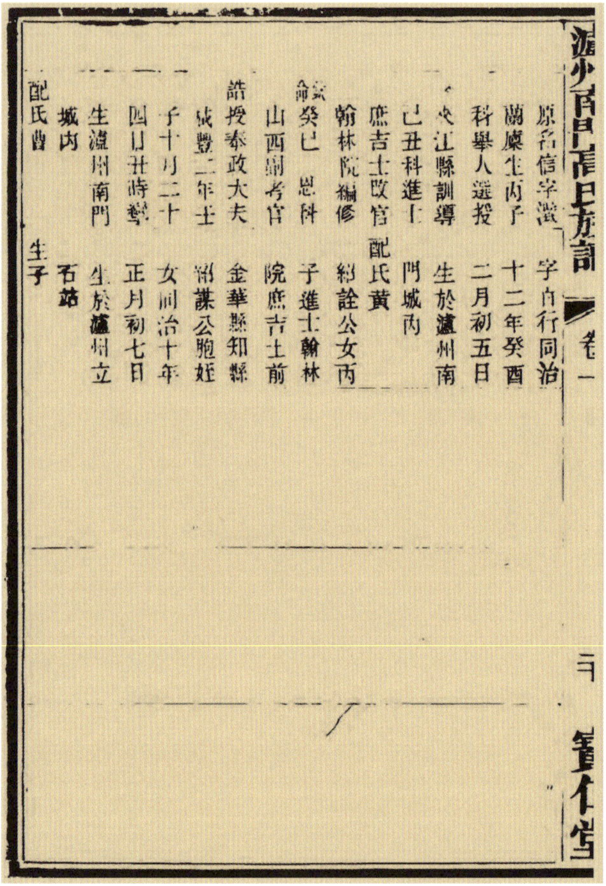
瀘州南門高氏族譜　卷一　三　寶仁堂

原名信字澂　字自行同治
蘭廩生丙子　十二年癸酉
科舉人選授　二月初五日
合江縣訓導　生於瀘州南
己丑科進士　門城內
庶吉士改官　配氏黃
翰林院編修　紹詮公女丙
敕命癸巳恩科　子進士翰林
山西副考官　院庶吉士前
誥授奉政大夫　金華縣知縣
咸豐二年壬　錫謙公胞姪
子十月二十　女同治十年
四日丑時娶　正月初七日
生瀘州南門　生於瀘州立
城內　石鍇
配氏曹　生子

《泸州南门高氏族谱》世系表2

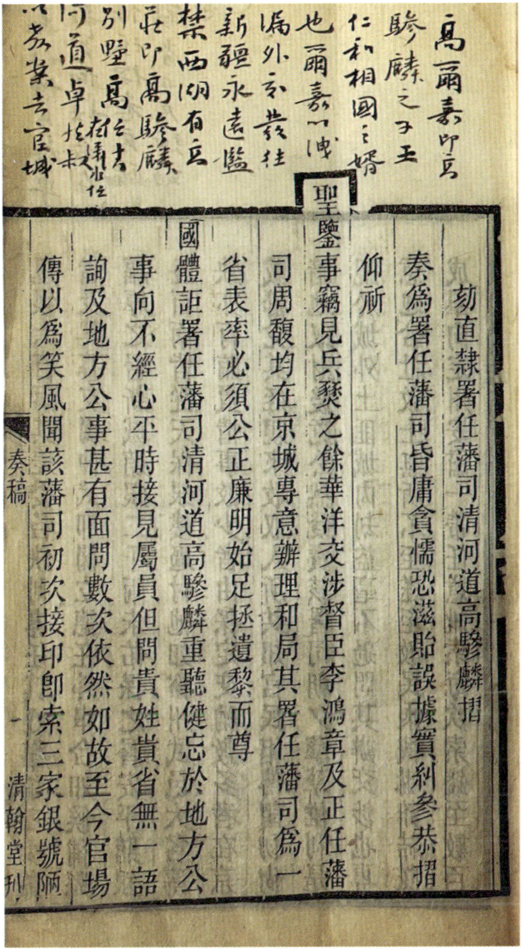
劾直隸署任藩司清河道高驂麟摺
奏為署任藩司昏庸貪懦恐滋貽誤據實糾參恭摺
仰祈
聖鑒事竊見兵燹之餘華洋交涉督臣李鴻章及正任藩
司周馥均在京城專意辦理和局其署任藩司為一
省表率必須公正廉明始足拯遺黎而尊
國體詎署任藩司清河道高驂麟重聽健忘於地方公
事向不經心平時接見屬員但問貴姓貴省無一語
詢及地方公事甚有面問數次依然如故至今官場
傳以為笑風聞該藩司初次接印即索三家銀號陋

奏稿　一　清翰堂刊

中国人民大学图书馆藏《高给谏奏稿》

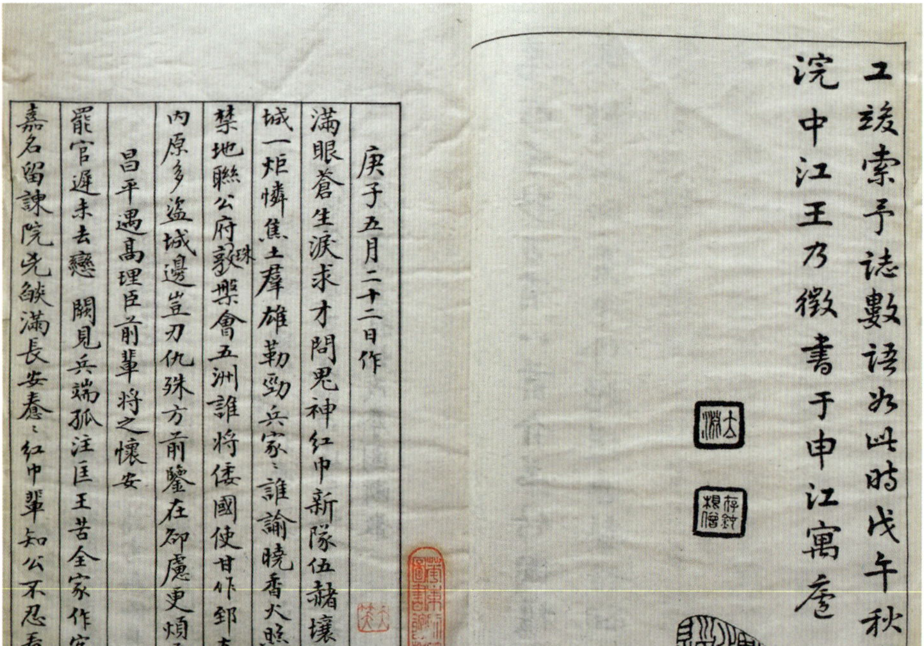
工竣索予誌數語以明時戊午秋七月上
浣中江王乃徵書于申江寓廬

庚子五月二十二日作
滿眼蒼生淚求才問鬼神紅巾新隊伍赭壤舊都
城一炬憐焦土羣雄勒勁兵家家誰諭曉香火照街明
禁地聯公府敦（珠）槃會五洲誰將倭國使甘作郅支頭境
内原多盜城邊豈乏仇殊方前鑒在卻慮更煩憂
昌平遇高理臣前輩將之懷安
罷官遲未去戀闕見兵端孤注匡王苦全家作客難
嘉名留諫院光燄滿長安蠢蠢紅巾輩知公不忍看

华东师范大学图书馆藏《高给谏遗诗》

# 《中国近现代稀见史料丛刊》总序

在世界所有的文明中，中华文明也许可说是“唯一从古代存留至今的文明”（罗素《中国问题》）。她绵延不绝、永葆生机的秘诀何在？袁行霈先生做过很好的总结：“和平、和谐、包容、开明、革新、开放，就是回顾中华文明史所得到的主要启示。凡是大体上处于这种状况的时候，文明就繁荣发展，而当与之背离的时候，文明就会减慢发展的速度甚至停滞不前。”（《中华文明的历史启示》，《北京大学学报》2007 年第 1 期）

但我们也要清醒看到，数千年的中华文明带给我们的并不全是积极遗产，其长时段积累而成的生活方式与价值观具有强大的稳定性，使她在应对挑战时所做的必要革新与转变，相比他者往往显得迟缓和沉重。即使是面对佛教这种柔性的文化进入，也是历经数百年之久才使之彻底完成中国化，成为中华文明的一部分；更不用说遭逢“数千年来未有之变局”、“数千年未有之强敌”（李鸿章《筹议海防折》），“数千年未有之巨劫奇变”（陈寅恪《王观堂先生挽词序》）的中国近现代。晚清至今虽历一百六十余年，但是，足以应对当今世界全方位挑战的新型中华文明还没能最终形成，变动和融合仍在进行。1998 年 6 月 17 日，美国三位前总统（布什、卡特、福特）和二十四位前国务卿、前财政部长、前国防部长、前国家安全顾问致信国会称：“中国注定要在 21 世纪中成为一个伟大的经济和政治强国。”（徐中约著《中国近代史》上册第六版英文版序，香港中文大学 2002 年版）即便如此，我们也不能盲目乐观，认为中华文明已经转型成功，相反，中华文明今天面对的挑战更为复杂和严峻。新型的中华文明到底会怎样呈现，又怎样具体表现或作用于政治、经济、文化等层面，人们还在不断探索。这个问题，我们这一代恐怕无法给出答案。但我们坚信，在历史上曾经灿烂辉煌的中华文明必将凤凰浴火，涅槃重生。这既是数千年已经存在的中华文明发展史告诉我们的经验事实，也是所有为中国文化所化之人应有的信念和责任。

不过，对于近现代这一涉及当代中国合法性的重要历史阶段，我们了解得还过于粗线条。她所遗存下来的史料范围广阔，内容复杂，且有数量庞大且富有价值的稀见史料未被发掘和利用，这不仅会影响到我们对这段历史的全面了解和规律性认识，也会影响到今天中国新型文明和现代化建设对它的科学借鉴。有一则印度谚语如是说："骑在树枝上锯树枝的时候，千万不要锯自己骑着的那一根。"那么，就让我们用自己的专业知识与能力，为承载和养育我们的中华文明做一点有益的事情——这是我们编纂这套《中国近现代稀见史料丛刊》的初衷。

书名中的"近现代"，主要指 1840—1949 年这一时段，但上限并非以一标志性的事件一刀切割，可以适当向前延展，然与所指较为宽泛的包含整个清朝的"近代中国"、"晚期中华帝国"又有所区分。将近现代连为一体，并有意淡化起始的界限，是想表达一种历史的整体观。我们观看社会发展变革的波澜，当然要回看波澜如何生，风从何处来；也要看波澜如何扩散，或为涟漪，或为浪涛。个人的生活记录，与大历史相比，更多地显现出生活的连续。变局中的个体，经历的可能是渐变。《丛刊》期望通过整合多种稀见史料，以个体陈述的方式，从生活、文化、风习、人情等多个层面，重现具有连续性的近现代中国社会。

书名中的"稀见"，只是相对而言。因为随着时代与科技的进步，越来越多的珍本秘籍经影印或数字化方式处理后，真身虽仍"稀见"，化身却成为"可见"。但是，高昂的定价、难辨的字迹、未经标点的文本，仍使其处于专业研究的小众阅读状态。况且尚有大量未被影印或数字化的文献，或流传较少，或未被整合，也造成阅读和利用的不便。因此，《丛刊》侧重选择未被纳入电子数据库的文献，尤欢迎整理那些辨识困难、断句费力、裒合不易或是其他具有难度和挑战性的文献，也欢迎整理那些确有价值但被人们习见思维与眼光所遮蔽的文献，在我们看来，这些文献都可属于“稀见”。

书名中的“史料”，不局限于严格意义上的历史学范畴，举凡日记、书信、奏牍、笔记、诗文集、诗话、词话乃至序跋汇编等，只要是某方面能够反映时代政治、经济、文化特色以及人物生平、思想、性情的文献，都在考虑之列。我们的目的，是想以切实的工作，促进处于秘藏、边缘、零散等状态的史料转化为新型的文献，通过一辑、二辑、三辑……这样的累积性整理，自然地呈现出一种规模与气象，与其他已经整理出版的文献相互关联，形成一个丰茂的文献群，从而揭示在宏大的中国近现代叙事背后，还有很多未被打量过的局部、日常与细节；在主流周边或更远处，还有富于变化的细小溪流；甚至在主流中，还有旋涡，在边缘，还有静止之水。近现代中国是大变革、大痛苦的时代，身处变局中的个体接物处事的伸屈、所思所想的起落，借纸墨得以留存，这是一个时代的个人记录。此中有文学、文化、生活；也时有动乱、战争、革命。我们整理史料，是提供一种俯首细看的方式，或者一种贴近近现代社会和文化的文本。当然，对这些个人印记明显的史料，也要客观地看待其价值，需要与其他史料联系和比照阅读，减少因个人视角、立场或叙述体裁带来的偏差。

知识皆有其价值和魅力，知识分子也应具有价值关怀和理想追求。清人舒位诗云“名士十年无赖贼”（《金谷园故址》），我们警惕袖手空谈，傲慢指点江山；鲁迅先生诗云“我以我血荐轩辕”（《自题小像》），我们愿意埋头苦干，逐步趋近理想。我们没有奢望这套《丛刊》产生宏大的效果，只是盼望所做的一切，能融合于前贤时彦所做的贡献之中，共同为中华文明的成功转型，适当“缩短和减轻分娩的痛苦”（马克思《资本论》第一卷第一版序言）。

《丛刊》的编纂，得到了诸多前辈、时贤和出版社的大力扶植。袁行霈先生、傅璇琮先生、王水照先生题辞勖勉，周勋初先生来信鼓励，凤凰出版社姜小青总编辑赋予信任，刘跃进先生还慷慨同意将其列入"中华文学史史料学会"重大规划项目，学界其他友好也多有不同形式的帮助……这些，都增添了我们做好这套《丛刊》的信心。必须一提的是，《丛刊》原拟主编四人（张剑、张晖、徐雁平、彭国忠），每位主编负责一辑，周而复始，滚动发展，原计划由张晖负责第四辑，但他尚未正式投入工作即于 2013 年 3 月 15 日赍志而殁，令人抱恨终天，我们将以兢兢业业的工作表达对他的怀念。

《丛刊》的基本整理方式为简体横排和标点（鼓励必要的校释），以期更广泛地传播知识、更好地服务社会。希望我们的工作，得到更多朋友的理解和支持。

2013 年 4 月 15 日

# 目　录

# 前　言

高楷(1852—1904)，原名信，祖籍湖北麻城，四川泸州人，因世居泸州城南，遂字城南，谐音为"澂兰"，别号借禅室。根据南京图书馆藏《泸州南门高氏族谱》(1895)、北京大学图书馆藏《高给谏城南先生行状》(1906)、《泸州高氏兄弟诗钞》(1924)中的高树、高钺序与小传，以及华东师范大学图书馆藏四卷本《庚子日记》中的高钺序、《泸县志》的《宦绩·高枬传》与《艺文志》等，可考其生平。

高枬共有同胞兄弟五人、姐妹四人，同胞兄弟为五兄高棠(咸丰乙卯科举人)、六兄高泽(早逝)、七兄高树、孪生之九弟高楷。高枬先后有妻熊氏、曹氏、车氏、龚氏，妾李氏、何氏，并育有三子四女，次子高弢先殇，余二子皆出曹氏。长子高钺曾任前顺天代理三河县署、房山香河县知县。幼子高锐则出洋留学，为铁道毕业生，胶济路工程师。长女高蕨先适萧泽霖，次女高蘦先字傅增淞①，三女高苡先嫁予车云湘的儿子车有仓，四女为高莞先。

高枬于咸丰壬子年十月二十四日(1852 年 9 月 9 日)与高楷孪生，八岁曾傅粉出游(高枬自称是放风筝)，从城头数丈高的矮墙上跌

---

① 《泸州南门高氏族谱》载，"次女高蘦先字江安候补知县傅世榕公子、编修傅增湘胞弟"。据国家图书馆藏《傅世榕暨妻刘氏合葬志》拓片，傅世榕育有六子，分别为傅增湘、傅增濬、傅增湘、傅增淞、傅增淦、傅增濂，其中，傅增淦、傅增濂早殇。又据光绪甲辰年傅增濬墨卷、光绪戊戌年傅增湘朱卷，傅增濬妻宁氏、傅增湘聘聂氏而娶凌氏(凌万钂)，故高蘦先所嫁应为后任分省知县的傅增淞。

下,大难不死,被人比作明代周岁掉枯井、五岁坠括苍山的徐阶。九岁,父亲过世。秉承着高鸣谦“虽贫不废学”的遗命,高家十五年间一直都聘请杨时当私塾先生。高家兄弟当中,就属高枏反应最迟钝,老师也不看好他,但他经常在兄弟们都睡着之后点灯苦读。同治甲戌年(1874),二十二岁的高枏以入学考第一名的成绩,得到四川学政张之洞的赏识,次年与高楷共同调入成都尊经书院,并在此结识了杨锐、宋育仁与廖平等人。光绪丙子(1876),高枏与高楷同为举人。壬午(1882)赴简州幕,丁王太夫人忧。甲申(1884)赴汉州高云程幕,乙酉(1885)授夹江县训导,是年冬回泸州,己丑(1889)又与高树同榜中进士,得庶吉士,第二年散馆,任翰林院编修。癸巳(1893),高枏任山西副考官,赴任、阅卷期间撰写了《晋邮日记》。乙未(1895)充国史馆协修,戊戌(1898)从杨锐等川籍京官上折,办蜀学堂。庚子(1900)夏,高枏困守京城,将“时事日非”“按日笔记”而成《庚子日记》。辛丑(1901)春,八国联军分界巡警工作交接,由高枏负责巡视北城,并补河南道御史,旋转山西道掌印,兼署江南、浙江、福建、江西各道御史,且接连上奏,弹劾高骖麟、檀玑、王之春、夏毓秀等人。壬寅(1902),高枏任监察御史,癸卯(1903)又授刑科给事。是年,俄国撕毁《东三省交收条约》,高枏、王乃征领衔御史们上书拒俄,得“高王”之并称。高枏为公务操劳过甚、忧思过度,起草了《陈时势危急亟筹挽救疏》后还来不及上呈就病倒了,十日后离世。

高枏一生刚正敢言,不仅弹劾直隶藩司高骖麟贪庸昏谬、福建督学檀玑贿卖生员、皖抚王之春狎昵声色、提督夏毓秀保举欺罔、道员华国英谋私横行、四川督臣奎俊纵容阿鳞贪污等,还顶着巨大的舆论压力为越南之战的功臣苏元春陈情免死,并在御史们不敢签名之时领衔上奏,力主反抗俄国、争回失地,当得上“铁笔”二字。

高枏最擅长写实用性强的公文,也会诗和骈文,今有《借禅室诗钞》《萱泽堂吟草》《高给谏奏稿》《高给谏庚子日记》与《晋邮日记》等存世。现就本书所整理的内容作一简要说明。

**一、《高给谏庚子日记》**

高枏在庚子年前后的日记，以“高给谏庚子日记”为名刊印并流传，现存铅印四卷本与木刻八卷本两种。

铅印四卷本藏于北京大学图书馆、华东师范大学图书馆，北大本为两册装，华东师大本为三册装，现以北大本为代表作一简述。是书记事起于光绪二十六年五月十五日（1900 年 6 月 11 日），讫于光绪二十七年正月十六日（1901 年 1 月 6 日），光绪三十年甲辰（1904）刊。题签为“高给谏庚子日记”，扉页为“庚子日记四卷”钩墨字，钤“国立北京大学藏书”朱阳印。每半页十二行，行二十九字，双行小字，单鱼尾，黑框，版心标明卷数、页数及书名“庚子日记”。每卷前有“借禅室遗书”“双雨楼编”字样。书首有高楷所作的光绪三十年五月十一日序。

木刻八卷本藏于北京大学图书馆、首都师范大学图书馆，北大本为八册装，首师大本为六册合装本，收入《晋邮日记》及《高给谏庚子日记》卷二至六。以北大本为例，完整的八卷本日记起于光绪二十六年五月十五日（1900 年 6 月 11 日），讫于光绪二十九年腊月初九（1904 年 1 月 25 日），刊刻时间不详，约为光绪三十年至民国年间（1904—1912），杨济安推测为宣统三年（1911）夏。是本无题签、无序，扉页下钤“北京大学图书馆”朱阳印。每半页十行，行二十一字，双行小字，单鱼尾，黑框，版心标明卷数、页数及刊印者“清翰堂刊”。每卷前题“高给谏日记”并以小字标明干支纪年，下署“泸州高枏澂兰”。日记第一卷到第四卷与铅印四卷本内容大致相同，所记乃从光绪二十六年五月十五日至冬月三十日，而将铅印本第七卷末尾“辛丑正月元旦”至“十六日”各条，移入第五卷。故日记的第五卷到第八卷，乃从光绪二十七年正月初一日到光绪二十九年腊月初九，中缺光绪二十九年正月到七月内容。

值得注意的是，木刻八卷本有两种翻印本，一种由台湾学生书局于 1976 年翻印，书首加上了高楷作的序，中国国家图书馆、中国人民大学图书馆皆有藏。另一种是《历代日记丛钞》(学苑出版社 2006 年版)翻印本,并据华东师大藏四卷本增加了高楷、高钺的序。

根据中国社会科学院近代史研究所、《近代史资料》编译室整理的《庚子记事》中的《高枏日记》前四卷,铅印本与木刻本皆有一定的讹误,笔者亦自行整理出部分。铅印本讹误如下:

庚子五月二十八日"同敏先过昌平"句,脱"先"字。

庚子七月十六日"行在何处则不知"句,脱"不"字。

庚子八月初三日"不如先俟沪上回电为要"句,误"俟"为"倭"。

庚子八月初八日"有二妃,主四位"句,脱"二"字。

木刻本讹误如下:

庚子五月十九日"五城办理拆拳匪各棚"句,误"拆"为"折"。

庚子五月二十七日"晤马仲华"句,脱"马"字。

庚子六月二十四日"二人往祖界"句,误"往"为"住"。

庚子七月二十五日"皇上未行,二十一日御大清门楼"句,脱"行,二十一"四字。

两本均误者,如:

庚子五月十五日"永定门杀杉山彬"句,两本均误"彬"为"宾",但后文又作"彬"。

庚子六月初五日"获使馆细作"句,两本"获"均作"护",应为"获"。

庚子七月二十三日"巳刻雨住。大街卖菜人渐多",两本"住"均作"往",疑应为"住"(社科院所见四卷本作"住")。

两本存异者,如:

庚子十月十一日"璈由合起身,六月到苏,病日退"句,八卷本作"退",四卷本作"进"。

社科院整理本《高枏日记》,除在文字上与两种版本略有出入外,所选取内容仅前四卷中"与义和团运动有关系和反映当时社会情况的部分，其个人生活琐事和诗词，均删略”[①]，故对于研究庚子事变于以高枏为代表的当时社会中层的心态及文学创作之影响，较为有碍。

综上，虽然铅印本、木刻本皆有讹误之处，但以木刻本为较全，故此次整理以北京大学图书馆藏木刻八卷本为底本，校以铅印四卷本。

**二、《晋邮日记》**

《晋邮日记》为高枏于光绪十九年(1893)担任山西恩科乡试副考官期间所作，起于七月十八日(8月29日)，讫于十月二十八日(12月5日)，既有赴任途中对地方官职任、到任后贡院出迎之礼、考试中各官所执等细节的记载，又及对命题、阅卷、定榜及鹿鸣宴的详述，于了解清末科考之生态颇为有益。

《晋邮日记》一卷，中国国家图书馆、首都师范大学有藏。其中，中国国家图书馆所藏为全本，书题签为“高给谏晋邮日记”，由“受业王学曾敬署”，扉页下署“泸州高枏澂兰”，钤“国立北平图书馆珍藏”阳印。是书每半页十行，行二十到二十一字，双行小字，单鱼尾，黑框白口，版心标明书名“晋邮日记”、页数及刊印者“清翰堂刊”，此本为《历代日记丛钞》第138册收入。首都师范大学所藏为与《高给谏庚子日记》合装本，光绪十九年七月十九日(1893年8月30日)“五十里，至涿州”以前文阙，附录高钺民国十三年(1924)所作《晋邮日记》跋。

**三、《萱泽堂吟草》**

《萱泽堂吟草》为高枏早年诗作合集，存诗177首，多为游赏、送别、酬赠之作，宋调突出而有拙朴之气。

《萱泽堂吟草》四卷，清末刻本，一册，藏于中国国家图书馆古籍馆、南京图书馆。现以中国国家图书馆古籍馆所藏为例介绍，题签为“萱泽堂吟草”“胞兄树题签”，有题字“萱泽堂诗草”，乃“胞弟楷识于

---

① 中国社会科学院近代史研究所、《近代史资料》编译室整理《庚子记事》，知识产权出版社2013年版，第137页。

涞水”。扉页书“萱泽堂雁桥吟”，下题“泸州高枏澂兰著”，钤“国立北平图书馆珍藏”印，无序，无跋。是书为包背线装，左右单边、单黑鱼尾，每半页十行，行二十一字，小字双行，版心题书名、卷数、页数。

**四、《借禅室诗钞》**

《借禅室诗钞》多为高枏庚子年间“忧愤之极，作诗遣愁”（高钺《序》）之作，故诗钞所录164首诗，有七成以上皆出自《庚子日记》。《借禅室诗钞》的最早版本当收在家集中，为《泸州高氏兄弟诗钞》所据。此外又有采自家集的手抄本，前后付印于成都、上海，名为《高给谏遗诗》。两种版本，以下分别述之。

《泸州高氏兄弟诗钞》，1924年铅印本，藏于中国国家图书馆、北京大学图书馆，其中北京大学图书馆藏本为两册装，封题为“潜道人题”（即王乃征），扉页题名为“汪世杰题”，钤“北京大学藏”朱阳印。书为包背线装，左右双边、单黑鱼尾，每半页十行，行二十一字，小字双行，版心题书名、卷数、作者、页数。书前有高树的《泸州高氏兄弟诗钞序》、顾继善的《泸州高氏兄弟诗钞序》与高钺的《序》，皆作于甲子年（1924），总目对高楠、高树、高枏、高楷四人生平及子嗣作了简要介绍，收入高楠《塔阴书屋诗钞》、高树《珠岩山人诗钞》、高枏《借禅室诗钞》与高楷《快隐堂诗钞》各一卷，其中，高枏《借禅室诗钞》附高楷光绪丙午年（1906）所作《跋》。是书收入《清代家集丛刊续编》第181册①。

《高给谏遗诗》，1918年石印本，藏于华东师范大学图书馆。是书扉页有“城南老人五十二岁小像”及王乃征戊戌年（1918）《序》，下钤“太渊”“存钝视僧”黑阳方印二枚，“潜道人”三角形阳印一枚，扉页有“华东师范大学图书馆藏书章”椭圆朱阳印一枚，又“天笑”朱阳方印一枚。是书左右单边，无鱼尾、版心等，每半页八行，行二十字，小字双行。较之《泸州高氏兄弟诗钞》中的《借禅室诗钞》，此本卷首缺

① 徐雁平《清代家集叙录·中》，安徽教育出版社2017版，第765页。

《敬生师馆予家十五年甲戌冬辞归作诗志别》《井泉驿独坐怀寿萱》二首，卷中缺《寓中新种松竹》《赠友人》《忆叔峤裴村》《柳浪庄野望有感》《子蕃索和》《再和七律》《送段峩僧》《赠友人署县缺》《尧生昨馈饺子，佯以二诗，今以昨馈羊多菜少，改良再制，嘱加评奖，用励勤劳，因凑二绝》《笼鸟》十首，共少录十二首诗，并有多处异文。

**五、《高给谏奏稿》**

《高给谏奏稿》一卷，光绪年间刊本，共收入奏稿二十篇、补遗一篇，多为高枏担任御史期间弹劾奸佞之作。是书于中国国家图书馆、南京大学图书馆、中国人民大学图书馆皆有藏，而前二种无跋、无补遗、无眉批，故以人大本为底本述之。

《高给谏奏稿》封面钤"高煇(?)之印"朱阳方印，"高石(?)渠印"朱阴方印。书题"高给谏奏牍"，陈铸署。扉页为中江王乃征题"高给谏奏议"，并"中国人民大学图书馆藏书"椭圆蓝色阳印。是书每页十行，行二十字，遇"皇上""圣"等字顶格出头表尊敬。人大本亦有错印情况，如《劾闽学折》按照目录本该为第二篇，却刻印在第一篇，且其后半部分移至《劾直隶署任藩司清河道高骖麟折》之后，可见该书或经重装。书中眉批称高枏为"城叔"、高寿为先兄、高树为先严，或为高树之子高煇所作，对高枏奏稿中提及的人物、事件多有背景资料的补充。

**六、《高给谏城南先生行状》**

《高给谏城南先生行状》一卷，光绪三十二年(1906)石印本，北京大学图书馆有藏。是文题封为《诰授通奉大夫城南高公行状》，扉页题名《高给谏城南先生行状》，为高楷状、何维朴书，叙高枏生平翔实。

# 整理凡例

本书整理所用底本为北京大学图书馆藏木刻八卷本《高给谏庚子日记》、中国国家图书馆藏一卷本《晋邮日记》，其正文及人名索引整理凡例大致如下：

一、据《中国近现代稀见史料丛刊》惯例，将正文书名改为《高枏日记》。

二、据《中国近现代稀见史料丛刊》正文惯例，所有整理文字除特殊情况（如“高枏”的“枏”不改“楠”）外，均使用规范简化汉字，个别避讳字皆改回原字。

三、在正文原年、月、日后增加公元纪年，以圆括号“（　）”括注其后。

四、正文夹注原为双行小字，今改用小五号字单行排印。

五、正文原稿确定误字者，在注释中出校勘记，但明显的形近误字径改；原稿有脱字者，所补字亦用方括号“[　]”括出；原稿有衍字者，用“【　】”括出。

六、正文后附入《萱泽堂吟草》、《借禅室诗钞》、《高给谏奏稿》、《高给谏城南先生行状》、高楷《庚子日记》序、高钺《晋邮日记》跋等，以便读者研究。

七、索引是《高给谏庚子日记》《晋邮日记》（以下简称《日记》）正文中人物姓名、字号或其他称谓之索引，并按音序排列。

八、索引以姓名为检索主体，姓名之后括注字、号及《日记》中出现的别名、习称、昵称、官称、简称及其他称谓。

九、凡《日记》中出现的字号或其他称谓，亦列为检索条目，并与其姓名的主索引条目互见。如“毕子明，见毕德格”“沈文肃公，见沈葆桢”。

十、凡《日记》中仅出现字号或其他称谓者，尽力考出其姓名，列为主索引条目；暂未考知其名者，径列字号或其他称谓为检索条目；字号同者，取一字号为检索条目，其后列出相关姓名，如“仲宣，见李经羲、雷钟德、赵从蕃”，即表示李经羲、雷钟德、赵从蕃三人字或号均为“仲宣”。

十一、同一人物姓名有本人改易者，亦有因其他原因而不一致者，列为互见，如杜德舆改名杜关，本索引将“杜德舆”与“杜关”均列入检索条目，而在杜德舆后注“见杜关”；再如朱允琴、朱允清、朱永琴、朱永清，系同名异写，今皆列为检索条目，在朱允琴后列出人物所有信息及出现日期，而在朱允清、朱永琴、朱永清后注“见朱允琴”。

十二、索引所列条目特殊者如下：(1) 被高枬以外号、隐名等代称者，皆作为检索条目，后附其人真实姓名，如“双人，见徐用仪”“汝南，见许景澄”“董卓，见董福祥”；(2)《日记》中对族人多有乳名、省称或昵称等，如高钺在《日记》中既被称作“敏先”“敏儿”“敏”(乳名)，又被称作“老四”“四儿”(就高枬家排行而言)，还有绰号“黑”“黑哥”，今将此类指称酌列为检索条目；(3) 古人根据家族血缘关系远近，其排行有所不同，如高树的二儿子高德先在《日记》中既被称作“十三”(就堂兄弟一辈排行而言)，又被称作“二兄”(就亲兄弟一辈排行而言)，今将此部分内容酌列为检索条目；(4) 少数以封号、地望指称重要人物者，酌列为检索条目，如“东海”“湘乡”“南皮翁”等；(5) 清代帝后以年号或徽号列为检索条目，如乾隆、光绪、慈禧等。

十三、索引后所列之数字为该人物出现之年、月、日(以公元纪年为标准)，如：葆初(效先)，1900. 9. 16，12. 19；1901. 1. 26，说明葆初，字效先，出现在《日记》1900 年 9 月 16 日、12 月 19 日以及 1901 年 1 月 26 日。

# 光绪十九年癸巳(1893)日记

## 七　月

光绪十九年(1893)举行癸巳恩科乡试。七月初八(8月19日)黎明,恭蒙简命,典试山西。初九卯刻,诣午门叩谢天恩。礼部侍郎钱应溥宣读谕旨云:"七月初八折封奉朱笔:'山西正考官着薛宝辰去,副考官着高枏去,余依议,钦此。'"是日同放者三省,山东为长萃、柯逢时,河南为王懿荣、李桂林。薛乃己丑同年,甲第居予上,散馆居予下,今同放,亦奇也。出东华门,顺道谒座主。连日忙冗,一面添买衣物,料理行程。

**十八日(8月29日)**　巳初,乘舆至新馆饮饯。蓝呢轿赁价十七两,驼子二头,每头十一两,轿夫二班八两,至涿止。跟丁每名鞍子银二两。兵部派来马九匹,送来勘合一张、此要紧,路上不必验,归来必缴部。印领一张,旧例部发路资二百,今折为二十五两。印领留寓,托人领勘合,收入行箧封固。箱子六口,书史一人,前站一人,执钦命旗。前引后跟厨夫、轿头共六人。四十里,至长新店,大雨乃止。驿站应在良乡,以雨宿此,因此间无供给,一餐一宿,计四两五钱。[①]

**十九日(8月30日)**　晴。六点启行,九点抵良乡前站,往县署办溜单,县令刘云门名焌,铜梁人。换马匹,抬夫办差。家人谓尖饭已备,盖昨夜所备者,命家人食之。余与薛君食鸡子二枚。二十五里,

---

① 清末货币制度紊乱,银元、银两通行,清人所言"两"亦多指银元。此外,此际(1875—1911)物价涨势极大,故有"一餐一宿,计四两五钱"之事。

到窦店，尖。五十里，至涿州，署印者赵司马，名文粹，字心笙，丁卯举人，辛未进士，广西人。仪文甚至，而吝于酒席。

**二十日（8月31日）** 晴。四十五里，尖高北店，定兴管。三十五里，宿北河。

**二十一日（9月1日）** 晴。四点，行六十里，尖安肃，县令胡宾周恪三，壬午举，癸未甲。胡大令炮乐迎送，并言九弟在肃宁，尚未交代。又五十里，抵保定北关，绕过西关使馆，裕方伯长、周廉访馥、朱太守靖旬、徐前辈清宛令及格太守并协戎等具帖来迎，遵礼答之。周菁莪、傅润沅来。作书交周与九弟。又交傅寄京。薛同年言四川妇女勤而不俭，陕西则俭而不勤，京师不俭不勤，山西能勤能俭。此前人流传之语，高云丞亦尝言之。

**二十二日（9月2日）** 五十里，尖泾阳驿。满城管。使馆踞高坡，外瞰绿树如云。尖席颇恭，足为合肥增色。又四十五里，宿望都。

**二十三日（9月3日）** 六十里，尖定州皇华馆，甚朗净。知州为徐。饭菜由署办来，馁甚不至，由其官外行也。一下后始行。夕阳入抱，热不可耐。五十里，宿新乐。知县乃乙酉拔贡，解姓，奉天人。

**二十四日（9月4日）** 五钟启行，四十里，尖伏城驿，正定。借店为馆，壁破窗坏，污秽不堪，菜饭不来，乃吃面皮而行。五十里，至真定恒山驿，太守陈庆滋鹤云，邑令王家瑞松畦。借龙藏寺为使馆。闻昔年借店，而东屋西晒，使者命驱应差家人，因与僧意定议明试差过境皆宿此，遂成例焉。寺西为行宫，洋人自京携钞票来，云已买得，爰造教堂，不知卖之者果谁也。寺殿有高宗宸翰、果亲王对联。墀竖《龙藏寺碑》，超劲可喜。铁梅庵墨迹对："地无尘染多灵草，室鉴真空有慧泉。"王荫昌对云："湖光与天远，山色上楼多。"似半截碑。王良常澍横条，亦极老当。寺中墨迹，推此三种。僧言林柳溪浮费太多，使林有一贤内助，安见穷迫至此者，续娶贻害如此。李前辈娶灵石某家，亦可鉴。

**二十五日（9月5日）** 六下启行，三十里过滹沱茶，尖高梁店。

河南差至此分路。又三十里，歇获鹿县。未至获鹿四五里，即有坡陀土壁夹道。平定州探马昨日已来此。写蜡笺十余对。

**二十六日(9月6日)** 三十五里，尖微水淮阴背水处。又三十五里，歇井陉。河东村。山西仪仗接至此。井陉令言君差务甚不认真。

**二十七日(9月7日)** 五十里，尖槐树铺。未至槐树铺之先，曰甘草驿换马，平定州管民壮伞盖接于此。此则山西境也，故办差亦迥不同。又三十里，宿柏井驿，中丞派抚标营弁三人，把总李嵩年、王福，外委吕鹏飞来迎，皆跪道左报名。李乃薛之巡捕，王乃余之巡捕。文巡捕二人接于平定。薛者，陕人，姓郗。余则苏州人，姓费，字文伯，屺怀堂弟。戌刻白露。

**二十八日(9月8日)** 五十里抵平定。文巡捕费成彬迎请道安。其祖名开绶，嘉庆庚辰翰林，官至江西巡抚。其伯官合州、长寿、成都。李直牧派鼓乐旗盖来迎接于城外。巡捕呈公费单一，五日供给单一、每日供给单一。晋省大员行号单一。张中丞、胡方伯、张廉访、俞观察，并王提学、丁观察等帖。国首府、蔡首县手版来候，各答以片。

**二十九日(9月9日)** 四点起，五十里尖测石驿。盂县管。平定旗鼓直送出境。又三十里，茶尖。又二十里，抵寿阳，县令强鹏飞，忠烈公克捷之孙。祁子禾师故里也。师茔在城北，去大道十余里。使馆壁挂祁相国文端公记蓝大令教民织布记一，又歌一幅。蓝，肤施人，明万历官此，见民穷困，教以种织，民始有御冬谋食之具。

## 八 月

**八月初一日(9月10日)** 六点，行五十里，宿太安驿。寿阳管。今午吃米饭二碗，夜食片汤二碗半。数日来为酒席所苦，今日乃得饱食。写扇对。寿阳只食小米粥，外有黄米，性软，但可为粑，不能蒸食。北地之苦，求如吾蜀之乞丐皆食稻者少矣。囿于地者乌乎知之?老唐颈后疮为风所袭，遂败。以玉真散敷之，乃愈。

**初二日(9月11日)** 五下后，启行，三十五里，尖什贴驿。又三十五里，宿明千驿。榆次县管。使馆床帐、帏幔、门帘、桌罩、字画、文房，色色整备，惟一木榻赁之客栈。夜半，臭虫四出，不能寐，三下遂起，燃烛而行。

**初三日(9月12日)** 八下抵省，王学使枚岑遣人出迎十里，抚、司、道亦遣人来。皇华馆体制如成都，宽阔似少过之，若求十分华丽，自不及也。然明窗静几，高屋崇阶，又何不可居乎？平定以后，气觉坠。至什贴，书扇无精神。今日写折开余，晚又钞扇对、名单，夜气尤坠，腹响肠吼，累夥夥然，两膝有时而烧。夜子丑，昼午未。薛同年诊脉，谓芤。六月尾、七月初，觉细而缓。

**初四日(9月13日)** 八下起即小便，又即大便，溏泻后至午，肠未响，大约连日蟹黄亦大为患，自限不食酒席杂物，专吃饭粥。一切人事，已过、未来，绝不思之，看百日后能复元否？甚矣，忧能伤人，今始信矣。新定座铭："未来不想，已过勿思。藤葛净洗，忻慰自怡。夜睡亥刻，静坐午时。食惟蔬饭，味却肥脂。升沉休短，一概听之。守身报祖，舍此奚持？"王抡翁鼓精神应酬，去年肺气已伤，尚不自保。罗玉师忧思耽酒，好想昔年事。高搏九勇于任事，以退处为耻。三人皆为殷鉴。

**初五日(9月14日)** 六点起，昨夜十下睡，十一下后始睡着，此后逐渐早睡早起。七点服药一次，十点饭三碗。比昨早加一碗。饭终不大热，菜则冷，汤则温也。饭前下气二次，有声，肠响减十之六七。交午时，膝凉，而右大腿觉热。药加白薇、一钱。龙骨、钱半。牡蛎。二钱。二下，药后，须臾一响，不爽晷刻。张中丞差人送仪节单。提调俞递呈请入闱单。又为费巡捕书扇二柄，略验精神。申酉后，仍下气无声。子刻，膝微烧，背心亦觉烧。九下后上床，近子正，乃睡着。

**初六日(9月15日)** 七下起，服逍遥散一次。文巡捕来见，谓中丞以进城未及禀报，恕之。将添派帮办，求揭晓日面告抚、藩。九下后饭，食面。北省作饭，外行必食稻，致有饐餲生冷之弊。予之服蟹黄而外，亦病此也。十一下，中丞差官持帖用红封封帖三请乃行，到抚辕大堂下轿，与中丞一揖，次学使，次司、道。南向四坐，予坐二坐，中丞东，学使西，司、道皆旁坐。首府无坐位，仍朝服，立阶下候。中丞送茶预派四官端茶到，而中丞送三次，一杏仁茶、一桃米汤。司事者禀请北向拜阙，九叩毕，回坐。司、道先行，予二人坐明轿继之，中丞又次之。沿街看者，拥挤不通。到贡院，司、道出迎，站班者有三四品顶戴，官员或微颔，或直行，无碍也。至丰树堂，换朝裙、朝袖、朝冠、朝靴而穿花衣毕，司、道进房少坐，问候，中丞至，司、道先出，中丞入，予二人出见，一揖上坐，仍三茶，一燕菜，一莲子。毕，中丞率司、道送入衡文堂内，监试送入房门外，一揖乃去。三下钟内，巡捕禀请升至公堂掣签。内监试、内收掌北向，各房官东西坐。薛君掣第几房，予掣某缺某人。王硕甫在座，目周数次，乃识之，丁丑后未面也。想在成都时，与今丰采迥别。签毕，归房，换花衣、穿袍褂。监试各房禀见，薛同年以房官盛公乃前辈，不敢请，辞之。而监试锡公良必见，乃请之。锡公言各房官花衣未脱，恭候在外，今日不见，明日又须穿。薛同年仍以盛前辈在，碍难，房考又禀见。相持数刻，乃请入。去后，予二人往答拜，皆挡驾。九下后睡。曹升知脉理，来诊予脉。言郁在脾胃，宜用归脾加减。

**初七日(9月16日)** 昨午、昨夜膝烧似大减，六下起，曹升看脉，谓比昨夜不同。开状言心脉洪，脾肺虚，肾太虚，余平和，宜清心固肺，则肾自旺。予与薛君商，薛言曹论颇明，然宜以参术固中为主。予意亦主此。为万房官书扇。予身以思虑忧伤为第一害，将出京时，初十夜一激，十一一思，小便无势，且若不尽者。西岑言心、肾太伤。在途，晨不下气，今日审，确未、申则下气愈甚。盖饭食之气，至未、申而衰，是早晨则阳气升，得食则阳气一旺也。今日午饭后不甚下气。昨日被唐一激，小便即滴，是肾衰也。吃蟹黄初三日则腹吼，是中宫忌寒也。宜固肾补肺，提中气，暖中宫。是晚，抚院移交来木刻关防一颗、移文一件，咨取衔名，预备揭晓，缮本题奏，当下照复。

**初八日(9月17日)** 昨夜九下后睡，三下，醒后睡，七下二刻起。昨夜睡，尚酣然有梦，比出京时略清耳。腹鸣愈十之九，膝烧似除，是病之贵于自养也明矣。十一钟公服，请监试房考入。照例由主考备席招之。监试入二门，设公座于门旁，点刻匠、书役人名，予二人亦派家人分守前后院。《四书》题："荡荡乎，民无能名焉。""能尽物之性，则可以赞天地之化育。"《诗》云："永言配命，自求多福。"诗："月明荞麦花如雪。"得"明"字。《论》《孟》题，薛君拟；《中庸》、诗，予拟也。写题讫，换便衣。夜，十一下，衣冠送题，题纸呈三方桌，书吏抬之，主考与监临隔门而揖，对坐，提调等旁坐。

**初九日(9月18日)** 九下乃起，饭后大便，半时，又泻水一次。腹仍鸣。右腿仍觉烧，乃服理中丸早应服此一钱半。忆及九弟开苗方：白薇、牡蛎、二钱。龙骨、钱半。麦冬、桂枝、五味、七粒。白芍、一钱。当归、一钱。炙芪、三钱。远志、二钱。枣仁、二钱。云苓、一钱。党参、三钱。炙草。似尚有阿胶。拟策题二道，今日小陔、庾丰、夐先、霖先皆入场。车云生亦入川闱。夜，请王硕甫入室坐谈，便问以房考有能医者否。服理中汤。夜，睡至一点后方寐，右腿烧。

**初十日(9月19日)** 拟经题。请硕甫同林惠亭大令乙亥同年，闽人。来诊脉，谓脾有冷积，故烧、故泄，烧果由于湿，始无大碍也。未刻，为硕甫书扇。夜，牙疼，服林惠亭方。硕甫来，少坐。硕甫阅历多年，为官、持己皆有心得。

**十一日(9月20日)** 九点起，饭后大解，不溏。十二钟，请房官三人，上写经题。《易》："后世圣人易之以书契。"《书》："使宅百揆，亮采惠畴。"《诗》："蟋蟀在堂。"《春秋》："冬，大有年。宣公十六年。"《礼》："鞠有黄华。"先拟"十年，出就外傅"。字不临帖，必无味，临帖而不匡以折卷，必欹斜。

**十二日(9月21日)**

**十三日(9月22日)** 九下，坐堂掣签分卷。命登收卷簿。是日十本。

**十四日(9月23日)** 看三十本。夜,送策题。闻北闱各省题在内帘门与中丞对坐,提调等仍旁坐,中丞、提调以帖贺节。

**十五日(9月24日)** 阅四十本,两日得上卷只二本。才之难也,暂不取浑浑墨卷。有二房者,作文随便,荐卷亦然。

**十六日(9月25日)** 阅三十五本,不特新警者少,即有层次而笔能圆转、词能清润者,亦不可多得。所荐大半甜熟庸陋之作,再三申诫,而又有以小孩之文荐者,奈何奈何!改八房、九房上卷。

**十七日(9月26日)** 阅三十本又一本。六房。

**十八日(9月27日)** 阅三十五本。改一篇。六房首。夜,薛同年挽同圈文,迟寐。"读书不求科名",《西清笔记》序。此圣贤之正道,古来之名言也。为此言者,必谓耕读传家乃为天下第一。吾则谓必如顾亭林、王引之辈,乃可以为此言。若不如之,正赖科名以为歆动。盖科名选举者,天子所以鼓厉人才,而亦士子进身效用之阶、退而衣食之具也。吾见有专力于农、袭耕读之名者,其祖父勤劬撙节,深恐人文一起,以入学之费、乡会试之资斧,破其家财,乃久之而田连阡陌、文教不兴。其子弟之颖悟者,远避正人,亲近宵小,日入于游荡之局而不知;其蠢愚者,则又学为商贾,专意营求,其家亦遂覆败而不可问。盖由于心无专嗜,学无专业,《诗》《文》《书》《史》皆不通晓,自与正士文人隔绝不通,而异途遂得而诱之,悲夫!然欲从事于学,必须先求明白,下笔了然,由浅而深,循序渐进。始虽为科举之学,嗣则汇经史之通,达之可以见用,退亦足以传家。此固非专读坊间时墨、乡里歌谣所能为力也。

**十九日(9月28日)** 阅三十五本。又拟一篇。三房首。夜画山水,颇有进,可喜。

**二十日(9月29日)** 阅三十五本,陈陈相因,机调甜熟之卷多,不新不能夺目,不清不能爽眼,如帝德之广运、圣量之渊涵,皆欲取之,二百举人始可分给,然无此理。又有徒清无意如小孩者,有用"黄图""绿野"以为词藻者,皆谬已。

**二十一日(9月30日)** 阅三十五本。凡作文方作小讲,尚不知成篇是何样者,以不铺层次、布局,而无意、无笔、无词,因之不知。小讲好笔不过三十,入手不过三十,后比不过四十,炼得极熟。此采张文端公之法。而又看《纲鉴》及唐宋文、《诗》、《史》、《汉》,此兼用湘乡、南皮法。间又参酌物理人情,每题到手,何忧无佳文。

**二十二日(10月1日)** 阅三十五本,得万字八十七,文不长而清秀,略有华润气。三艺皆无谬处,必书香子弟。水二十一必老名下,姑俟验之。"实录"二字。戊辰会元始用,当时以为新,今则落卷皆用之。丙、丁、庚三会试时,一熟即入彀。自洋板文出,稍有天分者皆能凑圆,故必求新警,乃可入彀。出京时,徐中堂亦言必求新警,谓不如是不能取。徐极讲平正之文,而亦如此云云,其他可知。一开卷而无机势、无清朗气者,以下可知,屡验不爽。圆熟尚难取中,况生涩乎?生涩者,平时必无读功;无机势者,皆不知布局,昧于篇法、昧于笔势进退之故;不新者,则不知选意、选词、炼法也。大意人人所同,必刷去浅层,乃入深处,词亦有不能避者,则参活法以炼之,此在平时读书、看书之功也。宜以唐宋文之极佳熟者,取而授之,当无一失。

**二十三日(10月2日)** 阅二十七卷,毕功。此后但重校定弃取,合看经策。薛言赵某在陕,把多年不售之滥墨卷一网打尽,人复争读陈墨,赖周公锡恩往,始变清真。一妄取,遂坏全省。险哉险哉!扣题下用排句承上,一翻一转,纵极圆融,皆滥调矣。若于人人口熟如次题成物、成己云云之笔一沾染,便成落卷。

**二十四日(10月3日)** 定《登科录后序》稿。向例榜后进呈登科录、缮解元文及二三场经策。不拘何人。前序正主考作,后序副主考作。或论文体,或论选举法令及本省先达、下逮文风,而皆望各举子将来成就。此序进呈外,并刊为一册。然从来举子无人见及,亦少有知者。若见及而知,入彀以后,两主师皆期之甚殷,必争自磨濯,当无营营于乡里者。拟刊后,多刷以给诸生。题《俞观察卧游图》。胡砚孙作《卧游好》百词,甚清隽可爱,才人也。要黄豆芽,熬汤饱食之美味也。山西无此供应,命种豆芽者刻日生之。此味胜于燕窠等大烹,信然,坡公藜藿也。

**二十五日(10月4日)** 书扇,俞观察求也。监临回衙来,请出内帘门。即二堂外门,监临向不过此阈,故须内帘主内事。监临一鞠躬,相对坐,提调、外监试旁坐寒暄,问精神如何、尚吃药否?谈及湖南卑湿地热,九月尚不退凉。近学山水,于每夜间时以之消遣,似稍进,而字又稍退,可见心不能两用也。然消遣终有味。张中丞不应酬,而亦得至抚院,可见政府亦公。薛同年言用功不可泄气,谓得虚誉也。此与我戊子、己丑、今年用意相同。又言推恩当自亲亲始,浮用妄营,图利要誉,皆两失之,亦与我兄弟本意极合。当年云丞与予兄弟洽亦以此,而当年不知者,疑必别有致洽处,浅之乎视人矣。闻南皮师来抚后,人始讲看书,务实学。四川初创尊经,皆疑用功自用功、八股自八股,谭叔裕提学亦未甚道破,今日则人人知之矣。人人知之而不改旧习,是困而不学也。薛同年于同年少会,如壬辰春酒之例,团拜亦不与,我最佩之。若在四川,骂詈随之矣,在陕乃无恙。然从前只记引见时有一薛某与予同班,今奉命尚不知为那一科。予举引见为言,又疑其补殿,及后乃知为己丑同年,昔时未见则不知,今日既见且同住久,始知薛公学问足踏实地,且最虚心而恶浮誉,特不遇则不知。曾文正言京师人才愈求则愈出,信然。然必遍求之,恐又失之矣。若薛与我,则谓天作之合者也。何也?彼此不记忆矣。于此友而失之,天可违乎?违天必有大咎。夜记。其夫人善画兰,若非陕,则曰"女学士"也。

**二十六日(10月5日)** 重订弃取诸卷。写唐、俞房官条屏。读坡公岭南诸诗。高宗谓子厚贬柳多抑郁之音,坡乃处之泰然,所得深矣。曾湘乡谓人只有修德进业可靠,坡公泰然,德也;以诗自遣,即业也。因思当年以培文教受群侮,腊月一人赴省,朋友寥落,亦不可耐。后移居养园,独坐无事,乃发架上诸集,始见《洪北江文集》。此后遂等而上之,虽不敢自谓有得,然不至瓦砾空青也。使无此行,恐终囿泸俗，尚不知所造何如耳。可见遇祸患而平心处之、泰然忘之，不特心有受用，即德业亦必加长。有遇祸患而反以拗气处之，则祸患更大、更惨。南皮未到，蜀俗全陋，不仅一泸为然。既到，而尚有若疑若信且反之者，则以丙子三人也。不知丙子三人用功皆在以前，三人皆泸之豪杰，若在南皮师后，所造必可观。且会试风气自庚辰始小变，己丑、辛卯乃大变。此非予阿誉桑梓也。未变以前，人尚疑之，既变以后，应无庸疑矣。从前用功，只读本省乡墨，李学师乃教揣摩，北闱亦从无劝读正经书者。薛言做官当如老牛上坡，及上坡而人始知之，以其纡徐而缓却无失足之险，予谓陕人每无大风波者以此。田公子实居城固，近蜀，有孔雀洒屏之意。有谓其好者，而毁亦随之，及得谤，而誉者亦钳口矣。何如无誉之为得乎？无毁自无誉始，无誉自寡交始。见文可以知人，能矫变者，有心思、有躁语者，必不纯清，而气短者必弱。章法是，而心不入者必浮，有书卷而不熨贴者亦浮。好出不祥语者，其人必乖戾。心无主者，意无归宿。如其应有则有，当除即除，如现在之圆熟旧调。意能新，而在题中语能警而无躁烈，风神掩映、词旨谐和，必出色人，亦吉祥人也。平日有见地而疏于操觚者，其道理必精，不过欠细切融合耳。尝言观幕府可知官，以其幕之劣否而知也。矧其文固本人之所出者耶？好用新意，每出题外警语，每至躁烈，亦必然之势。奉命而出，取文即取人。若取庸滥，固不敢冒不韪。然爱新警而取怪人及卑鄙者流，非门墙之耻欤？将定弃取，慎之慎之。取新警，不至有卑鄙，往往有怪人，然有实卑鄙者，予确见之。

**二十七日(10月6日)**　经文始齐。

**二十八日(10月7日)**　套阅经文。覆核首场有着题者、新颖者，次场亦不泛，亦有才思；见可头场可凭。其庸墨话稍多者，次场亦庸；其笔平沓者，次场亦但征引，而无组织动宕之致。征引人所同，笔路胎息，组织华秀，各人得力也。总应读唐文秀发者数篇，乃可发其华。

**二十九日(10月8日)**　套阅各房经文告竣。闻自湘师抚晋后，经文渐长。谓做时文者之少也。然今日尚有以肥大墨卷为镇纸者，壬午至今已十五年，吾川乙亥至戊己始有效，况山西哉！何也？得非蒸饭未透耶？甚哉，风气之难骤变也。硕甫来，言内监试宜再加周旋，薛言必房考肥大未取之故。

**三十日(10月9日)** 请内监试至，告以定期揭晓，令办咨文。复从次卷挑其笔顺畅而经文略润者。

## 九　月

**九月初一日(10月10日)** 复阅三场，已将定取者。是日阅三房。

**初二日(10月11日)** 复阅六房。策无笔路，真难看记。乙亥初知对策，言及此，而人乃揶揄，其不为门外汉乎？

**初三日(10月12日)** 以所定卷发各房磨勘，从内监试之请也。夜，硕甫来，薛同年共谈许久。曾文正引姚氏言训诂、词章、义理，缺一不可，盖以义理为宗也。凡相反之字义，适以相成，如五行然。如悲喜分合之类，欲救悲者，必以喜求之。欲救合者，必以分；欲救分者，亦必以合也。言及九弟和胞衣而生，薛言必大贵，予恐其沦于风尘，而我等又不振拔，难矣。薛曰："有此人必有此命，非恒解能决也。"熊文襄廷弼风骨太露，于忠肃谦亦少蕴藉。往年于方伯，忠肃后也，入觐呈手疏太不伦，亦此类。予欲挑东坡宽厚之诗如于意外下一转语，及岭外诸作、《濂溪》之类为一册，而后知诗有益于性情，不似撷香薰艳者也。夜半识此，两夜又睡迟，今午耳鸣。

**初四日(10月13日)** 写扇一柄。一科进士三百余人，馆选亦数十人，而予到京数年，同年无合趣者，与薛同年累言大纲，契合无间，此后学趣当以之。盖亲莫亲于弟兄，然隔一衙门即多窒碍，七兄兵部，九弟县令。不可相商。同衙者或为老辈，则资格深而欲一麾出守矣。此亦时势所迫。是必于同年同事中，即欲出守尚不能。求一合趣之人，方可为友。予获同趣，亦天命也。予二十四岁以前得一省初，二十四岁以后在省潦倒，得一陈兰生，偏激太甚，然非小人。朋友之难得也如是。若人人誉之，而乃从而交结之，安得谓之得友乎？

**初五日(10月14日)** 写扇，临十三跋，尚近。夜，硕甫来谈。校闱墨。回京后单以书为职业，添买者凭心添买，不游移。以习字为习劳，少写信札。戒着急，相约勿逼迫或易言。吴某抄张南翁与湘师信，批圈面呈。南翁答语颇有儒者气象，难得，而吴之器浅可知也。

**初六日(10月15日)** 细雨。照例预命书吏草榜，朱卷面写第几名，各房加圈毕，今日呈上。以予所取四十二卷交正考汇订。薛同年以解元及三、四、五、六、七、八、九、十皆定予卷。向例元归正考取，只四川癸酉、丙子两科元归副考湘师、吴师定，此外未闻。即此可见薛君之不分畛域，凭文取士也。可见秦人之厚而公。此一节已令人佩服。墨架多者皆列后，予卷有十四本。首题但写“荡荡”，必至空阔，即切“无能名”，而神不注尧，必至顾影失形。二弊俱去而托空处，只徒发挥后世要名之主，是谓喧宾夺主，且至叫嚣，大非应世体裁。即不然，而写“无能名”，仅用一《壤歌》《华祝》，别无生法，是无才分。窃谓作法应从下五字层层翻入，到“无”字界内一拍“荡荡”，即完题分。至于尧为万世帝王之祖，即以舜、禹比之，尚恐一间未达，而敢阑入他语乎？欲将题位抬高，必先将“名”字、“民”字一齐抬高，手写“无能”，神注唐尧，而将万古未有之时，曲曲传出，方浃此题分际。鄙意如此，待复命后，证之我兄、我弟及达宣二三谈文至好，镜夫、云帆、书舫、凌二公、小陔必知之。且欲与凤阳老守寄一通去。人恐安心不做好人，即以字论，如安心要写怪字，不能为北碑，即目所未睹，亦必做出拉眉纽眼之形，北碑非此形。未睹者不知，以为此北碑也。光绪初年，北碑盛行，耻谈松雪，且詈为二臣。抑思北魏之时，弑君、弑父，松雪能为之乎？此亦丈二灯台之说也。无论汉学、宋学，首贵不欺；无论在外、在家，或出、或处，贵持定见。曾湘乡雅誉松雪，人乃从而奉之，抑可笑也。如不安心做坏人，即或顺笔为之，渐似北碑，而字亦不坏，何也？不安心，即非心腹之疾也。

**初七日(10月16日)** 午,监临来,学使各官齐到,三下钟升堂,中列四座,监临东,学使西。藩、臬、提调、外监试、内监试、首府、通判,各房皆旁坐。由六名写至副榜,退堂。十下后,又写前五名,灯烛辉煌,烂然奎光。至第一名,众人争听,唱名为王学曾,众欢然以贺。学使曰:"此人为令德堂好手,考优第一,杂作屡第一,中丞决科亦第一,考据、词章皆能之,不胜大喜之至。"

**初八日(10月17日)**

**初九日(10月18日)** 藩台、胡蕲生前辈。臬台、张汝梅汉山。抚台、张南圃煦。道台、提调俞廉三廙轩。外监试、陈晓山占鳌。学使王梅岑廷相来拜,言所取皆有才分根柢之人,足使人知读书。诸公所言如此,不知确否。然以所得之卷论之,所取皆应取、前列皆应魁者也。取举子为主司之责,拔秀才为学使之责。至于风化所关,有在此外而不可苟者。如旌表聘师之事,旌表尤重。漆室孤嫠,情形可悯,乃因再嫁,生子得科,而反举旌表,将何处之?曰:"此风化所关,徇庇为大丧德。守节者不以为贵,不守者不以为丑,且再嫁生子,得功名,请诰封,又请旌表,守也不如嫁也。推此以往,流弊何极。"又谓已过之事,姑听之,宜警将来。某公言其到某处,必办某人。

**初十日(10月19日)** 阎观察来拜,良孙,文介公胞侄。言其祖乃遂宁贡生。又言昔年曾得我书扇,故朝命一到,渠即知之,酌进呈经文。闻中丞向其幕府及司、道言我二人"不脱书生气,且朴诚,不愧翰院"云云。"翰林"二字,自问尚愧。

**十一日(10月20日)** 起,即闻首府国孔石名钧及三府禀见,即吃饭、着衣冠见之。首府最恭,不走中门。一下出闱,首府、监试、房考皆立班,中有庶常前辈及同年。辞之不获,一揖而行。拜抚院,谈半时许。拜藩司予言泸辛卯中四人,藩言中一人,不记也及臬及首道。丁道,价藩。臬司,河南人,朴实能办事。言在广西整顿盗案及土厘,任用资州何玉林,深中窾要,言其明亮而能用人。有明效,言之马抚,马抚保之湘师,亦调何往广东,亦深器之。又言内监试锡清弼良。言此人识稳而能用人稳细，将来必至督抚。此人办事，予亦佩之，稳练好货，人人识也。丁价藩言曾旭初才调补，言蜀章有信与伊。又欲重调，恐难，谓抚院已有言也。首道闲雅。从前川令某诩于众，言阎中堂侄与伊交，住伊公馆，昨日良孙言不识之。又向其幕言丁于伊如何密，丁在京、在此，亦不言及此，可为钻营交结者戒。想是阎家疏房，川令本不足取，特当时为之，愚者亦不值也。子实声名太大，处处有言之者，我与交，并不讳，特其好处在能办事，我知之。

**十二日(10月21日)**　巳刻，张臬司来拜。同乡四人来禀见，告以明后日再来见面。午刻，出拜提学王枚岑、阎观察良孙、屠老前辈梅君、盛前辈萍旨，此外首府、首县、监试，一切皆挡驾。屠梅翁粹然儒者，疑国初名哲有此风裁，言语气象间有粹理流行，拳拳圣主，念念时局，而无激昂慷慨之音。寥寥三数语，如诵邵夫子“清晨一炷”之诗，真令我敬佩。至衣冠、遵例，渺小之节，不为大贤胜概已。壁挂船山条幅，极超逸，诗云：“海门东望郁岧峣，曾逐銮江上下潮。颇怪道人轻点笔，不将双影画松寮。”(《题金山伊道人画》)若农前辈对云：“激贪立懦，蔚成风范；穷理尽性，道贯天人。己丑五月书此以别屠。”屠真无愧。屠言令德堂中者十二人，又曰：“浮才不可有，实学不可无。”恐诸生卷黯然无光。梅老言见川人如某某、某某，皆才质最好。“才质”二字，乃川人得之先天，梅老能撮其要，则梅老之学不可及也。官场体制，似是外观，非实际所存，然使概去之，恐又不足为治，殆如曾文正练兵用花架之说也。况体制为朝廷所定，即为皇上声教所存，不可不遵。如非其地、其时而妄用之，不惟不宜，亦必不成样子。

**十三日(10月22日)**　见门生四人。屠梅老来拜，谈最久，并及其家况，清苦难堪。言其官并不为家道做，然兄弟家口，应以教书供养之。又谓新疆、黑龙江皆应得者。天恩高厚，何以家为？无家可归，亦所应也。托回京后，面致拳拳于高阳师及顺德，言祁师之孙，李师外孙也，往年来晋，往拜二次，未在。又问毛实君。乔茂宣与寄一吴孝廉算学书来，其驳谈天空谈，不能有根据，言伊亦驳过，不能驳也不可，欲复书则长。现在所立程课,皆身先之,不敢荒废,而又累致眼疾,故复书寥寥。夜,阎观察来谈,气质终浑朴,文介公余风所被也。前日屡问某相熟否,答以相熟,不敢谓不熟。今已三次见面,乃言某与见面,无因而去,托以银钱事故,渠以乃祖故任之。后乃多出葛藤,吃亏不少,予默然。三次皆有薛同年在坐,亲见亲闻。

**十四日(10月23日)** 见门生一人,拜客,至胡砚孙寓。问以有叔峤、玉宾信。笔下清才,举止比前整饬,恭谨之中,有鹤群之概,聪明人真可爱。高培焜号元裕在其寓。又拜丁价藩,谈更久,归寓,有教习、知县崔隼来禀,直隶张令同来。言丁丑与予同号舍。中丞幕耿筱平名钟麟来。抚台交来北榜名录,无玉官名。予与薛君同运,其弟未中,故玉不谐。好在玉官处,今日非昔年比。癸酉、乙亥。既能造到此处,不怕无功名。此后子弟文字,我当独任。四书文、经文、策,必今日造到门门能晓,他日方不误人。科名一来即来,学问非一刻所能骤致也。学问而外,尚有胸襟、器量皆从学问中出。薛今夜言不可有"理学"二字亘于中,当以"读书敦品"四字刻刻存心。关中自李二曲后,人人欲仿理学而行,薛耳闻而目见之,故能为此言也。夜,书扇二。黄守信等欲从举班出仕,我看大挑亦甚难,教习无论也,不得已,其即用乎?即用究不同,馆班尤不同,惜乎!为馆班皆无中正之旨,拟劝守信由即用出。守信、菊生皆劝之,此外不劝,不知信否。

**十五日(10月24日)** 赴鹿鸣宴。昨日,中丞差官下来一帖,四六启。今日巳刻,用红封装中丞、藩、臬、提调、道、外监试各帖,差官来催,午初又催,然后服朝服、朝冠往,入头门,轿从月宫而行。各举子紫衣、簪花、披红,作揖道旁,拱手答之。堂口下轿,排班拜阙如下马宴毕,以第三次帖还之监临,监临看座。堂下四官公服、翎顶送茶三次藩、臬等茶,跟丁送毕,举子排班,礼吏唱礼,九拜正考,九拜予,次及监临、学使,再次及藩、臬,又次及提调、监试,终及房考。房考在彩棚内,但无坐。拜毕,举子答拜六礼。礼毕,藩、臬、提调、监试每人安一座,擎酒杯。四席平列,入坐,开戏,标兵护宴,四官上菜,三菜后彻宴。中丞请入花厅更衣，少坐而归。胡研生延高元裕炳焜禀见，前日已挂号，今始见也。

**十六日(10月25日)** 王硕甫、林拱北来，拟请其代书款也。研生、元裕亦到，畅谈至夜。研生壬午见后，今再见，与昔不同。人有以不变为贵者，有以善变为贵者，性质真诚，不可变也；学术威仪，贵于变者也。由浅而深，由疏而密，由轻而重，文正望小侯，非善变之验乎？若当家居时，有不检点，既被一命，则当慎之。此又学术而根于性质者也。

**十七日(10月26日)** 赴公宴，抚台、学台、藩、臬、道、府、县及候补道同作主人，由抚台差官三请乃去。抚、学两院送茶安坐，监试各房皆客也。

**十八日(10月27日)** 秦、蜀两省公请，由抚台作主人，请帖则同乡共列名抚台之后，学台、藩、臬、道皆作陪。丁价藩言中丞大高兴，且说要摊份金。薛同年约定二十三起身。

**十九日(10月28日)** 吴春海前辈送赆仪到，章程数本、拟墨一篇。饭后，将出门，良荪到，坐谈至三下，已宴矣，乃未出门。遂约研生来，拱北、元裕同来。研生谈文蔚若诸事，奇诡可听。

**二十日(10月29日)** 九下起，硕甫来，学使来，言定须初四赶到京尤好。出拜抚、藩，各坐半时，乃至良荪寓晚饭归。研生、元裕来。

**二十一日(10月30日)** 复吴春翁信，交其家人。川榜不电山西，予屡问中丞，乃命电来。抚台送来川榜，泸脱科，早知必至此，骆成骧在闱曾言之，果中。聂、杨二子食报果速，以父有苦功。泸之某某者皆好才质，何往乎？岂亦邀会办货乎？齐太公兴利而后有篡弑之弊，势所必然。惜菉逝，言之无知此理者也，知之且难如此。

**二十二日(10月31日)** 供给议兑款。研生来，代书对九付。

**二十三日(11月1日)** 藩台拜会，嘱以团拜敬交吴，要回信。俞道、张抚台相继来。夜，丁价藩来，研生、为七兄、九弟各书一扇。元裕、硕甫、曾树堂来，均有依依之概。

**二十四日(11月2日)** 启行出城，至官厅号房，以抚、司、道、府、臬、监试、房考、同乡帖版见，下舆入，少坐，揖而出，并与诸官一揖。抚台送轿，司、道各官皆从，乃行十里，与薛别。薛回陕，夜宿名千驿。抚标沿途植旗、声炮，挨次扶轿行，言抚台预派出也。

**二十五日(11月3日)** 四点，行一百二十里，宿寿阳，冷甚。以丁、胡函付费巡捕。

**二十六日(11月4日)** 四下起，夫马不齐，天大明乃发。寿阳非苦瘠，不知何以如是。五十里，尖什贴驿，榆次管。又五十，宿平定，李直牧羲铭，字苏辰同吏目服花衣迎道旁，下轿答之。来馆禀见，谈多时，且询敖金翁。夜，举子三人来谒。

**二十七日(11月5日)** 八十里，尖柏井铺，武巡捕王福叩辞归。又五十里，宿井陉之井泉驿。至此遂暖，盖路低矣。

**二十八日(11月6日)** 尖获鹿，办差刘升曾随余弟完县者。过滹沱河，正定府县差帖接。二十里外，徐见隆总镇亦然。宿正定，饭时，见隆来，徐与陈鹤云太守下帖共请，辞之不暇，亦不敢也。送席来，燕菜、烧烤。

**二十九日(11月7日)** 四下起，命王奎、老唐在此候大车及薛家人，免办差者扰及三日也。行九十五里，尖新乐。又五十五里，宿定州。今日一尖一宿，皆无可吃之饭，不敢再索，索则骚扰。

## 十　月

**十月初一日(11月8日)** 到保定。

**初二日(11月9日)** 到安肃，过官厅，九弟候于此，计别十七月矣。胡恪三令君及其帮缉委员马同年来，胡请饭。

**初三日(11月10日)** 到河北，九弟同行，夜四钟行，与九别。

**初四日(11月11日)** 到良乡，张同年来。

**初五日(11月12日)** 到泸馆，何云凡来，夜入朝房。

**初六日(11月13日)** 请安归庙。

**初七日(11月14日)** 云凡来,借四百。虞裳来,借一百。

**初八日(11月15日)** 孙叔禾同年来,宋芸子来。

**初九日(11月16日)** 熙小舫房师召饭。

**初十、十一、十二、十三、十四日** 皆谒座师及朝殿试师。

**十五日(11月22日)** 福中堂师寿辰,往祝。夜,杨虞裳来。

**十六日(11月23日)** 西城谒许星叔师,谈颇久。询及七兄,言写作甚好,又谓晋差非腴,归来垂手而尽,体恤可感。寄九弟信二封。

**十七日(11月24日)** 东城谒廖仲山师,刚出。徐荫轩师处坐半时,言屠公贬官,心常耿耿,又谓屠老不以官职有无为得失。七兄归自涞水。

**十八日(11月25日)** 叔禾来,以熙师借票五百金交去。鹤笙前辈来,以聘漱芝事告之。鹤翁言现在之文,人虽诋为怪,然非空疏所能,经、史、子必有一得才可作。

**十九日(11月26日)** 午刻,谒熙师,师苦心体恤,已大可感,并教以处彼等之法,恐不去而彼来也。回拜李新吾、费屺淮。谒高阳师,正谈洽时,有人至,师谓有暇来招再谈。归过泸馆,达宣出拜粤藩未归。与仲符同车返,骡惊逸,几误。夜,小陔、七兄来,气已平也。可见乘气直折之非。施愚山云:“一日不见己过,已绝圣贤之路;终日喜言人过,大伤天地之和。”

**二十日(11月27日)** 拜薛筠翁。过新馆,团拜。勿苛论责人,勿过论誉人。论事勿言已往,免纠缠,养精神。

**二十一日(11月28日)** 李木斋同年请松筠庵,同集者柯逊庵前辈、王胜之同年、王出使日本。吴榜眼士鉴、其父子修,丙子同年,谈吐似有根柢。曾重伯、张巽之同年。归,夜过泸馆,小陔、芾村同在。

**二十二日(11月29日)** 巽之来拜,言蒋待御上封事,似为蜀事,楚抚谭查办。午,拜唐容川、黄楚�,贺童瑶圃娶媳。拜江楚卿,遇楚枏,晚归,达筠已来接七兄过吃饭。与省初信三纸,逸田二纸,秋凡三纸,公信八纸。小陔尚嫌我未勤细思周到,不能自信,同乡同年。然当去者已去,若与某某较,我自逊。若与孙渊如较其傲岸、沅青较其疏懒,则我又算合时也。

**二十三日(11 月 30 日)** 入东城,拜汝翁方伯。由存义取五十归。

**二十四日(12 月 1 日)** 内外三席,宋芸翁又请。夜,起湘师信稿与九弟函。

**二十五日(12 月 2 日)** 未出街,昨夜酣睡。江楚青来,乔茂萱来。

**二十六日(12 月 3 日)** 杨挺之来,已拴车,尽日不能出。夜过泸馆,刘芾村、七兄在。

**二十七日(12 月 4 日)** 李老前辈殿林来,谓傅侃等皆其至好,五次不中,今入彀矣。李北山为河中副榜。

**二十八日(12 月 5 日)** 房师来。出过杜翘生、乔茂萱。

# 光绪二十六年庚子(1900)日记

## 五　月

**五月十五日(1900 年 6 月 11 日)**　城外杀多人，永定门杀杉山彬[1]，街民狂奔。刚毅、何乃莹到涿州。

**十六日(6 月 12 日)**　毁海岱门教堂。刘夏先言当走，答以路资不易，家小出去，亦无安顿处。午后，赴高庙吃茶。

**十七日(6 月 13 日)**　毁顺治门内、门外教堂。端府召见各师兄，团由是张扬街市。闻车驾将还宫，董守荣府，荣守西苑。午后，同子安、仲舒窑台吃茶。夜闻烧东江米巷[2]，坏外人极多。

**十八日(6 月 14 日)**　探东江米巷，则十七夜所闻全虚，谣言幸灾如此。子厚来，商雇人联保事。下午，孟甫来，商眷口行止事，拟急则赴涞水乡间，远则不能走矣。夜与三女信。吴修士来。

**十九日(6 月 15 日)**　晨，有团民带伤、血被面归过门外者，闻以续烧昨日教堂，有外兵三十余人以枪伤之。外兵十七已据长安街桥，自保使馆。内城十六夜一起，至今夜夜闹攘、夜夜戒严。研孙送眷过大同。四下时，于晦若来，示我何润甫涿州来信，十五日发，言去时在良乡，已解散拳民。谓在涞时，杨统领名福同所带兵皆洋装，误为洋兵，遂与角。杨又开炮，故伤之。涿州拳民四五千，已将解散，后又来山东老团六七千人，似颇有难解之势。何言受国厚恩，尚须费不烂之

---

① 彬，原作“宾”，今改为通用名词，后同。

② 即东交民巷。

舌劝解之，谓其吃小米、苦盐，持戒甚严，故无掳掠，语多骑墙，而偏于难解一面，盖亦以为危也。且谓天不雨，恐成流寇。润甫以洋装致误，意在轻轻巧巧消去"戕官"二字。晦若言今日九城皆闭片刻，适顺治门闭，虚一缝，许红抹额者入，不许平人入，或恐团民激怒洋兵，不免有玉石不分之虑。或曰洋兵来者不过一二千，且广东未见此举，何至施及京城。刚毅由涿州回至良乡，怂拳，拳谓已见上谕，不敢肆[①]。刚曰："上谕不要紧。"未晚，送邸钞。上谕以拳匪在内城焚烧、杀人，日夜数惊，命九门提督会同神机营、虎神营、武卫军一体严拿，遇有持械喊杀者，即送提督正法。诸王则以庆王冠首，贝子等守城。陈侍御同五城办理拆拳匪各棚。五城先曾联名上折，谓宜拿办，不然，延染一宽，不胜拿矣。内廷寝其奏，而骂为糊涂。夜，接砚生[②]函，谓眷以早出京为妙，渠非轻于去就云云。夜闻北河土匪劫人、杀人于村。

**二十日(6月16日)** 晨，过武卫军分扎城门。连日谣言，有曰将幸五台，已派刚往修行宫者；有谓调马玉昆为打洋人，非打拳民者；有谓董军仇洋，不可用者。午，过乔宅，出街口，见东北烟起，闻是硫璃厂洋油店。入乔寓，见少南在彼，正写条陈，则中城要者，盖虽奉旨，尚无办法，以神机、虎神不可用，董军不听用，须宋军到乃可办。洋兵有三千余由津来，均于今、明日可到。刚相归，言不能解散，初何言之太易？少南言董与拳通，拿即致变，一弦。王枚岑作折，令濂贝勒上封事，谓拳可灭洋，中国伸威，在此一举。烧大栅栏、西河沿、前门楼。归，见烟尚炽，由栅栏延烧过廊坊胡同。往日不延平人，今日不然。闻有某店以溲泼之，其法既秽，故止之，不能烧。荣、庆、端、澜意见尚不相合。贝子、贝勒皆大哭，非哭杀烧之起于京城，乃哭昨日上谕之将拿团也。晚在门口北望，顺治门内烟尚油油然，闻直至[西]

---

① 肆，四卷本作"练"。

② 生，四卷本作"留"。

江民巷矣。后闻有谋乱大猾欲乘机烧大内，不料火势入前门，折而东，岂非九庙之灵？荣在内谩骂曰："这些王八旦要把义和延入京，谓其能打洋人，闹得如许烂。"王夔公劝曰："现在但须先清内匪。"荣曰："一言难尽。"荣调董扎万寿山，董不听调，言面奉懿旨扎城门，且以言抵荣。闻密旨调袁与合肥去矣，不知能急至否？后又止之，以其深恶团也。

**二十一日(6月17日)** 清晨，汪金波同王石孙、任少梁至，言天字号、谦兴号昨夜已劫，并称赵翼翁言学堂公项，凡家眷可走者，均挪以行。予曰："事有轻重，时有缓急，所言极是。"乃同石孙到存义[①]，嘱取现银，并津沪兑数取银信，皆交汪缦卿。路上尚见红抹额、红带而持刀者数人，又一人与甘军[②]一勇同行街边，似甚昵者。取存义公项三百五十元，与赵翼之、甘少南、任少梁、王石孙。总折存义留，以停支也。少南言朱古惟以使馆当保护，剿、抚兼施大碰，闻此二骇。午，少南来，言昨日密谕刚相、董军门招募拳民，后尚有横行者，则剿之。又言朱古惟昨日召见，以衅不可开、拳不可恃触怒。归，遂行[③]。谓待马、宋军来，必与外人决一战，以赔不胜赔，怄气不少也。闻此者皆知其不可迫，欲南行。孟甫、子厚则闻通州无船无车，不欲行。七兄亦以小孙无乳，且天热，不欲行。予则安心在此，祸福听之。王萍

---

① 即存义公票号，由渠家渠晋贤、渠源浈与张祖绳合资经营，是由布庄改组而成票号的。开办于同治元年(1862)左右，1916年歇业。

② 同治六年(1867)左宗棠督办陕甘军务，收买甘肃回民起义首领之一董福祥，将所部回民军改编为甘军，又先后添募十四营，以厚兵力。光绪二十三年(1897)董福祥奉命率甘军入卫京师。戊戌政变后，甘军与武毅军，新建陆军、毅军合编为武卫军，分路驻防。义和团运动中，董福祥曾率甘军参与围攻各国使馆。八国联军进攻北京时被击溃。

③ 遂行，四卷本作"遂送老太太行"。

三言明日十点后便不能行。又闻那桐昨日廷议①时,老佛爷指天上烟痕曰:"你看这样如何办?"那桐曰:"须先保使馆,而后剿、抚兼施。"曰:"洋军要来,你能阻之否?"曰:"能。还有许景澄亦能,乞同派往。"乃向使臣言:"伤教民,中国自有办法;毁教堂,自然要赔。况此次我国烧去精华尤多。我二国幸未决裂,何不阻止天津来兵,听我们自办乎?"闻使臣口有活动气。闻今日又遣许赴津阻兵去矣。少南来,其眷明日仍行。各眷不能走,以闻天津梗阻,少南不信,挽写存义信,挪公项二百。明日伊着人往存义要号信。金波来,问晨间何故允之,据言王、任今晨往其家,告以故,约之同来。金波来时,少南在此。连日兵来,皆入内城。

**二十二日(6月18日)** 黄绍廷来,言必决战。房山北山无米、菜,房屋但庙之两寮,皆坏者也。闻仍欲与洋人决裂,并有"迎头痛剿"之密旨。宋芸子来,欲在卢沟桥招募百人或五十人,自练一队,乡人移眷往,而口粮挪公项,欲存义按时拨用恐难。又乡人移往者,佃房、吃食之费,亦恐无出。孟甫来,则言不走。宋虑决战致怒,开花炮轰入城。"王言如丝",乃不令人信,而且启其疑,却非佳事。徐子珍来,言西什库前日伤拳十人,遂未再往。又言极伧诸形,恐其不击自散,甘军亦恐难鏖。早年闻其主者善钻营,焉有钻营而能威猛者?东麟堂坛已避向筒子小胡同,东单牌楼有一坛,有私送信于洋人者,洋人去而遂走。

**二十三日(6月19日)** 下午大雨到夜。又闻津警。焕如在街

---

① 慈禧召集大学士六部九卿参加御前会议,可参看恽毓鼎《崇陵传信录》、李希圣《庚子国变记》、袁昶《乱中日记残稿》等相关记载。恽毓鼎日记于会议的席次,各人动作、语气及神态着墨较多,李希圣多录下群臣的激烈讨论,袁昶着重记载自己的慷慨陈词不被采纳,但三者都未对那桐的发言作记录。从结果来看,清廷命那桐、许景澄出京阻洋兵入都,二人次日行至丰台,为义和团所阻而返。高枏的日记截取了会议最具决定性质的发言,选择精要。

见一老道，精神甚旺，服红缎衣，画八卦于上，有童儿四对，叉其刀而负于背。拳匪从者五六人，人轰传曰："老团来矣。"黄老二过昌平，觅住屋。下午，余子安来，始知子厚太太已往。夜，孟甫来，劝勿候黄二回，而叫车速往。夜告老六以崇祯诸语。

**二十四日(6月20日)**　雇车五辆，价十五两二钱，送三媳、诸女等过昌平。枪杀德使臣。拳烧东江。

**二十五日(6月21日)**　德先同七嫂过昌平。十三侄于十六日曾挽我写字存义，挪泸馆款二百，我写一百，十三遂怄，及是乃知号窘。同十三过存义，还伊洋元一百，又还伊津、沪两信，交静山手。萧士修同蒲某持芸子信、奂如字。公款练团。金波、子南信。子南嘱取公款百金与萧。丁衡甫言团民与董军夹攻使馆甚锐。夜，接申甫信，言部复未到司。十号寄九弟，言移家昌平。

**二十六日(6月22日)**　敏先回自昌平。晦若来。二十四夜始攻东江米巷。夜，萍三、子厚、孟甫来，商送眷归川事，皆以兑数不能到京为难。有言团民实能避炮，畏见妇女。夜攻西什库。夜不寐。

**二十七日(6月23日)**　又过存义，晤马仲华。孟甫来，言局势尚稳。夜，孟始去。闻警耗，晤朱古惟前辈。

**二十八日(6月24日)**　三下起，同敏先过昌平。四下到寓居，土墙尘垢，然有野趣。

**二十九日(6月25日)**　往看郭孟育、汪缦卿，闻墙外街上有人声如于惠若，急出，呼与语。惠若乘马，玉昆营马。并有营兵二名送之来。为何润甫安置家眷，顷即返京。又言京中安堵，嘱予回京。复往看高理臣先生。理翁将往山西，谓予与渠不同，宜勿远去。此老忠纯，故所言如此。嗟夫！若屠梅翁、理翁在台谏，大局岂能至此哉！杜翘生奉母携眷出京，团以为毛子①，将刃之，同行者同声申明乃释，

---

①　毛子，疑为"二毛子"。义和团呼外国人为"毛子"，呼信洋教、用洋物、习洋语等人为"二毛子"。

而怪其不插官衔旗。人誉其眼能识别,何有此误?与李少宣写信三笺,求贷也。

**三十日(6月26日)** 往理翁处,交少宣信于高星墀。星墀劝予前发,谓远一站是一站。洪贞一吏部,湖北人,言董精锐顿挫。使馆经大炮,但起微洼。金波到,言西什库已完,大赉银六十万。萍、厚到,言验看官伤毙十余人,陈桂翁已受伤。又闻曾小侯[1]家被劫。编团队而无截止之数,殆以多多益善乎?乔茂萱眷将由平谷到宣化。萍三言局势无可挽回,团果全胜,亦难善其后。幼孩以杀人为乐,天心不可问矣。所言深切,予亦并无希冀,不过欲眷先归,独留以看事机,且再瞻天颜耳。

## 六　月

**六月初一日(6月27日)** 晨,闻合肥自上海电奏,塘沽电如故。言"使馆如未攻破,事尚可说;如已攻破,即无庸说,徒死无益。如未破,请缓攻"云云。此信乃洪贞一今日清早所得友人信。其信又言"大沽炮台已失,伤两将领,拳民伤亡略尽"云,董在东江米巷亦伤两健将。以上乃孟育闻之洪君者。饭后,到理臣先生处,晤洪,言虽停攻,而洋兵不能阻,旧法如是。子厚、萍三来。孟甫信来,昨夜发者。言侍卫杜、秦、陈汹汹然向之言,学堂公费任少梁曾用若干,是从翼翁处拨用,伊等亦要用。盖二十　晨,金波、石孙、少梁来述翼之言,同乡联队保眷约六七人,拟借此款渡海,予不能不允。后因津路不通,信已交还该号,即作罢论。何自而又有任少梁之言者?将函寄翼翁,如不允,则罪在我;一允而未用,则累赘仍在我。离乱之中,专靠天心,想诸公必平情论断也。

吏部孙某与万薇孙同出彰仪门,请一拳民保护出门,又有别坛拳

---

① 曾纪泽(1839—1890),曾国藩次子,被称为"曾小侯""曾袭侯"。高枏则每以"曾小侯""曾袭侯"指曾纪泽三子曾广銮。

民阻之。孙取保，释其人而留其车；万则人、车并留，声称将送庄王府。事在三十日。

紫竹林洋兵千余接仗，伤拳民、官兵万余。邸报谓大沽炮台被站据。七兄以初允翼翁等盘费为错，屡以言见逼。再晤理翁。未黑时生一孙女，媳沉迷五次，急熬洋参水饮之。敏所买参不好，彻夜不敢寐。

**初二日(6月28日)** 小恭王车八辆，过此西行。陈子闲来，言骑驴回京，次日返，驴夫引由海淀至其家，其老父沉吟曰："入团乎？否乎？"若甚不决者。人能沉吟而细择之，庶免冒昧之祸。汪缦卿来酌，方用洋参四钱、香附二钱五分、北芪四钱、甘草二钱。子厚、萍三来此，闻合肥电暂憩此，须再听。邸报，再赏甘军。

**初三日(6月29日)** 江西同年过门，七兄往问，言在炸子桥[1]坛出香资四金，给所刊票放行，注明某香资若干、出某门，二师兄放行。谓比当日芦沟税卒便易，又言东江巷如故。护兵来宿店。人呼"团"为"王八"，令人失笑。北人呼"龟"为"王八"，而"团"又"龟"之体也。赵枢密送母眷过山西，当言不言，令其母受暑天道途之苦。昌平谒高理臣府丞，将之淮安，送以诗曰："罢官迟未去，恋阙见兵端。孤注匡王苦，全家作客难。嘉谋留谏院，凶焰满长安。处处红巾队，知公不忍看。""自昔阳明老，私居甚敬公。如何谋少傅，不以诏东宫？举错天难问，行藏道不穷。江湖仍魏阙，忧色见孤忠。""令子堪经席，传家幸有人。读书无俗见，引《鉴》自通神。汗马唐宫阙，闻鹃洛水滨。苍茫汇今古，回首倍沾巾。"

**初四日(6月30日)** 陈仲书同刘遵五归。子闲来。金波兄弟、孟育后来。"蚩愚诚爱戴，何故薄乾清。伊等于上无好言。同是钻迎习，加之忠义名。粗疏由四皓，谋议误诸卿。数次集议，汉九卿，七人不可，余皆逢合者，若拼命争之，岂无当乎？视尔工谀辈，腼颜何处生。"午

① 即达智桥。

后，金波来，言察哈尔有六百里文，由此过。少平来，言萍三欲送其姑太去绛州，欲挪银三百。少平未走，廖府送乔、曾信至，以武侍卫欲分学堂款，张茂勋建议报效"王八"，茂、奂嘱请金波归。予与石孙、少梁一信，言"前言在耳，乃生枝节，号情为所亲见，诸人既有言，乞两君妥定章程，或分现银，或立兑票，再自同金波往该号商办"云云，折存该号。又与文静山一信。

**初五日(7月1日)** 昨夜大雨至晓。金波、七兄不能行，清早补一笺与奂如，嘱其转告石孙、少梁，算明人数。明日雨止，金波归，同取数，交老廖先行。饭后，缦卿来。"人意方思乱，天心欲洗兵。坛虚妖虎渡，知州裴敏中每至坛，呼小儿问姓名、里居，召其父来，详告之，引去。野润惰龙耕。纵少粮栖亩，应无柳作营。寓公聊一喜，就此颂贤明。"夜闻子厚与奂如信，言分则不敢，借则要多借。获[1]使馆细作，两信求援，宗山[2]欲斫之。本号曰："如打不透，不如将计就计。"乃命初八仍回馆。初八回信，使臣言被围已久，无全权，如欲停兵，须由政府与外部话。或言十五至十八事。保安寺僧入坛后，妄杀读洋书者数人。西城内有剃工四人，与人剃发而抹十字于额，致误杀者亦数人，人咸冤之。老师兄斩剃工而贷寺僧，曰"神不许"云。广升号之被劫也，掌柜以明火报案，谓铺中除洋油两筒外，皆广货，房非奉教之房，人非奉教之人，从何犯其条禁？且不焚烧而抢劫，何为者？田军门，贵州人，不敢办团，另捉劫后拾物之人杀之。有一人负一槅门过，军士叱止之。其人卸槅门于道，军士呼之前而斫之，而抢劫之人则固无恙也。午后，过任宅。夜，金波遣人换存义信，谓措词迫切，且宜写为人众，乃多兑数也。写茂萱、奂如二笺。金波谓犯难，即推卸。夜，七兄以

---

① 获，底本、四卷本同为"护"，不通，据二十日言"徐、崇欲杀前日所拿细作"改。

② 宗山，二字合为"崇"，指崇绮，隐语。

印结[①]将扣账，平时多拉而无蓄，着急实甚。予则本无印结，更何问蓄积也？

**初六日(7月2日)** 晨，七兄、德先同任、郭回京。巳刻雨，午止。闻各疆吏痛哭陈言，谓自古无此办法。又拳勇自谓不能打，言所据皆腾空，所焚皆民屋。有拳民数千到京，老师兄曰："如不能上神，将捆之。"散者甚众。又闻有贴炸子桥坛无名帖者，讥其受贿不公。王师德之言何如哉？恐此后更纷而难纪也。卸任知州屠迪旃，其胞弟丙子北榜，名义容。梅老堂侄，癸巳冬往署房山。予从涞水归，遇于长新店，今七年矣。来谈。裴公病假，道台委人代理，道意提倡"王八"。裴，皖人，为天津大关总办十年，似与傅砺翁先后，记曾问诸申甫。缦卿来，同步后圃，望东山。

**初七日(7月3日)** 大雨，午刻，雨仍未止。此次迎铁牌似较何公认真，故雨亦认真，惜乎迟也。有教民子年成童，送其嫂归某村，以州城清静，复归来，团昨夜杀之。"城西有一老，厉词训两儿。谓此义和团，即是白莲遗。忆昔嘉道间，白莲为之师。兵民与内监，一一贯如縻。气势亦浩大，消息风雨驰[②]。一朝忽沮败，进退无所施。瑟缩类牛豕，甘送老头皮。汝曹[③]生世间，利害茫无知。平日惰耕种，今欲持刀为。杀人与放火，忠义顾如斯。况汝背父言，孝字已先违。一子似领悟，抱膝倚门楣。一子绝裾去，奋往不复归。老父吞声坐，颓

---

① "旧制，中外大小官员引见验看，须同乡京官出印结，结费之多少，视品位之崇卑。既出结，得分结费，软红薄宦恃此樵米资矣。京曹有印官可出结者，为六部郎中、员外部、主事、宗人府起居注主事、光禄寺署正、顺天府治中粮马通判、大兴宛平两县知县。而五六品京堂、给事中、御史弗与，体制崇也。翰林院修撰编检、内阁中书亦弗与，无印也。某省印结事移，由本省出结官分年轮管，结费即由管结官分送。"《姚学塽不取印结银》，徐珂编撰《清稗类钞》第七册，中华书局2010年版，第3189页。

② 驰，原作"施"，据四卷本改。

③ 曹，《借禅室诗钞》作"即"。

然垂涕洟。”子厚交阅奂如、石孙信,盖奂答厚书而伸言人言之杂、提款之难也。石孙言翼之探葛直卿处,言英、法求和,赔八百万。《昌平东山》诗曰:“云气粹然白,下罩东山东。疑有桃源人,僦居于此中。昨闻盛豺虎,跨岭搜儿童。谁领昌平道,幽岩变血风。”夜,腹微痛胀,头亦闷疼。

**初八日(7月4日)** 雨止,晴。缦卿来,少平亦来,言初五奉谕严拿寻仇杀人者,不许拉官车,兵车由兴、宛雇,发价。感冒头闷,足濡软,服荆荷、竹叶、麦芽、茵陈。山西兵过此打馆,以字托屠迪旃转告新州牧。

**初九日(7月5日)** 清晨,少宣信到,不信京师残破者,以未目见街市诸形也。午后,十三回,三女来一信。金波来一信,石孙、少梁亦来一信,言饿鬼太多,当此时而望分借公款,人情也,以为钉锤则不可也。存银折既由金波同云凡交恒裕[①],我所职者,卸也。江云峰、山西兵队管带。陈子凯来宿此店,初不与之,而前站[②]不允。州署差门又劝,予乃让以上房。及见江、陈,乃言有姻世谊,从者肃然。夜与江云峰总兵谈,江谓朝廷欲为此举,必须谋勇兼优,如向忠武,多、鲍两忠壮者五六人,然后可,若专靠董、马一二人,决不可。江乃陈国瑞部将。

**初十日(7月6日)** 复金波一函。复共江云峰谈,乃知晋抚毓贤奉密谕调兵,无以应,急遣府标五营。毓盖今日朴忠大吏也。午后,江行,来告辞。复少宣　函,交伊带去。闪二少爷来,缦卿来。

**十一日(7月7日)** 饭后,缦卿来,言其对寓某得友信,合肥即日到京。少平亦来。三下,老廖持金波、七兄信到,萍三以恒裕款告,茂勋遂纠闹,聂与冯在乔宅大怒,乔且以刘某跟丁为我。虑金波大受气,而疑我欲减存义之累,故献恒裕。不知三十夜言及恒款,乃因萍问学堂全数及之,尚有子厚可质。予心向少曲折,何尝计护此而出彼

① 即恒裕银,成都走马街银行票号。

② 站,原作“占”,据四卷本改。

者。午后,子厚、缦卿、刘子欣同来,诉之子厚,述三十夜问答诸语,缦卿先为豁然。萍三送眷心切、虑祸心深,故迫而为此,不然,其肯向茂劬同谋耶?七兄谓,评我种种不是,就一面言,则二十一允挪此款,即大不是也。然非任同来,予岂无疑滞哉?使其不允,则评者又不知着何语。子厚劝迟归,而以字晓萍三,予仍拟归,必欲搅我,则以存款捐入五城团防。告七嫂以外款难来,少宣之五十,京贷之五十余,必匀用至五个月。

**十二日(7月8日)** 清早,率敏儿行,敏不应行,必欲行,乃许之。至沙河,吃饼茶、烧酒少许,行至清河,又茶。到京,闻大炮声,不解[①]。到宅,则闻拳团尚守法,某军不服朝命,所为烂事,皆推之于团,团又不受。已烧肃府,炮子及西苑,坏一墙,又及景运门外。有言天津得意事者,多出于总干处。茂萱、金波来,以冀翁欲用七百以上,萍必六百以上。茂嘱将前支与任、王、赵、甘之数硬担过,作为学堂之数,未动,以免后文。予又将与萍叙及恒裕之词述之。我欲报效五城,茂又不肯。

**十三日(7月9日)** 作报效呈稿毕。金波送信,言有人已将款及房屋报效矣。孟甫来,亦言此。如此甚好,免借者逼借,数提不出,而借者又复生生不已。孟甫劝送眷过河南,须款六百余。金波来,言具呈报效者,凌二爷首名,主谋者何伯卿,削草者张茂劬,列名者有翰林,不知谁何。少南嘱勿缴折,恐朱邸客有撞者。乔来字,嘱听之,勿牵涉同办学堂云云。合肥未动身。通州教、团大战,团大败[②]。长玉

---

① 是日,围攻使馆的清军放炮三百余,奥一舰长满多胸部"中炮毙命"(《拳祸记》上,第163页,转引自李文海、林敦奎、林克光《义和团运动史事要录》,齐鲁书社1986年版,第255页)。

② 八里台与侵略军战,聂士成牺牲。是日团民牺牲二千余名,亦有官兵有意驱使团民为前阵之故,见佚名《遇难日记》(《义和团》〔二〕,第171页,转引自《义和团运动史事要录》,第259—260页)。

笙请兵。

**十四日(7月10日)** 筹措无法,仍以不走为是,以太原已在烧杀矣[①]。河南抚台又来奏请义和团。金波来字,言具呈牵涉绵竹君,张茂勋谓是凌二爷老笔所添,绵于凌君甚好,恐无此重语。奂如来,太息而已。七兄晚见赖丕承。收拾书箱。谢澄皋来。与凌二爷一字,一报效,予实受福,以欲借者多,而号提不出,左右为难。黄石孙言沿江海各督抚与外国照会,互保境地,各不相扰,外国已允,行省境地能保无虞,亦朝廷之福。赖丕承言平谷城中官眷甚多。孟甫眷居乡村,举动大方,衣物足以惊乡愚,大为乡人所疑,起哄者数矣。因催其移居,故有回川之议。前过昌平,嘱媳妇等着乡人衣服,乃两侄媳所衣虽布素,规模却非乡人,诫之,恐以多嘴为疑,使闻平谷,当自知矣。

**十五日(7月11日)** 孙副爷来,三女以京宅食用太困,呈上零凑银一小封。孙言保府城内有坐营五,又添招四营。城内有坛,方伯不许烧,城外坛则不能禁,而第禁其入城,恐难久久如此。又言天津洋人二十二、三日实被拳民按回一次。近则洋兵又复扎满紫竹林,且悬一炮,打北洋[②],旗竿子坠下,而伤马几匹、亲兵数人。由山东道走者皆挡回,亦往密云、平谷一带。寄三女一笺、申甫一信、湑亭一信,皆交任喜明日行。午后,九愚来,言张茂勋前往其寓索折看,约往恒裕。九愚以公事不得由一二人而定,因吵闹。张以聂平日看洋务书,骂为"二毛"。聂曰:"汝等乱抢乱抓,乃是土匪。"九愚理直气壮,故无懦软之词,亦由其人素性正派也。夜,凌二爷来,曰:"他们呈言及叔峤,庄府谓太碍眼,命换过。"可见言者求泄忿,听言者未必附和也。又言何伯卿存款二百在恒裕,往提用,不与,仅与洋元,为可恶。又言乔于此窘时,扣伊三十。又言铁船头品顶戴,亦敲不得。庄府不与

① 毓贤在太原城内大肆屠杀教民。

② 指裕禄。

团，而欲与五城。停乡试，因蜀、楚、吴、浙奏请缓也，此为切题。奉天将军增祺奏言："此次中外失和，是为何事，乞宣示。"王夔翁以无词可答为言。人谓非增祺不敢有此奏。

**十六日(7月12日)** 晨，于晦若来，言曾往津一次，聂军门被逼不过，乃赴阵亡，实为可哀。沙侯照会，直凑单微。豫抚初奏，言将出驻河北，以防拳民烧杀；乃奏请练团，可笑。刚相亲带团攻西什库，炮一来即跑，溃者踹之几毙，故怨董军、怨义和、怨其涿州之言。次日，又呼冤，谓太监先操而亲试者。芸子亲往西什库看来，打脱十字架一个。金波言东江打脱英馆旗竿。孙师傅之被劫也，仅穿布裤一条、布褂一件，被追急，告曰："我乃宰相，年如此大，尔等把衣物抢去便是，何必伤我?"乃舍之。中军兵以五十两大宝换钱，钱店以钱少不肯换，兵遂大闹。中城练弹压者劝之不服，遂将勇拉去。中城十五日局勇获盗二名，甘军往夺，围中城署，枪毙数勇，陈侍御几危。金波、孟育来。夜，宋芸子来，所想太深，恐未必然。谢澄皋谓此事甚怪，必有神鬼播弄，予却信之。与昌平一信，嘱联结后圃种菜人家，交对门涂伯厚带去。

**十七日(7月13日)** 又闻大炮声，闻豫席之已往房山。徐、崇自知其误，现在无话可说，但办不动耳。天津几危。英、俄、德、法、日本五馆完好，吞国府及洋行毁。苏抚鹿奉谕办义和，复奏云："南边百姓柔弱，不似北省，且与洋人相习久，无民教相仇之隙，虽办团亦无用，以打洋人，尤不愿也。"谓湘省八人劾江、广两督，逢迎乎？痰气[①]乎？不得而知也。王枚岑确信团民能飞。春满为回匪马玉璋事上折，言其能封闭炮门，诸老闻此，不知若何。董军不信团，近日始闻之，大约当初与团合者，由于有心逢合，且欲幸其闭炮，因之以建奇功耳。及连伤爱将，转而相尤，亦势之所必至矣。五城练勇与甘军开仗，所伤甚多，勇求辞退者七百余人，陈侍御留之，而允其勿到局。澜带团民清宫。澜公车出，团揭其帘。澜公曰："二师兄，是我。"约在十

---

① 痰气，天津方言，指过分爱干净而使人感到厌恶。

四、五。九愚偕其兄来，其兄四月初八日由富顺起程，五月二十二日到津，其时尚可返沪，而必来此者，以与兄别久，且未见开仗，所见洋兵与团民皆不相犯。若无大力人主使，团虽忠义，亦未肯拼命上前，团乎，亦冤矣哉！七兄言七太、十三、黄二亦疑要硬上声八千。计前月十七夜团民攻东江，至此一月矣。少南来字，言报效必不准，且恐并无其事，属为存案。

**十八日(7 月 14 日)** 少南又来字，如昨所云。毓清臣来，言连冲肃与同过山西而无车，专人至津打电，仍不通，乃由折差寄信太原顾车。毓乃亲谒大师兄之人，连即拟宣战书者也，而乃周折顾车，同往避之。予告毓曰："人皆以令兄为首祸，闻之乎？"廖厨情同抢劫，到十一下未煮饭，予观作饭。是日菜钱仅数百，而每顿尚两三肴。十六，失天津。昨日召枢臣曰："外国要你们脑袋，知之否？"众皆无言。荣曰："脑袋不碍事，只要于朝廷有益，就与脑袋两个，亦不要紧，但恐与脑袋后仍无益耳。"昨日山西奏，全省教堂皆焚，教士、教民皆杀净。枢臣启秀曰："办得痛快。"毓清臣则言大同、忻州、浑源、托克托皆有教民仇杀，闻在省用计正法教士家口四十余人，要愚人喊好。忠臣所为如此。京官未告假者革职，告假而去者断前资。人人皆言义和团不中用，只能烧不坚实之房屋，杀懦弱之妇孺，不能攻打；又只能许主者以遥遥展缓之期。诸军皆轻贱之，乃当道五月独崇信之者，何也？夜过乔宅，七兄带酒大声，乔骇[①]甚。天津阵亡李巨川，宋军分统也。未明发，但饬从优议恤。苏岷原言庄府十四夜杀二师兄，大师兄遂跑，又鞭其三师兄者，疑阿庆事由二师兄发、二师成者。

**十九日(7 月 15 日)** 金波命长班持名片来，言老馆立一团，予已交值年，而犹告我，何也？今晨，敏亲买菜，用菜钱九文，吃包包白菜、萝卜、青海椒。在厨子手，必不止此。京宅鸡慌之钱，甘与伊等赚，而曰用费大，抑何可笑？十八、九，炮声疲。长顺奏言奉旨练义

---

① 骇，四卷本作"吓"。

和，四处搜寻，奉天只一个。裕长奏言："初拿拳团，以其为妖言惑众，今奉明诏，始知其为神灵效顺。"团在武清界奶子房拿八十余人，皆作纸，画人马形。赶庙会者谓是白莲教谋不轨，有鞘刀数十柄，即王麻子等铺所卖，有纸人、纸马，并有正宫、西宫，且有老公一人。未起事而先有东西宫，犹可说也，为老公者，何为急急忙忙而先阉割乎？或曰："阉割在前。"诚如是也，何为不充现任之老公，而甘为后补之老公乎？刑部未审，杀六十余人，街民太息。不杀人，媚人否？此事难办，攻人无绩，故以此效忠。不办则必哄，办则鬼门有人候之。黄石孙言琉璃厂华英药房，山东人所开，此人回去，留一教读先生在店料理。一日，轰传为白莲教，谓纸人、纸马咸具，麇集观之，则所卖烟卷篋上所贴之洋人图记也。马则小孩所戏之马，有机关能动者也。医学堂内无铜人，以纸为之，筋骨脏腑毕备。人哄传为洋人致毙者，观者啧啧，戟骂痛恨，及近视，则纸人。杜方自乐亭来，言北洋被围，兵船来者愈多，宋军退北仓。四合店人刑曹未审，可谓聪明，支解一，斩五十余。街上见者曰："如此样儿，亦想作皇帝耶？"皆穷苦黑瘦饥民也。临刑，官人有问刘大姊、二姊曰："你们习白莲教耶？"大姊、二姊皆惊问："甚么是白莲教？"尚有老妪数人，言是丞相之母。子厚归，过西什库，言宝顶宛然，诸事如旧。

**二十日(7月16日)**　初伏。于惠若慌张而来，言裕北洋、宋祝帅退至北仓，与杜方言同。又言昨日事，街民人人太息，谓团不到京，无抹血斋门之老婆；团不气沮，无纸人纸马之白莲教。以此效忠，仍望上之信之也。张主事黄小溉婿来，言房山山中亦吃小米，隔三十里一场，买小菜往返六十里，围山多团，挽出香资至百余金。又言良乡令张君聘终日哭泣，兵差过境，照常价加倍，村民怜其拮据，痛哭而与之也。团又阻之曰："此车[①]本团所需。"官为劾办，团欲加刃。合肥

---

① 车，原作"事"，查1900年7月20日日记，有"勤王兵过境无车，君聘倍价雇之，而团争去"之语，据改。

文由山东来，六百里。上午，炮声疲缓，津警到，炮声渐止。大内慌忙要走，宫人哭声大起，章甫[①]尤惶遽。涿州新往教民二千余，与团开仗。通州各村有兵、团搜杀掳掠。翰林院衙门办事移居平则门北沟沿祖家街，知会二十三准八点前后到彼接见。刘家模请义和团挨查官宅。萍三来，言初以借钱、借公款乃常事，不料闹到报效。又言凌二爷手辣，十二日伊曾见之，谓何伯卿已与庄王说明，得意扬扬。又用六百里赶合肥，以电线为晋抚所断也。各督抚电奏请勿攻使馆、勿害使臣，话总好说。徐、崇欲杀前日所拿细作，荣止之，命通信于各公使，并问以后通信当如何。公使曰："中国此次所为，环球所无。言欲移过总署保护，感激不忘。惟须总干同往则可。若要以后通信，照西法先悬白旗，我等见旗即止枪炮，以便会晤。"团之将焚官书局，司事许炸子桥团米十包、香百把，乃允。局西面为官报局。别团往毁，炸子桥往救，见非书局，因问司事曰："官报又一事乎？若在书局，我将开仗。"读十八日明文，戏作："三代镊子张、三代金牛李、三代王回回、三代王麻子，都中向来好作伪，苦语分明不嫌赘。今有真正义和团，客商如赐顾，请看冲天招牌第一坛。"有人言宫内起哄，不知何事。

**二十一日(7月17日)** 黄二过昌平，清早催起，至午乃行，烟之为害如此。过孟甫宅，遇芸子在焉，所言多幽深警策之音。合肥由山东发六百里奏来，昨日到。炮声止。近因廖厨赚钱太过，且每日早饭任意迟延，乃率敏儿买菜作饭。买菜一项，家中乌部[②]也，未派人，怨气隐然。至丁老爷之有无来源，则不过问，国事亦犹此也。内面误闻裕、宋无下落。内寺叫车，一车先交五十两，已叫八十余。董曰："佛

---

① 古代的礼帽，此指端王载漪。

② 乌拉部，姓那拉氏，明朝海西女真的扈伦四部中疆域最广、势力最强者，清朝以之为满族发祥地，并作为三大贡品基地之一。高枏以此暗示买菜一项可以中饱私囊。

爷往西，奴才即往西[①]。”午后，乔来，言前日之六十余人，刑部未问，上绑时皆哭，妇女尤甚。昨日宫内哄者，以闻津警，将西行，荣相恳止，曰：“出去更险。”子安家人由保府回，带来申甫信一封，三女信一函，亲家母送面十斤、袜四双。

**二十二日(7月18日)**　子厚来，言傅润沅告假事。损庵来，损昨日会凌二爷，凌言未与说明，且不喜伍二事。由凌找城[②]，非城找凌，何言未说明乎？使馆出来许多人，有魁和参局者，自言前日交仗时，伊等慌忙躲避。至租界，洋兵截去，教打枪，数日，服以洋衣，命战。所云打死洋兵者即此。今停攻，洋兵曰：“今无用尔等，尔等各回家。”上谕饬保护使馆、教民，拿戕使臣、参赞凶手，查所烧教堂、洋房。果闻朱邸有“一龙二虎十羊”又曰“九羊”之隐语，令人骇愕。宋所闻者，想必此也。北洋奏报，洋兵四百破天津，不戕官、不扰民，专杀拳团者。夏辛酉兵获胜仗，何云凡闻之礼部某，后乃知为谣言。荣相初与某某等争论不胜，适接江苏候补道某[③]函，言洋人已定四条，有天下兵马钱粮归其掌管，政府[不]要干预。荣得此函，送入，将以恫骇沮其谋，转而归剿办之议也。不料送入，遂大怒决裂。后乃知使馆并无照会到来，寻常照会有格式，是洋字，非汉文，此次乃信函。且送信之日，徐小云尚书奉谕往使馆，诘以何为续调兵？公使云：“初调四百，恐不足保护；再调三二百，亦只御乱民之来扰。中国与我们未失和，我等万无他意。”孟甫、徐子珍来。九愚来，问芸会我有言否。谓芸往言，折将交之。王枚岑上封事，闻其向人曰：“某府急得要死，今何不急急挖内城濠，而欲从和议乎？”封事有“格天”一条，言上多病，请派大阿哥祭

---

①　佛爷往西，奴才即往西，原作“佛爷往东，奴才即往西”，按：慈禧乃在董福祥护卫下西巡，故据四卷本改。

②　即城南，高枏自称。

③　“某”，四卷本作“志”。疑为江苏候补道志钧，癸未进士，光绪十八年(1892)由编修改捐道员，指发江苏，历办商务等局。

祀。先欲凭神,此欲问天。夜,凌二爷写字来,索津贴分项。查培修新馆知单,凌已书知,乃据以复信。彦康嘱荐为新学使卷馆。复申甫信,嘱与子厚送一两二钱来。又复淯亭信。

**二十三日(7月19日)**　七下,赴祖家街,白旗官学掌院知会接见。十二下,掌院到。家人争打"到"字,不论次序,拥挤不堪。随复到堂,一揖而退,无他言。编修张星吉,山东人,言姜桂题兵到津,硬言西什库内贮有七缸血,杀教民为之,并杀教妇而取其阴门,摆阴八卦阵。言顺治门内周某者,即其内杀人取血之人。信此言者尚多,姑存备考。又谓前日之刘大姊、二姊非贫家样,白胖,梳圆头,过街以扇障脸,若以为果似妃位者。薛寿宣亦信之,言有八个老公往投效。予曰:"三百余人遂能不轨于数十万兵之地乎?事未举而先注官差名,自来叛人所无。"薛曰:"乡里愚民难说。"予曰:"乡里人别样不知,'做皇帝'三字,当亦知其干不得。"二下后,雷雨风。宋帅正法四个大师[兄],曹、王、韩、张。因其将逃不敢出战,言其神不灵。宋曰:"事由汝等,今不战乎?"乃斩之。曹为马手刃,韩、王正法,张闻拿而逸,带伤未死。或曰即绿呢黄绊者也。宋怒极,欲捕杀净尽。陈苏生曰:"昨日之明发,外人能遽和乎?"北人所言大不同。东海今日向人言使馆竖白旗,缴军械,专人出求和。董福祥与以西瓜,曰:"饿极,乞与食。"乃与饼,且告之曰:"要和不难,该使馆有二毛子二千余人,可杀净,义和团无过,我将赦而不办。"其人唯唯。不知何人造此言,达诸徐耳。又曰:"刘博泉在津一奏,寒沈义和团,就叫不是人。"刘奏言,团不出战,谓练杀他们。臣告曰:"你们不战,勇故杀你;如战,断不再杀,赏银十万。"至十七日早,纷纷罢市,并无一人云。昌平土人言山中二毛二千多人,沙河镇亦曰二千多,涞水石亭镇亦曰二千多。王枚岑曰:"俄远不能来,倭只有兵六千,而有华商八千在彼,皆习此团。且闻各国皆有义和团,是以不能来。"又曰:"必还台湾乃和。"宝丰曰:"如和,须不传教,京师不立使馆。"今午又攻西什库。并以六百里催裕、马进兵,旨有曰:"勿误会前日之谕,以为议和地步。"昨晨连充肃上去,回言津获胜仗。问何以无报至?

曰："报至武清，有太监迎去，把报扯了。"于晦若前辈来。曹老师者，即喧传所谓山东老团祖师，带五千人而扫净紫竹林，并烧洋船无数者也。初到津，坐绿呢轿、黄绊，兵丁跪接，北洋开门出迎，执礼甚恭。十八、九日将逃，马军门派人守之，曰："你们闹出事来，要逃，无此便益，即在此，死则同死。"或云还有一张老师。昨日派长麟、文润带团往通州挖濠，未明发。团去一百人。昨日即有疑其未必往者，北民于此等处却不愚，况又无统摄。旗曰"钦命长胜义和神团"，其势可想，长、文能带之乎？团有由彰义门而入者，列队行，呵斥行车，气又骄甚。"郎似白莲花，妾如青竹叶。竹叶随人烧，莲花由人摘。摘莲不知苦，烧竹不闻泣。日日捆载来，染遍胭脂血。"

**二十四日(7月20日)** 乾、坎两团在提督府开仗，因此团拿所谓白莲教者，彼团欲看，此团不肯，故互斗，庄王调处之。昨夜驱蚤净尽，彻夜安眠，喜吟一首："洒扫驱蚤净，彻夜安眠好。一蚤苟未除，背肘悉纷扰。况复群蚤来，满室争腾掉。此扑彼则窜，仆仆闹邻保。迨晓主人昏，嘬血任酣饱。醒后徒爬搔，倦闷颜色槁。何如缚大帚，项羽肆征讨。浇水湿其翅，火攻焚其爪。奥隅荡其巢，利甲剖其脑。一种不复留，神安辨昏晓。主人何不为，反手即易了。"《拟东园公、绮里季送黄石公避乱入山》："公本弃世人，误挟一卷书。兵端今已开，归隐意踟躇。成则有张良，败则有纪信。公去啖灵芝，理乱不必问。"《黄石公留别》一首："目无天下士，所见惟二君。二君安社稷，慰我山中云。社稷何以安，首在灭匈奴。将台挂赤帜，白茅有云符。"鹿杏侪来信，言涞书院被兵毁，乃归定兴，困危城中。定兴何危，不可解。杏侪乃北人之明达者。回信交椿树下三条翰院徐鞠人处。通永道确探，裕、宋仍在杨村，洋兵仍回北仓。杨村以南消息不通。洋兵在津住[①]衙署，杀团民，其余居民毫未侵扰。于惠若前辈来。庄王昨日命团二千出城，扎城外各大路，其余悉以交董军统带，申明纪律，军法从事。庄

---

① 住，四卷本作"楚"，《庚子记事》作"焚"。

王且嘱董辨别真假义和。予谓董必带不走,何也?端、刚信任之、尊之,今欲远之,恐不能也。有廷寄命董细挑可用者留之,否即弃之。又惧二毛回头,欲留几团自助。于云:"又闻洋人在津,胁去王道台、杨莲府,以王为小二,杨尚不知派何事。"黄石孙云:"二人往[①]租界,故人为之谣。"二十三日晨,连充肃所回津有胜仗者,内面详诘,则称为探马之言。问探马,则云闻之途人,今乃知胜仗之虚。前日,约在二十三。叫袁爽秋持白旗往使署,袁以未奉上谕辞,乃命文瑞总署章京往,文不肯持白旗,西人持白旗往,乃知说话,不放枪,非投降也。以马鞭系一白手帕,绕而前,英馆亦绕旗止兵。英使与寒暄数语,忽又问:"上住何处?"答以"三地随住,非小臣所得知"。英使以密电交与寄,文退之曰:"政府有言在先,如明电则代寄,密电则无法。"闻二十、二十一,礼亲王在枢廷,刚侧卧炕上而呻吟曰:"不舒服。"礼坐对面机上,问曰:"中堂如何不上神?"刚未及对,礼又曰:"天津已失,中堂义和团何在?"刚作而起,曰:"不要开此顽笑。"我国公使由外来电,各国皆言但使不伤使臣,深愿和好。俄曰:"但使保护东三省铁路,深愿辑睦。"今日又杀廿余人。八姑娘,六团拿者,谓其所念经有"天公""天母"字样。本日,上命送西瓜、小菜数车于使馆,致词曰:"天气热,恐需用,故送也。"张荆璞言:"张君聘之宰良乡也,城内外各有团。勤王兵过境无车,君聘倍价雇之,而团争去。君聘苦口劝,团不悦,要君聘至坛跪而敬神,老师兄在旁,假神语呼张为弟子而训饬之。城外团闻之曰:'何乃蹂践地方官如是?'带五六十人入城,与开仗,杀毙六人,伤数人,归而忖曰:'我伤渠团如是,得勿仇乎?'相约散去,城内团亦因被创而散。于是城内之富商、富民受其讹索者,持刀寻已散之团民,曰:'汝不能上神,须杀却。'团叩头求了,至是始知其从前不能上神,皆假神以讹人也。"卫少朋与十三字,言托倒售珠巢街房,嘱令早往。《戏赠乔提牢》曰:"一片菩萨心,几多鬼子手。鬼手要杀人,皆借菩

---

① 往,原作"住",据四卷本改。

萨口。”

**二十五日(7月21日)** 子厚、萍三来，今晨寄德、恭一信，益母膏、上清丸各一。有标手二十一日由津回，二十三到，言宋住杨村、裕住南仓、马住北仓。俄兵将入津城之先，团杀教民，教民杀团；官兵杀团，团杀官兵，又带杀民人之逃而出者。于时难民母不能顾儿、儿不能顾母，皆从积尸上翻越[1]而过，忽及于难，教、团、兵、民所死者以十余万计。及俄兵入城，铺家欲关铺板者，摇手止之，令照常做买卖。标手亲由城中来，所见如此。有俄兵入城，在一布店取洋布以去，兵头知之，偿洋元四十。十七日，马玉昆命团打前锋，告之曰：“此乃上谕，且事由尔等，尔等在前，我兵随后，还有一言明告，如退，我即开炮。”及战，果退，马军炮轰之，毙千余人，云曹、张二老师在内。人不敢以此告之，告即为汉奸，坚谬者犹曰：“大胜仗，来乞和。”洋兵炮轰北洋衙门。午，七兄酒后谓“泸馆事无人管，垫钱吃亏”云云。予与之反复辨论。才看朱蓉生先生书，方赞其学问识见之纯粹正大，何乃以区区之泸馆事而哓哓如此？廷寄，江宁由运河运军械，湖北运米，以裕奏军单[2]也。纵以战论，此时催运，何日能到？命毓贤来京，毓奏委曾怡庄带兵搜村，怡庄有主见，必不妄戮以媚上。徐东海挑剔李家驹告假事，传石孙往。石孙曰：“老师不喜此人，劾之可也。告系在前，不能罪。”明日万寿，昨日菜市杀二三十人，棚未撤，疑明日有以此为寿者，今日撤之，庶乎可。团不肯走，岂交董之信泄耶？留之以备二毛耶？其召毓也，以任董者任之耶？抑以壮团耶？

**二十六日(7月22日)** 昨、今两日热极，夜雷雨倾盆。皇上万寿，六下往，七下到午门朝房，刘仲鲁、叶鞠裳、秦佩鹤、洪汝源、赵芝珊、朱艾卿、彭少湘皆在，彼此闲谈。仲鲁言：“兵实不行，团练亦不可

---

① 越，底本、四卷本皆作“阅”，据文意改。

② 军单，亦称“勾单”。明代勾补军士之名单。每军士一名填单一张，用印为证。

办，惟义和来自乡间者，实朴勇，须有法联贯之，乃可用。”彭少湘曰：“杀人放火总不好。”又一翰林，五品翎顶，似是旗下者，曰：“伊等放火，仍是先置洋油。”谓团私告之如此。仲鲁亦言伊识一老师兄，叩其何以知某处为教民所居、某房为教民所修，曰：“本地人暗中指引耳。”洪异甫由怀来归，见一团自称九千岁，有庄王府护卫官坐红拖呢车者，九千岁叱其跪接，并欲杀其从人。余问仲鲁曰：“如此称呼，谁能统之，而欲以为兵，谬哉！”仲鲁言：“近日皆小枪攻西什库，未用大炮，名为假攻。后欲送公使赴津，公使昨日照复曰：‘欲护送到津，甚感，惟外间此刻不好走，且中国既愿和好，我们在此，将来一切好商量，若换一人，又要费周折。’”刘元自昌平回，儿媳移居新屋，小而热，又过道多风，感冒身热。缦卿开方一次，未听，二次稍听。九愚来，言报效未准，张、杜持折欲取恒裕银，聂折凭凌等字交者，字却言报效。长石农带六千团以行，或云六千人不奉令，仍只一百去。团有泣者，有解红巾而裹者。民自仇教，乃以之打洋人，文与题不同如此。琉璃厂、火神庙大师兄打贾家村，带伤回。固安团新来端府挂名，以不知消息而犹以为体面也。鹿杏侪专信来，言津城逃归定兴者，所言与子厚所闻同。定兴被团困，涞亦溃裂。芝帅带六营，十四日由苏起身。

**二十七日(7月23日)** 复杏侪信四笺。乾团攻西什，北洋给团洋枪数千杆，败而归。有持来者，自云：“万不想咱们之团如此。”有韩、王、曹、张，亦绿呢黄绊，拜宋祝帅。祝帅请入，绑而戮之。大师兄皆称“九千岁”，是不独怀来一个九千岁也，闻之咋舌。皆愚民以为王爷皆称伊为“师兄”，与工同辈，即与工同制[①]，裕罪大矣。昌平裴官送眷，屠官眷已过山东，皆摇动耳目。七兄闻凌润台言信总不好，谓马军子药只足五日，东三省团起，现拟派余虎恩招足若干营，往东路迎护楚米、吴枪，保送行人。按，东三省团提倡者不及在京之多，何为而有坏俄路者？

---

① 制，原作“体”，据四卷本改。

**二十八日(7月24日)** 率敏同萍三、子厚赴昌平，三下到鼓楼东街布店闪家屋，地虽不大，而尚凉爽干净。前日此间团欲杀官，官为叩头百余。

**二十九日(7月25日)** 晨至闪家古董铺坐谈。饭后同十三持赖丕承信访方幼斋。名诗童，屠迪旃刑幕。晚，方来拜，言与盐店不熟，信上之数，五六日后送来。汪缦卿用我名与金波名寄少轩信，少复五笺，则府城内焚教民居九十九处，幸教士等先行，无杀戮之惨。库伦无俄兵来之信。复少宣三笺两长纸，交州署发。夜，团杀六人。

## 七　月

**七月初一日(7月26日)** 中伏，饭后过余寓。团又杀一人，取其心而手弄之以过市。荣相复各省信："以一弱国而衅开十数强国，两国交锋，不斩来使，此皆不待智者而始知也。朱邸、贝子、左右皆习此，禄力疾入见，剖辨再三，两宫似难拒众说，望各公各尽乃心。以一敌百，非败不可；以百敌一，非得不可。"午后，在寓门摆矮桌，招萍、厚吃茶。闪厚卿、汪缦卿亦来。

**初二日(7月27日)** 天气忽雨忽晴。晨起身，十三、黄二先行，尖于沙河，食小饼四、蛋一。在清河遇黄二，三下抵寓。西什库有小枪声。简帅初一到，三条：一保使馆，一剿，一调董军出外防守。惠若、芸子来，言裕前日奏事被斥，谓不能联水会以拒敌。裕奏团不中用，催伊战，迁延不出，或曰时未到，或曰师兄未齐。石孙曰："好得有洋兵为伊等所怕，若不然，不知闹成甚么样？朱邸被其交通，将不免萧梁诸王之隙也。"惠若言陆伯葵侍郎家眷在途遇团，标客枪毙二人，团送上省，廷雍正法二标以悦之。石孙疏[1]"王八"始末最详确。房山之上杀和尚，玉铭之弟所为。申甫及三女来函。乔宅旁团斗团，杨

---

[1] 疏，《庚子记事》作"书"。

总兵福同之子带聂功亭溃兵在涞报仇。今日上谕,简帅帮办武卫,节制张春发、陈泽霖、万本华、夏辛酉。恒裕字来收账,复以外款难于专送,保定无信到。

**初三日(7月28日)** 入二伏。论事不想及时救法、办法,而但批根[①]以为埋怨口嘴,多事有害。徐子贞来字。晤张青老于孟甫宅。孟水泻,王医言云苓、白术皆忌用,而用牡蛎、寸冬、桑叶,窃所不解。廿八日召见廷臣,王公要战,政府偏重于和。是日廷寄催合肥迅由上海到营口来京。俄、法、日国书回信,英谓绝无攻占土地之意,俄谓本图和好,而如此次所作所为,全与前订密约相背。日亦谓杉山彬被戕既承惋惜,知属乱民,即亦不恨。且当唇齿相关,情势不同,但他国来兵,即不来。津城又戕杀掳人,不知果否。由孟甫处归,七兄出门而返,言闻路人啧啧袁、许事[②],疑团为之,其事密而速,故先无知者。予曰:"昨观团势,似不如此,再听。"德先由大街归,言果真。昨夜缇骑拿者,由刑部出,许欲与堂官有言,刽子手曰:"我晓得,不消说。"袁则顿足而怒曰:"这是为甚么事?"晚,闻有莠言离间语。或闻廿二、三、四日,袁有廷争事,许有拉袖事。又曰即廿八日。

**初四日(7月29日)** 天阴,德先索订马掌钱二千,今晨又索路费四千、小菜钱一千,买米包半以行,用城钱七千,海参六两,价四千八百文。饬寿山勿开衅,而东三省已开仗,攻东江一夜。或云俄有探铁路兵七八十人,东兵驱之回,便以捷告,实未开仗也。九愚言寿山实打沉俄艘二支。俄廷接电,谓俄兵特往护铁路,寿某越境开仗,是故启衅也。九愚谓此报乃合肥转吕海寰电。徐子贞来、少平来,言将回浙云,初六尚有一帮走。又命人告各使曰:"不能保护,你们快往天

---

① 批根,即排斥,摈弃。陈衍《〈瘿唵诗〉序》:"顾与之游数年,其有所作,未有自以为可,不使尧生若余批根而剔刮之者。"

② 指七月初三(7月28日),清廷斩杀许景澄、袁昶于京师菜市口。

津。”各使曰：“就在此好。”《东海十条》[①]：一、还通商口岸；二、只许海口通商，不许上岸；三、英、法各国只称君主，不得称大皇帝；四、不许学中国语言文字；五、公事归理藩院；六、琉球、越南各侵地须还；七、税则由我国定；八、都中不许立使馆；九、不许传教；十、要赔我兵费十千万。义正词严。午饭时，于晦若来。袁廷争甚力，确陈团短，言所居在二条胡同，亲见若辈不能开炮，受伤甚多。章甫与抗辩，吴惠瀛嘱其让两句，某曰：“由他说。”各督乞与合肥全权，未与，但催之。廖师续假，徐会沣署理。昨日朱谕：“袁、许屡次被人参劾，声名恶劣。平日办理洋务，各存私心，每遇召见时，任意妄言，莠言乱政，且语多离间，有不忍言者。若不从严惩办，何以整肃群僚？某某均着即行处斩，以昭炯戒。”嗣闻各国问情由。许主稿，说总署听执政指授。夜，炮声繁，未确知其为东为西。美照会曰：“知使臣尚在，甚好，但求使馆能与通信，当会同中国定乱。纵将来有十分为难之事，亦愿出力。”使馆请打密电，而后本国知其无恙。主者不允，但许打“平安”二字。

**初五日(7月30日)** 天气晴和，八十一度，少平晨来。朱容生曰：“凡处僚、友、乡党、家人、骨肉之稍龃龉者，由于积诚未至也。积诚不易，以其不易而刻刻勉之可也，以其不易而背之不可也。”毁东三省铁路五百里，国家之路，非俄路也。或言奉旨所毁，又言乃俄路。九愚、石孙来谈。九愚言学堂移去坡公，而供湘石、雅堂。有冉姓者自津来，言聂军初接仗甚好，背后被团斫之，其前队之歇气、吃茶、小解者，或三五一路，亦被斫，因以致败。宋、马怒极，故歼其人五百。涿州大师兄者，右堂差役之弟，与州拜会，又同坐审案。龚知州曾摔其香炉，衔之。昨来都，往龚家，声称将拿知州。曹、韩、王、张在津，与裕同供应，聂反旁立。惠若来，言增祺阵亡。前三日，有十二督抚

① 该方案由曾廉拟定，唆使王廷相向徐桐提出。据吴宝晓《京畿义和团运动研究》，学习出版社2016年版，第344页。

联衔之奏,简领衔。简召见时,太后问及,诿为不知,以来京知拳匪为端王主持,故变其说也。此恐不确,联名皆实缺,简恐不在内。张春发已开差赴津,简有与四皓[1]合之势。朝内欲以简易张、以毓易刘[2],而兴义和团于南省,则南北合流。或曰来不及。内看吴楚,岂遂轻乎?如果看轻,于我何与?萍三、承皋来。晦若欲送其弟媳到沪,轿车到王家营,每车六十两。临汝[3]、汝南[4]宅中,初三被兵劫去衣物、字画,书未取也。文瑞摇手巾往,问答语皆奏,谓处临汝、汝南为灭口也。"儿童不识字,耕稼魏公庄。"日来甚念此不置。濂贝勒请驱公使行,否则攻馆,留中。

**初六日(7月31日)**　上房被窃,七兄失纱袍、褂等物,我亦失摹本绛色坎肩一件、洋布衫一件、水烟袋一根,疑挑苦水者,后知非是。饭后,过孟甫寓,看少平,明日回浙也。孟留饭,冉姓在坐。七兄来,言晦若问诸曹比部,有拿王、廖之说,萍三言乔跟丁则谓交部。有人在别处,则有徐、廖之说。今正月,与实君劝师走,七兄不肯,且告实君勿听我言,曰:"大老师劝之尚不走,况门人乎?"晚归,七兄往周镜舆处,则闻徐上午还往其处一坐。王回子以荣相初四求不下,遂乘机而攻小石,以小石为荣所重也,或遂疑将撼荣。七兄以稚筠言,慌欲遽走。稚筠难保之说,当是见小石被劾,而乃曰"大家难保",岂非故作逼腔?简、陈剿团联名之奏,渠不知,先有谓已问出者,或云未问。袁奏,德兵到山东八千,到津万二千。下午,停攻西什库。派孙万林送洋使赴津,洋使有允意。庆云庵大师兄,十六团总领袖也。初四攻

---

① 汉高帝时,商山四皓受张良之邀出山辅佐太子,故太子未被废,此指保护大阿哥溥儁的四位大臣。

② 指以李秉衡取代张之洞、以毓贤取代刘坤一。

③ 此以临汝令袁勖指代袁昶。

④ 此以汝南人许劭指代许景澄。

西什，中炮死。今日接三，[有]装[1]办作两童子前导，又一童背剑挂黄纸钱，往吊焉。黄仲鲁来，豫老先生亦确信“百二十阴户为伞”之说。

**初七日(8月1日)** 七十五度。午后，晦若来。合肥前奏，有“二十年经营，扫地尽矣”等语，并不能再膺艰巨。问诸对门曹比部，言前日枚劾许、袁、徐、廖、沈。九愚来，言金波接其兄信，谓将来公款当由伊赔，此实无之。惟初言金欲推脱，予谓此次由伊来说，廿一。另折由伊立、由伊交，却不可推。此六月初六。七兄偶谓予不当允廿一之言，当赔，则应曰：“由金波，非由我，赔不着。”七兄昨下午所述稚筠难保之言，并廖师不听其兄之言，过情恋栈，夜不寐，今晨乃释然。上谕，马玉昆调直隶提督，其打团未之闻欤？想别有意识。顺尹王培佑回任，小石署太仆卿。荣、简芥蒂，徐调和以为功，以胡文忠和官文恭责荣。七兄向郭孟育借二三金，孟育言其钱为妇所管，取不出。七兄向不主银钱事、不说银钱话[2]，何为此次琐琐向人？借数金于稚筠，借二金于黄仲鲁，借三金于孟育，毋乃苦乎？刘廷珍学使劾晋抚扰乱地方，谓该省民、教素未相仇，该抚驱之使乱。毓自奏地方有事，不敢来京，今仍饬之来。长萃奏，团攻贾家村，团馁兵单，乞添劲旅。使臣不赴津，言护送之言不可信。

**初八日(8月2日)** 七十四度。过孟甫宅，孟复来饭。午后，晦若来。闻李、刘合奏，外国各以重兵专注京师，兵未齐，尚可说，如一齐，恐拼使臣不要，大局将不可问。谕保使馆、护使臣、解教民、剿土匪。又闻澜公昨日饯团，誉其忠义，饬往前敌，而断不可回；如一回，则以军法从事。宋祝帅在大屯口解教民。菜市又办天理[3]教二十余人，即在理戒烟者，有七十余老叟一人，六十余老妇二人。街民曰：

---

① [有]装，原作“装”，四卷本作“有”，疑为“有装”。

② 话，原作“语”，据四卷本改。

③ 理，原作“礼”，今改为通用名词。

“戒烟反被杀，咱们还是吃烟。”英年点名，有户部司官者，被拳拿去者也，英识之，因慰之曰：“已算造化，有许多冤屈，连王爷亦无法。”俄电曰：“叫尔们政府剿乱民，我好劝各国，究竟尔们是如何办理，何以连我铁路都毁，这叫我如何说？速回信。”

**初九日(8月3日)** 八十二度。法前日照会三款，欲明告各国公使未伤情形。剿办乱民。张春发允打前敌。许与张长信，山海副都统所得，令张将袁长信呈出，予闻言即疑其讹。盖江汉关与山海关颇有区分，况省分来往不同，袁无不知。砚孙家人董成来，言其主人又由太原过陕，可怜。砚六月初二由大同走，十二到太原，廿八又由太原入秦，川资已二竿。提华俄行所凑本银为军饷。太原县有团百余人起哄，入县署借钱，何令禀请兵，毓派怡庄往查，谓非真团，诛一人，参县令。晦若来，复往甘宅，同茂萱来，茂三数语而去。昨日明发二条，今日见报。恐公使受惊恐，命荣派人保护，暂往天津，由公使定期，有明电即与打。保护教民。笔下骤难回环。宋庆解宝坻[①]大屯口教民二万余。夜，又攻西什库。

**初十日(8月4日)** 八十二度有余。夜雨。七兄往军务处归。黄侍御探马有类五月廿七、八之言。宋、马奏，北仓猛扑堵截，获胜。长顺奏与俄接战，互有胜负。陈苏生来坐。袁有总署拍案大骂兵端事。茂萱来。左言和不可，必战，且必团，更须各省同举。敏自昌平回。晋军由张家口调赴津，董军赴张家口。晋军初到张家口，俄商逃避，晋军劫其皮张、洋钱，或曰团劫之，晋军又劫团，其军在途，且谓江营官所得颇丰。军务处饯李简帅。南陵翁亦信山海副都之谣。

**十一日(8月5日)** 于平常菜蔬外添肉一肴，祀祖。过棉花六条聂九愚宅。徐子贞来，晦若来。军务处持正论者言须一打三年、五年。简帅无主意，不过欲“和”字从对面出题耳。六月十八之失天津

---

① 坻，原作“邸”，今改为通用名词。

也，因马屡次皆遵旨与团联络而行。十七日，请曹、韩、王、张面问，知闭枪者四千余，闭炮者一千余，且允十八该团出仗，而兵后继。次早在估衣街开仗，各大师兄驱团众上前，洋兵六百名[①]，枪伤团数百，退，未伤者复涌而前，又伤。大师兄摇旗，团众倒奔塞路。马无如何，饬兵开一路让之。马领队上前，洋兵已退，望城楼，则洋旗已竖矣。马气愤而颠下，扶归，则曹大师兄先已归营。马詈之曰："若何不死而至此！"手刃之，劈其左颐，复两斫之而断其颈。王大师兄至宋营，宋矛刺其腹而毙。韩与张闻而逸，追三十里，扭韩返，斩于营门。张所骑马乃天津令快马，往日闻快而索之，令不与。裕北洋命与之者也，至是而骑而奔，兵枪之，中一子，急鞭而逃至京，控北洋裕及宋、马。张名得诚。五月初七、八至十四、五，团匪出头，十七召见，十九、二十高兴，廿一、二至六月初二、三颇骄横，官兵让路，府尹派人持黑鞭引路，大开正阳门迎神。六月初六、七，炸子桥大师兄西什库阵亡，西、东两路打不开而馁。大师兄乃瓦匠，赏三品衔、花翎、黄马褂。及天津杀三大师兄，更馁。昨日内城封四团，有"指佛敛钱"字样。告示有"教堂烧尽洋匪"等语者，皆撕去。蜀学堂早散，有妇女将语凌二爷。炸子桥、地藏庵、东麟堂坛皆散。闻前日有廷寄，合肥为全权。杨维乔向仲鲁言，昨日各使明电回国。白莲之到部也，司官王晋卿、罗某回赵堂，赵堂曰："未交审，不管他，此是他们劫数。"晋抚条陈水淹西什库外，今又奏言日本国主死，俄又遭国主事，英又新为意大利所败，某某国又年饥，宜趁此用兵。枚岑谓张口雹，打伤俄兵六千。岑方伯亦谓其兵不能打。

**十二日(8月6日)**　晨八十度零，午八十二度，小雨数颗，忽阴忽晴。晦若前辈午后来。晋人初怪毓之闹坏，不听其走，故走而复返，今则卸任于李小轩方伯。毓扎获鹿，陈泽霖扎良乡。西行之意仍在。洋兵已过北仓三十里，俄兵到营口者二十万，将往东三省。又闻

---

① 百名，原作"名开"，据四卷本改。

命李端遇、王懿荣往延大刀会。简帅出京，随员王枚岑、马季生、王龙文、曾廉[①]等八人。午，与七兄饭于棠梨小屋，时敏及黄二侍。予念今日在此，谣言怂动，食用艰难，如在泸中亲友家烹葵煮菜而下粗饭，不识桑梓之外，更有何事何乐？七兄曰："何必亲友家，便在珠崖草屋，亦极乐也。"予曰："万一无事，则又将念膴仕、逐纷华也，尚记此乎？"石生归，言浙江土匪，失二邑。德州团扑城，袁军御之。袁办事与大指歧，而坚守不变，可敬。黑龙江危急，枪子及其城。二老尚欲以毓易袁，荣力争乃止。前数日，有一僧径到王府，言者未指何府。以右手搁颐下，如捋须者然，以左手索《春秋》。又命背马，跨而往西什库。团上四五十人从，僧却之。及到西什库，闯入，久之马出，而僧杳然。即五台山僧，名普净，启秀荐之。廷寄迎聘者，云善遁。初到，坐八人舆入城，到府，命载某某跪听，今中炮而亡。七兄从许稚筠处归，言与晦同。又言山西平遥、介休皆失守，不知何匪。聂军初攻紫竹林，毁洋楼二座，日有胜仗。自拳匪谮之，加以严旨，聂乃愤而殁于阵，于是日有败仗。盖聂军操练精，器械亦精也。张春发、陈泽霖自言其兵仓猝成军，营官亦认不遍，难打仗。

**十三日(8月7日)** 八十度零，阴。晨，茂萱拜客，过此，言尧生霍乱，痢症甚重。山西大绅亦詈毓之生乱。今之詈毓即昔之誉毓者也。或曰，昔非誉毓，誉其为某相之人耳。以迎合之故而誉毓，反以害其桑梓而毁毓，不知今日见相公又将作何语？京中无真是非如此。熊襄愍曰："不要误臣、误辽，以误国家。"古人如何光明！黑龙江将军寿山电奏，言俄兵枪子及城中，乞调天下精兵、天下协饷救援。寿平日自信甚深。简帅出京，传闻有八义和各持宝器，有如意钩、连环套、招魂旛、浑天镜、阴阳瓶、飞剑、火牌等名目。陈泽霖改扎武清，张春发扎黄村。午正，欲寻奂如，奂来，留食祭余。奂欲晤少南，招之。少南至，言晨有细作出首使馆致九国电，有"围攻使馆，实系官军，并非

---

① 曾廉，《庚子记事》所据四卷本作"曾谦"。

乱民。粮食足支半月，速来救援。所有送瓜、送菜、通信，一切均系浮文敷衍。北京空虚，望速来，可内应。久不来，岂弃我如遗耶”之语。饭时，晦若至，言全权旨已下，有云“中外开衅，各国未免误会，地方官亦有办理不善之处，但兵连祸结，亦非全球之福。着派李鸿章为全权。电致外部，先行停战，随时奏请，候旨施行”。但洋兵大队绕出北仓，已至蔡村，恐方不及症也。当下全权之谕时，先请二王，二王无语；继请二老，二老无言，乃下。或曰：“若二老、二王有言，则犹不能下，若先下半月，何至此哉？”奂如言初三到署，景沣、徐承煜未坐堂，袁出问曰：“到底我们是为何事？”奂应曰：“徐堂面奉懿旨。”又曰：“是何罪名？”曰：“着徐某、景某监视行刑。”袁惊曰：“在顺治门外乎？”皂役曰：“在菜市口。”袁曰：“有许大人否？”曰：“同在。”是时许在北监，未至也。究竟景、徐未得军机一凭据，乃作复片曰“面奉懿旨，某某着如何”云云。总署有团，署中为开饭甚好，团众饱食无事，终日伸足扬头，睡于廊下，相商曰：“此间菜饭精美，如别处来调，万不去。”前日，忽有一人泣曰：“吾关帝也，先以汝等为能，今则贪财好色，劫数不远矣。”政府神色苍黄。洋兵至北仓，绕过马玉昆后，王乃曰：“到此不能不说。”始请与全权。至十七日事，则以徐、联言验，羞见诸人。接高淯廷回信并申甫信，淯交五十金，在申处，路不清吉，不能带来。少轩调首府。

**十四日(8月8日)** 立秋，八十三度。万薇生交来俸米，折价八两八钱五分。庄亦恶团，告之曰：“尔等日食饱，无所事事，何不拿刀上西什库打一转身，已算出去一场。”刚在上前，亦曰团太无能。惟启秀尚谓荣办理不善。昨前日，有一团在坛排[1]枪，一枪打死一人。用刀者排刀，用枪者排枪，坛规如是。向来排枪刀，有死者，则曰被人压秽，遂寻其左右居人焚杀之。独此别无窥伺者，无可借口，只好凑钱埋

---

① 排，原作“拼”，此处当为“排演”“排练”之意，据四卷本改，后同。

之。上海、汉口、江西等处皆无事。有信到京。又有皂头[1]曾充大师兄,某司官新得奏事处差,皂头上前叩喜,某曰:“何敢当!我方将与你叩头。”以前日气势本如此也。皂头唯唯旁立,自言团已散。因问之,曰:“初练百人,往攻西什库,一次而伤四十余人,嗣后乃知不易,最后更知有不法情事,故散之,仍理旧役。”裕禄死,初闻其阵亡,人知其未在军,或曰中炮。后乃闻北仓失,以洋枪自轰而毙,亦可怜矣。使于河间府被伤之时,二月初新城之事。申明纪纲,派人查办,则乱民之萌芽必翦,而可不死。即不然,而于涞水杨副将被戕之后,始幡然震怒,奏陈团民之非,派人剿办,而亦可不死。终不然,而于炮台已失,不为以胜掩败之词,不为献媚贡谀之计,见大师兄不命兵丁跪迎,以张其凶;遇聂军门不令团匪仇杀,以夺其气。再以一奏,沥陈团匪九千岁之鸱张、闭炮之虚谎,实叙聂军五六年之苦练、临阵之忠烈,而犹可不死,而竟死,何哉?

**十五日(8月9日)** 八十一度,昨夜热。阴。午饭,黄二未回。两日来皆闷热。昨夜又攻东江巷,武卫中军接班,董军出外,今晨方止。九愚来,欲送眷及其兄过河南,予以新闻河南不靖语之。豫抚初有定见,后奉密谕提倡,拳匪渐盛。盖闻西行在即,恐此地滋闹也。东城酒馆、饭店复又闭,因甘军及某某军平白讹诈难缠。城内团尚拿所谓“白莲”者,因保甲簿于小民人家多半挂其名姓,团持以白诸王曰:“此白莲教。”遂杀之。黄仲鲁来,言明日上山,又言豫皓亦昨日归,找钱,夜宿城外白云观。其胆如此,乃亦主谋。南邻翁又雇大板车二,捆载箱物,五月至此,三次逃生矣。而渠固团之忠臣,且谓不打亦可,又谓山海副都统信云云。毛叔昀来函,此函似六月发。言“拳匪事起,兵差络绎,精疲力竭”云云。又问:“眷口尚住京否?焚杀频仍,岂无惊怛,望乘轺出去。”则又劝驾之意。昨夜闻东南保境之约,由上海道电寄北五省,乃电过晋,晋主者以为骇人听闻,密上之。小臣论事,大臣论

---

① 皂头,旧时衙役的领班。

心，此乃不揣诸大臣之心，而自以为忠，且不管上之能办与否，而贸然为此讦发之言，是乡村小妇之枕头状也，大臣乌得有此？政府家眷全走。徐子贞来。东三省珲春、三姓、熊岳、盖平失守，宁古塔危，增祺所报团何往乎？何不顿两足、划一刀、举阴火而烧之？又下廷寄，各省征兵、征饷。裕失北洋衙门，不死。朝廷未加以严旨，洋兵未胁以重兵，尽可优游料量，何为而必死？况闻自北仓跨马而出，是无死义之志也明矣，何为突然而遽死？真不可解。人之疑之，殆有自欤？裕在北仓沥陈团之误事，启秀拟旨申饬其不能联络进战，因惧而自戕。昨日闻有明发，各城许团出、不许团入。今日邸报无之，曰交片也。团本迎请而来宣战，又侈陈之，其不敢明发也固宜。

**十六日(8月10日)** 八十一度。午饭，黄二未回。昨夜稍凉，天明，阴凉，美睡一觉。闻大炮声，又攻西什库，似以不攻则教民必出者，故用攻以堵之。西什库打大炮至三下半，其时警报已至。又闻毓仍以地方为词，不肯入都，毓亦智也哉！谢承皋来，言李简帅到杨村得一胜仗，洋人赶回天津。昨夜，义昌号亦为此言，不敢料其必无，而亦望其或有。七兄乃亲往甘宅二次，时已二下，未归。谢去，午饭时又遣往，遇甘初回，在车上曰："北仓、杨村不消说，已到河西务矣。"孟甫来问西狩，答以未闻，即有，亦不必慌张。方其未得甘信也，予与七兄饮，予言明年将游山，七兄言将归，且必归。予曰："扎如巫支祁[①]，何能走？"兄大笑。巫支祁事，心常疑之，人之受絷，何异于是？六下，过孟宅，奂如来街上，见武卫军八九人，一乘马，一挑绍酒一小坛、锅一口、口袋一头，由西砖胡同西行，团有三人亦西行。孟虑慈圣西巡，

---

① 巫支祁，传说为淮水水神之名，《古岳渎经》记载"其形若猿猴，金目雪牙，轻利倏忽"。大禹治水时，巫支祁作恶被天神庚辰（一说即应龙）擒获，锁于淮井。一种观点认为，巫支祁为孙悟空的原型。

大内恐不堪,以庚申旧事[①]如昨也。今日召见军机徐、崇、董,闻以徐、崇、刚武卫四营为留守。简帅一仗不知下落,枚好汉何处去乎?刘元午后在大街一瞭,有百十辆车,惟团则十中去了九之九。七兄往会许稚筠、凌润台,皆辞以故。往少南,始知简无下落。舆驾将行,少南细字开单,有牛、烛、烧饼等件。问行在何处,则不知。连充肃曰:"合肥全权来不及,宜添派荣相、庆王前往。"连盖作宣战书者也,气吞洋人,与毓同气,今乃变为此言。俄占东省,又虑长江有事,望英、日、美以商务为念,从而了息耳。黑龙江省城辽阳州[②]。东南联约之举,毓压而不传,故东三省不在其内,而先失守。俄外部向杨子通曰:"你们中国究为何事?何为将我使臣暗码电挡着不发?今我亦挡着你们暗码。"子通曰:"如此,是不须打也。"闻此电与合肥者。刘子嘉永亨[③],五月曾劝董福祥勿打东江米巷,董不任此事,则上或不行也,董不听。荣不行,董挽以行,言事情重大,已不能任。杀倭使时,何其胆大!夜,月色红黄,昨前夜亦如此。继而云起,大雷电,大雨如注,子刻雨止。大内收拾行李,未知如何忙乱。初四,各督乞与合肥全权留中,迟十日,乃有北仓、杨村之败。无事生事,竟做成烂事;可救不救,直至于难救,何以问心?珥笔述旨、专事迎合,不足责也。或曰西行必倒乱,或曰未西行,气象何如?

**十七日(8月11日)** 阴晴,有雨意,然仍八十二度,热。敏在街看来,甘军马步出彰仪门,拉车卖菜者少一半。西鹤年堂亦关门。予又亲到街头,甘军马队列而行,亦有武卫军。在其中小贸易者负包行,接续不断。卖小菜者,闻天明入城,须臾即闭,遂挑菜篮欲遁归,却未见一义和。章京欲问西行去向,以便扈驾。至顺治门,闯不进。

---

① 1860年,英法联军占领北京,烧毁圆明园,咸丰皇帝逃往承德避暑山庄,最终被迫与列强签订《北京条约》。

② 此处疑有脱误。

③ 亨,原作"亭",据文意改。

左辅卿虑二毛出来报仇，想亦题中应有之义。左，忠于团者也，至此亦虑全权回信之迟。闻宋军马队昨日败至长新店，住南苑。甘军见车号来拉车，张云告以车乃同院某家所养，已乘骡往乡间，盖先牵入内院，故不疑。街上言简帅败仗，再接再败，城外抬归之兵，皆断手断足。感记数绝，曰："勤王召西平，军容供一败。法苑珍宝多，剩有魂旛在。""招僧下五台，往破阴门阵。马归僧不归，战状无从问。""珊项白髭须，气吞十六国。不见败军回，断胫余膏血。""白莲打白莲，无能辨真假。问人人不知，问天天亦哑。"徐桐曰："这回纵然失国，已是正大光明。"金把什乡亲来，言洋兵昨日到安平，去京八十里。败兵奔至张家湾，去京六十里。无人管束，放量乱抢。有佣工担衣物者，辄中以洋枪，劫物而去。昨夜启銮，不识究何时刻，亦未说明去向。又记数绝，曰："东巷死如莽，西郊去似云。拉车随扈驾，人说董家军。""一军自西来，宠之四军上。敬如关壮穆，今作裲縰样。""一战杨村北，狂奔张家湾。劫人强似盗，军令静于山。李所节制。"各国函到，问其使臣，曰："自使馆被围，人心皇皇，今接明电，言无恙，然非暗码，不知其详。宜写一亲笔信或平生佩带之物寄归，以释悬念。"太后召见，问曰："你们想甚么法救咱们一堆人?"谢承皋来，言昨夜交部一大员，云是某。又一中堂吞金，命黄二往看，则已预备，而言尚早，谓是官犯，不言谁何。共石孙猜不透。又有言銮驾以保定一带有警，洋四百，二毛百余。不前行。黄二亦见董马队牵线，由彰仪门入顺治门。黄二又往菜市，归言已到，有谓本号"双人"[1]者，有谓本号"易木"者。彭向翁送字来，其家人则云三个：一"双人"，一"易木"，一"耳丝"。复命黑往探，则两个：一立山，一联元。黄二归言尚有"双人"。夜攻西什库，闻使馆亦被攻，是武卫军。夜有白气亘至天半。

---

① "双人"疑为"徐用仪"。光绪二十六年(1900)，徐用仪与户部尚书立山、内阁学士联元一起被处斩于北京菜市口，与先前被杀的袁昶、许景澄等五人被称为"庚子被祸五大臣"。

**十八日(8月12日)** 八十四度零。昨夜打使馆、西什库甚厉。未启銮,有言容城失守者。甘军、虎军四处拉车、骡,到门,放洋枪,捶门入,搜至书室上房,孟甫二骡一马,均被牵去。徐尚书尚未收,可怜可怜!其子早出京,其家须今晨乃知,而执役者必又价昂。甘军拉陈、彭两侍御马,幸被练军堵住。胡给事棣华马亦被拉。自十六三下,有西行之信,甘军在外拉马,手持洋枪抢夺,甚至巡城之御史、南书房之翰林亦不免。余虎恩兵亦然。夜至各宅门,如行劫法。简帅兵败,亲与叩头,兵皆不前,一哄而散。夏辛酉剩两营,陈泽霖剩六营,张春发剩四营,万本华剩二营,从事马吉樟等逃归。枚岑将行,请署缺,言须数月乃归,闻者哂之。余虎恩军十营,某某撮合拉来迎护山东河运者也,亦拉官宅骡车以载眷口。张亨嘉、徐花农、曾慕涛车亦拉去。北城车被拉,御史查街步行。孟甫来,言决归作乡民。又记数绝,曰:“市上无官马,军中有妇人。前营云气黑,西路粉痕新。”“人望令公来,乃作哥舒翰。哭地动三军,军心已早散。”徐尚书于初三后向人言:“二十年前即要辞官,为妇人、儿女、跟丁所劝,以至此。”伤哉言乎!知进不知退者,可以鉴也。徐能办事而心气和平,何以罹此?适闻洋兵十六晚到马头,简帅退至东关,张军毁其七八,夏、万尚能军。又闻“简到八里庄自尽,溃卒在宁乡馆”言者。简之未来也,人人望之,望其照时势以立言,上必听。不料有先入为主之言,紊其心思,日在军务局骂人,以为正派,然后知其人虽不浊,其识亦不通,至此将贻朝廷宗社之忧,身败名亦裂。与涿州迎合之人,庸有间乎?内召军机,叫设法。戊未出城。夜半,洋枪声甚近,若在本街,再听无声。绳匠胡同又响两枪。复子厚信。

**十九日(8月13日)** 八十三度,午九十度。余虎恩家眷及兵出彰仪门,追调勤王兵,余军又东行,可笑。菜担少十之七,卖水者亦逃。昨夜打东江,带伤者,今晨用门板抬出。军务处传出一片,言前敌胜仗,简住杨村。昨街上所云“诸军败挫”者,皆陈泽霖散军之言云云。既获胜,陈军何故而散?昨日团旗及红巾皆撤,今午闻胜仗,又张挂。林联生诸人趋新店候驾，不至。昨日，回至彰仪门外，遇甘军二人，跳上车，迫令回辕卢沟。林曰："我乃军机处，有差事。"甘军曰："我们差事更急。"再三央告，与二十四金，又嫌银色不足，加补水银乃去。又有甘军抢一官车，曰："这个时候，杀两中堂亦不要紧。"郭云："新店十七日即闹得利害，幸宋宫保在彼，斩数人，稍松。"午刻，轿子胡同有甘军数十人放洋枪抢一小民家，或曰抢其妇女。孟甫居与邻，写字与其统领方姓，方已赴通州，竟无治之者。又闻昨日内城东武卫军抢百余家。郝车夫自昌平回，在清河遇通州败兵，有抢骡马者，有乞食者，声似山西人，则毓军也。郝在西城，见甘军抢人之车，拉其所劫货物至顺治门，守门兵不开，甘军将斗，守兵持枪注之。后有劝者，令其改向前门出城。董宫保亲往通州，当事者谓攻贾家屯教民。以八面威风之大帅而攻教民，不几大材小用乎？既云前敌大胜，是宋、马、夏、张、万军已不少，尽可分枝攻村，何可盛暑而劳大帅乎？黄侍御柏香处言，洋人已败回，天津已报红旗。昨日探马言洋兵到通州，今日又从通州调董军回，令人往使馆，庆王亦不肯往。有卖底以劫人之骡者，团控送团练局，局不收，送入庄府。九下半，大风夹雨，炮枪声甚繁促，如在虎坊桥东，大约东江二毛又出也。

**二十日(8月14日)** 早起，凉爽，八十二度。东江枪炮犹未绝。佣工人十八日出芦沟桥者皆返，以乱兵梗阻也。昨日出通州者亦返。十八、九日内城东糜烂不堪，兵役抢劫以为归资也。饭后，闻东边枪炮声越显，似已出东江者。口占云："儿能作饭自烧茶，不怕厨夫不在家。还有客堂须打扫，自寻敝帚扫槐花。"九愚来。英使馆出洋兵六七十名，占东便门角楼及其城下，有甘军吃醪糟，言将出沙门窝外接仗。合肥代转杨儒电，言俄见前日保使各条上谕，甚喜，允停东三省战，并劝各国停战。义和初皆卷旗灭迹，因昨午军务局有胜仗一片，遂复扬旗裹头。此刻炮声甚厉，异于往日。该团曰："洋人已打下海口，此乃二毛子逃出，董军追之耳。"其可怜如此。义和在涞水高洛村起事，明明白白说是仇教，四月十四至五月初。烧高碑店火车，亦因赴涿州时往写火车,付价,无客座与之。次日又如之,激怒放火。及到涿,则曰:“势不与洋人两立。”到京,则曰:“洋灭孔教,天特寄权于团,以为扫除。”可谓愈唱愈高。团之初心不同,乃被物诱至此。初四将下全权旨,简阻止者。简先来信曰:“剿内安外。”一至京而山变。徐桐十六接张家湾信即骇,其心望和尤切。枚岑子不知下落。孟甫来,言马军在杨村胜仗,简尚在杨村。奂如言甘军恨荣相、庆王。晦若同郑叔晋、汪颂年来。晦闻李某言和议未成。炮声未止。二下,黄二回,言武卫军说洋兵到东便门,打开花炮十余,门已烂。九愚在旁曰:“二毛耳。”一甘军曰:“你还不信,我们乃亲去看来。”武卫军、甘军由彰仪门飞跑,七八人并而行,有在街口看者,鞭挞之。五城承军务局命,出示言杨村获胜,谕铺户仍照常买卖,此刻已三下半矣,枪声甚密。董以受恩至重,故在城决战欤?长春寺招兵,昨日挑上三十余人,言旗兵不可靠,另招五百。左辅卿来,予在书房内,听其与七兄言,为太息者久之。二老想同此论。全权出去,徐桐曰:“又上当了。”有梦琴,甚明白。徐闻简败,辄咬齿曰:“这都是汉奸。”连充肃曰:“荣捐二万两,解往前敌,杀洋一人赏一百,二毛赏五十。”徐曰:“这极妙,但来不及。”四下后,枪声由东而西,似在顺治门东。宫禁不知若何,以禁城而如此,犹斥之曰:“必杀二毛,必杀二毛!”左曰:“不灭西什库,恐为内应。”有问之曰:“【何以】中法之战、广西某某之战,皆多教民,何以无内应?”左语塞。闭门上锁,下人等皆喜出,石孙亲看启闭。五下后,石孙处一客来,过窗外,石孙亲问外面情形,据言三下时街上颇乱,中有便门外、沙窠门外居民三四成,兵有数万,往西跑,兵有带伤者。街人乃言攻东便门,又有人言是洋兵。六下后,枪声又由西而东,开花炮声[①]似在前门。我朝神圣默祐,孰料无缘无故以义和而有开花炮在城乎?有回子过孟甫门,言马安良乃董义儿,带三十营到,皆白巾裹头,董军误认为洋,遂开炮相攻。义父义子想久违不相识

① 声,原作“闻”,据四卷本改。

也，不然，何故从八点打炮，至九点不止欤？况董军误马为洋，犹曰白巾之故，彼马又误董军为何物乎？或曰："马安良未见过洋兵，见董军之冬帽者，以为洋亦如是。"傍晚，枪炮声歇，街上清静，而大街铺板皆用横木钉之。或曰："二毛在城外，董兵轰之。"或告店民曰："勿怕，此永定门试炮也。"上灯后，排枪声甚显，约四刻亦止。郑尔丹之亲梁某写字来问石孙，言："前门大开，扎十余营。或曰洋兵向天、向西南放三十六开花炮，又放排枪，不以伤人，是何意？"石孙谓此乃泄忿枪炮，若照公法则无此。曾问诸许公，然不敢向人讲也。金车夫严气正性，恨二毛而恶洋兵者也。晚在街上回，喜曰："前门非洋兵，乃西洋回子保护中国。"夜半雨。寂然无声。

**二十一日(8 月 15 日)** 出伏，八十度零，阴雨意。晨，黄二出街，归言洋兵甚多，昨夜宿前门外，今晨入前门插旗。本地人民乱跑，出彰仪门，有一过街者，已闻专寻团与董军，不与平人相涉，而跑者尚不能止。石孙清早着水靴出探两宫消息，顺治门城门闭，不能进。刘震青同年以今日接见，城闭不能往，欲具呈，来寻石孙，而不信洋兵入城，坚谓是董义儿马安良。告之曰："甘肃勤王兵三千，乃岑方伯带，至今未到，安得再有三十营？纵有，当西来，不当从东来。"石告之曰："我国洋操兵两枝，皆奏明换戴冬帽，又安得有白巾裹头者？"石又详告马江战事，及昨日所探，刘乃信。黄老二又出，归言闻董福祥昨日已窜入军中，出彰仪门。左辅卿只身于天甫明时出便门，满腹条陈，一身奔避。人传马安良为董义儿，董军误战致败，谑之以诗，曰："新来回子马安良，不认干爹董福祥。城外相逢不相识，对开营垒对施枪。"又有谓西洋回子八年一贡，董误为大毛者，戏咏曰："沙窠[1]门外起尘沙，大将登坛望眼遮。记否职方前例在？八年回子贡西瓜。"石孙再出，又归，城内外隔绝，不知两宫消息，奈何奈何！决策者罪上通于天矣。七兄由孟甫宅归，孟已同谢承皋、吴介甫、陈绍平天明时步

① 《借禅室诗钞》勘误表作"锅"。沙锅门、沙窝门、沙窠门即广渠门。

行往昌平,如何走得?雇驴恐难。不知又听甚话耸动。闻昨日三下至今,昼夜不绝出南西门者闻有数万。既闻天津出城之险,何为轻出?晨至午,炮声不如昨夜之壮,而亦未断。刘元亲到前门,见洋兵白者百余乘马,黑者数百乃步卒,旗红色白边,遇小孩在旁,反笑而扪其辫。刘云与致摘冠礼,彼亦反敬。步卒驻瑞麟祥一带。今晨,团有误信马安良之言,以为既是董义儿所统,何妨往看,遂未卸红巾而往。洋兵突见,知其为团,每人斫以两刀,揪其辫而入城,谣言误人哉!徐、崇二公不知有何妙计,若有锐气人在,彼不过骂曰"狗王八"而已,空疏固谬可笑,不得借口于文信国。炮声由南而西,三下,又由东而北,六下止。二月,街谣云:"芝麻酱,下白糖,鬼子就怕董福祥。福祥足,两头峭,先杀鬼子后拆铁道。"至今又谣云:"芝麻酱,下白糖,鬼子最恨董福祥。福祥足,跑得快,未曾开炮就先败。"稚筠阍人言两宫今早行,倩郑尔丹问之陈玉苍,则言不确。前门两旁铺家昨日全走。西南各门有奔逃兵民十余万,穷民一搂而空,人啧啧谓端门着火,甚以为虑。端门乃皇居,有所忌尚可言,无所忌将难为力。或正北有设坛之地,洋兵寻团嫖之耳。石孙久出未归,令人疑讶。两宫消息至此未知。六下,大雨,须臾晴,乃闻简帅殉节,枚岑亦沉水。黄柏香撕去门条,走至芦沟,闻甘军余军劫人,乃返。大街上铺户全开,谓劫人之兵全行也。金、郝两车夫欲归其家一看,不敢行。午,亲去前门,归曰:"洋兵规矩,不抢不杀,但不可见之乱跑,跑则枪随之。"闻董军在长新店,有刘翰林与同乡昨日同出城,本街只剩予宅四人,其余皆行,且撕官条、扯春联,不知何故。二下,见城北有浓烟,至夜犹显,人言是端门。与石孙惴惴然出门望之,烟愈浓。枪响,闻顺风哭声,命人升高望,则在西四牌楼东,人以为端府搜团也,或又谓方向似澜府。夜仍炮声。是日三晴三雨。

**二十二日(8月16日)** 清早凉爽,七十五度。洋兵攻顺治门,镶蓝旗与敌,洋退,蓝无火药,洋复攻。街上人声嘈嘈,出看,则米市胡同当铺被劫,后门在绳匠胡同洗澡堂,烂面胡同回子纷纷前往搂物，络绎不绝。有一人从北头来，问之，言从城里出，德胜门被二毛占，土人总以洋兵为二毛。顺治门亦未开，专留西直门，于天见亮时放人出，出者颇多。石孙管家，北人也，要逃，张荣亦焦灼万状，皆怕二毛杀他们，石孙苦口开导。张荣怕土匪抢其衣物，予告之曰："如果来抢，你说我家老爷还有几口箱，则土匪必饶你。"曰："如到彼时，还是一齐拿呢。"复告曰："尔出去，能保必不遇乱兵乎？"土人之愚，大率如此。团匪烧教，偏看得惯，今日却虑难保。黄柏香十九日午出示，报胜仗、安民，其时洋[兵]已至东便门，次日出走，被乱兵阻回。有言其未走者，今晨抢当铺，其管家首先奋勇，劫得貂皮、花衣等物，街人多见之。黄固帮办中城者也。昨晨七下，老佛爷同端、庄走，又闻皇上未走。庆、礼今晨上城楼讲话，陈玉苍处听来。徐、崇不知着何意绪。石孙家人全走。北人总说不明白。石孙与我等商，以七兄与我及黑居守，石孙则外探并打杂。以今日抢劫者皆未持枪械，但寻空屋，虽桌、凳亦取。晦若、叔晋来。闻昨夜烧者端、庄二府。刘元饭后到前门，归言前门大街无一中国人，纯是洋人，乱民全抢当铺、绸店，洋兵旁观，挟物走者，命开包与看，有银则拿去，余则否。南城惟春元当未抢，掌柜请已散之练勇六十名保护。刑部官犯被洋人开放。闻端、庄、澜、濂挽老佛爷以行，而留皇上于此，留之欤？委之欤？果以为二虎之一龙[①]欤？孟甫处，前半月冉姓者言洋兵在津杀洋学生三百余人，俄、英兵又糟踏妇女，今已二日，不闻此等事。又一天生意人，言向之磕头者即杀，泸馆长班今日向之磕头，但摆手辞之，并未呵斥，可见纯是谣言。昨早走昌平，不知又是何等凶谣驱之也。九愚来字，合肥到。黄二亦言街上传言住烂面胡同，已入城。晦若才来，未言，予疑之。黄二言街上多有此言，乃命黑到烂面胡同一看，久去未归。九

---

① "二虎"有两种说法。一种是指李鸿章和庆亲王奕劻，一种是指李鸿章和军机大臣荣禄。此言义和团服务于端王载漪，要杀"一龙（光绪帝）二虎十三羊（洋人）"。

愚来,问之,则张子青听人言者。如是则未确。抢平粜局。陈矩才宅犹坚信马安良之言,先入为主如此。九愚之兄子厚先欲过河南,予尼[1]之,自言有钱皆借与人,自己又向别人借用,紧急时别人来收,自己不能收。此等情景,予于甲午过来,九愚处之泰然,真为难得。六下,洋人查大街,命开铺户,问有羊肉、小鸡没有,义昌等号遂开。福喜夫妇欲往东城,福喜携一梳头匣,洋兵遇之,命开看,有洋钱一元,取去而与以洋钟。洋兵收得庄府所藏拳匪名册,挨门查问,官宅不甚查,铺户小家一问而已,远不及拳之生事酷烈。谢承皋以非族而畏之,而乃廓落如此,意不在此欤?黄柏香所出水洞二毛之示已撕净。闻洋索端、庄、刚。中城出示安民,言议和在即,各安生业,土匪行劫,格杀勿论。写就,命两役持面糊出贴,至街口,遇持棍者从旁一棍将面糊碗打烂。两役飞奔,归说:"不好了!二毛将碗打坏,不和了!"黄石孙在彼,闻之不信,欲出看,众人阻之,石孙终疑。及出,果见一人持棍在外,然似疯魔,问之街邻,果然,乃大笑。被劫之家,皆因无人或留守人太少,本街除予宅外,皆无人焉。本日抢当铺六家,米市胡同一,南横街二,大街一,绳[2]匠一。顺治门内火,似在四牌楼。

**二十三日(8月17日)** 五下起,凉爽,八十二度,巳刻雨,往大街卖菜人渐多。在对门剃头,有穿青裤、盘大发辫于颈者,问烟馆何处,剃匠告以烟馆关闭,乃去。剃匠曰:"此甘军脱号褂者。"有小家妇女一群,踉跄而来,曰:"海岱门一带西洋回子掳掠娘儿们。"余暗哂曰:"上海妇女胜汝等者几多,未掳,而掳灰尘粗鲁者乎?然大老时时以'阴门阵'挂在口,何论小民?"洋兵官一,乘马,带一队人,查往增寿寺一带。吏部供事言:"洋兵入城,无理之者,乃烧东华门;仍不理,乃烧太庙。"又言老佛爷走,仅五轿车,庄、端从。洋兵由东华门入,至太和殿各处一望,至乾清门,问曰:"此皇帝所居乎?"曰:"然。"遂止。分

---

① 尼(nǐ),阻止,阻拦。《墨子》:"淫嚣不静,当路尼众。"
② 绳,原作"纯",据文意改。

洋兵扎景山暨各城门，路人曰："比义和守礼多矣。"陈某廿日在内阁当差，昨日午后出，言荣被难东华门。和议已开单，徐、崇、刚、启、赵已拿交。徐缺已补王，未知确否。下午，晦若、叔晋来。敏过乔宅，茂未归。乔宅亦插白旗，擦去衔条、门对，洋兵一人，搜上房玉圈并尧生小表以去。又闻[1]凡擦衔条者，洋兵多人，然较甘军、武卫军、虎军文雅多矣。今晨，洋兵在大街，有请书"洋"字贴门首者，初以纸，继以衣衿，洋兵不暇，则自仿其体而书之。或曰："此皆拳匪及供拳匪神位者。"萧士修来，言张茂劬亦弃官潜逃。金波亦于十五过昌平。有欲入前门者，不敢入，恐同行有跑者，则洋兵必枪之，将误伤。何隆简出监跑，一日忽不见。宝兴隆、恒裕送洋兵洋钱求保护。恒裕五月以洋钱与何伯卿，何恨之，今用出矣。

**二十四日(8月18日)** 清晨大风，七十三度。近日天道颇正。二老提倡正学时，天道酷热异常。皇上诏剿拳匪，天道顺序，何也？西砖儿胡同前后回子多狃马安良之言，以洋兵为马所带，与伊等同教，各将回帽戴首。中城陈遣一差官入前门，往东，洋兵阻之，且搜其身，仍不令前行。往陆凤翁处，则虚无人。见西华门内洋兵甚多，又言神武门亦烧。晦若、叔晋来，言王莲孙家被焚。徐花农同曾暮涛出城被劫，曾家丁死二十四人，徐宅被人引洋兵入，翻箱倒箧，刁其楼板。奂如着人来听信。九愚言东海上吊二次。宝竹坡二子皆自尽。石孙持示南城各京官所拟与赫德一函，言："城内消息不通，各国兵及居民皆不能购食，未知太后、皇上安否？足下在中国服官数十年，请给护照，以便出入。"列名者已有十余人，余亦列焉。有洋官晤曾君和，言甚望即刻了事，出城以图舒服，不然兵在此，恐不免入人屋，见小东西亦有拿者。彰仪门外放两地雷。夜，犬吠，通街炮声由南而西，三下，又由东而北，六下止。

**二十五日(8月19日)** 凉风，至七十二度零。昨夜七兄以犬吠

---

[1] 闻，原作"问"，据文意改。

畏盗，闹大半夜不寐。矩才得孟甫信，孟二十二日到昌，子厚同翼之已过张家口。萍三以无事尚未发。彭向青三日未到昌，岂匿影欤？乱兵在昌闹三日，劫铺面。洋人出示安民，嘱居民照常买卖，毋得惊恐。有鸡、鸭送先农坛，后书西历若干年、中历光绪二十六年。多日未出街，乃往孟宅，见孟二十三、四昌平信，去时甚苦，而所闻留少年、妇女，教民惨杀平民及铰辫诸事，皆土人谣传之言，付之一笑。归，晦若、叔晋来，言遇一僧，亲于二十一日天明见老佛爷与阿哥各乘一舆黄绊，端、庄、澜、濂跨马从，往易州。又有言荣为老佛爷解银二百万，被乱兵杀于黑寺。彭宅有人从黑寺来，未闻此，恐不确。朱古惟来，言皇上未行，二十一日御大清门楼，命礼、庆二王招一洋官入，曰"一切皆乱民所为，京中无乱民，自今可好好议和"云云，谓记得第一句即"勿伤京城"之语，闻者感泣。记五月内，崇公以"好百姓"誉拳匪，徐公以"民为贵"出题，降而至于毓老八、张星吉、刘仲鲁、王枚岑等，无不以忠义待之。毓老八见炸子桥大师兄直如丘长春见元世祖，且有献谀贡媚于团，而不知团之实足害宗社者。今两月耳，事机厘然，邪正判然，能无愧乎？崇公举室自焚。徐公两缢未死。朱艾卿家人在街送信，遇洋兵，使挑鸡、鸭送先农坛，亲见所焚棉被等物，皆其兵丁在民间携归者也。洋兵官在天桥正法搂物洋兵四名。曾君和、郭春畬、陈玉苍等约同人三十余，与赫德信，请给执照，便探两宫，今日送去，尚无回信，不知已送到否。洋安得律风[①]于天坛，儿愚误为电线。闻德兵昨宿丰台，今入城。

**二十六日(8月20日)** 七十二度。七下起，大凉，着两夹衣。卖食物者有人，卖鸡鸭者二人，卖肉者二人。昨、今两日，小菜价涨一半。有买卖不做，但抢小粮食店、搬运空屋木器。纪河间最恨京人诡谲，顾亭林恨北人懒惰，不虚也。回民各负口袋，在街东西望，凡粮店、贸易店无多人，即劫之。正抢大街口磁店时，洋兵忽见，持枪逐

① 最初电话传入中国被翻译成得律风(telephone的音译)。

之，纷纷逃散。晦若、颂年、叔晋来。陈玉苍又与庆王一公文，请照会外国，容五城弹压地方，以五城练丁须穿号衣，恐洋兵见而误枪也。彦康来，言乃父十三上班，今日归寓，前门由人出入。可见所谓稽察严者，皆所遣人畏不敢往，归而捏造之词也。七兄往乔寓，何隆简、龚照玙同在，有宋内阁、聂九愚在彼，致何不能尽辞。后何言已晤李佳白，腿中一枪，怄急，使馆皆忿。有马绍忠者，英人，开佛照楼，天津兵团由此始攻，马之父母妻孥全毙，洋兵来京，马绍忠竟为马队先锋，引入城，其烧庄府亦马之计。毙拳匪一千七百名于府内，曾按尸骸而数者，想即十七日执蓝旗斩徐、联之团也。予于是日望火光、闻哭声，疑未必有一千七百之多，然不少。南城二十日下午尚有团，次日泯然无迹。北人狡狯如此，庄邸之团何无能者，胡为烧毙如此之多？午后，茂萱来，询三大臣，言徐公到部，与一揖，尚与寒暄，皆得大臣体。立山，但言命该如是。茂要会石孙，遣人寻归。晦若、叔晋同祝芝兰来。洋人分地弹压，外城则西属美、中属倭、东属俄，内则东英、西法、北德。闻前日初到，德、法欲屠，英、美不肯。端、庄、澜、刚诸府皆烧。太后往西陵。上驻香山，俟再探。各国拟八条。待合肥，人皆翘颈以待。合肥为大臣，当赴国难，授全权，当速来。前之杀戮无理，宜其不来，今则洋兵入城，祸首潜形，拳匪灭迹，更何惧哉！想东南各帅亦必催之。左辅卿自挑一肩，若为下力人者，廿一日出南西门。曾蜀章、郭子南、宋芸子、余子厚、陈剑秋、赵翼之、王萍三、何云凡、张茂劬、汪金波、凌东甫、赵少平、甘少南皆随驾行，吴介甫、谢承皋、刘星阶由昌平往。

**二十七日(8月21日)**　七十五度。七下起，凉爽。茂萱来，以粮店逐日被劫为忧。简帅粮台荣心庄回。荣癸巳在成都，笃信走阴之张都司，及张荫桓遣戍过涿州，荣时署涿，骂张跟丁，颇自负，徐、李重之，派此差，今始回京。内城西仍火。午，王丙青、汪颂年、祝芝兰、黄泽安侍御同来。颂年言内城旗宅受害已极，美提督出示言西城暂归管理，如有抢劫，即行正法。王莲孙全家焚死。将两下，石孙客林某者开门出，恰有二洋人手持洋枪，腰佩刀在外，即乘机入，翻书房内。书籍有图章盒，扪之重，以为银也，开看无之。又复看案上物，无可悦者，指枪以示，问有此否，摇手示之。又过郑尔堪处一看而出，见鸡在花台上，捉而去。晦若前辈同石孙往会毕子明。毕，美国人，为合肥翻译幕多年，言两宫由居庸到秦，在路甚苦。政府同行，荣相、庆邸亦尚无影响。在京惟昆、敬、那、溥、善等七人，崇礼、阿克丹欲与使臣说话，使臣不理。又以肥之全权出于政府，办事人不认，答以确是上所与。又言将来外国兵到齐，钦差来，国号仍属大清与否，未可定。又言五十里外尚多拳匪，粮路难通，虽给执照，无人敢办，第允将来给护照回南。闻此言，无不骇者。晦、石往[①]湖南馆。七兄焦甚，怨人多；怨主中馈，多用费，致无蓄积；怨庚寅起身，天未晴明，不利；怨杜方、苏福不来京。昆、敬等托贤良祠和尚寻毕子明，请致意使臣，将往会。毕以七人中无王爷，又无全权，不往。或疑庆必奉谕不敢先出，乃支昆等试探。庆无端倪，昆等小胆，必不敢居间。固安昨日尚有拳匪一千余人入署索米。茂萱、石孙、晦若、曾袭侯诸人皆欲俟轮车、轮船通时回南，由京到沪，路资亦不易，如何如何？矩才来，言彭向青尚未到昌平，如隔京近，必着人回，如到昌，必看其母，两面无，则耽心。夜，雨。

**二十八日(8月22日)**　七十二度。六下后起。石孙出街。茂萱偕贵州姚来，因昨日欲同南城京官函请公使电催合肥，石孙不以为可，予以告茂。茂之阍人王三犹以为天兵将下。北方愚民如此，安得不乱？昨日茂言某京官夫妇带有大宝出彰仪门，遇土匪杀其妇，只身回京。本街行人甚少，时或三人或四人而止。晦、石言前门内亦未遇有着长衫者。洋兵逐户清查枪械，有银及洋元、戒指、手镯、表、绸缎之类，皆拿去，特不如武卫军之凶横抢劫耳。米路若通，在京多住数月，何害？大局未定，百里内米商畏劫不来，惟有望火车成，可运津

---

① 往，四卷本作“住”。

米。然使津米即果能来，两手空空，何以买之？是仍望大局粗定，外州县拳匪匿迹、土匪潜消，而后生路可以疏通。门外有洋兵二名叩门，未应而去，见刘元负米，亦扪之。茂一下来，言洋人弹压土匪，龚鲁卿之力也。赵、余赴张口，中途遇盗，幸无大损。金波函如此。计二十三至今，孟甫、金波皆有信到京，独十三、祖寿无信，可谓稀奇。茂过湖南馆归，言石孙在彼睡。茂在案看余日记，闻开门声，扬头一看曰："洋人来了！"到客厅，示以毕子明所写字，看后，仍翻理箱物。先指西壁廿二史之《宋史》一匣，嘱开与看，而钥匙未在。渠坚要看，取匣上《佩文韵府》匣，开示之。渠乃举《宋史》匣一摇，似知为书。又开东壁之书箱二口，知书外无物。遂进七兄上房，开箱，而钥匙皆带去昌平，乃锤开一二口，见无可取者，又举一箱，甚重，疑有银，喜甚。又锤开，则在泸带来之响锡在焉，取其一锭，以锤未开之锁，锡软而铜硬，乃弃之，其一[1]不肯舍，复取而锤之，连开十余箱，又开十三房，见箱用麻布、麻绳捆裹，益疑有重物，必开，则取双花袖、玳瑁圈、镀金镯、玉圈以去，藏诸腰。适石孙回，闻之，急往寻曾袭侯以来，恰搜至学堂，陈仲苏书箱在内，曾侯入，以洋语问其干甚，伊问此何人所居，曾曰："我朋友。"且指其所拿镯及帕、袖等曰："你们何故犯本国规矩，拿人衣物，还不快走。"洋兵乃行，至二道门，曾侯曰："开门。"洋兵笑容昵曾而求曰："千恳[2]勿向人说。"昨前日有言其清查军械者，予疑清查不过一次，何为有续到者？且查后未与凭据，何以知其已查、未查？至曾侯来，始知无故出外找开活，亦如当年川中之湖南兵。然取物时必问黄老二，老二点首乃上腰，即此可知军律之疏密。久无十三信，怪之。七兄言大乱时如何能写信，或前月一信予驳之，故不来信。十三已成人，当不以窜改一信之故，而遂不通消息。改之者，教以事理也。晚，接十三与黑信，二十六来。言昌平倒乱，游勇、土匪抢劫，道

---

① 一，原作"心"，依下文，洋兵应为两人以上，故据四卷本改。

② 恳，原作"急"，据文意改。

台、参将逃走,知州逃而复归,铺户皆劫,翼之失金条二根,萍三失一表,我寓无恙。廖仲师住古玩铺,刘星阶将同万军过豫,贻霭人随驾,在昌平歇一夜。守备辜文山,丁丑武进士,蜀人也,擒斩劫物者八人,人心稍定,现同知州办团。今日内城停火,闻端府烧尽,庄府则取打西什库之炮而向诸门。密云有溃兵到城,城内兵与战,打死三人,余散去。小红门有拳匪,洋兵与战,大创之。兵官问土人地名、为谁,以所带手折检对,或即庄王簿上所开者也。

**二十九日(8月23日)** 午,晦若、颂年同劳君、凯臣弟。曾伯玉、叔晋来,言有机器局匠人二名,言慈驾往蒙古,伊等至中路,畏其地寒,未带衣服,辞归。据二匠言,上实未往,而毕前言上同行。若果如机器局匠所言,将若之何?宋芸子门生蒲公威自芦沟回,言廿二、三、四日,败兵难民布满山谷,死者甚多,或饱饥犬,血流成河。陈受之眷送山上庙中。郑叔晋、李意园同来,约石孙往李佳白探上确行否。此事至急,臣子不能坐视,又不能出头,且闻乾清门紧闭钉锁,内有哭声,可不急急设法探问乎?王献甫子九龄,曾在同文馆学德文,教习则德相毕士麻之子也,能通七国语。五月十三、十四两日,各教习即有戒心。二十三日,九龄等在内城东街口遇毕与各教习,皆无人色,执学生手,欷歔乞救。学生以日本教习面目易混,私觅僧衣帽并木鱼,又用剃刀剃其胡须,装为和尚,以出藏某寺中。诸教习卷发黄须,无法可救。洋兵入城以后,在同文馆与人言及,犹悻悻。各兵到京,日、德列前队先行一日,英、美第三队缓行一日,昼夜兼程,驾而过之,以德炮队多欲屠城,英、美不愿也。日兵仅三百人到沙锅门,董军接仗,伤数人,遂奔。五月以来,拳攻西什,死者几及万人。西什洋兵四十,教民、妇女数百,今出来洋兵三十人。余虎恩初成军,十九日奉调打东江,死者八百。彰仪门外两旁,甘军、武卫军二十一日互夺互斗,死者数百。九愚言西直门外二十里八宝山,回顾万寿山,明永乐太监刚丙在上庄御鞑子,鞑子于阵上斩其首,刚丙不自知,驰归,倒于八宝山,因葬焉。刚相祖坟葬此。九愚来书。后五下,洋兵三人叩门,久未与开。七兄曰："错了，错了！这房子搬错了。"兵马司后街洋人早已搜三次，又将何说？则又曰："孟宅好。"甘军劫骡之时，岂料后独清静乎？洋兵去后，石孙厨夫归，不言而叩门，久乃出声。及进屋，又有郑家奶母之丈夫，亦复不出声，而如洋兵之叩门者。七兄真疑应接不暇而怨声大作矣。石孙同李亦元往会李佳白，并会美使康格，美提督亦在。亦元告以欲探两宫，石孙言欲往请安、设法。丁韪良等言如确即好办，然得诸传闻，尚无确据。石又往见敬止斋，止斋言二十一天未明时，上同老佛行，庆且叩送。昆、庆已晤赫德，约初一与赫信，初二、三会公使说话。[然]各公使曰："但要光绪皇上在，即好办，如不然，'大清'二字恐难了。"又曰："我们不知端王，但知是义和团，大阿哥亦即义和团。"东牌楼火，洋人救之。端、庄诸府，洋亦未烧，但扎兵。数日火起，皆土匪所为。徐未死。城东烧房，洋兵出救火。使馆兵实四百，教民万人。俄兵住颐和园，万寿山添筑炮台，倭扎景山。石孙由西而东，言所谓掳掠奸淫者，似实无之。东说西边受害，西说东边受害，如此而已。尔丹同乡某在海军衙门，欲同扈驾出京。尔日出德胜门，随扈军行，所过皆荒凉，无卖食物者，乃转身，是确未出西直门也。或言徐吞金，或言投缳，至今则闻尚在。人人唾骂，以为未死可令亲眼看，免作糊涂鬼。一生持清议，至此乃逢端而杀人如草，不知子孙作何收报也。闻有洋兵上保府。石、晦、茂诸君欲拟条陈交公使。夜，与孟信。

**三十日(8月24日)**　八十二度。七兄以洋兵取物去，介介于心。九愚来。徐子真递字来，所闻合肥到通州，崇、刚议款皆虚，惟庆邸在乍口，似确，以皆知其未走也。梅主政、定九裔夫妇率两乳母至黄村，遇败兵，逼乳母上马去，此二十二日事。昨日，因有上在宫之言，美使允同叩问起居，黄、李小臣惧不敢，欲求昆、敬转寻内大臣同美使入，内大臣皆散走，如或上果在内，延迟数日，能不饿乎？即上出狩而后在内，亦应早出为是。张公锡均言不如小臣同入至隆宗门内寻太监叩门，问上在内否，后安否。如此则不犯禁、不稽迟，倘多顾虑,则大臣畏心尤甚,后不可问矣。然小臣只能问起居,不能预大局一字。恽薇孙晤敬止斋,已同十人拟电交俄使,并约明日午刻说话。敬且曰:"这回就正法,也[1]要管。"茂拟一稿,晦若删酌用南城京官联名致公使,问上起居,电达合肥,请洋兵移宫外。

## 八　月

**八月初一日(8月25日)**　七十五度。清早,黄石孙以所酌三条至上房,呼我见示,七兄为誊好。石同晦若、李亦元急急往李、丁二处。奂如、茂萱来,祝芝兰来,言神机营教习黄曾北出至居庸关,皆未闻上同行。其翼长[2]祥麟则云澜公同出城,本日又返,以护米仓为言,在宫一日,二十三又出。然二十日已有洋兵在宫门,岂易出入者?惟自来无人云上同行,则荣同出平则门之说,其有万分之一乎?德兵愤,颇骚扰。孟甫家人文在城外,洋兵挽之刨红苕,三日,手指尽肿。又亲见洋兵数人为群,零星城外,邀截妇女,无礼已极,天乎!天乎!徐、崇之罪,擢发难数。十一下,响地雷一个,后知为烧火药局。十二下,石孙回,三条已交丁韪良,言合肥全权,外国不认,不能来。今有此条,说明中外办理不同之故,渠饭后即持见美使。午刻,昆师、敬信、贵午桥、溥良满大臣十人,汉则曾袭侯、恽薇孙二人,共十二人同见俄使。初言今日与赫德信,订期再见公使,今俄反催之,或见京师臣工毫无头绪,故嘱赫德促其一见,商量人概也。五钟,未闻信,疑十余国之事,非一国所能了,即约而言之,亦六大国,似亦非日、俄所能斡旋。况此次造端过大、出手太辣、层次太乱,能以一二国言为凭、二三十日能结乎?恐丁韪良告姚励环"一半归去,一半饿死"之言,或将

---

[1] 也,底本、四卷本皆作"已",据文意改。

[2] 官名。清禁卫军的火器、健锐、神机、善扑四营。于掌印总统大臣(神机营为掌印管理大臣)下均置翼长。翼的原意为军队的左右翼,但翼长一官不必为两翼领兵官;此外又有协理事长翼长,为主官的助理。

办到也。中东之事，曾追究主战之非，今乃于无兵无饷之时，靠拳匪而攻使馆，将以使馆攻下，外兵不来乎？抑外兵来而拳团尚可抵御乎？历事已多者，不应不知强弱至此，盖亦先有隙，斯觊觎者得而乘之也。骡马街南北皆属美界，昨日忽从前门起、彰仪门止，以北属德，以南属美。美兵于二十七、八搜查至南半截一带，德则昨、今两日始搜括北界。奂如宅二十九日有三十余德人入而搜之，坏物甚多，昨晨移至孟甫宅。我宅二十七、八两日有来者，今无足音矣。在绳匠胡同搜一宅，宅主控之于兵官，兵官来查，骂之而去。茂萱来谈，与作归计，倘不派留守，事到九月无绪，不能不言归矣，茂未晚去。满大臣只敬止斋一人，同恽薇孙往晤俄、倭二使，二使曰："依军律，是未停战，然既各位有此番好心，即代发沪电。"昆、贵、溥、那等均不敢出头，以端刀不测也。美提督请曾袭侯去，以华、洋人同劫当铺，美提督枪毙一人，更问华律办华人，曾侯断以罚[①]做苦工三月。洋兵到法源寺，嘱做馒头，与僧不通言语，而手比其烧火之形，僧误为将烧房，曾侯去，乃知误会。又闻庆邸在西山。

**初二日(8月26日)**　七十二度，午八十三度，六下起。子真来字，庆邸在跕沟，去京百余里，有教读先生同往，此从教读处探得者，言三十日回京，否则第二日必到，第二日即初一日也。昨日未闻庆邸到。回民劫果子巷对口当铺，属德界，查街洋兵摆手示以不可，不能止。洋兵三百名到，遇于虎坊桥，见手中有物者即捆之，无则否。到当铺门，枪拟于外，出者上绑，妇孺全释，不似拳匪拿白莲教者之概以就戮。所绑之人，五人为一束，以一兵拉之至增寿寺，以洋法死罪死之。马玉昆在居庸断后。初闻宋将以三十日复往戒坛寺，寻所闻太监，而根究上之所在。今闻未去，薰穴求君又成虚愿。庆邸去京不远，不出，岂以一出言和，将与袁、许同罪欤？五下，九愚来，言王保之由清河回，已得真而又真之信，上实在怀来，太后、阿哥亦在，庆王在

① 罚，原作"罪"，据文意改。

十三陵,去跕沟十里,与上午所闻“玉昆居庸断后”之信合。将晚,于晦若、郑叔晋来,告之,二公急往湖南馆。须臾,石孙回,言陈玉苍已打听保之去矣。萍三厨夫来,言昌平团保,每家出一人,每人即日出钱五十文,每夜听枪声三响齐集,专击土匪之抢夺者,而土匪皆武卫军。沙河与昌平同办团保,道路清静,能买食,骡难雇。昆、敬等电,俄使已发。城内传闻慈驾在途欠安。昨夜,济宁宅失火,巡街洋兵见四处嚷,即救之。陈玉苍探保之,保之言未闻,可怪。

**初三日(8月27日)** 七十四度,剃头。有方恭钊跟丁恰[①]由武清来,言六月十八拳匪因天津败仗,遂向裕禄立索银二十万,欲挟以逃也,请缓,不可。裕哀告而跪拜之,犹不听,乃于晚间檄武卫军截杀拳匪一千余人。该匪先抢旧民间之十余万私藏炭灰内者,不暇拿去。过曾君和,未起。孟宅信,亦言驾在怀来,驻跸清真寺,与九愚昨日所闻恰合。昨夜闻乾清门内无一人,有洋人穿一孔入视,谓太监、宫女皆走完。宋芸子与王幼霞等商具折请安。既无留守,又无明文指明行在,折从何处递去?德国告示,昨日正法二十人。九愚、晦若来[②]。一[③]下,茂萱来,以行在确信告之。茂写以交薇孙,欲设健步、通纶音、达章奏,此从前正办,今未派留守,庆邸不出,是以居庸为屏蔽之险,以全权为转圜之机。特拉硬弓太过,不便开言。催全权者,欲以居间望诸英、美各使耳。若必先发纶音,转虑羞怒者倒乱牵制,反觉有碍,不如先俟沪上回电为要。假令不放行,更当再求英使,此一定之层次也。全权来、庆王出,眉目先清,再迎銮驾。五下,晦若、叔晋来,言俄员回信云合肥无回电,据本国领事回电,云合肥已乘俄舰北上,三五日即可到津。初疑俄使发电不来,尚须托英代催,今俄电未去,即来,合肥真大臣也。今上午尚语晦若曰:“合肥受恩宠久,拳匪

---

① 恰,原作“怡”,据四卷本改。

② 此处四卷本多“予未在之险”五字,疑仍有缺字。

③ 一,四卷本作“二”。

盛时，当为国家保此身，今则刻不容缓，可不闻命即行乎？”闻昆师约同崇礼、裕德、那桐于二十七日晤赫德于高庙，赫詈骂，裕德哭。二十九日具折，恰遇太后派内奏事某来京密探，即交之驰递。惟闻各国根究端、濂、澜、刚，恐将来难结案耳。上与慈圣同住。洋兵入春元当搜括银元，土匪乘之，劫物甚多。七兄衣物皆在，甚为焦躁。德先物皆幼涪拮据而成，不无可悯，然已失，奈何？邮政局暂设苏州胡同高庙。熙元夫妇因洋兵入其家蹂躏，气忿而殉。夜，火烧正阳门楼。

**初四日(8月28日)**　七十五度阴，三下，雨。晨，子真信来，言洋使既破例肯发电，必有好音，可谓认题有识。诸公皆可钦可敬，视彼闻难远逃而几同丁魁楚者，相去天壤。外人根究端、濂、澜、刚，合肥亦只有求情而已，敢请罪之乎？不罪之，未必能速了。十一下，得昌平信，又言廖师同王中堂亲见上同慈驾一路，阿哥共一车，出城始分坐三大安车，至贯市，换三驮轿，马玉昆顶马，端、庄、刚、赵随行。未言荣、庆、礼，而京内有言崇亦去者，亦言有朴君者。洋兵百人送至清河，往寻庆邸回，盖即昆师所专之人也。德先亦来信。老五服苹三方三剂，愈。合肥来时，当先饬州县剿捕拳匪、土匪，多用小臣凑趣，以无大臣也。现在拳匪渐已灭迹，特以一纸文书，伸州县之纪纲，平外人之忿恨，再议款，请上回銮。此为三大纲。烂面胡同设粮米分司，劳凯臣世兄为之。自二十七、八至今，皆虑洋兵入宅翻检。德提督住长春寺，出示召[①]人送礼，以便保护。坊官纠合街民凑送。九愚来，晦若、叔进来，石孙出，同谈广东兵民、土匪互闹。合肥保陶子方督粤，不知准否。人才甚难，固陋者，虽清操不可用。晨，有洋兵五百出彰仪门，又闻炮声。萧龙友在陈宅言良乡有义和麇集，洋往屠之，又言洋已据保定。五下后，茂萱来谈，闻洋兵在城外买草料，村民之习拳者以其人少而毙之，洋兵乃成队往，轰其一村。午后，茂萱来，冒雨

---

① 召，四卷本作“叫”。

去。晚,宋芸子前辈来,宿于书房,言其租屋罗睺岭村内,拳匪有在山下劫财物者。戒坛有一疯僧,人谓其能前知。拳匪将起,僧着红衣裤,十八、九日全身裸露。问之,则曰:"一扫光。"又问以人落难否,曰:"我还落难。"又问以上何如,曰:"八月上会。"芸前日下山时,见其着青衣蹲于洞口。村人有在东江米巷贸易者,铺毁归村,言袁爽秋曾与庆邸一书,历叙拳匪凶谬,南城恶之,且曰许竹筼在城外亦遭其凌辱,如不信,可问许、庆、规、端。端不信,庆取书示之,以此结怨大师兄,致媒蘖遘祸。南城外联衔请安,余亦列名焉。洋官清宫,云只有太监,并无他人,有三太监自缢。东南各督抚电讯俄使,以銮舆何在,俄使曰:"尔中国皇帝自走,岂我逼之乎?"

**初五日(8月29日)** 八十二度,昨夜雨未止,午乃晴。读黄石孙戊戌两折稿,事理明透,简洁清刚,佩服。合肥到后,起手尚易,愈后愈难。中国办事任举一令,皆有蛙声虫响附闹其间,说得多,做得少,其烦杂至于不可遏。专望合肥于平难后荐贤辅弼,则次第更张,或能补救。芸翁多殷忧,以其患叠见于古史也。今年之事,每次变幻,皆出意想之外,然皆粗鲁肤浅一路。谚云:"昏虫胆子大。"胆大有之,权略则未也。千里[①]本钻营一路人,得失心多,何有远志?元顺标局[②]存衣箱数百口,皮衣皆被日本兵拿去垫睡。子厚颇吃亏,萍三、芸子亦不免,芸不嗟叹,可谓雅量。晚复雨,止,天将明,又雨。芸子午往,茂萱午后同来。茂归,芸止宿。

**初六日(8月30日)** 八十一度,午晴复阴,午雨止。一下,芸归。午后,茂萱来。石孙拟四条,晦若来,交之。

---

① 此指董福祥。

② 王正谊(1854—1900),字子斌,回族,习武术,人称"大刀王五",八国联军攻陷北京时,为德军所害。其在北京设"元顺标局"以护旅客,或为此。见(清)赵炳麟著,刘深、余瑾、孙改霞校注《赵柏岩集·中》,广西人民出版社2001年版,第177页。

**初七日(8月31日)** 七十三度。阴,三下,小雨,颇有寒意。午,九愚、损庵先后来。石孙言羊肉胡同某亲自京北来,谓銮驾二十日四下步至神武门上车,二十八日在沙城住一天,沿途甚苦,从人皆食杂粮。太后在路找寻旧蓝呢轿一顶。州县无官,土匪抢劫,马玉昆且打且走,董未随驾。王大臣则端、庄、澜、那、启、赵、刚。荣在保定。王莲孙祭酒住锡拉胡同。东华门炮声甚厉,又有洋兵入其家,在书案抽匣内得剑一柄,洋兵曰:"此是中国带兵官也。"洋兵走后,其家人惶惶,谓当复来,必罹不测,乃吞金、服烟毒,一时未死。其夫人[曰]:"恐洋兵倏[①]来,气未断,必受殃,不如跳井。"夫人先下,王从之,其妇后继。此二十一日午刻事也。

**初八日(9月1日)** 七十三度,晴明。七下起,饭时,茂萱来,言何隆简、席雨农皆言合肥无准信,疑不能来。毕翻译则言初六已到津。昨夜德又到兵,今晨搜索合肥总布胡同宅内皮箱三口,龚兆玙所开德国后路粮台亦被搜括,番禺馆亦然。洋兵之入宫也,系二十七、八日,毕与美提督登煤山,打千里镜,见宫内有人行走,后门半开,有二监探望,毕招以手,示以无军械,二监乃站立。毕下山,与为中国言,问以宫内有几多人,曰:"有三百人。"问以有军器与义和团否,曰:"宫中立过团,今皆西去,军器则无。"又问曰:"既无之,我等各国提督将带兵入宫一走,从乾清门进、神武门出,尔等勿怕。"但须订一期。爰定初四,各提督分队联行,俄居前,倭次之,美又次之,英、德、法又次之,奥、意二国各缀二名兵在后。敬信、世续同入,内有二妃,主四位,太监百余,日本送水菜。洋兵拉炮至黄村,或曰:"固安多团,将往轰之。"晚,孟甫来信五笺,初六、七言上在昌平,初九赴大同。庆邸回京,初十出晤之信,似确。德先函,言其母引老五等避土匪[②]于后圃,而下一"等"字,未言诸媳、诸妹、诸弟何在,不无可疑。又曰"常到南

---

① 倏,四卷本作"倘"。

② 陈泽霖军队抢了岑春煊军饷,两军开战。

口万营，事紧，将随万行，以逃性命”云云。专想一人逃生，奇谈奇谈！况合肥、庆王将来，独未闻耶？霸昌道七月二十二日早，扮作马兵，头包缠布，身穿号衣，同出城，初三回城。参将三十日回城，同金花户逃出，谝公款三百。七月二十一日晨，王、廖亲在海甸见上着洋布衫，系黄带。太后行至南口，有小米粥三碗，太后与上、与大阿哥分食之。先闻銮驾行甚速，乃十日，尚在宣化。朴寿二十九日捧昆、敬等折出京，至怀来见庆邸，回明各国议和，须其到京。庆命其先回京，请各国展缓，初五复往贯市等候，俟赴行在请训后，再到贯市，一同入京。景茀田先生殉。大街以北属德界，坊官欲保地面，集六十余金，买牛一、羊四、鸡鸭及西瓜、葡萄，托一通德文者送长春寺德提督处，三辞乃收，各给护票。洋人挨门叫吹灯，以有谣言，恐团烧房。

**初九日(9月2日)** 七十三度。因德先信有缺略语，且二十六一函未写，此次写之，藏头露尾，令人耽心。昌平土匪事与汪、陈信不甚符，命敏同黄二往看，其信云“盗逾垣入，母亲引老五等躲入后面人家”等字，包几何人？盗由后面来，躲又从后面去，不相碰乎？午，茂萱、九愚来。宋公门生蒲某言德兵在新馆，一路颇骚扰，以为是德报仇，果耳，止此乎？启秀住东华门徐家花园，每日在昆处探听，未与刚、赵同赴行在，殆自命为徐之私人欤？人谓其缩头如龟，可笑。晦若、石孙来。合肥尚未到，人之望公如望岁，来何暮也。晦去后，乃闻街市有见前门进行李者，以为合肥。此时出城人多，入城人少，搬行李则必合肥相公也。午，同七兄食腌肉，腴润无比。久不食肉，骤食甚美，可见肉之不可常食也。李申老谓庄家老吃牙祭，张季鹰因莼菜念鲈鱼，口腹为生理所关，不禁感慨系之矣。兵队入宫，为灭国之礼。万寿日[①]见甘军、拳匪出入端门，气象即不佳，各国到此有瓜分之意，

① 即光绪帝生日，农历六月二十六日。光绪帝爱新觉罗·载湉出生于同治十年六月二十八日，时值孟夏祭享太庙前的斋戒期，无法庆贺皇帝万寿，因此，光绪帝生日自其进宫起即提前至农历六月二十六日。

晦若先生甚忧之。芸子所忧更甚，若魏晋六朝之事，将毕见于一朝者。石孙亦以为然，予则以为风气因时代而异，有列国之争雄长，故战国似之；有操、莽之弑帝后，故魏晋因之。今日此风早经歇绝，且使各国而卤莽惛懂也者，诚未可料，而各国非其伦也。第定变后能否廓清，能否改变，则儒缓之风，难冀鞭策耳。五道庙意大轮船信局带保定。

**初十日(9月3日)**　七十二度，午，阴风。晨，茂萱来，言庆王已到。饭后，彭少湘前辈同晦若、叔进来，言合肥未到，恐有变局。又有范主政者在通州，合家死者三人，其一家人逃出，言洋在彼屠城。通州、武清、永清三处，皆当日承邸意调团为虐者也。洋人报复，或亦所有，然在东城未报，何独报于通州？想清拳匪波及耳。大约是义和团余党谣言，以近三日洋清团也。萧士修来，言金波信，庆王初八宿郎村，在昌平界。辜文山去接差来。汪家人老孙初八过昌平，昨日有路资二百文、着一衣者，土匪皆劫之。石孙由城西归，言庆邸今日到。昨回信，曰萧士修入城，言前门以东无一人走，无买卖，惟日界有买卖，亦认真弹压。一下，子贞信来。有龚姓莇夫秦佩鹤亲戚由昌平来，询之，乃知土匪入室未失物者，以岑云阶兵恰到，击之，毙其八人。有此一层，予疑乃释。德漏写此，令我展转者二三日。庆邸已到，合肥无音，避难题欤？欲作第二人欤？先下全权，又复严攻，宜各国不以为重，宜合肥不敢遽来。五下，枪声，德提督打死拳匪五名，有人查实指控而捕之，且审明，然后正法，榜其恶于市。其告示云“实证确凿”。余少平来，问子厚行止，言厚走时未与留煤、米、钱，向米铺挪五十斤，烧木器，[吃]所剩泡菜，今米已完。而又有郝世兄者，跟宋公来京，今宋宅未开火，郝饿两日，央恳来依云云。予曰：“此时只一人，可设法，添一人则无法。”夜，草二笺寄申甫。接十三一信，初八夜发。

**十一日(9月4日)**　七十五度。两夜睡未早寐，思虑未除净。晨，茂萱来，小坐去。矩才面交孟甫信一笺，庆邸初八过贯市。昌平寓用度眼前可敷。德先信内有“当节省”一语，其庶几乎！无论千言万语，总须本人明白款要，乃可图功，不明白则难说，徐、崇坐此弊也。九愚来，石孙共谈，七哥出去，不乔、不陈，不知何处。矩曰昨日就要过宋，恐去了。两下半，晦若、叔晋来，通州洋兵走后，拳匪回，择有白旗者妄杀。果如此言，刘焌之功德不小。房山知县赵某将拳匪收监，曰："洋人来城，即捆交之。"黄桂鋆潜藏不出，于其相识处寄信，望和局，而犹讥讽，盖自命仇洋也。实则并非所仇，不过望奥援得好事耳。四下，子贞信来，言城内人言合肥已到，且见两广督兵。本日三下，在十刹海会晤，条款亦备列。肥果到，晦公何得不知？三下始晤，诸款何以先出，亦拟议及之耳？七兄曰："是团中人造谣。"庆邸本日同昆、敬会赫德，请转致各使，约三日内会晤。庆王扈驾，乃随后赶去者，至怀来病，请假十日。其派为全权，系因昆、敬之奏，命澜捧廷寄至怀来面交。崇公死于保定，徐无下落。

**十二日(9月5日)** 七十三度。矩才、奂如同来，石孙出，谈东华门内因洋初到，炮声甚厉，投河、投井不少。九愚来，以德兵日内时到邻居子厚家，今晨亦有二兵入，此则讨嫌，军律究差。一下，晦若、颂年、叔进同来，以闻上初三由宣府前行，虑和局难成。某待御以未出城者皆汉奸，然则城内如昆、敬、崇、礼、溥，城外未走者尚多，皆汉奸乎？王伯堂不喜洋、最恨团，而毅然自尽，将何以评定？伯唐且曰："吾非殉节。"此何如皎然者？若在龌龊之辈，必又想及请荫、请谥、请立传也。固安城外轰三四村。十四三点钟始会晤，此题恐费手。写①孟甫信一笺、敏信一笺，交陈宅。夜，雷雨。

**十三日(9月6日)** 七十五度。晨，又与石孙推勘此次费手层折。饭后，往剃头，剃工不暇，遇奂如，同回。茂萱、九愚亦来。茂言王保之谓合肥初八在保定接督印，初六到津，初八不能到保，况命为全权，未令先接督印，况闻印在京城。恽薇孙请得俄护照三十余张，交米商办米，以济民食。徐桐等以十万石与"王八"，知街民亦将绝食

---

① 四卷本"写"后多一"昭"字。

否？三点，石孙归，言庆邸语人曰："合肥十五可到。"子真来信。彦康来。芸子来。芸深虑，决意西行，或宣诏另立，以西徼为兵力难到之地，而大事将不可问。石孙曰："另立则愈招敌，且将剪食于东南，东南兵饷皆无主者，必将全行告病。"芸曰："全告则悉另放，奈何？"石曰："何人肯去？"芸曰："人心不同，必有去者。"予曰："贪幸得者，图富贵耳，无兵、无饷、无军械，而当决裂之时，又无理、无情，上不能正名，下不能作士气，谁肯为李简堂之续者？"芸曰："内而不能另立，外而不能另换，两层既不足虑，甚好甚好。"予三人互勘，所虑者奉派之人不能据情显达，意存瞻徇，徒与推延，推延数次，必激而为自行办理，扰及东南，皆意中事。东南既扰，势必重盟，弱则告假，强则直参，方可清出眉目。

**十四日(9月7日)**　七十五度。昨夜，喉隐隐疼，迟寐，八下乃起。七哥已出，午归，饭后又走，石孙已待于客厅。芸子门生郝象离来，持公函。有人言徐与其第三子承煜与其孙并死，石孙谓言者确凿。今日三下，在总署会晤，人之望信如望榜，然大约不外传闻之首二条。九愚、晦若、叔进先后来。叔进所虑有似芸子，亦情势所或有，当不为今日所必有。陈节妇收月捐，与以二千，七兄一项未擅与也。七兄由西砖归，知予最窘，谓此时宜先己后人，不应与。予曰："先己后人之风，即未到此时而已然也。推义至尽，即荷包中两文钱，亦我有，不给则人亦无法，遑论两串哉！"七哥不以为然，拂然而去。喉时觉疼，夜半微干咳，服麦冬、黄芩、桔梗、菊花、甘草。五下后，晦若、颂年、叔进、茂萱同来。石孙亦回，言庆王未会晤，乃私见各使耳。向赫德言地面粮米及乱民云云，赫言："明是官军，何言乱民？至于地面已为租界、府库已非大清，尚何言乎？义和团主使必须先交，乃开议。"俄使明日回国，合肥尚未来。接孟甫及敏函，十二日发，在清河遇金波家人，言路有抢劫。五里坡见十余人，有洋枪二担。傍晚到昌平。张春发溃兵二百余，在西城外遇日本兵十余，与战，死五十余。将以十六同价甫回。芸送来萧龙友信，庆推缓，昆着急，敬抽身，肥未来。

庆约五城同请回銮。

**十五日(9月8日)** 七十五度，白露。七兄以厨中只甜水一瓢，恐早饭迟，出去不归，其传食诸侯乎？子贞信来，去题一尺。七兄归，再摆饭，饭已完。奂如、矩才来，以孟甫欲归，将以车迎于清河，而无护照。九愚来。石孙归。茂来。晦若、叔进由北城来，言日界甚好，廿六后不许入人家。言恽、刘谒庆，庆不见。洋兵捶门甚厉，石孙开门，则找起土者往湖南馆起土。曾侯来。今日忘却秋节，且七兄生日，家人叩头，始知去年九弟在此，今不堪追忆。七兄回，午食川笋腌肉、闷豆腐蒸饭，留茂萱、石孙同饮。颂年、履初来。履为重伯胞弟，重伯已过广西。交犯难做到，然从此而瓜分，万不匀，亦累赘犯手。夜半门灯息，洋喊门，另点。刘元被打。

**十六日(9月9日)** 七十二度。礼拜。街上洋人少。晨起，七兄已出，饭时未归。矩才又交来孟甫十四夜信，矩嘱我写信，劝孟勿遽归。午，茂萱来，言及点灯，虑油难买，贫户尤苦，拟条陈一道，同石孙及予往湘乡馆会曾君和，汪颂年、黄泽安、杜翘生同在，李亦元即寓其内。君和言开通油米店，洋人颇以为难，洋人亦望市店开张，给一护照，保以洋兵，而洋兵入门，不无攫取，则商民不愿，虽令商民揪禀，商民不敢。闻庆邸十三托倭人电催合肥，十四回电，言十六启行，未知确否。又闻庆子为质行在，此必不确。闻二妃只存珍妃一人，二十夜梳一辫，服洋布衫，出西直门，无车，一老监引而藏之，另寻车送行在。二下，芸子及其门人蒲来，所作启，有警语。夜同石孙谈。补写一信。茂萱嘱召敏归，为提倡油米店计。芸言十四允送启到庆府，后想亲支闹事，小臣往不值。芸厨夫言良乡有“王八”万余，恐未确，北人好张“王八”声势。

**十七日(9月10日)** 晨阴欲雨，七十度。晨，洋兵冒雨入城，一千余。送信往陈宅，人已行。观俄使走，则合肥之阻于英，信矣。一走，当无猜忌，或将听其来乎？徐桐死是因索首祸，伊又闻崇绮已死，实无颜独存。不然，三眼花翎，二人扶掖，尚欲偷活数年，长膺重眷。

闻其门为名下会集之区，何亦谬陋至此？真不可解。十二下，洋兵捶门，入三人，二入门房，一入书房，持铜盒，揭盖，指而言曰："烟。"复以手平其顶曰："上上。"又指其口曰："尝尝。"会其意，盖其上官要吸烟，告以无钱买烟，不信，复命张太以手比之，言烟皆在外买。张太持铜盒出，若将买烟者，洋兵同出。七兄于洋兵入时，急往寻曾侯，未起，又往湖南馆寻石孙。陈宅门闭，过劳凯臣，时街上有骑马者，路人曰："此美国钦差，可告之。"七兄以告，钦差下马同来，则洋兵已走。钦差能中语，自言姓刘，住前门西城根，请伊入吃茶，曰："事忙。"茂萱来，带来庆邸近日所办各条。一、车驾尚欲西巡，刻已过大同。沿途安设马递，已于十三日具奏大概情形，再折迎銮，先请宣谕，布告天下。一、已得合肥来电，十五、六准由沪起程，月内必可到京。一、电沪，嘱通告各省，以车驾平安，京师无恙。一、二王已与各公使会晤，大致所要四条：(一) 下罪己诏；(二) 清君侧，索祸首；怕是毓。(三) 赔款办妥，方能将大内及仓库、各公署退出，和议略有端倪，先将总署退出办公；(四) 京师地面现暂归各国，中国无从参预。又与赫税司说，招商领洋票至沪、津运粮来京，救济民食。以上，各公使均电达国主，俟回电方开议。从前旧约，一概作废。子贞送鲜枣来，并问所闻，照抄与之。义和呼刚、徐、端、澜，皆曰"大师兄"，以下尚不闻以"师兄"呼之。义和与某某坑白莲、害五大臣，皆承煜监斩，甚得意。午，共七兄饮白酒少许，下菜吃稀粥，亦甚有味。不知从前聚宝堂五两者，何以变五两而为六两五也？刘厨五两者，何以变为福山堂之七两、十两也？争妍取怜，岂无故而至此欤？当国者与有咎焉。二下，雨。五下，又雨。三十年前在王坪，似是丙寅。雨时烟雾冥蒙，阶埏咫尺，所见者山光，所处者牧竖，长年不知所谓徐桐、崇绮等等之类也。岂其时风气纯正，而无此等伪君子欤？抑其时风气未开，有君子，有小人，无伪君子者处于小人不小人之间欤？六下，石孙归，言五城在江苏馆会，议办米事。黄、彭未归，五城缺二。夜，雨大，石孙谈沈文肃事。"曾记江南好时节，桃花红滴绿蓑衣。夜来沽酒须同醉，网得鲈鱼贯柳归。”日本人诗，清脆可诵。晦若两日未来，其过房山乎？非也。

**十八日(9月11日)** 晴，六十五度。洋兵在小红门轰义和。闻保定有搬家信，此又廷雍逢迎为之也。茂萱来，拟有迎驾公启，交曾侯。石孙归。陈雨苍拟办粮米事十二条。与茂萱同出。九愚来，德巡兵嘱其扫地，捶其门，撕破其门帘，怄极。奂如、矩才来。晦若来。徐桐死，承煜尚在，徐遗命速埋，恐洋戮尸。

**十九日(9月12日)** 六十五度。夜，石孙言其乡物产丰贱，尤胜四川，咸、同之际，令人向往。保定颇乱，城中居人皆移安州，申甫等不知迁居否。傅老三把势[1]未归，乃父得毋苦乎？洋兵十四轰西红门拳匪，又黄村拳亦不少，洋兵往击散，遂乘势轰其村，平之。朝廷初以拳为好百姓，不知今日连累好百姓否也。椿树几条刑部黄，山西人，主持团者也，有刀一把，在枕下横卧而压之。一洋兵入室，见其未起，搜床褥得之，遂出。又呼一兵来，将黄拉去，枪毙。九愚云：“雷简廷为言如此。”洋兵大队鼓乐，由章仪门入者千余，领队者执良乡某屯义和团旗，又有清道旗一面，复有十余旗，皆大书“义和团”，又有“守望相助”字样，并有拳匪刀矛多件。步队在前，马队在后，炮车夹而行，尾车拴黄牛三、驴一。步武整齐，不似甘军之嚣杂。盖十七晨所出队，由良乡搜剿而回者也。路人云轰村不少。有谓屠者。因十三、四土人谣传拳匪将来恢复，且云团聚在外甚多，故洋兵出而剿之。又活捉拳匪六名，车载而归。人人早知拳匪必败。徐、崇、端、刚胶执深信，不知何故，果闯鬼耶？午饭，留芸子饭。芸言往会高熙廷，熙廷言久欲出南城而不敢，托伊致意南城诸君云云。六下，宋芸子与乔损庵讲学。夜，芸醉后与石孙讲《春秋》《论语》，贯通时事，揉成一片，大声疾呼，有趣！有趣！

**二十日(9月13日)** 六十四度半。晨起，芸已起，茂萱来，石孙

---

① 势，四卷本作“恃”。

约与同入城,茂未能,芸归。早饭,用红薯菽煨粥,薯菽一斤值钱九文,可省米一碗。九愚来。茂萱又来。子真信来。一下,金波由昌平来信,问合肥消息,复之。颂年来。七下,晦若、叔进与芸子先后来,敏自昌回,言廖师亦回,云昌平庄家收成好,小米价日贱,路上略能雇驴,但不能如平时也。清河南路则有洋兵二百余拦搜之事。廖师在昌困苦,心为恻然。董成来,言日界极好,研生书籍无恙。又言城内房皆土匪烧,洋未火。敏回。日本告示,在清河。谕商民粮米三、六、九日运送来京,沿途派洋兵保护。张梦劬在昌平,与金波兄弟同街居,自认分蜀学公款百五十金,凌东甫则二百金,所谓"自认不讳"者也。福喜夫妇吃杂粮,但用白米煮粥饲其小孩。其平日非无钱者也,而乃甘此,贤哉!昌寓后圃,枯井出泉,月省水钱二金。

**二十一日(9月14日)**　七十三度。东四牌关帝庙贴黄纸条,书"某当铺相助义和若干""某粮店捐助若干"。日本官柴五郎以其助匪,命劫之。陶大钧告以当时不助,则以为奉教而烧杀,柴乃恍然。敏以劝人办米油,土人畏惧,拟领护照,量力试办。晨往告乔,待护照来即开办。石孙闻黄村之轰,系拳匪演戏酬神,洋兵一到,聚而歼旃。九愚言德兵向伊子言,良乡之轰,其炮子能穿大树,拳匪当之,纷纷倒地,祖师逃遁,其神不灵。前月袁、许五大臣皆拳匪先拿后奏,依议而已。事后始明发,而加以罪名。三下,郝五子来,予瞿然,以敏昨日来,渠今日至,虑南口兵有饥溃之变也。及问,则知是昨日以七兄车骡送廖师归,而敏昨日到家,何以未言?及问之敏,则言二十夜亦未闻。本日奉到崞县平远驿发上谕,添派荣禄为全权大臣。敬信署理步军统领,庆邸奉寄谕,俟荣禄、李鸿章到后,迅速开议,不可一误再误。约十九日由行在发来。李相电奏请回銮,至远亦当在太原呈进,请添派庆、荣为全权大臣,即航海北上,并电商各外部,俟开议后即撤兵出京。午食菜、豆花、糙米,十五后至今始食蒸饭一顿,虽糙米,甘芳无比。六下,石孙同茂萱来,报庆邸所奉寄谕。黄泽安前辈、曾侯及履初、颂年、晦若、叔晋来,谈于槐树下。夜抄所闻寄昌平,交孟甫宅带去。

**二十二日(9月15日)** 七十二度。晨,奂如来。饭后,九愚来,谈及张梦劬,言恒裕存银折皆交金波者,诸人以强夺之心,假拳匪以遂其欲,其品下于拳匪,其心狠于拳匪,而其名则曰"京官"。九愚来,与同出大街,至陈宅。七兄言今晨天明亲交信于陈宅,昨夜写信未熟,寐倦而卧,唠叨书写,不识云何。何不好清静如此,可慨。茂萱来,薇孙明晨八钟在两益平粜局发护照。十三侄颇能支持昌寓,此可嘉者。若但日手一编,于事无与,平日犹为一蠹,况在今时。

**二十三日(9月16日)** 七十五度。晨起,鹊声喜甚。剃头,尚有言八旗兵败洋于张口者,徐、崇之余风远矣。先寄薇孙一字。十一下往,则已出,跟追至平粜局,则未至。问以"有果子巷店家到此否",则云未见。陈玉苍同徐仲文、张畹九昨日会赫德,赫德嘱觅殷实总商,渠以护照交之,陈以为难,而张、徐曰:"狠好。"子贞信来,言崇已随驾到宣化,闻葆效先及家中人自尽,可怜可怜!然不可恕。四下,石孙归,抄来各处复初二联名专去山东所打之电。李合肥复电曰:"徐尚书诸公鉴:公等三十三人联衔朔函敬悉。事变至此,尚能坐守不动,公忠劲节,钦佩曷任。鸿在沪电商各国外部,渐将就绪,俄允先撤兵回津,并转商各国,未知一律撤退否?拟即航海赴津,如各使有到津者,须小住会商,再相机来京察办。二十五日谕旨派荣、徐留守,荣在保,徐在何处?请诸公就近熟商。鸿。真。"刘岘帅复电曰:"徐尚书诸公鉴:公电悉。都城不守,土室播迁,北望神京,痛愤莫可言状。銮舆现至太原驻跸,昨合肥奉二十五日旨,荣相等留保,帮同议款,现合肥电各使转商外部,一有端倪,即航海北上开议。事机危迫,愈拖愈难收拾,坤惟有竭尽心力,勉图补救。南洋现尚安靖,并闻。坤一。真叩。"张湘帅电复曰:"颂阁前辈诸公同鉴:公函敬悉。诸公留京支持大局,曷胜敬佩,承教谨遵,惟有疚悚。王祭酒廉生夫妇及长妇殉节,忠骸存井,无人收敛,幼子两孙逃避民间,祈颂阁前辈、小岘同年，托其同乡亲好照料殡敛，并将殉节情形示大略，款当速寄，感叩。之洞顿首。”陶然亭已搬空。五下，茂萱来，全电与阅，言露封之函，可寄沿江，但须交外人耳。晦若来，言在铁厂遇洋人二，将劫之。六下后，芸子命其门人持瓶索酒，并以字来曰：“大局不可为，南行何如?”现在钱、米、烟、酒一时俱罄，若得合肥速来，并添钱若水、米元章、王烟客为全权①，或者可为，不然真不可为。高熙廷尚在，然则宝丰死未确。

**二十四日(9月17日)**　七十三度。晨，往会恽及王孝禹。拳匪在良乡、黄村一带，洋兵往则散，洋兵走则归，聚而劫村庄，拒官长。张君聘已赴省请兵。又闻洋兵昨日未刻及今早出城，约数千。一下，茂萱来，恽到。茂宅来招，往，董绶卿在焉。黔人刑曹韩少仙缢于本司，一月余，无人收骨。三下，晦若、叔晋、茂来，四下，茂去，芸来。芸以大局不可为，向日本柴五郎索护照南归。柴谓非其界内，则恐难保，因嘱晦索诸美翻译毕子明。晦曰：“柴为地方官，有权；毕如幕府，无权。柴不能为，毕何能为?”又言赴行在为正。晦谓有洋务之名而赴行在，则头颅难保。此则戏言，实则南归与行在，皆非食饭不行。石孙归，言合肥电廷雍云八月初二电，初五到者：“顷奏请添派庆、荣、刘、张会同筹议。”又附片请饬直督严剿。务即传知梅提督“放胆办匪，吾能作主，勿畏葸”。六下，晦、叔二公返，亦以肥能任事为喜。晦若、叔晋言銮舆一定不返，以端、庄诸人皆有丧元之虑，故徐花农所抄谕旨尚骂曰：“若非大小臣工昧尽天良，何以至此。”盖不悔拳匪之谬，而以为臣工之过也。虽命合肥，亦姑以北事委之，成则收为境地，败则置之度外。且目下各省已有二百余辆上贡之车，如某某者，皆保禄位之人，能执义力争，去祸首而安百姓乎？晦若曰：“唐明皇出狩而能

---

① 此处所列，均为高枏认为于现实急需之事物，钱若水、米元章、王烟客为此前钱、酒、米、烟之代指，而非实指其人。同时他们因年代久隔而不能至，正对应这四大生活物资不能立刻获致的紧张状况。

不亡者，以能杀国忠也。”

**二十五日(9月18日)** 七十二度。恽送护照至。天理民彝，不容尽泯，故经五代之乱，而日月重光。自赵宋讫前明，士夫之服礼教者深矣。道咸以来，民气愈弱，所谓忠义者空也。空则难于为治，而亦难于为乱。以任拳匪，非不尊崇，而神技止此；以任董军，非不亲密，而武略止此。纵使再为征聘，竭力鼓动，亦断无李逵、宋江之特出其间。然则伊等所能为者，不过苦留行在耳。九愚来，言德、日兵往涿，更番剿匪。黄泽安、王丙卿、曾履初、李亦元、汪颂年同来，言七月二十六日谕旨，并无“大小臣工昧尽天良”语，亦云持一单，逐日开列行在事。在宣化正法拳匪二名，从官大小不满三十人。二下，子贞信来探。石孙疏，无周旋，无恫喝，字字落实而有精神、有办法。六下，晦若、叔晋来。晦言，依翻译唐世某言，合肥二十一由沪起身。美兵夜出冶游，逾屋潜出。兵官知之，夜点阅两次。高阳相国宅，美兵官遣二兵守护，取器用去，曰：“暂借用。”予请于于晦若前辈，曰：“合肥齿、德、爵皆尊，辞无可辞，让无可让，以臣节、以情势、以利害，皆宜挺身一办，而不然者，恐君侧如故，患难乘之，将不能免二虎之谮也。”

**二十六日(9月19日)** 七十三度。饭后，余少平言固安贴有合肥告示，饬州县剿匪。杀人如草之风，洋兵入而息，城外劫掠则未息。合肥此示，颇见纪纲。在直界，各军皆归节制，以剿拳匪，担当有力，所以尊朝廷、弥后患者不少。往浏阳馆江颂年处。洪异父、王丙青、曾履初皆闻颂年言余所说，信然。又言俄兵退出提督衙门并顺尹署，以备办公。至陈宅一坐，与奂略谈。归，闻茂宣言宋芸子嘱新、旧值年办孔圣会，此正理也。五下，石生归，言汪朗眉凤梁闻诸倭人，言肥尚未起程，现尚约同刘、张二督在沪筹议，与各外部议妥，同来京。细玩真电，系由本省发，是十一尚在鄂与金陵。然所谓“在沪同议”者，其在十五、六之际乎？果是议妥同来，则六辔在手，成竹在胸，虽迟何害？所患者终不来耳。总署人有与书办秘商而分库款者，洋人攫之以去，悔莫甚焉。五下，闻小儿声由书房后过，掉首看之，则六儿也。

言路道清吉，三哥未到。三哥者，祖通判也。何以称通判？尊朝廷，存体制也。何以称祖？祖寿乃乳名，亲亲之义，称其一字，省文也。二孙亦欲归，自言能走三里。此皆徐、崇所培植者也。七兄俸米银十两，黄老二藏花台中，今晚挖之无所得，慌甚，举誓无所【不】为。我以屋无他人，命老六同祖寿再挖之，则原银全在。保定无恙，彭宅人云。庆邸初十入城，前站被劫，及日本兵往巡一周，二十日敏回，则路上已清，日本出示招商，为定场期，派兵保护，今六日耳。昌平、沙河米、豆、麦、果陆续运来，路无劫匪，门无需索，商旅行人鼓舞欢豫。计自二十入城，不及一月，而见于事理者如此，吾属官曹宁不愧死！

**二十七日(9月20日)**　七十二度。闻前日庆与法使晤，法使索端、庄、濂、澜、载勋、溥兴、刚毅、桂春、毓贤，庆力为端辨，而卸之于徐、崇，且曰："徐、崇年高学好，故敢上言，故致误信。现在诸人分散，无处可清。"法使曰："人人皆知随行西去，何云难清？纵不能全交，先交一二人亦可，不然，和议难成。"萧龙友闻于昆宅。晦来，言合肥二十八日由津坐平安船，若然，则二十九必到。宋公门人持李恺人、王水部信来，欲借地、借厨及碗，明日庆孔圣诞，每人派钱五千。寓中碗坏厨走，何能供此？孟甫来谈，言徐确死，宝宅厨夫亲见正身。子贞信来，有张子畏者，闻诸工侍松涛翁，索祸首，大位十一，小官四。午，谨以蔬菜敬孔圣。午后，茂萱来，吴介甫来，矩才继至。英、美界劝令铺家做买卖。开铺者多。洋兵所得银锭及首饰，均换洋钱，乃可持归，遂有天津人能洋语者来，作经纪钱摊，以钱买洋元，每元十二千。经纪以洋元易洋兵之银。每元一两六钱。三五日来，街上洋兵甚少，闻兵官约之甚严，告假亦不许。湖南馆所扎有逾垣出者，然甚少。内城东有制白伞书名送日官柴五郎者，冠戴鼓乐送往，柴不收。日界善政，宜人感之，然必以中国廉明之吏所不收者而尝之于外人，不太丑乎？夜与六儿同睡，问以"在昌能食小米乎？"曰："小米有油，比大米好。"予为一喜。又问曰："二狗儿肯食小米乎？"曰："起初两天不惯，后亦知小米好吃。”又为一喜。“我与何曾同一饱”[1],何必嘉肴白米,始养儿孙?

**二十八日(9月21日)** 七十二度。清晨,敏待矩才不至,率张泰先行,矩才后至,追去。张春发兵在昌平抢万本华兵饷,即在我寓门外开仗。张兵嗣又屯西门外,日兵十四名至昌,接护所买羊只。先托陈姓买,虑土匪劫,因去接护。行至东门,闻有乱兵屯于西,先着三人往看。张兵正赌钱,瞥见洋兵,即发枪,洋兵十一人者赶至,与战,张兵五百人全出,枪声如爆竹,接连不断。祖寿登城楼望之,未见洋兵,倏见张兵倒地者二十余人,其余四百余人狂奔而逸。细看而指数之,则翳于树林者,洋兵十四名,全在发枪,两排子无虚发。其器械之精,准头之确,固不待言,其整暇定静,尤可慕也。愿告我国言兵事者。饭后过陈宅,子真送保定所刷上谕。八月十四日云:“此案初起,义和团实为肇祸之由,今欲拔本塞源,非痛加刬除不可。查义和团之滋蔓,惟直隶为尤甚,李鸿章未到以前,廷雍责无旁贷,即着该护督督饬文武,严行查办,务净根株。倘仍有结党横行,目无官长,甚至抗拒官兵者,即责成带兵官实力剿办,以清乱源而安氓庶。钦此。”又上谕有云:“知人不明,皆朕一人之罪,小民何辜,遭此荼毒。”又云:“是知祸患伏于隐微,为朕所不及觉者多矣。”惩前毖后,能不寒心?当屡次廷议,皇上何尝不知?七卿廷辨,祸患何尝隐伏?杀五大臣,杀平民百余,皇上何尝不知?特以昏耄不通之老臣决策于前,柔媚取容之大臣诡随于后,故止能知之,不能主之耳。数语即谕中肺肝语,已非锅盔能办。七月半,有冉姓似是涪州人在孟宅,言天津武备学堂学生三百

---

[1] 出自苏轼《撷菜并引》:“吾借王参军地种菜,不及半亩,而吾与过子终年饱饫,夜半饮醉,无以解酒,辄撷菜煮之。味含土膏,气饱风露,虽粱肉不能及也。人生须底物,而更贪耶?乃作四句:秋来霜露满东园,芦菔生儿芥有孙。我与何曾同一饱,不知何苦食鸡豚。”何曾,魏晋间陈国阳夏人,字颖考,官至太傅。性豪侈,日食万钱,犹云无下箸处。

人，被洋人杀尽，后又言日本兵入津城，三日尚好，嗣乃奸淫掳掠，无所不至。予不敢疑，亦不敢信。归寓静思，养兵如养子弟，我子弟而望其有用，虽有快乐便易之处，兢兢然不敢使去，恐坏于一日，不能救于他时。日本而不知整军则已，日本而知整军也，其敢以不需一文快乐之场，而坏我上下一心训练之士哉？今日本兵到京一月余，预备有人送伞，有人印证，前言其可信乎？万本华军中秀才甚多，因胡、李在晋，乡人失意者多往投之，无事遂为兵。明季乞丐皆青巾，今则秀才为兵，其连充肃先生。称先生，敬之也。曾文正公待刘玱琳例。所谓“执干戈，卫社稷”者欤？董成来，言内城东有缠头兵买物不付价者，倭巡兵追索之。刘郎中于二十日前避至海甸，二十日命人回家取火肘。闻驾行，乃着短衣，伙逃兵，假冒兵官，西行。过昌平，至义昌钱店，叱使以米喂马、以鸡供食，与其伙咤叱喑呜，各图一饱而去。嗟乎！官至五品，亦不小也，而平日所行如彼，临难所为如此，皇上虽下百罪己诏，何益乎？凌公尝曰：“我看郎中还是一个出色人，能办事。”今所办如此，出色与否，须自问可也。戊戌春，告予曰：“时局不好，宜下死手，搞几个钱。”言颇刺耳。予以丁魁楚言告之。启秀被洋人拿获[①]，监禁顺天府，四处托人求情。托昆师，昆辞以与洋不识。杀德使凶手被日本拿获，不供端而供庆。倭人不信，供不改口。倭恐碍利局，乃先正法。澜公矫旨，将庆邸二子调去为质。荣到行在隔二程，被澜拦住。谕旨命回办理，曰：“安危在此，存亡在此。荣禄受恩深重，宜激发天良，便宜行事，有商即电张、刘。”分赴行在之谕。庆、昆回奏，言：“在京大小臣工，各居租界内，不能互相往还，城外又有土匪、义和团行劫，冠履衣被亦不敢携之以行。此次所奉分赴行在之谕，臣等不敢发抄，恐臣工既不能应命而行，各国见之，反有碍于和局。”

**二十九日(9月22日)**　七十三度。清晨，往街看，小买卖者甚多。晦公昨日进城，今日未见来，岂已搬入贤良寺耶？九下，往孟甫

---

① 八月二十七日，启秀被日军以“素有助劝团匪之事”的名义拘捕。

宅小坐,归寓,与奂如同来,九愚与石孙先在,石生出。九愚又言:"铤而走险,必密征调,深谋挟制,尽力而行。"以为必出于此。九愚屡为此等言,谓渠亲往,必献此策,且嘱书之,以为考验。两下半,芸子送烟卷半箧,并讯近日事,以启秀被禁答之。四下,石生归,言闻诸街铺,合肥已到。后八月朔,退出总署办公。洋兵未到而先逃者,以为开花炮不及我国家宗社之重,僚友、胶漆之人,于我何干?闻行在而奔赴者,以为编检可用为学士,主政可升为郎中,比平日之年劳,奚若焉?先逃者鄙,奔赴者卑,予无取也。九愚曰:"启秀不知避,如何能谋国?"然则知避即能谋国乎?是先逃如某某者,皆诸葛也。五下半,老六曰二哥、砚哥、黑哥皆到,砚且执御。御本六艺之一,本我辈所当习者。茂萱来。

**三十日(9月23日)** 秋分,七十五度。清晨,晦若至,已移入贤良寺,言其地甚洁净,如在云山万仞中。銮舆尚在忻、代之间。德国以廷雍媚拳时曾杀洋人二十二名于保定,欲以大队袭保定,并趋太原拿毓。毕子明曰:"但愿合肥速到,告以由我中国自办,始可平其气。"晦告以业经出示派兵剿办矣。聂时俊谝赏四品卿衔,并银十余万,携三万以行。今闻其诈报病,故行在命医官四人带药料往。

## 闰八月

**闰八月初一日(9月24日)** 七十一度。晨,十三、砚、敏同赴昌。刘元为门灯夜烬,被洋人打,于是有灯油之虑。是时油最昂,每夜须三四两,如何能支?恽薇孙、王孝禹乞得美护照,给各铺,命其开张,而各铺但以护照冀免劫勒而消残货,不肯出城运货,且所消惟米、面居多,亦无及清油者。孝禹曰:"清油太缺,洋人又命点灯,盍设法运油?"予所存只俸米银数金,敏乃与矩才商往昌办油,而寄信十三预定之。矩才与敏二十七往,二十八归,十三、砚台同护入城,十三兼为南口购物,街市油价三千八百,敏等定价三千,买者坌集。盖北人于青油几与盐等,又不但宅门之点灯也,无接济则立穷。北市价减八百，本平粜之意而为之，苦身戮力而致之，稍资挹注，人己两益，而心亦安焉。今晨行，十三、砚骑马，敏押油篓，坐板车，南口货则装于轿车，执护照，插美公司旗以行。二十八日，徐承煜父死，一月不敛，听其朽腐，乃向张燮钧曰："此次军务，老人本未在内，虽在军务局，又不能主事。"怂恿其父危宗社而抱疚自缢，不为之敛而强为之词，承煜尚有人心乎？徐公平日本是好人，然此次行僻而坚，辩言乱政，亦是切实品评。孟甫来，旗人深恨祸首。洋人搜团，烧灵光寺。荣未赴津，函嘱庆派洋兵接之。石生归，言各国公同请回銮，且言各国在此并无别意，且使臣均在，即中国之幸，如皇帝在外，左右前后均非好人，诸多不便。五下后，晦若、叔晋来。晦言俄翻译唐某言合肥今日由津起身，毕子明言今日不能起身。晋言十七日銮驾到太原。面价晨四十，下午即百二十。合肥带刘学询、王存善、徐赓陛、潘梅园以来，晦叔料驾难回。

**初二日(9月25日)** 晨阴，午晴，七十度。茂宣晨来，言谣传日换德界、德换美界，此必大街以北冀隶日而去德者。又言珠巢街汪宅昨夜被假洋人劫。固安县拳匪向官索米四百石，后又索银二万。适奉通饬，县命请之，大师兄威武而来，命上绑，问何罪，曰："已奉李中堂札，要办尔等。"大师兄倒困于地，拖出斩之。共两次，斩五人。五下，敏运油回。茂萱来。庆见德提督，问祸首一层，庆曰："总必办到。"

**初三日(9月26日)** 六十三度。剃头，剃工小艺耳，亦说拳匪惹祸。上谕剿团、合肥通饬，小民毫不能知，而传言乏人[①]，则诽言自息，亦见士夫无识，关系不小。黄泽翁、颂年、履初来。履初出八月十五谕，系按李、刘、张合奏办法，言："罪己诏于七月二十六已下，拳匪已饬廷雍剿，其余各事次第，须分先后。饬李速乘俄舰北上，迅速开议。安危在此，存亡亦在此，旋乾转坤，有厚望焉。"此哀痛诏也，小臣

---

① 传言乏人，四卷本作"无传言之人"。

读之心伤。珠巢街之盗吓事主曰:“若不给银,同你到坛上去。”洋兵无所谓“坛”,此确切不移之拳匪也。口角习惯,无心吐出,此辈奸民,良可痛恨。然纵之者谁耶?非端、庄耶?慈圣至尊,牵率蒙尘,天乎!天乎!彦秀扫街。

**初四日(9月27日)** 同矩才过昌平,日兵精谨而有学道气,所分扎地方,规画极为详妥。张梦勋已逃。与宣化一信,交州署带去。沙河、清河以日兵弹压,无土匪,而市面热闹。小米同大米分煮合蒸,胜粥万万。老五惴惴然杞忧,以平时无以事理教之者。李三回子言二十一夜,贯市被褥皆无。

**初五日(9月28日)** 晨,矩行。饭后,同祖寿、老五过辜文山处,并同金波沿南城一隅看山。金留饭,文复醉我以酒。归寓,则十三、恭已归。香油缺甚。

**初六日(9月29日)** 同金波、陈小轩武昌人归至沙河,骑驴三十里至清河,复同车到京。五下后,茂来,石生曰:“洋不全退,銮驾不回。处分不合式,洋又岂能退出者?德正添兵,将鏖之。”

**初七日(9月30日)** 六十四度,金波来。晦若、恺臣、叔进来。晦曰:“端方迎銮过陕。”美界出示,在界者皆归保护,别国兵不得入界滋扰,在界者亦勿听保险之言,受人诓骗。孟甫、承皋、介甫、孟育来。两下,奂如与萍三先后来。奂重忧时局难于猝了。午食二合饭。刘元作饭,向不用心,今作二合饭,亦能如昌寓之香,信乎小米之可蒸食也。白米,已丑三两二钱一石,庚寅大雨后每石三两六钱,甲午冬则涨至四两二、四两六、四两八,以至于五两八,今则六两二是贱价,七两二为平价,真不可解。而京官之必吃白米,尤不可解也。曾敬诒信,报合肥初六起程。茂说。夜,石生归,带来本日所抄上谕,庄、怡、濂革爵,端从宽撤差,交宗人府严议,并着停俸。澜、英年严加议处,刚毅、赵舒翘严议。

**初八日(10月1日)** 一下,颂年来,接傅润沅武昌来信,言住马家巷,中秋发信至保,劝眷属回南,已得回信,言不日即将动身,由豫至鄂，一同回川。申甫向来行止听子号令而行，或径归亦未可定。且予八月初十夜寄去，无回信，其行乎？晦叔来，言昨日之谕，事真心假，以仅革议，欲和后回京报仇，岂真欲做“一龙二虎”之事欤？一[①]下半，颂年、履初、丙青、翘生[②]、萍三同来。三下，晦公从外嚷而进曰：“喜信，喜信！盛杏生署直督。”六儿闻三女归川，惊讶，予亦恻然。

**初九日（10月2日）** 晨起，六十四度。至大街，卖菜蔬食物者甚热闹。有卓岷原册叶、曾文诚公题诗，[字]秀健。金波、茂萱来。德索四凶，必交人乃开议。九愚来，石生病。七兄饮醉，予亦醉。德界被搜。

**初十日（10月3日）** 得申甫来信，八月二十五发，乃知七月二十四全眷由河南过樊赴鄂，八月十三到开封。拳匪有在白沟河一带者。昨七兄疑其携湑廷数以行。予曰：“当不至是。”今果然。金波以箱来寄。是日十三归。九愚移居双桐轩。晚，茂萱来。午留金波饭，始买肉。《戏作火车歌》：“火车木，然柴烧；火车铁，快打刀。打刀作何用？将以除二毛。红巾抹额带围腰，假口吹气神巫号。除尽二毛杀公使，要将一十八国甲兵利器雄兵猛将全驱下海淹波涛！徐中堂，呵呵笑；崇公爷，蹲蹲跳。内有端、庄、濂、澜主设坛，外有护法刚、启、赵。还有王回子煽动连、刘、黄、张、曾、琦、鲍。坚僻左郎中，珑玲何京兆。丁丁点点数不清，一齐都说拳团妙。五台请来普和尚，山东招来红灯照。毓公暗地捧血盆，简堂到京烧热灶。随军带去八师兄，各有随身宝器呱呱叫。徐、崇喜得口难言，说道正气将伸明大道。一战失天津，两战到杨村，三战简堂、王回死，长驱直到沙锅门。忠愤义和团，一夜化乌有。撤去红巾埋下刀，分头都向城外走。有未走者出抢人，抢得当铺、钱店、油坊、米局无一文。洋兵入城扎营定，又有奴颜

---

① 一，四卷本作“二”。

② 生，四卷本作“林”。

婢膝当顺民。人言徐相要吞金,又说崇公已自焚。静听七八日,还是拿抓太子,李逵、宋江保佑暂偷生。刚、赵奔行在,启眯皇城根,随时密打听,耽心议和一时难遽成。吁嗟乎!拳团痴蠢真可怜,偶因鼓舞成狂癫。宗社孤危銮驾[①]走,团鱼釜底尤悬悬。呜呼歌兮歌未毕,城外清团炮声急。"洋在芦沟左右村中,见有火车木与铁者,告之曰:"火车乃汝国家所修,而擅取之,必义和也。"村民曰:"非也,此皆一时爱便宜拾之。"洋人不信,乃约捆村民之习拳团者以出,今闻炮声,必轰村也。与少宣函。拳匪初仅二千人在涿,刚相亲往鼓动,乃凑成六七千来京,则土匪、琉璃球、优伶之瘟猪子、窑子之捞毛者,皆入其中,至多亦不过三万人。乡人则曾蜀章五月即与陈剑秋弟兄先行,何云帆伙兵走保定,刘星阶[充兵官,伙]同乱兵走宣化,赵翼之约同余子厚步行送眷出居庸。凌东甫、张尧桑于六月十三以蜀学堂款报效义和团,不收,乃向恒裕大闹,索银五百,瓜分而去。其余大小各官分避城外州县者不少。五月半以后,巫风大作,蒸为乱气。五大臣授命西市,而目之为汉奸;村民百余人骈首就诛,而诬之为白莲教。生杀之权,皆操于拳匪,决于章甫。而徐、崇、启、赵则煽于上者也。主事琦章、连文冲、鲍琪豹、曾衔,郎中左绍佐,御史刘家模、黄桂鋆,举人曾廉,编修张星吉、王廷相等,则煽于下者也。徐承煜专意助恶者也,李简堂到京而烧热灶者也,何乃莹则不顾成败,依违其间,而专意逢迎者也。七月十八、九,甘军、余虎恩军分班抢车、骡,为奔逃计。二十日晨,余军出彰仪门,而内面尚传刀手,又欲杀人,东便门、沙锅门枪声甚厉。两下钟时,甘军溃逃,洋兵入城。二十一、二、三、四,京民劫当铺、米房、钱铺,街市无行人,菜蔬自此断绝。连日有传上在大内者,乾清门紧闭。初四乃确知上亦于二十一日四点钟同出德胜门,坐破车,着洋布衫,缘小路尽一日至贯市,标行献被褥,又献银九百两。洋兵连日到人家查军械,有时辰表、金银器者亦取之。日本二十六传

① 驾,原作"笃",据四卷本改。

令不许其兵入人家，并出示招商，以兵保护，美国亦继之。日、美界之贸易者云集，民间至此乃有生气，日界尤热闹非常，官民日盼合肥，且望明诏正诸奸之罪。二十八日始见上谕，命直督剿拳匪。是日启秀被倭兵拿获。又八月初七夜，见“革王公”之旨。

**闰八月十一日(10月4日)** 六十二度，阴，午，小雨数颗。石生昨日病肝气疼，今日乃出，尚未愈，予亦惫甚。萍三、金波来。晚，茂萱来。德、法各添兵来。德住俄界，作为让租。法占平则门一带，逐居民腾房。闻因初二日之谕办法太轻，以致合肥拦阻不住。陶制府、鹿中丞亦到行在。

**十二日(10月5日)** 七十一度。萍三移其箱物来寄。日本邮局信，每七分作一钱，津钱八百，京钱四百。子真信来，茂萱、金波、萍三、介甫来。颂年来，晦若来。德出示，募二百人打扫宫禁。往年德亲王来，议者请以客礼待之。徐桐咬牙切齿，拍案大骂，自诩其尊朝廷。今以拳匪致有扫宫之举，尊乎？卑乎？午饭未毕，颂年、洪异父、王丙青同来。颂年欢声而入曰：“顷得好消息。”君和踵至，出示初五日上谕：“李鸿章电禀德国外部，以使臣被害，挟愤而来。此次中外开衅，实由诸王大臣纵庇拳匪，以致大局溃裂如此。业将怡亲王等分别议处，殊觉情重法轻。怡亲王、端王、澜公着永远监禁。端王发往军台效力，永不叙用。英年、刚毅、赵舒翘着即在行在正法，以谢友邦而除民怨，钦此。”有疑此谕为伪者，以初二才下处分之谕，初五何以正法刚、赵？然伪之者何等人，又何所取义而伪之者乎？关心大局之人，望速开议，必不妄造谕旨。阴袒拳匪者，即是皈依端、刚，自不忍捏造此旨。或者合肥于俄兵撤后，德又添兵，其所索之人，不能明言，而挟愤之意，岂可缄默？两宫于阅折后，回想致祸之由，欲不震怒，得乎？澜公西出时，写一字与万邦华营，嘱代查眷口下落，字则张牙舞爪，文则别字联篇。字识见之，曰：“看此等字迹，无怪其信义和团！”而当年为之师傅者，徐桐也。翟某、巫小山被控于德知府，以兵往搜其家，财物甚多，枪毙之。

**十三日(10月6日)** 六十度。晨,萍三来。饭后金波来,奂如来,九愚来。昨日之谕,颂年由白坤甫、张小峨[①]处传来,嘱萍三讯其来历,萍三尚无回信,其真不可靠乎?石生带病出谈。尔丹探总署,云昨谕不确。合肥在津说妥,可不先交人,但下一谕,宣明罪状,斥出行在,便可开议,已出奏。

**十四日(10月7日)** 六十度。晨,奂若、颂年来。闰月初八日。车驾已西,闻得之惠述之,其或闻德兵西向之说而震以惊乎?饭后,茂萱来,记此,亦闻之颂年者。九愚来,亦言芸子谓车驾入秦,真而又真。今日精神始觉复元。噫,衰矣!午正,门外吵闹,出看,则一人对墙而溲,过路者禁之,曰:“恐洋巡见即不了。”溲者怒出恶声,两面居人皆出,犹汹汹然。夫众人洒扫而清之,一人任便而秽之,已为理所难容,而反忿怒相加者,殆以随地溲便为数百年之正宗,一旦扫除,为今日之异学乎?须臾,洋巡荷枪至,溲者已行,若迟一刻,则枪之矣。午,食羊肉一斤,五月[至此]始大烹。金波在此共食。晚,茂来,云薇生谒庆归。车驾西幸长安,左右不除,相率而西。臣民已矣,德恐愈愤,俄、英、日、美之居间者,岂不碍脸?如此,恐收拾愈难。庆王不候肥,明日开议。又将派各署办事人员,亦羁縻之术。不推心布公,纵羁縻何益?夜,与石生谈至十下。秉衡尚有恤典,指趣亦异。纵悯其死而欲恤之,何必此时?此后欲就条理,难乎其难。景苇田先生之子逼父母尽节,经其弟兄控于英官,英官以忤逆致之死。旗公子素知忠义,故逼其亲于忠孝之林,外人不能解也。夜雨,狗吠。夜半醒,闻雨声、小狗吠声、小儿啼声。

**十五日(10月8日)** 六十度,阴雨。刘元作饭迟,失庖职也。九愚来,石生出谈,看今日庆王[与]开议如何,赫德所交单子何如,深虑背道而驰,致生别故。奂如字来,问合肥到否。孟甫甚病,嘱觅医。医甚难觅,且非常诊之人,尤虑有误。孟每以感冒不眠,却非调卫之

---

① 峨,四卷本作“莪”。

道。天明初醒，忆庾子山“石望夫而愈远，山望子而愈多”，觉甚凄然。持伞看孟病，则以吴虞臣方有柴胡、桂枝，未服。又闻西行之信，自不免着急。予曰：“管幼安非人所作乎？何至[1]乃尔？”徐子真信来，言肃邸自太原告假回京。又合肥与庆邸一电，言俄已退兵天津，不回銮，不开议，俄如此，德可知云云。刘元赴太仓省其亲某守备。草复菽畇六月十六来函二笺、紫璈信三笺交之，但言五月至今大局情形，未作苦语。

**十六日(10月9日)** 五十四度，晴。工人刘元由山东赴太仓，口占送之：“汝生等是人家子[2]，都向铜驼道上来。今去东南太平地，回头顾[3]主不须哀。”刘元既行，仍命六儿买菜、敏作饭。饭后，九愚来，言在京者以銮驾愈远，仓仓皇皇，皆有归志。此必然之势也。在街口西遇曾慕涛，久未晤也。互询别后光景。固安又打一仗，然未兜剿，余孽尚多，似虽有净绝根株之严旨，而尚不无瞻徇。昨闻有教士送一大师兄于日本长官，长官绑其人而示于众曰：“不论拳不拳，但问匪不匪。如其为匪，非拳亦诛；如不为匪，虽拳亦赦。无论官商士民，有能保此人未为匪者，即释之。”示众两日，无保者，然后正法。子贞信来。行在传办库锦边广制衣服，悦豫康宁，寰宇之幸。洋兵又入大内时，见所闭殿阁，皆令扭锁看视。妃位存者六人，显庙四，毅庙二，宫女、太监自尽者各一，珍妃则临行时堕之井。三下后，朱古惟前辈、王幼霞侍御过后门外，予立门左，延而入。王云：“既出狩，远近无分，一了自必归，不然则上之所在，使馆重兴，将何避之？”石生夜谈，乔两日未来，想忙煞矣。合肥已至定福庄。

**十七日(10月10日)** 五十四度。晨，移住内院西屋，以受晨曦。奂如、萍三来，并示甘初六由太原来信，乡人赵、何、刘、凌、余皆

---

① 至，四卷本作“自”。

② 汝生等是人家子，《借禅室诗钞》作“伤心汝亦人家子”。

③ 顾，《借禅室诗钞》作“雇”。

到行在。陈桂森、葛振卿已往,而无事可办,甘嘱茂、奂赴行在[1],否即南旋,京中不可久留,至要至要云云。或言甘必窃闻有招蒙、回兵为攻北之说,予曰:"非也,殆以车驾不能即还,京中度日不易,往外尚可活动。"午刻,过伏魔寺,留字与茂萱。又遇颂年、亦元、叔进,复返小坐。叔进言德目下将进兵保定。归,茂萱来。奂如、萍三亦到。子贞信来,肃邸回京,带回步军统领印,遣回不愿随扈旗兵。总署章京曰:"袁爽秋于叫大起古谓"廷议",今曰"大起"时曰:'愿领数千兵剿灭义和团,便无事。'问:'说话者为谁?'曰:'袁昶。'又问:'袁昶在那的?'袁因跪,出其杀身以剿灭之语。"此语出诸古直臣之口,真是平和已极,在今乃以杀身。粤东馆演戏,其箱乃洋兵押去者,或曰洋兵官自叫班子,或曰班子不能聊生,串合之,此江南李龟年也,惜杜工部无钱买座耳。

**十八日(10月11日)** 五十四度。命人同街坊开明住户,为雇工拖土计。小巷秽土搬运已完,去钱十千。颂年来,石生亦出。颂年言:"李小园豫以丁忧归,妇病留京。六月由鄂至沪,由清江至德州,闻京师破,返身。今由东至保而津,十五日到京。据言沪市萧条,马车、茶楼皆歇业,铺户门半开半掩,津通水道处处设卡,稽查甚严。"出街小立,口占曰:"翠华西去杳无痕,官巷萧条似废村。野趣疏慵成惯久,独迎斜日傍闲门。"怡亲王作苦工,劳殁,寿子年向曾慕涛所言。启秀母殁,欲归。日本官问庆王能否取保,庆似不能。十六,见德皇回电曰:"论法,则首祸诸人皆当正法,但中国乃礼义之邦,一定照办,未免骇人听闻。现在只须宣明罪状,会同受害各国派员查办。"又言同教受害甚多,不能以使臣一祭了事。大约此即十三日所闻肥奏"不必交人""宣明罪状"之电。傍晚,奂如来,言肥已到,入齐化门。金波出昌平归,代买来核桃、栗子。晦公六日未来。

**十九日(10月12日)** 五十四度。德兵、日兵出彰仪门者千余。

---

① 茂、奂赴行在,原作"速往",据四卷本改。

萍三、矩才来。某尚书不赴行在、不办事，请回銮奏不列衔，但咎貂褂已失、存款难收，刁唆司官需索车辆，日往街头买玉器等物。嗟乎！合肥真到。总署胡莲峰面回公事来，石生亲见胡。一条，以后不敢与外为难；二条，作可赔即赔；三条，改条约。开出德兵，闻系剿拳匪。上谕："有拳民为拳匪所胁，宜分别办理。"其实拳匪亦冤。颂年来，以晦先生久不见，欲戏拟公檄檄之。闻街市肉价千二百，由津运米来者亦多，米价六两八。子真信来。肃王云："亲郡王随扈者，日五千金，或月五千耳。无作乐处，多金何为？"五、六二子所饲黄猫、白猫，来自王厨子宅，无守物搏鼠之能，但知傍主而寝、待荤而食，与以淡素，若不可者。窃脔于釜，甚问鼎之僭；攘骨于案，倍取箸之失。罪状业经昭著，二子乃复纵容。大度虽可包函，邻家能无耻笑？立时驱逐，用饬纪纲，训曰："惟汝二物，来自王府。豸乎苗裔，假威于虎。贪饕悖乱，弗顾皮毛。窜于鸟鼠，免尸市朝。"五下，出北头街口，看西山回身。奂如由南而来，曾履初复由北至，叩之，则乃弟敬贻[①]事忙，未出。奂如稍坐，去。金波来。茂萱来。叔进与浏阳馆字，言和议无头绪，盛京卿可以轮船载京官南下。昨日合肥初到，今日自无绪，遽以轮船[为]言，亦似太忙。全权主议有大焉者，未可羼入也。闻荣与庆、肥电："议款力担，不必忌讳。"此荣悟后语。

**二十日(10月13日)** 六十一度。十三、祖寿来。清晨，往街口一望，归遇颂年，亦言盛京卿轮船接京官之事，予曰："此时未可遽议及此。"饭后，九愚来，同往看孟甫，尚微咳。归，则颂年已过后门小坐，言慕涛昨日谒合肥，合肥言刚毅发廷寄，调天下精兵守潼关，所奉全权，德尚不认云云。守潼关即守脑袋也，天下果有精兵乎？金波遇崇文门人，言德兵开五成回津。晦公八日未来，想问劳诸幕府，筹画帷幄，手不停挥也。然而爽约不来，殊怅怅。七兄不惯小米，予嘱以

---

① 贻，原作"贴"，据四卷本改。

玉田米另包[①]蒸煮而食,此时断无因一人改弦更张,全食白米之势,况我与僮仆皆惯乎?砚不惯二合饭,今晨出门,适归,言往东江米巷买洋人车马。夜,茂萱来,轮船送归之说确有其事,其意甚可嘉佩,然回去何干?欲赴行在,尚无定所,不如且住为佳。石生亦同此意。又闻德兵掠保,过真定,非回津。子真信来。大臣昨日自行会晤于法华寺。

**二十一日(10月14日)** 五十三度。洋巡沿街促令洒扫,复至寓,由客厅而内院,坝中亦指令扫净。萍三来。石生言轮船接归之说,乃是救济局,有者取银,无者不取。午刻,菜市看西山,口占云:"青骡几日赴潼关?净扫琳宫未肯还。向午菜篮初过市,北头街口看西山。"晚,同石生过浏阳馆,颂年未归,乃过伏魔寺。茂饭后同来。

**二十二日(10月15日)** 五十二度。十三、砚行,祖寿、老五留。饭后,颂年来,言各国皆有四五成允意,惟德话不甚好说,肥听之。其去保定、真定也,各国出兵,随意多少,同往,西例使然。南中严拿康有为[②]。九愚来。午后,孟甫来。傍晚,奂如、茂萱、金波来。奂、茂设法救王子斌。涞水清静,苏、杜人来,云九弟所建铁桥、衙署、南坛均如故。

**二十三日(10月16日)** 五十四度。广东信通,每金七分,信资八百,逐分加减。饭后,金波来。汇丰不兑华款。家信长缓带。与印伯一小笺,乞其代寄泸竹、湘、寿并璈。傍晚,奂来,闻乔归寓,乃去。王子斌可危,子斌不通文理,如何有攻使馆条陈?此必有陷之者。庆借洋款百万。行在二百万。街口遇亰涛,言德肯认和。

**二十四日(10月17日)** 六十一度。祖寿、黄二往昌。交印伯信,重三分,亦去钱九百文。颂年、叔晋来,初二处分之谕,是肥、岘诸

① 包,四卷本作"色"。

② 南中,指今天的云南、贵州和四川西南部。此事应指康有为支持的自立会运动。

老所请，有云“中外共知，无容隐饰”，其统带纵庇诸色目，次序皆奏中所加。天水[①]则有“查办不实”字样，湘帅以为无关天水，或某公感天水上书瞒去欤？闻上见折，拍案大骂，诸人无言。老佛曰：“王文韶，你是好人，拟一谕。”肥专折请回銮，以百口保无事。叔进言康之党羽甚多，汉口虽破案，别处潜伏者尚不少。予曰：“如此，南行更危。”夜，石生言二十七又不开议，日、德有国书劝回銮。石生以日界老米价甚贱，约同买，戏咏云：“海上难寻避谷方，斋厨空咬菜根香。十年枉食神仓粟，坐待东京柴五郎。”奂如、孟甫来。午后金波、茂萱来。

**二十五日(10月18日)** 五十三度，阴，时复洒雨。日、德、俄、美皆以国公书劝回銮，日尤恳切，已送行在。各使谓此次若仍不理，则兵继之。合肥奏。或言奎制府请幸蜀。田主下乡，佃户争治酒食欢迎，亦礼也。子贞信来，合肥前日到齐化门，即放声大哭。又云外人要十二人之头。肥答以“某某系亲支，不比刚、赵，你可说得来，我却说不去”。九愚来，言刚毅病卧闻喜县。昨日孟甫车夫由家初到，言神坊有洋兵五百人，被伤者三五人，余皆回奔，手指口而扪腹，言饿极。此绝似徐桐语，何以入车夫之口也？往浏阳馆，晤洪异甫、王炳青。銮驾过介休，正法拳匪首领郭诚正，谓其冲突仪仗，并革介休令职。晦若来家，晤七兄，言刚病甚是实。俄电，交祸首，乃开议。孟甫来，出遇奂如。闻吴小村西安被戕事，徐中堂八月初二乃死，其子三大人者实逼之。晚，茂萱来，已向杨彝卿考究明白。湘帅与肥识见相同，其微参差在发端时，过此皆无间。小村全家殉难，亦民教相仇，怀柔县令亦被拳戕。若无此，则庇拳者尚以为拳匪义民恭顺者也。十九日，在闻喜发廷寄，以庆为全权，命刘、张权宜行事。

**二十六日(10月19日)** 六十一度。子真信来。孟育、尧生、孙伯愚来。洋巡督扫街东小胡同，嘱郑少爷尔丹侄回家叫人，适张太有事，郑遂入而不出。洋巡待久不出，荷枪入客堂，见尧生、伯愚，疑为

---

① 指赵舒翘。

郑,横枪欲击之,摇手而止。张荣持帚往扫,洋巡不肯。若以两三月皆荣一人司洒扫而无替助也者。扫街小事,美官劳神至此,无人听从,难矣哉。金波来。傍晚,奂如来,乔来,疲甚,以协巡公所事过劳也。福建黄孝叔亦来,会茂萱因美知府以州骡分交十段地面,嘱赶买车十辆,为出土计。洋官于此事最急,谓渣秽不去,居人多病,大碍生机。各使暨各提督出示招商,凡油米面蔬、牛羊鸡鸭及一切应用之物,速速运售。闻汇丰亦开兑。

**二十七日(10月20日)** 四十四度。夜半大风。天明下雪,午后晴。草子谦、达宣各一笺,述五月至今事。九愚来,王子斌[枪殁,德提督示,谓子斌]造意谋攻外国使馆,人言无之,盖素骂义和团者也。闻广东土匪闹事,并讯子谦。

**二十八日(10月21日)** 五十二度。早,颂年来。东南解银百万赴行在,洋不依。敏赴昌接眷。饭后,过孟甫宅小坐,与奂如同归。萍三来,言杨莘伯过津办汇兑事。《悼王子斌》云:"同是花门各种因,王枚岑亦花门。一回死事一番新。凄凉菜市堆边过,恼煞东江决策人。"石生言闻合肥单衔具折,有周公之风。祖寿、黄二由昌平来。协巡公所板车上街[出土],家中积土用箩筐装之,板车至,倾其上。看此小小事,亦不容易,有骡、有车、有人,饲养、工食谁堪独任?挨户捐钱,多少不等,最难周妥。诸人办至此,亦费几许唇舌矣。"五日看山山未开,烟云灭没费疑猜。何当剪破光明锦,放出鏖秋爽气来。"夜,闻保定搜索,怀柔土匪踞城。

**二十九日(10月22日)** 九愚、芸子、奂如来,孟甫亦来。昨日,孟甫入城谒廖师,言和局可成。又闻肥嘱赫德曰:"你在中国办事多年,财赋所出皆知之,此次赔款,你为酌定。"赫已允。各使与肥议及交端、庄、澜,肥哈哈大笑曰:"你们如何把此三人看得如许重,必交乃开议?此三人在中国,人人欲得而甘心,你们办得到,人人所愿,但恐一时办不到耳。依我见,一面先议和,将来此三人,我中国自有办法。"敏接媳、女等归自昌平。怀柔被匪踞。高严营被夏捕头踞。清河今日有抢村中者，敏过其地，恰齐团。茂萱来，今日往贤良寺。瓦帅欲见合肥，要肥先往。肥曰："在津未见过一面，如何先往？须来拜则可，不然，即再开仗亦得。"老笔以谑语出之，非肥无此。铁船同周方伯、九弟由成都兑到津贴，京官银三千，陕一、京二，可感亦可伤。家中积草太多，朋辈屡嘱谨慎，今日聂、曾、乔皆叠，然尚有持灯笼入内，拿纸撚行于外者。余寿平开缺，另放黄桂鋆。

## 九　月

**九月初一日（10 月 23 日）**　六十度。邮局不走信，言章未订妥，矩才将代交之广信退回。寿平丁母忧。饭后，金波来。望西山较明显，皴折坡陀，尚欠豁露。七兄往城内回，砚生仆董成被意国拿去，谓是义和团，共八人，枪毙其二。陈小石令翻译求之，乃释归。颂年来，陈右老卒于家。萍三适谒其房师杨莘伯归，莘往津，为船事，非为兑号事也。莘劝萍三渡海，萍扰扰数日。以全权随员而劝人走，无怪人慌乱也。和款要将行政及交祸首列入，但除端外，须置死地。赔款三千兆，比日本多二十七倍。连日寻各国，皆为居间，言京中不至有大虞，惟汇款万难通，回銮恐难早，米粮物价能否不昂则难料。各兵住真定，大约亦为要挟，不从胁逼计耳。公款事来电，是津贴京官。有官则分，是《周官》授禄法；照人数而分，是计口办赈法。宜此则违彼，必有嫌言。茂萱夜来，言及欲推之金波。兵部议澜公处分，但引"谋国不臧，咎由自取"二语，照溺职例，止革职，而舍"銮舆播迁，宗社倾危"不引。按：处分之谕，经东南督抚再四竭力，乃得请。部中以轻笔出之，非意在逢合，即毫不用心。

**初二日（10 月 24 日）**　六十度。饭后，萍三、杜翘生来。翘生以救济局船将来，问归否，答以"归不能，遽赴行在亦不能。遁入深山，且东南虽无拳匪，人心亦甚惊惶，渡海而南，何从[①]托足？况一动归

① 从，原作"行"，据四卷本改。

念,心即不宁,不如先省心为是”。奂如来、金波来。缦卿、孟育、承皋、孟甫先后来。缦卿言前月二十二、二十六[①]皆有合肥六百里折,由昌平过去。《中外日报》六月时沪、杭、汉口、江宁有土匪投匿名帖,曰“义和团拜”。张联外国,刘电各处,以五月二十五以后之谕,事体重大,未便奉行。极有定见,功德不小,若参一迎合之见,东南糜烂矣。晚,金波来,茂萱来,在协巡公所闻,刚毅伏冥诛。乘舆到潼关时,电谕:“‘请加纵庇拳匪王大臣处分’一折,现在刚毅已死,所有已加处分之端王、庄王等,均已不在行在。至于怡王、载滢及英年,虽未经惩处,朕亦饬令严议。若以为办理尚轻,应如何从重之处,着该全权大臣拟议具奏。至于毓贤办理操切,业经开缺不用。此外如尚有暗地煽乱如毓贤者,亦着一并查明奏办。”此当是合肥在津所请“宣明升状,斥出行在”之谕。启秀以母死,在洋员处请假十日,今又续假,不要脸极矣。

**初三日(10月25日)** 五十四度。饭后,金波、九愚、缦卿来。萍三来。刚伏冥诛,内外城称快,犹以未得显戮为恨。过孟甫宅,徐颂翁将连衔具折迎銮。宋芸子与奂如字,言公款五千,电兑、电文有由陆赴行在者二千,在京者三千,未言公车。细玩其意,所云“赴行在”,系指兑到后现将往赴而言。若已到,则日有资给,更何须此?若发公车,亦[②]切情理,但须斟酌数目多寡,似未可浑而同之。至于候选,则候选从九典史如萧恒玉之类,岂不可稍加甄别?夜,茂萱、金波来,面告茂以此事不能无嫌言,要须约三四人酌妥剖[③]分。满祭酒文瑞曾习义和团,在端王坛上挺着大腹,刀斫不入者也,昨日被洋人拿获。子真信,言闻得合肥焦愁万状,意在董卓。董广招回兵,虽有岑、彭、马、武,恐难制伏。夫董善逢迎、无纪律,性情、武略概可知也。若

---

① 六,四卷本作“四”。

② 亦,原作“一”,据四卷本改。

③ 剖,原作“部”,据四卷本改。

招回兵，谁与之饷？倘欲背畔，其部下将有擒之而献者，何能为哉？昆中堂知会讲读编检，初十到本宅画到。

**初四日(10 月 26 日)**　六十一度。晨，李亦元、汪颂年抄来上谕："查刚毅、董福祥，各国君臣均请严办。荣禄此次洋人虽不接待，亦颇谅其当日调停之苦心。惟首祸之人，应请即行严办，以便早日开议，免致洋兵西犯。"初一日电奏，二十二日合肥、庆邸电劾载漪、载勋等，奉旨令李鸿章等拟定罪名具奏，朝廷并无袒护之意。初二日到。董之步卒散尽，另养三千。毓贤是刘、张联名所劾。缦卿、孟育、九愚、承皋、金波皆来，诸人去，金留，孟甫亦到。茂萱寻金波话，金乃往。金以公款事公车一层为难。现未在京者，回京补发亦难。此本难事，若不以京官为限而普通[1]之，未常非情理所应有，然如何伯卿、吴虞臣等独非川人乎？总之，此款若谓为津贴，尚可收，若谓为救济，似不可赧颜收耳。闻少宣与宣化县同办差，馆舍酒席县优而府绌，某太监面索于府，少宣训斥之，刚以为言。少宣曰："中堂此时如何还说此等事！"此凌家人在昌平寓中所言。

**初五日(10 月 27 日)**　五十四度，阴。颂年来，言合肥请回銮折批回，俟议和成后再订归期。市价白米六两二一包，老米四两，小米三两。煤元三两，煤块四两。洋兵到保定，与华兵同守城门，每门各派十人，并未搜括。夜，梦归家，未见九弟，作诗，醒只记三句。

**初六日(10 月 28 日)**　晴，六十度。晨，金波来。饭后，颂年、叔晋来。刚乃吞烟，非病也。初四梦中得诗，醒后忘其首句。时未接九弟信，六阅月也。因足成之云："魂梦乡关搅寸心，几人相忆在云林。去年远寄梅花信，今日入山何故深。"董趋大同迎驾，召见后垂头丧气，默无一语。想略问其欺罔。当率所部西去，并不陛辞。四下，奂如、金波由贤良寺归。公款以京官为主，会试公车较京官应分十分之三，乡试十分之二，候选与乡试等。王、鹿随驾至秦，端、庄、濂、澜、英

① 通，四卷本作"同"。

年、赵皆在。夜,接少宣二十九日来信。皇上在宣化,着元青洋布衫、斜纹布战裙,甚清瘦。

**初七日(10月29日)** 六十度。十下,同萍三到昆师宅画到,石生嘱代宋芸子画到,昆师门上不肯。回身到贤良寺,晤晦若,适李蠡莼先在,晦约同会杨彝卿,予以未经见过,乃嘱萍三与晦往问公款原电,原函则另有陈润夫一信在外,子均一信则茂萱持去。外国索十一人头,有董无启,保定廷雍、沈家本已看管。上谕以洋兵如到晋界,则守兵必致接战,恐于和局有碍,饬速开议。剿团兵无饷,搜括村庄,李蠡莼已告合肥。洋人之索十一人头也,庆、李难之,洋人曰:“如何如此难?何以杀许竹筼诸人又容易如彼?”晚,茂萱来,言公款原函看过,未言公车。未持出,以奂、孟诸人之言为然,将请彝卿定等差出照办。少宣又来信,内封朱家一函,嘱代交。

**初八日(10月30日)** 北风,五十三度阴,小雨数颗,午稍晴。饭后,过孟宅,见闰八月廿日岘帅暨将军、各督抚请回銮上谕一道,即前所闻和议一成,即先定归期者也。复少宣二笺。傍晚,金波来,以候选一层淆杂难办,深为焦虑。夜,萍三、老茂来。街有出恭者,禁之不能,罚钱二千亦不能,事之难办如此。明日不能开议,或言仍待回銮定期。

**初九日(10月31日)** 五十三度。饭时,颂年来。茂萱约往观音院登高,适萍三来,共步而往。僧静和尚初由房山回,言琉璃河客店一间,积麦七千余石,拳勇盘踞,因扰良乡。庄王向在前门外厚德记烟馆与匪徒交识甚多。《直报》闰八月二十七报载,李秉衡入觐时,极言东南合约之非,且言不诛一二统兵大臣,不足震中国之势,而外人决不能除,故袁、许被戮,所以儆外臣也。恐无此言。北沧败溃,端、庄、刚始知畏惧。端、澜欲收余烬,背城借一,刚则专主西行。澜詈刚曰:“误听汝言,此后身家难保,我此时有刀,定与汝拼命!”午,奂如来,同出街一游,因往孟甫宅。茂萱来,言各使已议妥,专待开议。子均原信仍未持出,嘱萍三、奂如往取。

**初十日(11月1日)**　五十二度。早饭时，接打磨厂全盛交来高孔直信，四月二十八发者。启视，则寿侄已于四月初一卒于双江。寿侄聪明而无傲气，说话、笔下皆明白。自壬辰五兄及霖侄殁后，即颇颓沮。甲午中北闱后归，一病几不起，及愈而牙漏未痊，体为大虚。戊戌出京，在上海一病，汉口一病，到湘又病，深虑不测，而望其牙漏之愈，乃竟不能。正月信来，言补缺后一年必归，孰意此愿不酬而遽殁也，悲夫！汪缦青来，与谈于客厅，觉腰背冷飕飕然，夜更畏冷。茂萱、颂年来，延之入室。和局办许久，无头绪。

**十一日(11月2日)**　五十二度。头闷，微痛。哭寿侄，作诗四绝。存稿中。午刻，汪缦青来，诊予脉，谓是太阳症，用苏叶、桂枝、羌活。三下，金波来，老贾来，言涿州留驻德兵数十人。长寿寺德兵开差回国。七兄晤萍三，言萍至贤良寺，闻得廷雍、清河道首府、首县及提镇皆被德兵正法枭示，想因久不交祸首，故逼而为此。果如是，不碍和局而阻回銮乎？德亦太横。曾慕涛来，忌风，未出。

**十二日(11月3日)**　五十二度，寒减，仍忌油。德兵之正法廷雍等也，以夏间逢刚、端时，纵容拳匪蹂躏教民、妇至于无状，复褫其衣袴，游街毕，寸磔之。今教民胪列受害情形，控之德兵官兵，官曰："不信保定官员聋聩至此。"遂杀之。洋人无斩枭之例，今破例为此。缦青来。萍三来。

**十三日(11月4日)**　五十二度。复高孔卓二笺，寄东垣二笺，托萍三交罗世藩带去。孟甫、奂如与金波先后至。调于次堂为豫抚也，必以中东之役办辽阳团练，足扼倭兵，使洋兵欲渡黄河，能免接仗乎？晚，茂萱到。

**十四日(11月5日)**　五十二度。九愚、萍三、金波来。洋兵掳银全存汇丰，然无从运沪，盛京卿创济急会，募各省富绅以佽助各省京官，其银即交上海，京师则由汇丰划拨，《中外日报》则兼言道胜洋行。不特京官得其接济，而汇丰亦不至滞而不通，诚妙计也。茂萱今夜交来所抄信，曰四川陈子均兑来五千，上海蜀绅某大半盘记、恺记而已议留二千，拨德州散放，曰“闻出京者不少”。夫曰“四川”，曰“蜀绅”，是专指四川京官而言明矣。曰“闻出京者不少”，是恐蜀人在京之少，不敌出外之多矣。曰“拨德州”，是疑同乡滞于德州矣。查蜀人出京仅六七人，皆走西道，无东下者，别人不知，于晦若即知之，何得据一面悬揣之词，而捎留二千乎？又子均电一则，曰“候相示遵”，再则曰“候相示遵”，中堂是办和局，非办赈济，想中堂必不暇及此，亦不可因子均有惝恍[无定]之言，硬与区处。《感事》诗：“中朝上相老和戎，免胄人皆望叶公。独有幕僚闲不得，后车犹插一枝红。”

**十五日(11月6日)** 五十二度。英、德、意兵从彰仪门入，所持旗有“宋”字、“刘”字者，驼马二百余，车一百余，银鞘、箱物甚多。徐平章之被戮，聂洞秋之暴亡，初未确知其故，昨始闻徐、聂秘商盗武卫军饷，荣相偶侦知，以令箭追及聂，推于徐，持令者将徐带回斩之，此七月十八日事也。及荣到保，聂以为已卸罪于徐，遂未避。荣曰：“尔为粮台支发，非同情，徐何敢？”聂乃吞金而毙。聂平日本以诈骗行其钻营，竟有保之为贤才者。致晦书：“昨日之信，见者数人，知者亦数人。或曰不理他，或曰此信是陈润夫寄与杨彝翁及足下者。杨，滇人，其知四川人数，自不如足下之悉，应由足下自拟一信，致润夫、子均，言明蜀中京官出京者不过十人，皆未走德州。且尚惠臣观察来信，他省亦无滞于德州者。上海蜀绅何人？乃欲凭空硬断，截留二千于山东乎？宜出知单，令乡人勿遽搭救急会船，以免胶葛。窃思此事由足下经理于先，上海报亦列有兄名。致信润夫、子均，乃分内当为，并非越俎，何妨急草，由广信通信局带去。”十三侄自昌平归，言先送闪家礼物八色，继送佃银十五两，系借于郭掌柜者，嘱速秤出一半，明日带去。家中只有五两零，不足付，命敏往筹贷于文山，并买米，亲还此数，面谢厚卿。接晦若函，三人同写收条。

**十六日(11月7日)** 晨，萍三来，九愚来。茂萱来。午，七兄吵刘元窃其衣物百余件，予思不能料其必为盗，亦不能料其必不为盗，惟黄二固守于先，七兄佩钥于后，何从窃去者？七月二十以来，有赃无卖处，即窃，又何从销售？七兄复大嚷而进曰："刘元曾卖补服于聂大爷，张太知之。"然说是周老爷者，及查，则存紫廷之旧补在，张太又言未如此说。茂萱来字。香帅得协办，尧生门人言闻于贤良寺者老谣。起用右老，差强人意。敏同十三过昌平。

**十七日(11月8日)** 孟甫、奂如、承皋、介甫、萍三、金波皆来。萧克友、吴芬两教习欲列为京官，同分接济，经手者难之，乃欲分会试、乡试两层，乡试中又分正途、生监两层。夜，招茂萱来，略告以诸君所拟办法。阅《霞客游记》，甚有味。往年看之，但觉其艰苦不适，今则见幽峭僻静，岂易一时而心境不同欤？

**十八日(11月9日)** 午，同孟甫到贤良寺，遇茂萱于途，亦遂返。在杨彝卿处同写收条，规银三千，仅合公砝二千八，三人同收。复到汇丰商剖零飞，颇以为难。孟拟合六百为一飞。夜，石生过谈，未见者八九日矣。言春畬联孙明日南下，转赴行在。眼界不开，所见必小；胸襟不开，所思必狭，未有不怫郁者。

**十九日(11月10日)** 大风。孟甫约金波往汇丰，以日晏，金归去。茂萱已刻来。阅霞客《黔游记》，甚有味。

**二十日(11月11日)** 风息。敏咳，请萍三看脉。萍言德人据紫荆关，昨茂萱亦言合肥谓能杀四人即易了，乃并毓、董而惜之。午过孟甫，孟及奂如约同到便宜坊，以宋芸子明日南下，而宋入城未来。吴子和煦自保定归，言廷雍却用中国刀手正法。各国兵官会审曰："六月二十二以前纵容拳匪，不怪你们。二十二后，奉有保护之谕，何亦纵使凌辱而又惨杀？"廷曰："是武官某。"曰："不然，武官不过当刽子手耳。你署总督，生杀政令由你，谓为纵容拳匪，违抗懿旨。"廷无言，乃杀之，并杀武官王占奎，二人刨坑埋之。城内法、德、意、奥四国划界。德、意搜括。英、日、美出兵，一到遂去。藩库洋人封锁，用兵守之。有洋女木姑娘者，嗜施与，拳匪起，以为穷人不与为难，急则投廷雍，廷雍送之王参戎，参戎交团杀之。茂萱、石生、萍三、奂如、孟甫皆来，诸人先去，茂、石留谈。

**二十一日(11月12日)** 五十度。九愚来,言德界清户口,清出空房五十余院,将招租,为华捕用费。九愚拟移居云凡宅。闻二十五开议,此事如乡间粮户行凶,肯献真凶,则有真凶办法,买凶亦有买凶办法。若不办抵偿,专讲和息,肯出重款,亦未常非办法。晚,汪颂年来,将以二十六日出京,以其封翁与兑路费[至],并速其归也。因言家本寒素,老人筹措不易,否则亦不遽出。石生挽其告假,颂年不允。石生曰:“如到行在,亦有一角文书,不告假,如何成公事?”予曰:“果赴行在,程路有难易,跋涉有迟速,又有半路梗阻而归籍者。中东之役,其归也轰然,其来也忽然,谁问其假不假者?”石生曰:“中国之事,就是此等难办。”予曰:“中国之事,当整饬者不在此。”初十一病,饭食至今乃复元。

**二十二日(11月13日)** 五十二度。饭后,金波字方来。汇丰不另开飞。金波昨同矩才取现银一千,分陈、曾、宋、王、谢、吴六份,汪以三百二十分任、郭、骆、汤四份,尚存二百八十分恺人;零数分教习南学。今日以存条交敏往取。侍卫杜、秦等同周风南来坐守,往套陈车,车不闲。十三乃同杜、秦等先到前门,复命人往套。汪车久不至,寻敏亦不见。二下后,敏乃返,始知其亦在汪宅候车也。促使东行,不然,一日不分,恐有急而自尽者。周风南问黄二:“曾抢物否?”答曰:“未也。”周曰:“惜我在房山,如在京城,用得着的是要拿几样。”周乃邛州人,捐班光禄寺。颂年请石生、饶士端与其侄某、曾履初、叔晋、七兄及予于宗显堂,一品生旧地也。

**二十三日(11月14日)** 五十三度,又大风。饭后,茂萱来。缦卿来,奂如亦至,晦若、毅父、履初、吴介甫同来。毅父托我以衙门事,言不告假。予曰:“此看大势,如必须告则告,可不必告则不告。”交湘信处,问萍三。昨日,洋兵过张家口。端、庄、濂、澜、怡、滢、刚、启、赵、毓、董十一人。

**二十四日(11月15日)** 五十一度,风。写家信一竹纸,至八月十一,一共三笺。茂萱来,谈于上房。萍三来,谈于西屋。张荣因苏、杜荐来补缺，恰遇拳匪，蹉跎至今。其应对和平，早起扫门外，洋巡见者皆敬之，惜年七十矣。今辞归，与以二金，颇为怅然。草东垣一信，以湘人皆举其官声，而四月一函有“归意居多”一语，作书留之，且言张金波下聘事。夜，梦九弟要《绝妙词》，并诵刘过《相如》一首。

**二十五日(11月16日)** 五十五度。晴，无风。饭后持东垣信往浏阳馆，途遇曾履初、李亦元，言颂年、丙青、毅父皆在馆，乃往面交颂年。昨日，合肥晤瓦帅，在仪銮殿西屋，未言公事。各国使皆在，谈最洽。颂年、丙青问：“即都长安是情势所有否？”予曰：“不忍见京师，则不愿归，以北京为公共地，而移北洋驻此。各国有事，但商总督留守而入告焉，则长安耳目较净。各使知枢廷凡事推诿，尚不如督抚之能担当，寄字不信，尚不如督抚盟约之可据，亦何乐而必与朝廷咫尺乎？如此则长安永为建都之所，而圣驾不归矣。”廷寄申饬全权，谓廷雍事何不据理剖办？泸信交广信通。五月以来大局情形。吴介甫招饮。同汪返，茂来。夜，梦九弟，一横厅有草，有两客衣冠拜会。

**二十六日(11月17日)** 五十三度。汪颂年清晨交一字来，有信件代收，交曾慕陶，又言不告假。曾君和、履初、李亦元、黄泽安、杜翘生、洪毅父、王丙青今日皆行，宋芸子亦行。九愚来，石生言端、庄奉旨圈禁，昨夜寄谕到。奂如来。写子谦、达宣函，问惠州事，兼述此间事。

**二十七日(11月18日)** 五十三度。午阴。晨起即泻，似昨午食面未熟。四狗儿咳未松，请萍三与诊，言受风寒。洋兵到沙河，霸昌道、昌平知州往接，大队遂未入城，但责凑银五千，仅凑至四千余。又挽州人寻拳匪。七兄言周镜渔之兄言端、庄深恨京城之插顺民旗者，命董募回兵三万，又调安徽数统将，各省大兵以洋兵小胜而骄，将统大队来攻京城，一胜则搜括暴虐，必加洋兵数倍。七兄因此焦甚。予曰：“回兵果能募至三万乎？陈泽霖、张春发、万本华非调自各省者乎？姑妄听之可耳。”敏于众人未起时即上街。归至门，闻矩才来寻，又急往。四下，予命人往陈宅呼之，始知同入内城，不知何事。傍晚，矩才使人来问归否，言到东四牌楼同下车后，车夫他往，矩才往寻，车夫至,而敏又他往,矩遂独坐车归。十三坐车在四牌楼,见其寻陈车未遇。予闻此蹀躞街头数次,六儿亦出看数次,皆未返。或曰:"必往陈季襄处宿。"询其身带有钱否,媳乃不知。敏近日每听人买便宜衣,辄倾耳神注,此卑陋之见也。四狗儿咳数日不问,房窗宜补亦不管,而独倾心于买衣,其不知轻重如此。

**二十八日(11月19日)** 五十三度。昨夜不寐,天明始略睡去,醒时八钟,敏尚未归,骇甚。石生昨夜虽言洋人不生事,而棒客亦甚可忧。须臾,九下,犹未归,更骇,命邬生骑马进城,矩才亦入城去寻。七兄亦着急。九下半,敏归,乃知陈车寄三条许家,及与矩往,则车夫未在。矩往寻车夫,渠与季襄说话之后,往许家,则矩才坐车行,乃复往请季襄,顾车无有而天晚,因留宿。十一下,奂如、承皋来,矩才、邬生亦由陈季襄处返。裴知州信,言昌平道州迎洋兵,未去帽,洋兵去,则摘其顶纳诸怀,索银五千,一时难措,遂焚道州署。闻将在居庸一路设卡,而瓦帅将移居全浙馆,俄命其亲王来,尚未到。四狗儿咳声促,夜不安。初以银翘、薄荷、杏仁与服,夜稍静,咳不止。二十七,萍三来,谓为风寒,开桔梗、前胡、广皮、枳壳、杏仁、法夏,咳愈甚,愈闹而愈泻。萍三去前胡、枳壳,加白术,将与服。予恐是疹子,用香菜蘸油搓其胸背,背上红点现者多,乃照《幼幼集成》开荆防败毒散与服。

**二十九日(11月20日)** 六十二度。大风。晨,四狗儿平静,无燥扰形。交广信。达宣信封,子谦函内一长纸,专叙五月以来事。凡小孩夜哭,一腹痛,一心烦,一神不安。九愚来,亦言其三月后未得家信。金把什来,言洋兵在外多啰唣家人,有一衣皆拿去,二毛了则丁村人有习过拳团者磕索其家。昔以拳匪为威者,今以为苦矣。四狗早半天甚好,下午屡咳,吮乳二三口一停,疑抱向西屋微凉矣。予亦在西屋招凉而咳。命人问乔,则从贤良寺归劳矣。七兄访陈小石,始知廖师昨日南旋,方欲往谒,而师已行,殊歉然。各国箍则[①]和,否则必

① 则,原作"着",据四卷本改。

瓜，虽英、俄亦不能不然。

**三十日(11月21日)**　正午六十三度，太阳照窗，日影过，则五十二、三，相差至四度，可见阳光所到与所不到，气候悬绝。四狗儿天明咳两三次，泡薄荷、苏叶饮之，病减十之六、七。金波来。黄小霁言洋兵至房山，欲毁城市，马教士力言乡中居民靠此买盐米，一毁则乡民绝食，洋兵乃允。当六月初，恨教民者必绝其种，讵至今日反赖以生乎？午觉外感未净，食豆豉面，发汗。闻方长孺以山西马后炮之奏拿，匿至华俄洋行，拳匪围攻紧急，逃出至邦垧。洋兵入城后，通州知州刘云门奉札带兵剿团，以方为幕府。适洋兵二名至，携民间物甚多，刘兵拘而索之，洋兵大队得信往攻，歼毙甚众，方亦与焉，可哀已。

## 十　月

**十月初一日(11月22日)**　六十度。四狗儿昨夜咳甚，抱之坐而睡则咳松，其音不朗，带呛，恐宜清金而微敛肺气。王方伯在川，专以缺之委补为应酬，不依规矩。廿九日电奏，洋仍索祸首，不交，则向襄阳堵截。行在运道，其由何省起解，则以兵船攻之。以情揆之，交端、庄有不忍，交董有不敢。茂萱来，为唏嘘于长孺。长孺五月即到通州。缦青来，以四狗晚半天咳甚，不表。不降火，用阿胶、生地、旋覆花、杏霜、云苓、紫菀、霜桑叶，清肺。孟育、九愚来。

**初二日(11月23日)**　晨，四十三度。七嫂借十六两，为七兄买狐皮袍。午五十三度，天阴冷似酿雪。以邦垧事看来，可见咫尺之地，夷险迥殊。当五六月时，下金陵者一计，五月十八。赴河南者一计，赴房山者一计，芦沟桥练团一计，五月廿五大[1]计。移新馆、纠武公车为团，以李树堂、任少梁统之者一计。并有私送眷行，虑牵制，秘不相告者。其时本汹汹，无怪其然。至今日则闻密云、固安皆不胜搜索

---

① 大，四卷本作“宋”。

之苦,京师尚晏然。饭后,过陈宅,陈赴部。报本闰月十四岑春煊劾霍州知州李羲铭供应草率,请革职,发新疆当苦差。上谕从宽革职,永不叙用。端、庄及董皆在行在。洋以英年、赵舒翘仅革职,尚留任,处分轻。洋以裕长主拳匪,而最恶西人,不得调鄂抚。庆邸入告,请以无交涉之都统与之。夜,四狗咳仍密,疑屋冷所致。

**初三日(11月24日)**　六十度,晴而有风。饭后过伏魔寺,茂萱已出,乃往尧生屋,北窗甚暖。归闻孟甫来去。三帅款赴行在者分百零八两,留京者卅八人,多烦言。以往行在者非赴行在,无眷累便南渡耳,而反多分,烦言所由起。石生来谈。瓦帅命参赞会晤陈玉苍等,曰:"外兵到此骚扰,令居民不安,深为惭愧。"玉苍以骚扰各情言之,参赞曰:"你们以实情告我,即是看得起我,实在感激。"于是相约为纠查之法,词讼则会审。暖厂、粥厂洋人照设。有洋兵遇乞丐,则以手指其口,复以手抚其耳,明其有可食之物、可睡之处,招手命随伊去,而送于暖厂。澜公以下仅革职,乃部议也,洋人不依。夜以麻黄、细辛蛋滚四狗儿肺俞穴。

**初四日(11月25日)**　六十度。巳刻,茂萱来。昨日以福建已分,蜀犹未也,则惶惶然。福建前日写票,蜀则昨日始写票也。过孟甫宅,九愚、孟育、七兄先在,金波亦来,分四十两票一张,湘、岘兑款也。缦青来。

**初五日(11月26日)**　五十三度。到贤良寺写收条,孟、乔先后到。周方伯、李铁船筹拨津贴二千。又川、江西、云、贵绅董筹寄四小省绅商规银一千。每过前门,断瓦颓垣,凄人肺腑。吴了和言申甫尚在保定,已租秀水胡同宅。孟甫问曰:"津贴一项,向来都察院、翰林多分,以无[印]结也,今年当何如?"予曰:"今年则均分可也。"李合肥有马文在南口,偶被洋人抢马,昌平州遂传为折奏挡回。茂萱南下之意似决。晦若曰:"李羲铭循吏也,办差草率,想亦必无之事,因何被参?宓昌墀以召见后开缺,必语太直,触怒诸奸。"杨彝卿曰:"洋兵直追,必幸蜀,蜀其殃乎?"予早以此悬悬。天将亮,梦九弟、玉冠与予同论《明史》，甚畅，末后，九曰："纪晓岚命每家凑二三金。"遂醒。

**初六日(11月27日)**　五十三度。饭后，接刘元信，九月十五日清江发，九月初三到泰安。菽畇传见，问京中情形、同乡光景，言六月兑数与乔、宋，未见回信，未知收到否。又言"欲专人送数，以救燃眉，奈路途不通，俟路途稍平安，火速送到"云云。茂来言欲走，恐南北势成，洋另有所立，或将派事，于名义有碍。予曰："太不警动，其逼成剖分之局也，亦在意中。然另立不过如庆邸留守已耳，派事何害？"陈、曾来，言谢承皋一份，不过每人减二金与之，如金波过虑，以为不应分，则晦若又何尝该分者？嘱待金来，以此分晰之。萍三来。夜，金波来，则言人于承皋不无闲言，实不止一人，故伊畏而不敢主分津贴。人言"前款是陈子均所送，可分之，此款乃常年津贴，向无候选，不可分"云云。又承皋与字，有"乞儿见钱而诟争"一语云云。石生来，言两日无所闻。福州四山长兑洋元来，指明白元者某某四人，五十元者某某七人，其余则均分之，而四人、七人者皆部院，无他途。山长中有陈伯潜，故清楚如此。洋兵到太原，似是确音。德国探马亦如此言。

**初七日(11月28日)**　五十四度。徐霞客未游峨眉，而序中有谓其已到峨眉者。按记中戊寅三月二十七，负静闻骨自南宁，入黔过滇。又己卯五月初一，在腾越晤吴参府。注曰："吴，四川松潘人。为余谈大江自彼处分水岭发源，分绕省城而复合。"是未亲到蜀境，晤吴始知江水分合也。此后在鸡足而病，遂归，更无从再至蜀。自"与静闻遇于洞庭"，即有一鸡足山在意中。及"负静闻骨，启行于南宁"，又恨不一蹴而至鸡足也。已到鸡足，神气较闲，叙山水、庙宇、烟云、树木，皆有幽静之趣，而无艰苦之形。

**初八日(11月29日)**　晨四十一度，午六十度。孟甫来字，言昨晤朴仁山诸人，处分加重，办毓一人，董则驱逐，以毓为拳之引线办之亦可，然上无好者，毓又从何为引去乎？十五开议，洋兵到太原不确，如此尚好。夜，孟约来，未来，茂萱来，言不南下。毓乃拟处斩。七月尾以来，即早睡早起，今阅百日矣，至迟九下半即睡，三觉而后天明，晨起甚爽。往常每每忆及十岁时，同治壬戌。同九弟随母恭谒先父坟山，宿于杉树湾，天初明即醒，闻春哥声及百舌声，后竟无此，偶早起即昏昏然，今而后庶几免矣。然非美官严戒夜游，又安能至此哉？顾亭林曰："昏暮有何好事？"朱柏庐《格言》："黎明即起，洒扫庭除，既昏便息，关锁门户。"中国人所讲者，而洋人实行之，宁无恧然？

**初九日(11月30日)** 四十四度。昨夜梦在一屋偏院下厅，敏作赋数段，予与七兄讲之。忽裴村自外入，着蓝马褂，鼻上方寸微高数分，若贴有物于上者。予问之曰："昔年看君诗文，不尽知其好处，后涉猎古人，再绎君诗，知君用功之深。且二十二三岁时，若某某题数首，实有道气，知君前生确有来历，岂凡事皆由夙定欤？"叹曰："予向来于事皆想得太深太远，于切近反未思及。"是时皆有戊戌八月十三日事在意中，均未说破。裴至此头一掉，若以往事固为不值，而又以为石光电火，无关名业也者。余又问曰："你之稿究改甚么名？"曰："我原名甚么窗吟，何稿之足云？"一时又曰："饥了。"自往厨房叫买烧饼一个，久之，未买来。余往催，裴遂出。奂如来，言朱古惟诸公折批回，云："懿亲罪无可再加，余则已命全权大臣议定办理，不为遥制。"九愚来，言《直报》谓洋兵已到大名。长安有杖毙内侍十五人、斩二人之事，未知确否。夜，石生来坐。

**初十日(12月1日)** 六十度。尧生写来《游峨诗》十首，似岑嘉州，超挺沉着，可佩已。与蓴楼信一函，探问涞绅并西陵何如。过尧生。尧买《渤海藏真》，缺坡翁一本，去钱一挂。又《刘海峰诗文集》，钱一千。茂萱归寺，言古惟闻诸恩佑，太上将命上归，又疑未确，往城内探去矣。

**十一日(12月2日)** 五十三度。晨，得璥信。九月廿三发救济会带来。又八月二十四寄印伯。九月初七，任逢辛及刘元带去信，皆未到。大约九月底。五月十一，璬由合起身，六月到苏，病日退[1]，读书养性，时若有得。三月，九弟下合江，二十七璬上泸。午节前，璬由省归，又至泸。九弟尚如客岁，彼此日衰，有难言者。五兄女许字廷侃，南下后，九弟信。庚先下江宁。吴小村亲丁两子一孙四人，朋友、家丁二十二人，被戕道府，实不能辞咎。过孟甫，嘱同分津贴，辞之。

**十二日(12 月 3 日)** 五十四度。发璬信一竹纸。尧生前闻余梦裴，作二诗来，嘱跋于《纪梦》之后："沧沧碧海剩扬尘，老去黄桑气不春。满地交期泉路隔，几人清梦泣斯人。""万古文章付太虚，上清沦谪定何如？人间亦叹高生老，黄叶空山早著书。"前首从时事笼起，令人益敦友谊。次首第一句用杨忠愍语，末二句用裴诗。记裴有句云："黄叶满山深闭门。"余最爱其幽静。过尧寓。夜，招茂不至。石生来，言翻译皆秘。子贞有信至。

**十三日(12 月 4 日)** 阴，五十度。唐泰，昆明人，诗笔超浑。前贤云："静则生明，动则多咎，自然之理也。家长好动，子弟必纷纷扰扰，朝生一策，暮设一计，虽严禁之而不能止。欲求一家之安静，先求一身之清静。静有二道：一曰不入是非之场，二曰不入势利之场。乡里之辞讼曲直，于我何干？我若强为剖断，始则赔酒饭，后则惹怨恨。官场之得失升沉，于我何涉？我若稍为干预，小则招物议，大则挂弹章。不若一概不管，可以敛后辈之躁气，即可以保此身之清福。"[2]孟甫复来，子贞来。闻谕旨云："事机万紧，设法挽回，不为遥制。"问之茂，信然。

**十四日(12 月 5 日)** 五十二度，日影微烘即敛，酿雪，甚冷。尧生《题九弟江行诗后》："宦拙只知民事重，一官行去百忧新。原注：世变骚然，言外皆商声也。白家乐府今何用？言上官不采用也。太息江湖一散人。""雪满尧年老闭关，偶然飞羽过人间。不知何与饥寒事，日写

---

① 退，四卷本作"进"。

② 出自曾国藩《书赠仲弟六则》的"静"。

吟声出碧山。""三月泸州画不如,江皋吟帻岸双鱼。迢迢家问,只此诗录而已。可怜日下元方苦,只抱沧浪一卷书。"严沧浪诗,尧生前日借去。"四海穷交鬓各班,偶然名字满人间。"来字云:"此次首原稿,欲仍易之,较显豁。"昨子贞言,七月二十一炮,冲正阳门楼者,英国也;冲大清门者,美国也。是日清晨,神武门、西华门皆紧闭,而有洋兵炮拟之。内面拳匪、旗兵皆不得出,洋兵由西华门入,遇辄毙之,有半腿半脚尚在靴内者。日本据仓库外,复移三海陈设,有碧玡珌重三斤,有玉如意长数尺,皆移归国,而未扰一民家,故颂声翕然。记廷雍于闰八月与合肥电,欲以洋兵所得津、京库款,将来抵作赔款,其不晓事而心松如此,宜其在保定无所适从,但知逢迎而丢脑袋也。三下,晦若来,开议在本月内,诸亲可圈禁了事。德兵在宣化索银五万,张口二万,皮张在外,三河县知县硬担无拳匪、无军器,索一万,予以一千而交谊颇洽。周玉山调直藩,员凤林调川藩。今日觉背冷甚,久思不得其故,后乃知未换大毛。夜,茂萱来,谓余前和尧生作"武昌鱼"句,若含讥讽。拟改为"斋居仍似竹竿鱼"。夜月昏黄,飞雪。

**十五日(12 月 6 日)** 五十一度。九愚来谈。晦若着人买潮州馆米,交来一字。由沪电转明发谕旨一道,大略言"千里草[①]从前有与天地同大之功劳,今年民教事起,有小小不合之处,本应将其凌迟灭族,姑念其功大过小,不得已革职留任,令回甘提本任,勉以争气建功,以堵诽谤之口"等因。《雪偶成》云:"月下鳞鳞走玉龙,明年乐岁兆今冬。小臣不识艰难业,愿采秧歌达九重。"

**十六日(12 月 7 日)** 四十三度。孟甫来。午菜过咸,临睡渴甚,吃茶数瓯,又吃梨膏水一盏,睡后酽痰塞喉,盖梨膏酸以敛之也。四狗儿睡醒大啼,每起一声则惊嘶,盖其腹阵阵作疼,疼一次,嘶一声,急命以热手抹其腹,并烤草纸熨之。

**十七日(12 月 8 日)** 五十二度。《上湘师书》曰:"前此京师既

---

① 指董福祥。

陷，合肥未来，庆王未返，人心惶惧，无策可施，乃同附徐冢宰后，电恳吾师催合肥速至，当蒙赐复书，仰见吾师公忠体国，竭力撑持，而楚吴一带，既堵其巫风，复翦其响应，东南无恙，北直乃可渐安。师之有裨于宗社苍生者，良非浅鲜！嗣又蒙赐各省在京人员二万五千金，行者借以起程，留者借支日月。当此转运秦中之际，乃更筹备及此，危城饥渴，感颂同声，不独树等一二人也已。自五月以来，时事日非，枏按日笔记成帙。树于七月时任军机章京，京城便已失陷。闻行在需人，无力奔赴，京城元气大损。大内、三海、颐和，书画彝器①皆被拳匪、洋兵、乱兵搜括净尽，士大夫家无论矣。京中美界、日界颇安静，惟德界滋扰，近日德界亦渐安静。由津②到永定门铁路已通，十八日火车已入永定门，到天坛，华人尚未敢坐其车，焚于长安门内，积炭③如山。和议闻不日将开议，总望早定和局，銮舆早回，兴利除弊，以图自强，庶有中兴之望。汉京官大小在京者寥寥二三百人，大约不能南还，又不能赴行在者。今冬以公和赈济，尚可支持。六部设于柏林寺，司员便衣往，照常办事。公事甚少，每部书吏不多，日④具问安折而已。”子璥来信，九月二十八发来。初七去信已到，言九弟虽如客岁，而好谈如旧，好作诗文，亦高兴，均主闲适，无抑郁牢骚之态。得春侄凶耗，在五月三日午初，即璥在座时也。箸臣足肿老病，三月不愈。五月十七日早饭后，烟后，鼾声大作而逝。子均五千，上海蜀绅请以二千留拨德州，谓其地有蜀人南下。得此信后，作一信寄陈润夫，并拟一电，皆言京官三十余人在京，西赴者十三人，无一至德者，应请拨还京中。查联方伯家，胡治安参折尚在。

**十八日(12 月 9 日)**　五十四度。天明，三觉，汗三次，臂、颈夜

---

① 器，原作“品”，据四卷本改。

② 津，原作“京”，据四卷本改。

③ 炭，原作“灰”，据四卷本改。

④ 日，四卷本作“月”。

烧。晨饭碗半,中午小米粥一碗,午饭一碗。夜,茂萱来,与看子璥信。六味地黄加麻黄、细辛,牛肉四两,碎剁馈煨。八点钟,酌汁而饮。

**十九日(12月10日)** 五十四度。昨夜盖新洋绒被,奇暖,寐至五觉,天明仍汗一次,可见前数夜之只能两觉者,被冷也。璥由邮局来函,以刘元九月三十日到苏,询知京中无春侄耗,恐因其报乃郁郁。又言东海晚节乃为谤的,而不知听子支使,为之植党,使其逢迎端、刚,杀人多矣。南城外人早欲食徐、崇之肉,后来八旗宗室亦唾骂之。事须考实是听,言真际果谁目睹?则在军务处有司员八人环而听之,在祖家街有讲读、编检二百余,大半听之。

**二十日(12月11日)** 天明又汗,连三次,觉无精神,不思饮食。晨饮参附汤,又吃抄手。午食青油饼。萍三来看,谓脉浮弦阳越阴,不能潜,用五味,牡蛎、麦冬、炙芪、法夏、广皮等,服一次矣。缦青来看,所言脉证皆同,但谓宜用白薇敛浮热,炙芪固表,龙骨、牡蛎、白蔹、甘草。魁元全眷二十三出德胜门,至清河,闰月回,住后门板桥双宅,在成宅探者。

**二十一日(12月12日)** 昨夜服白薇、龙骨、牡蛎方二次。睡初觉,刚出汗,惊醒,急揭松被,汗遂止。晚,茂萱来,疑因减烟致病,嘱照常吃,但勿加多。乃近来总不甚爱吃,不知何故。晨吃面皮,吃时头、肩微汗。午吃山药饼,豆浆下之。

**二十二日(12月13日)** 五十度。昨夜数觉,皆未汗。天将明,冷,裹被稍紧,则仍微汗,然似松减多矣。天明,开水吞无比山药丸三十四颗。起稍坐,觉饿,早饭两平碗未满。少南与孟甫函,不谈温室。外省某公,君子人也,与其至交书,言赴秦者约百人,北人最多。两宫所驻[①],并未兴土木。阿哥分住首府衙门。十九日,侍御张子青先生故。先生年高德劭,和霭可亲,而持论有绝不唯阿之处,老辈风格也。

---

① 驻,原作“住”,据四卷本改。

自照镜，觉两颊瘦削，似九弟去年。近来早睡者百日，胃口亦如常，乃以闻春信日感冒，又以久无泸信多虑，今又感冒。五日盗汗，两日夜烧，而遂瘦削至此。九弟更多忧虑、好构思者，其能腴欤？茂、缦、金、萍、奂、孟皆来，遂留午饭。夜，石生来，各国以议约交后，须宣示还期，否则另立政府。

**二十三日（12 月 14 日）**　天气阴。胃口较好，晨碗半，午二碗。刘元自苏回，持来璥一信，仍排解春事也。草璥信一纸，阅《题凤馆》一卷。

**二十四日（12 月 15 日）**　五十度。食面尚有味，三日大便皆乌油色，胸间时觉胀。晦若来，言合肥前日午餐不进，下午眯盹，问之，言夜未睡好。又向英、法两馆一坐，到英馆，坐不稳，欲堕，戈什哈[①]扶之上坐，盖年老多磨则气衰。议款事，英国曰："尚有商量。"又草璥信一纸。

**二十五日（12 月 16 日）**　五十四度。食醪糟蛋一枚，饭二碗。大便仍乌色。萍三来。茂萱来，以璥信与阅，又草璥半纸。夜，孟[②]来、石生来。

**二十六日（12 月 17 日）**　五十二度。昨夜四狗咳声连续不断，似白日吹风所致，后半夜乃安睡。早饭两碗半，油茶半碗。寄璥信，竹纸二连半，逐条复之。魁元住后门曾宅，徐实罪魁。九弟论泸事甚是。天明，脉已和缓，缦青来诊，亦谓比前平缓，惟左尺尚微硬，大解先鞭后否，是气虚、脾虚。九愚、金波来。

**二十七日（12 月 18 日）**　六十度。早饭后，二碗零。未饭，即欲大解，饭后解溏。九愚送燕来，与之分者也，重六两三钱三分。草菽畇信四笺，以其欲知出走准期，乃从七月二十一叙至宣化府开缺。夜，茂萱同尧生来。茂并带来诗六首。终日劳劳，犹能思索，此心力

---

① 清代高级官员的侍从武弁。满语意为护卫。

② 孟，四卷本作"茂"。

有余也。茂从贤良寺来。合肥尚病。英国初以敕书有不悦意，今日亦送说条于合肥，言款目不更改。瓦帅近与肥浃，且请肥出示保护德兵，免京民与为难。此事初闻，以无理令人发笑，细思各国之来，皆曰定乱，与我并未失和。瓦帅曰："我们使馆未下旗，又未与中兵接战，交情原是好的，可见各国能顾其大。若我兵入人国、躏人都，其气焰不知若何，尚肯乞其大臣出示而护得胜之兵哉？"日本将达其本国电线斫断，明其即撤兵矣。

**二十八日(12 月 19 日)**　晨，五十一度。昨夜三下时，一觉初醒，下面奶母大叫曰："七太太中煤毒，要酸菜。"夜炉加炭多，或煤价少贱而煤不好。今晨命人往看，七太太中毒尤重，昨夜手足已冷，口皮已白，危[①]哉！廖媳、孙大娘亦中毒，略轻。午，剃头，往西砖儿一行，遇九愚先在，朱古惟前辈继至，萍三亦来。古惟言有王君者，名焕，字辅堂，工部主事，浙江某县人也。寿山贫时，与有交谊。寿山母死，无以敛，王君鬻其家中物以佽之。寿山感刺骨，连为兄弟，誓异日无相负焉。及寿山擢任黑龙江将军，奏调王君以往，待为上宾，军谋悉谘之而后行。适义和团受刚毅、徐桐指使，毁俄人所修铁路，俄人派兵赴吉林奉天保护，假道黑龙江，先与寿山照会，曰："此行为保铁道，无与战事，愿将军兵毋动。"寿山不允，命击之。王君苦谏曰："俄为保铁路，非争地土也，万不可战，开边衅而贻君父忧。"寿山坚执不听。王君拂衣起行，而留　函于案。寿山于其去后，始见留书。语切直，多激烈，命马队追之返，列军仗坐，堂皇见之，咆嚣愤骂，亟命掌颊。左右夙重王，皆垂手，无遵将军命者。寿山亲下坐，掌颊数十，王君据理抗辩，不稍屈。寿山命收禁。后数日，又收一败退营官，斩诸市，并斩王君。未几，寿山以擅开边衅撤任查办，始悔受徐、刚之绐，自戕以死。特未知其死时，其念善言而思王君欤？抑见王君之灵而呼服罪矣。袁、许将被难，荣相跪求，不允，下而约庆王同上。庆曰：

---

① 危，四卷本作"悬"。

"我与若等耳，你求不行，我安能行者？如不获已，非徐、崇一言不可。"荣以嘱崇，慨然许之。求徐，徐曰："我不上去，我看此等人杀得愈多愈好。"蒋式芬曾请杀肥，万秉鉴请撤曾文正谥法。葆效先易名姓，上西山。致其父于死而已脱然事外，祝发空门，亦黠矣哉！曾蜀章与孟甫信，力劝赴行在，且曰："和局难成，一也；銮驾难回，二也。"历写五条，独摅所见。大约见赴行在有人，以为非赴不可，不知赴者各有所因：有在内庭行走而当去者；有附拳匪有名而思避者；有求得一差放一缺者；外此又有热痰上泛，欲以一赴邀慈眷者。不审乎此而概曰"当赴"，彼肃王、昆相岂遂毫无忠悃欤？于[①]次师勠奭良。

**二十九日(12月20日)** 五十一度。昨夜梦在家见大女，三女尚幼，似尚在戊寅、己卯间。女病甚，亡室曹炙其脚，余寻升哥开方。梦中若甚忧惧，忧主脾，惧主肾，此脾、肾二经病也。子贞来，出客厅会之，言各国皆送说条，无他言，专待合肥病愈交议单，惟仍以回銮为批准之确据。一日不回銮，则一日未准，即一日未停战。昨日记寿山冤杀王辅堂事，今补一论曰："吾闻前明沈炼、杨忠愍之死也，皆权臣窜其名于盗册中，而以死罪死之，非此不能泄愤，亦非此无死之之法也。我朝务[②]慎庶狱，独近年尚有不问而诛之案。今年五大臣之死，独何罪哉？奚止一王主政也。寿山卤莽人，不足责，吾责夫不能择交于先，复欲夺其逢迎当道之心，而进以正言，是自投死地者王君也。悲夫！然而古称直谅之友，王君有焉。"九思来，言川账[③]一款，何不取百金与张青老？余曰："此言是也，将言之主其事者。"

**三十日(12月21日)** 六下后醒，八下起，早睡早起，第一好事，不知早年何贪夜坐乃尔？且于夜间出门，今一回思，真不成事，况暗损精神，增病根也。徐子贞曰："吃烟能早睡，可以抵其所失，尚不至

---

① 于，四卷本作"子"。

② 务，四卷本作"矜"。

③ 川账，四卷本作"赈川商"。

于亏人。”因言其兄吃烟多年,而皆八下睡、天明起,精神毫无所损。昨夜九下,已脱衣蒙被卧,七兄乃来,言已接管饭食银,且点补缺。又言裕寿泉虑如廷雍,及开缺,又恐朝廷以之搪案,遂忧郁死。记初奉作兴拳团之谕时,回奏一折曰:“河南初有义和团,臣以其妖言惑众,饬属驱逐。今奉密谕,乃知其为神兵。”似其折尚是游戏笔墨。其时景星则直以为义民而鼓动之,是其咎在景不在裕也。何为景不忧而裕先死乎?裕长明白,远胜裕禄,然皆消息太灵、揣摩太熟,或者本意不办拳团,转念端、刚乃权臣,不办则富贵不可保,故亦从而和之耳。讵知一办而性命又先不可保哉!不顾是非利害,但讲揣摩,可以鉴已。又闻杨莘伯、杨彝卿为救济船事,各赚万余金,各有被骗,大起嫌言。有控之于合肥者,合肥曰:“若何如此丢脸?”遂怄气而病。人言合肥好用义利不分、廉耻不顾之人,今而知皆非合肥所及料也。救济会劝云南出钱,云南回信言京、滇太远,在京者皆不欲归,故未出救济船费。饭后,大解微艰,一下钟,负暄而行。至乔寓,方写璬信,“东海”三语平正简当,与以谈吴小村事,窃以小村在西安,于本年九月值土匪乘机起事,以打教堂、杀教士为名,小村立求①保护,详加劝导,土匪不从,乃严防捕之法,而土匪等志在为乱,闯入衙署,将该令支解以死。夫弭盗安民,牧令之职也。牧令纵未能安民,亦岂有助盗为虐者?假令该令稍一模棱,则可以不死,而衢州全属势必至于糜烂,台州各处未必遂无响应,以后浙事岂堪设想?今吴某恪遵保教堂之谕旨,谨守治土匪之章程,而反遭惨死,其幼子一人、幼孙二人、幕府家丁廿余人,亦复同时遇害。此前抚刘任内事也。未知前抚刘如何奏报?应请饬下今抚,详录该令死事始末,以彰节烈而励官箴。缦青来家,又到茂宅诊余脉,言尺脉微有浮热。与茂言及五月以来心境,十九、二十尚望剿抚,二十三杀使臣,猛攻使馆,大沽已失,四面梗阻,深恐此次兵事势将糜烂,兵连祸结,未识几时始能终局。而一家三十口

① 立求,四卷本作“力筹”。

陷于京中，不知何日始克回川，念及此而泪从肚内流矣。七月破城后，日食维艰，昌平寓中皆食小米，祖寿、老五能吃，且言小米吃惯好，十三、砚台不能吃，必啖白米而下荤菜。七兄勒令京寓吃稀饭。半月后，余手足起泡，奇痒，七兄买红苕五斤，与拱璧同珍，加一条与稀饭，秤其分两而减米焉。孟亦到茂寓，与余同归，因留饭。

## 十一月

**冬月初一日（12月22日）** 冬至，晨，五十一度。天未明，醒。隆冬日虽短，至三十六刻而天明即起，九下睡，所得于白日者已不少。古人学足三余，不诬也。朱子曰："下急害道。"[①]下则狭隘，急则猛烈，非特不能处事，抑非所以自养。子由曰："夜半偶醒，体验何思何虑境界。"朱子谓其恐入寂灭，诚然诚然。然以之养夜半之心，子由之说大可用也。五谷皆以养人，非止稻与麦也。今人除稻、麦外，若粱、若菽、若稷，皆鄙夷视之。中户之家，一不黏口。今年七、八月城破，凡陷于城中及寄居外县者，但有包谷面以为窝窝头，用包谷面杂小米面为之，另煮粥以下。小米以为二合饭，先煮大米，后煮小米，同沥起而同蒸之。即谓口食不缺，可以不慌。八口之家，可月省米银十余金。一日，京寓买小米，一老翁过门曰："吃二合饭，何如用白高粱与饭豆同煮，其养人与白米等。"北人以白高粱充食，以红高粱喂马，饭豆、豇豆、米皆可食。坡诗云："芋魁饭豆吾岂无。"名为"饭豆"，明其可以为饭也。吾乡鱼米地，乡里苦人则吃杂粮，城内人绝无吃者也。余以为年岁即丰，每年皆须以窝窝头、二合饭、高粱、饭豆三者为饭。各煮一二次，令儿女辈食之。不遇兵革凶年，可以知稼穑艰难，而知苦人所恃以为生者止此。倘不幸而遇兵革，可以随地而安；遇偏灾水旱，可间以食杂粮，而挪白米卖以供用。一日不再食则饥，食固当谋，然处患难而犹欲食之精，吾不知其可也；处平时而不为处困计，吾愈知其

---

① 出自朱熹《名堂室记》，《晦庵集》卷七十八。

难也。本日送来十月初六上谕:"万薇孙本敦放福建遗缺府。"介甫、萍三来谈。闻美知府夜巡,见华巡四人倚壁而睡,其三十六人无迹。次日见陈玉苍,曰:"我是爱惜地方,盗并不敢抢我,若如此,盗将出矣。我今以夜巡让君独办,可乎?"陈允之。人心慄慄然。尧生招饮于金波宅,客厅凉,遂咳,归觉腹中不适,似微胀者,七哥嘱贴固本膏。近两夜睡未酣,岂用龙骨、未用牡蛎欤?尧生言:"前日晚上见不觉,今隔天一见,颇形憔悴。"缦青曰:"自五月在昌平即吃小米,回京又稀饭,积渐者久,故小感冒而牵动如是。"余谓小米、稀饭未尝不可食,患在受哑气数次耳,然亦度量不大之故。合肥病渐痊,前谵语时皆曰诏见,曰瓦帅,老臣何常不忧心君国者?

**初二日(12月23日)** 天未明,醒,七下起,四十四度,太阳初出,照窗红色,或言如夏日然。在床自审,右脉尚不浮而有力,左心脉模糊,肝、肾两部看不准。缦青来看,谓右脉不浮;心脉模糊者,散也,宜勿用心。言现专治肝脾。肝弦脾郁。缦青言其县有万姓者,下乡捣[1]谷,行路稍劳,[出汗]被风,稍咳,医者表散之,遂成劳症。渠与医三年,尚未健复。陈修园谓劳从火,有虚火炽之,是从既后言之也。因劳力劳心,致营卫不固,感风寒而起,是从其先言之也。七兄恐余咳未减,晨间来看两次。敏买灰鼠脊袍一件,价七两,余斥退之。余无求助之处,而有旧欠之账,现恃公款吃饭,和议倘成,尚恐无还债之路,何可买物以耗之?再便宜亦不要。九点,矩才、奂如来。夜,石孙来谈,将所闻华巡偷懒、美官不复查夜之言告之。石亦闻此言,而小不同。茂送来恽薇孙字,言晤杨濂甫,各国已送照会,准初三两点钟在日斯巴尼亚使馆[2]开议,又奉电旨,允即回銮。盖因前日与全权敕书有"果臻妥协,即行批准",各国遂谓以批准为回銮之实据,一日不回銮,即一日未了此局,似全权又以入告,故有今电。又闻銮舆在途,

① 捣,底本、四卷本皆作"摀",疑为"捣"。

② 即西班牙使馆。

棍责澜公。缦青嘱以前方淮山加为四钱，白芍加为三钱。

**初三日(12 月 24 日)**　昨夜酣眠，五十四度。天高气和，有如春日，云气明朗，岂以今日定和局之期欤？五月二十三夜白气亘天。七月十六、七等日，天阴气烈，以彼例此，可见天心静吉动凶，亦自然之理也。四孙又咳。作挽李箸臣联函，[作字]向晦若问和议款目，回字，言与《直报》所刊无异，小有出入，不关宏旨，已转电行在，俟奉谕[①]旨，即可定议，其余均归善后办理。最难者，办首事一节，尚有磨经耳。回銮电旨是催开议中词头，非允行也。帝若曰"如此如此，便可决计回銮"，非即回銮也。九愚、孟甫、奂如来。津京铁路、京保铁路不退。以霞公府换堂子。合肥病未愈，庆一人去，只说三句话。孟、奂同来。夜，石孙来谈。四孙今日咳甚。

**初四日(12 月 25 日)**　五十度。昨夜一觉后，因欲改箸对一二字，牵动心思，竟醒至一时多之久。甚矣，不可妄着一念矣。昨夜梦九弟，大哭春侄。早饭初毕，房师熙先生来，出客厅见之。师问予况何如，欲挪数十金。予以近况答之，许以如能设法，或有款来，当分数送去。师之官衣全在当铺被劫，言劫者皆左右邻，无一洋人。缦青来。夜，茂来，与之推敲回批，恐难爽快。予以两铁路不退，行在初未料及，今若此，能遽释然乎？能遽回銮乎？茂以为祸首一层，董即难办。石生亦来，问以华巡丁查夜事有之否，据言洋巡亦查。又言玉苍奉有就地正法之谕，可以办盗。然虽奉有此谕，亦必巡丁能当时捕获，乃可办耳。且何如巡丁严查，而使无盗者之为愈也。正谈及此，门口玻璃灯被人剪去。本街失灯者亦数家，窃灯者，偷物之渐也。华巡接办数日耳，旧规遂复，洋官闻之，有不吱吱而笑乎？偶言及祖孝征瞎子事，予谓所草诏直谓"不能生子，无地自容，以所抱之螟蛉，为前王之燕冀"，而已无与焉，且援吴柳堂为护符。若以所草之诏为吴所定之案者，岂知吴在当日，恐后王有子而前王无嗣，乃以死谏，非谓

---

① 谕，底本作"俞"，四卷本作"愈"，据文意改。

前王宜立嗣,而后王不宜有嗣也。石生言孝征草诏为莫须有。此事泄于荣府,证于司员,将及一年,凡有耳者,岂无所闻?特因余谓其为此次祸乱之根,虽年衰目瞽,其罪难宽,故回护之耳。若诏内言明,抱以为嗣,兼承前王,则端不敢以太上自居,辅端者亦不至目上为二毛,而露侵凌之意。自来诏诰关系匪轻,为之者悍然不顾于前,论之者又欲涣然解[①]释于后,是非何以明,义理何以辨?王枚岑、毓佐臣,我皆有交谊,亦不能背公义而袒之也。刘岘帅等所奏"偏安必不可成,京师必不可弃"一折,周匝完善,而语不烦。第三片以接杨儒电而畅发之,预破局守偏安之弊,明知行在主议,必有以远海口、居陆地足以划断外人为言者,推阐尤为尽致,而语气却极平和,此积诚之学也。注明是鄂主稿,犹有谓鄂主西迁者,徒耳食也。昨夜八下睡,极酣,余于药方去枣皮,换枣仁一钱。饭后,毛菽畇来电,系交茂、奂与余者,译费三十二元一毛,命敏往茂凑洋元付之。开折[②],是问前来两信及同乡会款到否,宋在何处,李小蓉到京否。电复澂[③]支。四狗儿咳已两月,前已松,今又甚。缦青昨日来看,谓手纹太现,气虚不可表,以其痰涎多口水,谓为热,开桑叶、杏霜、兜苓,清火之剂,服二次,咳仍甚。余以其咳声铿然,似干而不亮,一咳十余声、七八声、五六声不等。咳重之后,则气凑,则呻吟。我微察之,觉精神不如昨日,昨日不如前日,似神倦也。检查《幼幼集成》"治久咳"一方,作字欲待敏亲往会缦青,而敏出去换钱未归,令人燥急。敏总谓为火,果然,则枇杷膏及昨日方皆清润者,何为不减而反甚乎?敏往缦青,不在家,七嫂命吃保赤散,其孙咳以此愈,然须杨梅竹斜街乃有,明晨始可买。

**初五日(12 月 26 日)** 昨夜行在回电,十二乃复电,事体重大,其以严办首事为难欤?亦以两铁路逼近城内,碍难回驾欤?疑在陕

① 解,四卷本作"改"。

② 折,原作"拆",据四卷本改。

③ 指澂兰,高枏自称。

有定太[①]王居岐者，有定秦鏖六国者，但就一面想，何事不可为，而不知时固不同也。石生以条款示我。首条乃问罪之词，具言穷凶极恶，为环球所无，甚非礼义教化之邦所为。又言五月十四日拳匪与官兵奉朝廷命通同合攻。石生疑此，数日电问各督抚，并问其整顿何如。各督忠实者必直言之，巧者亦不敢吹榜，不过曰："欺凌至此，诚为无法，仍求圣裁。"四下，矩才来，言毛兑宋三百到，由美人刘牧师带来，嘱留之，细想未妥，不如各了各事。

**初六日（12 月 27 日）** 六十二度。拳匪致乱议和条款："本年五、六、七、八等月，即光绪二十六年四、五、六、七等月间，在中国北方省分酿成重大祸乱，致罹穷凶极恶之罪，实为史册所未见之事，不惟有悖万国公法，并与仁义教化之道均相抵牾。兹将各情节尤重者开列于左：一、西历六月二十六日，即中历五月二十四日，大德国钦差驻扎中华便宜行事大臣男爵克因公前赴总署之时，被奉令官兵戕害。二、同日，京师各使馆被官兵与义和团匪勾通遵奉内廷谕旨，围困攻击，直至西历八月十四日，即中历七月二十日，联军救至方止。彼时中国国家乃令使臣向各国政府宣传担承保全使馆之旨。三、西历六月十一日，即中历五月十五日，大日本国使馆书记杉山彬奉差公出，被官兵在城门戕杀。又家居都中及各省之诸国人民，均被拳匪官兵惨加戕害凌虐，或被围攻，仅赖极力抵御，乃能保全，而其各项房屋，无不毒加焚劫。四、各国坟茔之被污渎，以在京为最惨，甚至墓冢被掘，骸骨暴残。因以上各节，遂至各国为保护各本国使臣及人民性命，并戡定变乱起见，遣派军队前来。乃当此各国联军赴京之时，遇中国军队抵御，只得奋力击败，而中国既自表明悔过认真，并愿挽回，因此事变所生情势。于是诸大国公定允如所请，但由各国酌拟惩前毖后，必须定而不移之要款施行。今将各款胪列于左：第一款，原任德国克大臣被害一事，应钦派亲王专使赴德，表中国皇帝、国家惭悔

① 太，四卷本作"大"。

之意,遇害处所,树立铭志之碑,与克大臣品位相配,用拉[①]丁、德、汉各文,列叙中国皇帝惋惜所处凶事之旨。第二款,西历九月二十五,即中历八月初二日上谕,及日后各国[②]驻京大臣指出之人等,皆须照应得之罪,分别轻重,尽法惩治,以蔽其辜。诸国人民被戕害凌虐之城镇,五年内不得举行文、武各等考试。第三,因日本使馆书记杉山被害,中国国家必须用优崇之典,以谢日本政府。第四,中国国家须在各国坟茔曾遭污渎发掘之处,建立碑碣,以明涤垢雪污之意。第五,运进中国之军火,暨专为制造军火之各种器料,照各国后定之例,仍不准运入中国。第六,各国各会各人等,以及他国执事中国之人民,同近来各事身家财产所受公私各亏,中国均认公平赔补。中国国家须筹定各国所能允从之理财办法,力为担保如何赔补。以上所开赔款,以及如何措还国家借款之地,按担保赔项。又曰措还借款,是仍须先借洋款后,再于理财办法内分年措还。第七,各国应分自主常驻兵队护卫使馆,并将使馆所在境界,自行防守,中国人民概不准在界内居住。第八,京师至海道,须留出来往畅行通道,故与其有碍之大沽炮台,皆须一律削平。第九,为京师至海畅道不使有断绝之虞,由诸国应分自主酌定各处留兵驻守。按:此三条,皆怪不得,恐又有神兵灭之也。第十,中国国家务须在府、厅、州、县,将载明下开两端之谕旨,张贴两年,俾众周知,永禁军民人等仇视诸国各会,违者问死。至各犯所定罪名,及杀害凌虐各国人之城镇停止各项考试,亦须开列。中国皇帝务须谕旨一道,通行布告,各省文武大吏及有司官于所属境内皆有保持平安之责。如复肇击伤他国人民之乱,再有违约之事,必须立时弹压惩办。否则该管官员即行革职,永不叙用,亦不得借端开脱,别项奖叙。第十一,凡通商行船以及关乎通商各地事宜,各国以修改为有益者,中国认与商议更改。第十二,总理各国事务衙门,必

① 拉,原作"辣",今改为通用名词。

② 日后各国,原作"日本国",据四卷本改。

务革故鼎新，及诸国钦差大臣觐见中国皇帝礼节，亦应一律更改，其如何变通之处，由诸国照允施行。以上各【闲】款，若非中国国家允从，足适各国之意，本大臣有难，许及撤退京畿一带驻扎兵队之望。穆、齐、姚、葛、康、毕、萨、萨、西、克、格。德、奥、比、美、法、英、意[①]、日本、荷兰、俄。光绪庚子年十月初三日。一千九百年十二月二十二日。”报本所刻袁、许二三折，是六月二十边及六月尾所上者，人所欲言者皆言之，真是读书明理而达事务者，以徐东海识见比，相去万万里。

**初七日(12月28日)** 五十度。昨夜八下后睡，裹被取暖，须臾，觉颈上及膝腿微有浮热，松被乃止。初觉至二下醒，三下后始又睡去。同茂宣、奂如复叔畇电二十字。黄仲鲁来，言甘军出彰仪门时，掳村庄妇女，在此村所掳者，到彼村而换之。晦若字来，取豆酱，言秦中信旬日外始可得。敏不知何以忽欲领公车之八金。奂如午后来，以数皆排定，不能插入，而敏固求不已，予面禁之，犹不可，且命其在家用内抽去八金，仍哓哓不已。此念不知因何而起，殆因他人候选及生监皆领耳。总之少看书，故见竹不见木、知一不知二，殊可哂也。夜，茂来。八下，余手骭微烧，石生知茂在，赶来，谓袁二、三折皆上海好事人伪作。窃[以为]好事人之笔墨，博览者零杂，清真者浅快，求所谓拗折绉透者，未常多见，至于文[②]法更不讲，况持论通达正大乎？石生又以为徐氏言袁曾一日在伊门求见九次，既求见之，必不劾之。今年徐生期，袁又亲往，余以为一日晷刻无多，焉有一连九次之理？或去二三次，欲为讲说分明耳。生期亲往，礼之常仪。子谦常曰：“苟非大混账之人，皆可来往。”况近数月所闻徐氏言语多矣。他言皆不可信，独一日九次之言，可据为典要乎？石生又谓：“叫大起，五月二十一起。徐皆未上，只末后一次乃上。上月二十。”余记不清。以理论，有

---

① 意，原作“义”，今改为通用名词。

② 四卷本作“义”。

崇必有徐，且同叫之人尚多，可一一考证也。上海说京城事多影响，予见五、六两月《中外日报》。即以南城而说，东江民巷一带亦断不能清切。况董土匪诳报铲平使馆，与霸昌道、口北道、察哈尔都统之言全相似，何也？伊等探于庄府，凯歌即报于庄府，此岂上海能知者？

**初八日(12月29日)** 六十二度。昨夜七八下时，手骭微热。饭后，徐步至尧生寓，萍三亦来，言孟甫昨在城闻挑回三条：一祸首，一炮台，一停科。茂萱往贤良寺去矣，看其所听何如。今日报本载小村事，乃办土匪，被都司周之德谣言怂团，喻镇台不弹压，鲍道、洪府坐视，以致被戕，且将二子一孙及家丁等送入团局杀之。萍三言美兵官拿获贼盗二十余名送中城，送到即跑去十余。小村收藏名贤书画精致，悉被洪太守搜括去。洪，士人也，何为有此？吴小村事，窃疑江山土匪是义和团，西安营团恐有存心与合之势，而特借"通匪"二字以戕官。义和破城则与之合，不成则官为通匪，而罪有所归，何也？以刘抚新传练义和之谕，彼镇道府、都司有不迎合者乎？不知是否，待查。江西黄翰生，兵部主事，简帅八随员之一也。今夜过寓，七兄问简帅始末，与前所闻不同，亟辨别而补记之。简帅七月十二出京，仅带百余人。到河西务，调遣节制四军，皆以扎营汛地系奉懿旨于先，不能移动。适马玉昆禀言在北沧已挖长濠一道，且经贮水，可以阻其来路。简命人往勘，并无其事。而玉昆犹复面谒。简帅问曰："尚能一战否？"曰："能。"简曰："能，则我与若同去前敌。"玉昆欣然先行。简告诸幕曰："万本华乃万人敌，惜仅四营。夏辛酉确能战，惜乎营亦不多。余召见时，再三恳求于万、夏二将皆凑三十营与之，可以御敌。皇上固无言，太后亦默然不语。今已至此，我受国厚恩，自当效命，诸君何必与其难？"于是诸幕与之送行数武而别。独男爵钟琦者，简帅所激赏而奏调往者也，不肯共返，与简同行，约二三里，闻枪炮接仗声，却非马军，乃万军，亦不知玉昆何往。万本华即近河西务扎营，夏辛酉在廊坊扎营，洋兵以简在河西务，故由他道缘廊坊而过，先围万军。万军败后，复回兵攻夏军。夏军弹药罄，鏖一日，伤亡千九百人。[①] 简帅于万军败时，遂由河西务到张家湾，服烟毒，坐车行八里而卒。钟琦亲为棺敛毕，回家省母，一面复出，自缢以殉焉。都中初以简原有剿团之说，乃到京，一言不及团，而反不认东南联衔之奏，日在军务局与徐中堂闲谈。中堂肆口狂驾，简亦偶[②]附和，遂以简本骨鲠而变脂、韦[③]，几目之为罪魁。谓简召见，若有实言，则全权之旨下，初三旨已拟就，停止，至十四乃下。而洋兵或不至京。然其始末有真未可以人言而淆其大节也。胡砚生之行也，与我密信一封，言事必决裂，嘱设法出京。宋芸子谓必屠城。余于其时未尝不慌，遽转念弟兄全家三十口，毫无蓄积，日食且难，更从何处筹措路费，于是死心踏地，守而不走。幸而洋兵入城，未以印度相待，此即天祖庇佑也。然自三月以后，未接家函。寿侄以即用到湘，初得小厘差，到局而殁。四月初一日。至九月初八，予乃得信。大局未宁，内忧遂迫。回思丙子秋之在省城，丁丑之在都门，真不知人间有此等事也。五月十五至二十三，政令最乱，或剿或否，毫无宗旨。崇礼、何乃莹曰："上实不欲剿，赵舒翘乃当申公豹[④]，说两面话。二十四，杀德使，甘军显攻使馆，庆王出总署，以端王代之，题意于是豁然。七月二十日，三下钟，洋兵入城。傍晚，澜公踉跄入内报信，催两宫出城。先无一人入报者，皆以义和团、董军为恃，而西军必难飞至也。是时宫内仓皇，至夜仅备破车三辆。四下钟，慈圣头未梳，服洋布衫，装束如村妪，圣上亦步行至后门上车。大阿哥挂辕，着洋布衫，系红带。伦贝子挂沿，瑾妃着洋布衫、梳辫，然独行于后，遇澜公，用一车坐而赶去。圣驾缘海甸小路而行，

---

① 夏军弹药罄，鏖一日，伤亡千九百人。四卷本作"夏军弹药罄尽，一日伤亡九百人"。

② 偶，四卷本作"不无"。

③ 指油脂和软皮，比喻阿谀或圆滑。《楚辞·卜居》："宁廉洁正直以自清乎？将突梯滑稽如脂如韦以絜楹乎？"

④ 申公豹，原作"孙公报"，径改。申公豹为章回小说《封神演义》的人物；其特异处是两只脚往前走，眼睛却朝后看。有歇后语"申公豹的嘴——搬弄是非"。

冒雨一日，夜到贯市，驻礼拜寺，回子讽经处也。屋无床榻，席地而卧。御厨未到，回民煮小米粥四碗，备小盘六碟，进桃四枚。镖行李家，贯市人也，献被褥并银千八百两。二十四，到怀来，驻一日。李少宣于二十二日即接岑云陔飞信，言两宫衣被皆无，嘱赶办单衫四套，并开明寸尺。少宣昼夜赶制以献，并进银一千。二十六，驾到宣化。二十七，少宣召见，面劾刚，太后曰："你未在京，不知其详，其实此次误大事者，尚不是他。"刚坐朝房，箕踞，召少宣问话，少宣斥之。宣化县办差独优，复私进银五千于刚。至太原，少宣开缺，擢县令补之。

**冬月初九日(12月30日)**　晨，五十四度，午，六十度。缦青看余脉，谓右手脉全复，左手寸脉分明有力，关脉亦渐和，尺脉亦沉，惟脾胃有微热。萍三、孟甫来，论者皆以简堂独任战事，至全权迟下十日而京师残破，故虽明白以殉，不加恕词。夜，茂萱来，言王孝禹昨夜与字，有不挑驳之信。

**初十日(12月31日)**　五十四度。四狗儿咳不止。昨夜八下半睡，至二下醒，遂不寐，强寐乃模糊眯盹而已，睡早之故欤？抑阳明有热交丑而因不寐欤？缦青、金波来，石生来，言请奏补回批到，候选者谓回銮期近，即回銮再补；如期远，再如何如何办理。奏补者即如所请，所有各条皆俞允。奂如来。浙省萧巡检懋官以乃父在西安账房遇害，请雪奇冤。又闻直隶报载鲍道逃飏，鄂制府通饬严拿。石生曰："洪朗翁恐亦有万里之行。"夜，石生又来谈。

**十一日(1901年1月1日)**　晨，五十度，午，六十一度。昨夜九下后睡，一连三觉，甚酣，以阳明热去，而睡时尚合晷刻也。近日申正一刻日入，大约黑尽不过申正三刻，不到六下。合肥初到，与赫德见面，即问《大纲》三条：(一)以后不与外人为难；(二)叫如何赔即作如何赔；(三)改约。今所议十二条，关键不过如此。天气太暖似春日，如久不雪，则今冬办秦、晋之赈，明年办直隶之灾。七兄闻景东甫言少宣由西道行矣。待茂萱，不至。

**十二日(1月2日)**　晨五十度。天明，在床闻飞小雪，旋止。昨夜九下后睡，亦酣，惟九下时颈、胸、腋、腿皆微热汗一次，将醒又微汗，又有闻予寐后有声如挣者然，谓神不安欤？而睡味尚好，岂阳明有热欤？孟甫、缦青来。孟言人传补选奉有公事者，系行在吏部所请，行在变通办法，吏部回批尚未到也。缦青改方，仍用龙骨、牡蛎。尧生来，借放翁、遗山诗，检《元诗》与之。夜，茂来，闻允严办赵、英、毓三人，大约必办后乃宣回銮期。雪光照地。

**十三日(1月3日)** 五十二度，积雪几寸。昨夜大雪积三寸，麦应可活，内热之症或稍减乎？国家崇报功臣，赏延于世，不嫌过厚，然欲畀[①]以临民之官、监司之任，关于生民休戚、事机祸福者至重，诚不可漫无考察而轻以与之。鲍鹤年祖龄，忠壮公长子也，以忠壮公功在社稷，官其子以金衢严道，谁曰不宜？乃于本年六月竟有助团匪戕印官之事，经印官[②]夫人冉氏、账房萧某子懋官具呈指控，则逃而之他。闻东南通饬缉拿，宁不可丑？记余于壬辰六月在杭与之同寓，问伊幕府何人，曰："一是奉节营书，一是巴县人。似亦营书之流。"予即无言。嗣闻在房内但练习告示上之遵字，自己毫无知识，而幕府又皆下流，欲无为害，得乎？记长毛破安徽时，有卖城知府者，即此等也。大雪竟日，傍晚乃止。七哥由金波处吃豆花归，言尧生在彼，茂亦过焉。细看杜诗一本。烹雪水和白糖饮之。

**十四日(1月4日)** 五十度。昨夜腿、股不烧，腰以上胸、背、胅则仍微热。英人被围，记简核。九愚、萍三来谈。美界雪泥未扫，以有华巡分任也。德界由绅董轮班，一班两点钟，每人一班带巡丁五人巡街，巡丁二十名。德知府又调察其惰，而别派洋兵督之，故不特地净，且少盗。九愚又谓德界初欲分段募捐，每段五千元，概用之地面，然至少由一毛起，至多由一元止，今和局成，恐不管矣。我以八阅月未得九弟信，隐忧不释。敏曰："庚兄闰八月下江宁，想九爷精神必无

① 畀，四卷本作"界"。

② 印官，原作"太"，据四卷本改。

恙。”乃为释然。夜，石生来谈。

**十五日(1月5日)** 五十度。昨夜石生坐久，十下乃睡，醒两次，六下后，老鸦叫头，次乃醒。午独坐，念及裴村，伤斯人之难再，泫然泪下。

**十六日(1月6日)** 晨，五十度，午，六十二度。停药两日，昨夜睡至一下后遂醒，历二三钟而不能寐，以阳明有热，乃将固本膏揭去。德兵拉三河县郑某来，德官问其民何故杀教民，曰：“教民欺之甚，故激而至此。”德官沉吟曰：“此你心中之话乎？抑实事乎？”曰：“需索钱财，皆有实据。”曰：“究竟那面不好？”曰：“两面皆非好人。”曰：“你官做得不好。”曰：“固然某做得不好，然一邑三四百里无焚教堂事，此次一经报案，某即拿犯，某日报，某日拿，恰拿九人，遇德兵来，不知其详，将我拉至京。”又曰：“此案你将何办？”曰：“论中国法，为首者辟，从者绞，再次者流徒枷杖。”曰：“何不罚他的钱？”又问为首一犯曰：“你们太爷喜义和团乎？”犯曰：“太爷见团即逐，不喜也。”曰：“你何为杀教民？”犯曰：“教民勒索钱物，欺人太甚，忿不能忍，拼此一命以杀之。”德官乃留犯，而叫郑回三河。洋兵官于近京各县事，县令据情理剖白、不作偏袒语者，往往数言而决，洋人且面称好官。可见从前教案，加委道府督办，徒令掣肘。盖道府既未知其底细，而徒有避处分心，州县不能与洋领事面论，惟承道府指示，受道府督责。且有领事语意甚轻而道府加重者。及面见道府，则曰：“宁可把咱们百姓亏一亏，以了此事而全大局。”其语若可听，而不知民忿自此深，民教之仇自此起矣。以后教案，宜请专由州县一手办理，以免别生藤葛。

**十七日(1月7日)** 五十三度。昨夜九下后睡三觉，六下后，固本膏揭去，腹中热除。九愚、奂如先后来。各国会同出示，夜晚八下后，有行者须持灯，须有公事，然不许三人同行。三人同行者，巡丁一呼，即站着候查，如跑，则发枪毙之。闻庄赐白，又闻毓公至渭南，又被拿获，情景亦可怜。九愚曰：“戊戌秋，有人以杨、刘冤向聂洞秋言者，洞秋曰：‘不得冤，不得冤，有实据，有实据。’”谭嗣同之有实据否，我辈不知。若杨、刘之不知情，则天日可表。今仅两年，洞秋乃以盗饷实据，恐致大辟，吞金而死，其实据如何哉？夜，石生来谈。

**十八日(1月8日)** 晨，四十度，昨夜雪。脚冷，用热水洗后，九下半也。睡至二点钟醒，三点钟后强勉复寐，未酣。四点后又寐，六点后醒，二三点后喉间微觉干。闻胡砚生放缺。童瑶圃亲戚张某，通州吏目也，言七月十七董军在通接仗而败，联军头队为日本，乃董军败归，不漏一信。徐中堂军务处亦未派有探马，故洋兵入城，人尚不知。有一道人到长春寺，要见德知府，门者阻之，道人曰："我义和团头，有事要见。"门者引之入，跪于德知府前曰："我山东人，姓王，义和团老教头也。凡闭枪炮、刀斫不入，皆我所教。乃受教者起手即烧火车路、抢财物，余知其不能成事，遂逃去。今伊等闹得如许烂，我一人脱身事外不可。"知府掖之起，与之坐，劝之去，不肯，且曰："我出去以后，还要闹大事。"知府曰："然则如何办？"道人曰："中法是斩决。"知府留伊一日，为照其像，次日乃杀之。北人固负气好名，颇近义侠而固陋不通，多可笑。唱戏必唱窦尔登，原名东北人呼为登。为盗必学康小八，以为虽死而名尚震于后。惜德知府未将道人邪术一试，果能闭枪炮，犹可说也；不能，则所谓教头者尚是冒充，妄欲拼一命以附于此次军务之列，其心尤鄙陋也。备菜四五肴酬尧生，并约缦青、[伯愚、乔]茂萱及石生。

**十九日(1月9日)** 晨，四十四度。昨夜九下，睡至二下而醒，三四下后复寐，然不如初觉之酣。敏炸油糍，以豆浆下之，亦有乡味，不尝此物者十余年矣。大解不艰，可见服药必有偏胜。晚，孟甫来字，以适接子厚函，言九弟成都与书，问七哥与予消息，厚详达之。厚此信系十月二十后发。孟又送来少南、子厚两信。厚信言近接高九爷由成都来函，如此，则果到成都也，其消遣耶？其避俗事欤？然能出游，可以放心。少南信言陕荒旱，不特米贵，水亦醍醐，明春还京云。

**二十日(1月10日)** 五十二度。昨夜九下睡，直至五下后乃醒,向来无此长觉,其以九弟能赴省为有精神,故不觉省却忧思欤?午,返孟宅。行在抢补缺,凡外官调补,令督抚酌补,如不合例,惟督抚是问,而但行文催饭食银。庆邸曰:"西安只一书吏,案册皆无,如何能办?"平常高论者皆曰例案为害,今无例案,行害将更甚,将若之何?朱古惟前辈、王半塘亦到,复论庄、赵。余以为赵如轻减,可追论列。半塘谓六月十八、廿三之枉杀百余人,无哀之者,以可哀之人多矣。夜甚冷。七哥来谈。

**二十一日(1月11日)** 五十四度。昨夜九下睡,醒时五点钟,一连两夜皆长觉如此,其豆浆去浮热之功欤?抑确知九弟能无恙出游,不觉而扫去隐忧欤?寄璈函。奂如来。夜,茂来,石生继至,言湘帅电请勿轻画押,合肥谓其滑。余以南中皆望速了,何为有此宕笔?不之信。石生坚言陈玉苍亲从肥处听来。七兄以堂官逼索饭食银,乃命书吏挪垫,以七月十六山西来饭银九百,某司官与吏经收而未交部。不知七月二十后,库款之不能追赔者多矣,况区区饭银乎?今命之垫,明年须向主持者取偿,此一定之理也。茂以为当司官无此法,确是真话。

**二十二日(1月12日)** 五十度。饭后,董成来,乞与其主人砚生作书,言富老汉搬铜器箱二口去,唯追回木器,已向尚家说明,送升廉访作房银。尚家但言如搬不走,留存房中可也。陈小石又有需用之件,应由砚生写信与小石,嘱其提用,外交尚家,庶两面兼全。缦青、金波先后来。饭后溏泻一次,四点时又泻一次,服附子理中丸一枚。往西院一行,但见老五一人。九弟久未得京中确耗,因赴成都,函询子厚于长安。子厚复书,十月半可到,近想由省归也,感而作此:"一梗津沽信,家书欲寄难。余生悬阙下,遥诉到云端。雁字随风快,乌篷犯雪寒。急归告儿女,北望免心酸。"

**二十三日(1月13日)** 晨,四十四度。昨夜九下,睡至三下后醒,不复能寐,计睡味尚差半钟。写砚生信,从董成请也。又往西院一行,未见一人。黄二少爷所住屋几不可奈。九愚来言,吏部回批到，依议。家饲一犬，近十年矣，夜间御盗，屡立奇功。今年军务起，仆人不时饲之，遂以病毙。诔之，曰：“我有一只犬，捍户逾健仆。未附陆子书，讵盗苏公肉。遭乱腹频饥，瘦革毛尽脱。凌兢傍火炉，迭次被鞭扑。世已无牛医，谁能将狗续。尚有敝盖存，瘗汝西山麓。”买大端砚一方，石印《夏承碑》一本，共三元五角。夜，茂来谈，七哥亦来。

**二十四日（1月14日）** 五十度。昨夜九下睡至五下。醒后，萍三来谈，言及在昌平吃杂粮。萍曰：“好在此，不然七、八两月即难过。”此知克己之言也。萍去后，孟甫来，言奏补折，初旬出去。今午炖有羊肉，即留孟饭。孟亦六个月无家信来。七哥回，言晤陈小石，明日画押。又言湘师一人电奏行在，说条款不合式，行在以其奏电全权，全权昨日讦师。予谓有此小宕笔亦好，不然，师岂不知事宜速了者，何为多此一举乎？

**二十五日（1月15日）** 五十度。昨夜九下睡，五下醒。晨，写九弟信，催例款。晚，茂来，今日已画押用宝。

**二十六日（1月16日）** 晨，四十四度。昨夜四下后醒。天将明，西上房西角落土甚厉，雪压之也。天明，命人速用楼梯倚墙扫雪，敏恐扫者脚踏反坏屋，其不知急务如此。午，黄仲鲁来。金波来，晚饭与七哥、德、恭等同食。夜，茂来、石孙来。石孙言毓贤到河南吞金。

**二十七日（1月17日）** 五十度。昨夜九下睡一觉，醒闻打一点钟，复连睡二觉，天亮，裹被出汗。九下半时，有言天出三虹者，出看，则两虹，日在东南面，复有圆光，无日体而有日光，十下后乃灭。发泸信。二竹纸，一红笺，诗二张，袁京卿诗四首。午刻，萍三来谈，言奂如眼疾愈，九愚复至。上灯后，茂来，言救济余款分送，信有之。七兄欲清查兵部饭食，劝其不必。闻幼涪来信，一五月、一冬月初三发，未委。

**二十八日（1月18日）** 清晨，三十四度。昨夜九下，睡至二下后,醒,遂不能酣寐。尧生交来《游峨诗》一卷,七兄索看者也。过孟宅,奂谓我尚有病容。夜,石生来,言明日领俸,恐闹不清,不无久候受冷之虑,予遂畏不敢往。

**二十九日(1 月 19 日)** 三十四度。数日三下后觉背冷,细思之,小袄旧矣,乃易其稍不旧者。午刻,茂来谈,命人探申甫消息于受之。受之来,言得其正定函,问安否。晚,石生来,俸不能代领,须亲往,茂亦到。高厨来,言涞水法兵五十人住耆公馆[①]。自流井打教堂,赔数万。

## 十二月

**十二月初一日(1 月 20 日)** 四十四度。昨夜九下睡,醒初觉才十二下,复以不思不虑处之。次三觉,醒则六下矣。将六下时,肠豁豁有声,若将泻者。饭后溏泻,如停食者然。到昆师处领俸银廿一两八钱二分。至陈季襄家慰问之,并乞看脉。陈谓肺气夙伤,此次表、里未清,然不可表。肺与大肠相表里,大便时有或艰或泻之异,即外感未清也。干百合、四钱。麦冬、三钱,去心。蒌仁、二钱。桔梗、钱半。陈皮、二钱,去白。苏梗、钱半。桑皮、钱半。生草、一钱。杏仁泥、二钱。贝母、二钱。法夏、二钱。枇杷叶、二钱。生姜、三片。大枣。二枚。夜,尧生来谈,并述峨山幽胜处。余咳甚,八下,服陈方一次,九下,咳顿止。夜雪。

**初二日(1 月 21 日)** 五十四度。昨夜三下后乃寐,九下后乃起,又服陈方一次。饭后大解,天明时肠仍豁豁然。饭后假寐一时。孟甫来,商京堂、粮厅何去何从,言此后漕米由轮船、火车。粮厅如洗,且京堂亦无从避也。夜,上灯许久,茂来,持示任逢辛、凌镜老、紫璈三函。镜老待友三面兼全,老辈处事,可敬可敬!璈信乃十月十八日发。任函言天水十月廿七撤赶。又在苏、宁两处索刊印各书,此则宋

---

① 涞水法兵五十人住耆公馆,四卷本作"涞城住法洋兵五十,设局耆公馆"。

芸子所谓“不要脸”也。董成来要信。

**初三日(1月22日)** 五十四度。昨夜一连三觉，至六下，甚酣。午，吴介甫、缦青来。奂如来。注尧生诗签。夜，石生来，言刘伯崇有友见单廿余人，有五督抚。七兄言、徐子真所言亦同。

**初四日(1月23日)** 五十四度。昨夜九下半睡，一觉醒，以为必两下矣，乃打十二下。一下后，零星复寐。饭后大解若艰，而实不燥，岂大枣固中欤？尧生诗以盛唐为断，以辋川、襄阳、嘉州、太白为主，而括以老杜之籓篱，界限屹然，不参别派。吏部出折。敏夫妇引四狗儿赴陈季襄看脉，言风热未清热浮于上，当急从下引出。用前胡、薄荷、木通、金沸草。午，食麻雀，甚脆美。夜，茂萱约来，未来。七哥来谈。

**初五日(1月24日)** 清晨四十度。昨夜甚冷，盖两被、两皮，醒乃大出汗。八下起，看《山谷诗》。晚，久之，茂萱乃至，萍三亦来，茂约之，为恽薇孙病吐水也，石生亦来。

**初六日(1月25日)** 清晨，四十三度。七兄来，言李冠英适来，谓由涞到京，路上尚有土匪。七哥曰：“是义和团，洋兵到则匿，洋兵去则出而劫人。”冠英曰：“九老师幸而去官，祝官被义和团追捉几次，有一次几捉住，捉住则戕之矣。现在高楼村之阎老虎与其子秀才皆正法，以其首延义和也。”昨夜，石生偶言及某京堂于戊戌年四卿奉命之后，逐日请饭。茂萱及七哥与予同声言刘、杨实未在。以予揣之，杨或会过面，刘则确未见过。刘悔昔年误信友人，几堕尘俗，故平日于乡人必拣择而后有点头之交，其请饭也，必斟酌焉而后往。其人并非名利中人，断不能以名利交之。石生此言，或请过谭、林，遂传以为四人同在耳。尝谓京中无真是非，此其一也。夜，七哥来，言兵部之在行在者，用荣相名写信来，嘱开缺单寄去，盖有乘机掳劫，不计资俸之心也。予正看《山谷诗》，至第七卷，因与七哥读诗，比较苏、黄。石生来，七哥去后，乃谈其八比，且诵其当年得意之文。石生谓涿州民踊跃输将，余谓平时亦无此事，况在此时。

**初七日(1月26日)** 清晨,四十四度。昨夜一觉睡至天发明,酣足之至。祖父生辰。记幼小时,先大人每于初六夜置酒食,诣祖前,祭拜后,召亲友食之,初七亦具酒席。陈天佑者,祖大人外孙也,家中落,吆[①]猪为业,父大人每遣予与九弟请之来,予等呼为"天佑哥",其时年已五旬。天初明,即闻其吆猪过街,盖虽无能而亦有业者也。过孟甫宅,谈时许。奂如由城内归,言晤宝瑞臣,电寄饬合肥诘问廷雍事,且谓有合肥手书,乃迎洋兵入城,其实无书亦必迎。何以二品大员辄杀之?又言德、法、日各出千人往迎銮,恐行在闻信又他徙也。此恐不确。又言东三省俄将设官,无还意,恐各国逼而决裂。予谓各国皆内行,且持重,当无决裂之患。夜,茂萱来。徐老八出来,乞人作哀启。人询其父尽节情形,则初就缢而两子跪送,可哀也,亦可悯也,悯其蠢也。徐言宗山去年独对,定计行伊、霍事者也,故葆效先逼其家人活埋,并及其堂弟,恐翻案而赤其族也。写一遗章寄乃父,乃父乃自尽于莲池。毓佐臣不喜大刀会,不信拳匪邪法,但欲打洋,不办洋务,端亦不信拳。其习拳者,小爷旗人呼小王、小贝勒为小爷及太监。盖欲打洋者,徐、崇、毓也。欲以拳打洋者,苦心莲子[②]也。

**初八日(1月27日)** 五十度。少宣由太原来信十月初八日发一笺。九月二十二由宣府启行,十月初五到太原,将由西安回川。昨夜将五下而睡,醒未酣足。二下,过伏魔寺。七哥正与茂萱讲苏诗。有刘君者,太湖人,言三千洋兵西去,名曰"接回銮",意在擒祸首,并未照会全权。俄于东三省无交还之言,恐各国逼而成瓜分,又恐祸首办不爽快,回銮无期,或有另立政府之举。此虽过虑,然亦可以酿成之事。苏明源家眷在涿,涿为拳匪霸聚之所,而竟不与良乡同遭轰击,以办之得法也。京师破后,七月二十董福祥是日到涿至二十五,为溃兵所抢。苏与甘军分统姚姓者旧识,往会,言其故,姚斩十八人。甘

---

① 吆,原作"邀",据文意改。

② 疑为李莲英。

军去后，他军又到，复乱劫。方伯升允带三营亦到，又往会升允。升允斩十三人，逐乱军出城，而关其城门。升允去后，苏具禀保定，请六营到，搜杀拳匪百余人。八月，法兵过保定，假道于涿，问有拳匪与否，曰："已杀百余人。"其时涿官皆避走，明源与盐店商议，令三人迎，馈翻译者二十金，为之先容，并请保护。法提督命备行馆柴炭，撤退官军。明源三人往返三次，官军不退。法兵上城楼，排队放空枪，官军乃退扎他处。法兵宿一夜而行，但令代买牛羊，共价一千七百元，由保定返付价，驻千[①]人于涿。明源等于饭馆请提督及其兵官，并送万名伞，法人欣悦。德兵后半月往，骚扰搜括，居人诉之法，法责德兵无礼，德兵认过。饭后，步月归。七哥来谈。食洋参，约二分长一小枝。

**初九日(1月28日)**　晨，四十四度。昨夜半有声，甚怪，如人装猫狗声者然。郑家京狗吠之，嗣后又闻大狗声。院中有好买衣服者，买少看多，时[②]以包袱进，是诱盗也。盗能抢衣于当铺，独不可抢于宅中乎？眼界拘墟，见辄爱之，不管有钱无钱，并不知其诱盗不诱盗也。欲于回銮时卖好价，回銮果何时乎？即回銮可必，而买衣者如买石印帖，知其底价不高，谁肯以重价买之者？人人皆诩聪明，独不思及此，亦《中庸》所谓"人皆曰予知"也。茂萱训其子曰："缺一件，穿一件，断不可多买以待卖。"美界近多劫案，居人议添更夫，美知府曰："恐互推诿。"嘱勿添，由伊添一马夜巡。饭后，敏出探信，昨夜十二钟洋队西行，约千余人。保肝气，不怒，公家之事、同乡公事、泸州公事、各房家务，均不以怒气处之，不闻尤妙。保肺气，断酒，不吃烧炸煎炒，少说话。保脾，饭食以时以节，不多食。保肾，绝嗜欲，不动念。傅青主谓交感之念一动，而气已泄，节嗜欲，定心气，心通于肾，肾以纳气。心不追念既往，不希冀未来。常看《道义书》[③]，使有所主，敛

---

① 千，原作"十"，据四卷本改。

② "买少看多，时"，原作"买少看时多"，据四卷本改。

③ 应为《素书》的"道义"篇。

之于静,不流寂灭,紫阳之教也。九愚、奂如先后来。奂如言徐三、徐八、启秀被拿至府尹衙门。由此看来,出兵三千之为祸首明矣。不然,徐氏现为日本保护,何为而忽拿之乎?或虑瓜分,或忧另立,恐俱不然。何也?中东之债,瓜既无从措还,另立亦何由剖账?仍有代办祸首之法,接回銮驾,庶几可耳。夜,催茂萱来,以其曾到贤良也。茂萱并见日本大和者,据言三千迎銮无其事,拿二徐一启,是八国照会。初八,天将明,日兵六十围其门,逾墙而进,问明是徐中堂儿子,然后拿去。或言捆之而置车上。徐氏慌急,命家人出城,求茂萱转恳合肥,亦如戊戌八月,人为刘、杨之求乃父也者。茂告其家人曰:"向不识李中堂,为求幕府可耳。"初七,徐八尚讥合肥,今急而求之。戊戌前,东海以"不回合肥拜,不与合肥交"言自矜,人亦誉之,可笑。办祸首不爽快,故各国于所指目最要之人,自行办理,而辱国则已极矣。日本大和与茂笔谈,言曾在美国住过八年,美国政教直跻唐虞,日本实得其大益云云。东三省事,日本已宣言,如俄不还地土,必与开战。

**初十日(1月29日)** 晨,四十四度。昨夜连醒数次,皆须臾即寐。午,缓步大街至铁门而回,气若不胜者然。稍憩,抄《山谷诗》。萍三来,与言近来夜不小便,吃饭有味,似脾、肾尚平善,惟肺气似太弱,然补肺惟洋参无弊。前日九愚,今日萍三,皆言今冬赖公款支过,明春将如何?款既难募,分款尤不易。上灯后倦而欲寐,乃请七哥来谈杜诗。食洋参数小节。

**十一日(1月30日)** 五十度。晨阴,饭后太阳乃出。昨夜寐极酣,一连三夜,皆至六七下醒,是往日早醒系肺虚所致,确而不疑。饭后大解,并不艰涩,亦肺气稍稍能遂矣。孟甫约饭,为奂如寿,记丁酉曾醵饮于云山别墅中,看雪。其时有刘云坰先生及叔峤。茂萱后至,因徐氏一家无计,两次请往。其被拿也,因启秀欲赴行在,四处雇骡车,使馆知之,用八国照会拿去。徐侍郎平日刻待下人,近日又车马往夕照寺,为乃父讽经,自以为孝;而所住又大宅,遂有谓其宅中曾住义和团者。本日报载,合肥复各使书,商酌十条,无驳诘语气,和平商酌，意举理显。老于经事之人，非他人所及，不言公忠而公忠自在。

**十二日(1月31日)** 晨，四十三度。昨夜六下醒，早饭添半碗。午后至街口一望，未戴风帽，冷风刮面。抄黄诗，圈杜诗，诵《八段锦》，演之。美国开医馆于顺治大街，三医生皆山西人，每诊一脉，配一方，三人同酌写于簿，以视往年厂肆之医学堂，其认真疏懈，相去天渊。夜，七哥来，与谈杜诗。刘岘帅商酌四条，与合肥同，但更直捷耳。电奏四事，不愧社稷臣。

**十三日(2月1日)** 四十三度，天明大风。饭后，招茂萱来，与言三事，报本言武昌信，茂所见不同。茂得江叔海电，铁船病渐愈。抄黄诗、圈杜诗。夜，茂萱[1]来，七哥来谈。敏言泸州亲友事。黄孟周移居凝光门城外左街，略用洋式，楼窗收取江山之胜，春日桃李花开，秋天波明月朗，乐何如之！余不识何时始登斯楼，闻之辄神往。七嫂亲送叶烟四把。

**十四日(2月2日)** 四十度。昨夜醒，恰六下。饭后，茂来，将过贤良寺，约往，再来。抄黄诗，山谷学杜，不学其谐和周正，专学老拙峭劲一路，而趣味真实，故独出冠时。九愚来，其蓄积皆置诸涯地，目下似甚窘，好人之难做如此。当管结时，可取者不令取，欲借者迫令借，虽有还期，而不能济其穷，宜其焦灼也。夜，茂萱来字，言贤良寺无新闻，但闻十七开议。七哥来谈诗，以所抄山谷较有趣味者示之，亦复叫绝。

**十五日(2月3日)** 晨四十二度。昨夜醒时五下，饭后未解，抄黄诗[一]，过茂寓，已赴署，留一字于其案。到尧生房谈次，七哥偕金波、缦卿来，乃招金波回寓。傍晚金波去，茂萱来。

**十六日(2月4日)** 晨，四十三度。贾厨未出，六买菜、敏作饭。五城巡丁号衣不扣纽，缩手抱械，然有洋巡匡之，不敢不多立街头，不然早卧堆房矣。九愚来谈，同赴茂萱寓。孟育先去，矩才后来，三下

---

[1] 四卷本“萱”后多一“未”字。

归。七哥归自柏林寺，言子真谓前日有电谕，端王永禁，庄王赐自尽，毓[明]正法。初三戌刻立春。《戏作华巡歌》："华巡号衣不扣钮，裘绵拥肿双缩手。颈斜肩耸驼钝刀，伛偻循墙缓步走。长官守旧不肯说，敢使立街如立鹄。白棓劫人迷未知，土坑[①]横灯藏矮屋。洋巡突出何轩昂，大步踏前肩荷[②]枪。控驭华巡分界立，随时更换如操防。近闻盗风亦渐止，洋巡昼夜无停趾。盗不劫洋甘料理，云是西法旧如此。"夜梦同杨师、七兄上楼。

**十七日(2月5日)** 晨，四十三度。昨日谣言，拳匪数十万将由某门入。洋官探事者闻之，巡街愈紧。饭后剃头，将过孟甫宅，遇矩才，言孟已出，乃返。萍三来，录《挽王伯堂驾部诗》见示，余亦用"寒"字韵作一首，曰："铁骨冰心剑气寒，久思归去着黄冠。生憎鬼卒轩轩舞，逆虑神州渐渐残。诀别有书留棐几，悼亡无地葬桐棺。妻亡未葬。若论尽节光明志，除却王公再数难。"夜，梦同七哥、九弟考试，书甚多，列之架，皆新者。

**十八日(2月6日)** 五十度。黄仲鲁来，言昨日会议，要重办祸首十一人。洋使言刚未毙，匿于某处。抄山谷诗完，选一百一十四首。晚，茂萱来、萍三来。萍闻昨日会议，合肥言已经议和画押，而尚拿人，且拿民人亦须照会，何至拿一二品大员不照会者？洋使曰："虽已议和，而款上所列祸首未办，仅下一空上谕。又为德使立碑，及派专使往德、倭谢罪，皆未办，如何不拿？"十七日已电奏。

**十九日(2月7日)** 五十三度，天气和暖。饭后，吴介甫来，同出门。予往关中馆看脉，医士有号裴初太守、旭廷、幼海者，皆秦人。一胡君与雷孝涵同年，似是京官，延予入右室。室洁净，有炉，壁有条规。提调一人，即裴初。诊脉后记簿，由裴初考核。提调、医士皆月薪十六金，茶房六金。幼海者与余看脉，谓两寸弱，又言外感未尽，兼

---

① 坑，四卷本作"炕"。

② 荷，四卷本作"快"。

有湿气，不能用补。奂如来，缦卿来。下午，美界出示，言别界洋兵于六下后不许入美界。美兵有入官宅、民宅者，捆送赏洋元一百，持枪者或不敢捆，则尾之而别遣人往告。不能洋语者，竖二指示之，即派人来拿。夜，茂萱来。石生来，言昨夜盛京卿转来电谕一道，千余字，有"母子同心，力行新政"云云。本日得之晦若者。官犯徐子静等全释。刚之往涿[1]也，拳匪不散，言聂军攻杀其数百人，刚以名片命聂退军，聂言系奉裕督札剿办，中堂如命退，须下一札。刚怒言："未带札何从办？聂某欲反乎？反，我即杀之。"涿知州婉言借州印办札亦可，乃与聂札。殊聂退后，拳匪不退，刚无如何，夜半逃归。此苏明源在涿亲见者之言也，姑记之备考。

**二十日(2月8日)**　巳刻四十四度。少南来信，阅后送陈、曾。聂军饷二百五十六万，东三省二百营二百五十万，每军一万五千名。董军武卫左右军、宋军、袁军。俄人在奉天库得去九百万。同九愚到茂萱寓，晤荣心庄。美界兴净桶公司，此中国所必不办者。

**二十一日(2月9日)**　五十一度。饭后，介甫来，嘱代致晦若一信。奂如来，言五大臣已昭雪。夜，石生来，言十九夜电谕已到，又电奏去矣。看《列子》一卷。

**二十二日(2月10日)**　四十四度。发第三号家信礼存未收、璬一信。缦卿来。夜招茂萱，未来。风大，看《列子》。

**二十三日(2月11日)**　晨四十度，午四十二度。大风甚冷，砚水结冰。晨，茂萱遣人送盐蛋至，晦若馈予者也。石生来，谓变法学堂当学制造，不当学语言文字。予谓语言文字不通，何以看西书而知其制造之法？且交涉之际，言语关隔，窒碍必多。且谓之曰："君与茂萱相会已久，亦知茂至今听不清足下语言乎？隔省之人不通言语，心中即不喜其人，非必其人之果有可恶也。与外人交际何以异是？"石生累骂洋眼镜、烟卷、洋学生。夫眼镜、烟卷亦用物耳，奚足骂者？至

---

[1] 涿，原作"使"，据四卷本改。

如学生气习,诚有可厌,倘学之者多,则不足以炫奇,自将戢其浮张之气。若禁制不学,则学生必更有蒙蔽为害者,岂特讨厌哉!

**二十四日(2月12日)** 五十二度,风未甚息。回电到,未允天水。九愚来。午赴奂如约,风大,同七哥乘车往。萍三先在,予后来。闻行在二十二电仍止允庄、毓,洋不允,又电去。

**二十五日(2月13日)** 五十三度,风仍未息。饭后。接申甫一函。昨夜同周方伯到,宿天寿堂,今晨移入椿树胡同贤良祠北陆宅,明日再来,有九弟信在彼。子阡来信,十月十三发。

**二十六日(2月14日)** 五十三度。风未息。施与七哥信,三联票一兴,税即短绌。惠州土匪闹事,道路不通,税更短。报效一万五千可缓,因行在催款急,乃移后提前,全数尽解。家祠借钱认利,不还则利积多,图省利息,又移甲补乙,每年祠费二百,有子诚数十金在内,现无出。以前助九数,划作四年提回,明年正月起,每年二百,望以此转达。茂萱招往伏魔寺,同分胡款。奂如先在,归,七哥年饭,招茂萱来。起用张幼樵,赏编修,随合肥办交涉。

**二十七日(2月15日)** 五十三度。申甫来,乃知闰月由豫过扬州,始同周方伯来也。申甫夜宿西院,乱后初见,倍加亲密。九弟信十月二十六日发,因闻子均传说"眷回"一语,遂劳筹画。三女十月十日到泸。袁树人教书。访季、琴、禹门,出则畅然,归又郁郁。得璥信,九弟丁八月廿六上省,闰八月初三到,九月初十出省归。

**二十八日(2月16日)** 六十一度。申甫饭后进城,孟育来。交复阡函,附达宣信。晦若馈银鱼十条。草家信。夜,孟甫来字,言吏部以余奏补御史折,廿七已回,十四日奉旨圈出,正月初三须赴柏林寺公所自行掣签。茂来。

**二十九日(2月17日)** 六十一度。饭后,刘正书启端同年来谈许久,缦卿、九愚、子真来,言闻诸内城某,往年各国公荐法名医看上脉,有阻之者。法医谓药不可吃,既经各国公荐者来,脉不可不看。诊脉后,开脉案四行,末云"病虽略有,绝不与性命相干",于是乃有恶洋之心。不然。谓教欺民，彼横卧市上者非民耶？谓开码头为可恨，彼海关税之账单，独未见耶？夜，石生来，亦谓子厚忙于总纂，人颇笑之。予曰："必王之忙。"

**三十日(2月18日)** 六十度。封四号信，交邮政。申甫来，并馈肉松、水烟。申闻洋使怒曰："如此，则一人不杀矣。已照会各兵官，西历月底往西。"岂熙房师之言将应乎？子真又来，谈一时许。喜申甫到，口占云："乱后惊初见，相看各再生。我居京国病，君去汴梁行。访问函新发，初闻在正定，恰发问函。流离迹屡更。应知儿女语，缕缕故乡情。"

# 光绪二十七年辛丑(1901)日记

## 一　月

**光绪二十七年,岁星在辛丑元旦(2月19日)**　晴和,五十四度。天初明,熟寐未醒,六儿以敬神请,余命其炊木炭而后起。敬神毕,稍憩,吃面。开笔:“九州太平,万事如意。”午,风。丁亥在家过年,戊子在嘉定,己丑万县舟中。自是以后,则在京城,计去丁亥十四年矣。泸州过年,元旦,小贸易人率皆蓝命衫、青布鞋、青布马褂,沿街而过,但闻欢声对揖曰:“新岁闹热,恭喜恭喜。”盖太平时节,犹有《山枢》《蟋蟀》之意焉。近则抽收钱粮,名目不一。拳匪大变,骇人听闻,未知尚如旧日否。黄小溉言除日电到,允办,惟又以东三省为言,又一门坎。夜,茂来。

**初二日(2月20日)**　五十三度。与孟甫字,问明日着何衣。夜,茂萱来,商回川办矿[1]事。陈子均于奎制军嘱筹措时自捐一万,并允筹三百万,具言按亩加征,以足其数,已批准矣。成都绅士以为未可,周玉山方伯乃改为六十万。省中坐镇无人,多有劝茂归,帮铁船、且庇桑梓者。予谓就一省论,茂可归,就茂一人论,未可归。以矿务、农桑皆难骤效,茂已五十余矣,尚能忽然去、忽然来乎?

**初三日(2月21日)**　五十四度。十一下,柏林寺掣签。向来御史分道无掣签例,今因上西幸,奏请准补后,由吏部分道,又知会本人自往掣签,翰林记名者得四缺,王祖同啸廷在行在,由我等代掣。王

---

① 四卷本“矿”后多一“账”字。

得陕西道，予掣河南，黄曾源得浙江，刘秉钧湖广，于式枚江南，杨味春江西，陈秉崧江南。予问翰林院皂役曾春，以衙门烧于几时、烧于何等人？春曰："烧于董军。"因言五月二十六日上午，有拳匪一人为查二毛，昂然入院，周视一番，出语院中人曰将请大师兄来，由翰林院焚英馆，以院后紧邻也。当命厅官及科房人等伏拜，无敢逆者。英馆护卫兵在洋楼者见之，跟踪而来，则已走。院中人奔避，洋兵止之曰："我等寻拳匪，于汝无干，奚奔为？"董军百余人麇集门外，洋兵复语曰："速收衣物，董军来，恐抢尔等。"洋兵枪指之，董军皆逸。洋兵归，董军复来，掳劫而去。次日烧衙门者，则皆董军也。返，过晦若，谈许久。初三之谕，明日到，瓦帅言将续议赔款，有眉目，即先撤保定兵，次撤京城兵。山西绥归道郑文清者，奉天人，户部主事，改捐道员，赴山西禀到，二日即委署。六月，有洋人游历绘图，持护照到归化，往谒，拒之。次日，郑即往见将军，请[1]兵五百。归，入署，传该洋人往，使跪，厉词诘问，洋人以执护照游历为言，并呈所绘图。郑撕之，命捆缚。洋人双手插腰间，疑其取洋枪也，更命绑其手，拖出辕门斩讫。今公使叙其情节，交全权入告，全权一面札饬自行回复，将军复文与公使所叙无异。郑与将军互相推诿，全权据其回复上陈，上震怒，命斩郑于归化，更谕察哈尔都统奎顺再查该将军，此五百兵勇何故与之？夜，萍三来。贵午桥先生谓徐、启乃袁、许子弟暗中酿成，袁有子，许无子。洋兵入城，旗宅有谓为康所统者，无乃视康太大。夜深，七兄呼门，命敏为算部中饭银，谓黄二欲算，吏不与算。

**初四日(2月22日)** 晨，五十度。昨夜十一下后乃寐。四狗吐四次，以医馆方过寒所致，后疑是停食，以开荤早所致。过孟甫宅，奂如鼻疮，九愚、孟育、萍三皆到，谈次归。金波与乃兄来，值予他出，遂同敏上街。须臾，二汪回，留便饭。晚，茂萱至，由徐宅来，石生来。今日出街，精神较好。四狗儿吃姜水。

---

① 请，四卷本作"带"。

**初五日(2月23日)**　阴,四十四度。晨,与赵棣园、文静山信,交沪号转。陈孙少来诊,四狗停奶也。缦卿、孟甫先后来谈。

**初六日(2月24日)**　五十一度,风。请缦卿至,为四狗酌方,藿香七分,叩仁一粒,山楂七分。子真来。夜,茂萱未至,有客也。

**初七日(2月25日)**　五十度,无风。四狗儿昨夜未吐,初三服关中馆方,有黄芩,乃吐。初五陈孙少方有竹茹、枝仁,亦吐。然则不可凉也明矣。晨,敏出街,归,言方搭棚,启、徐仍在市口。无学无识,以至于此,可怜。缦卿、金波来。夜,茂萱来,持子璥一笺,封渠函内,由救济会来者,似是冬底腊初,言九弟十月十八与信,乃知为京信不通,故上省,并赴周方伯约。王场三女产后卒,惋惜之至。前年十月才由此行,今一年耳,而遽不在,悲乎!季明侄婿尚瞒之,故九弟尚未知①。

**初八日(2月26日)**　五十度。午刻,茂萱来。启、徐以索祸首终于市口,无故而启衅,且丧身,亦可悯已。留茂午饭后去,晚风。

**初九日(2月27日)**　四十四度,风冷。四孙神气太差,七兄嘱速以参水饮之。孟甫得陕电,已得鸿少,同七兄往。九愚、萍三亦到,有言昨晚启、徐事毕,即起旋风,人谓有白莲教等魂在彼。又闻行在开名单,上问徐用仪何以未列名,其未问立山者,意交刑部上知之,出西市则未知也。又闻前者徐尚书用仪及袁、许三公之出也,徐承煜以刀手未到、顺治门闭,焦躁催逼,至欲効广西司遣问赵,赵命速送出,如迟一日,或竟免亦未可知。如此,则徐、赵其能免乎?

**初十日(2月28日)**　四十四度。饭后,申甫同罗星农云庆营山人,晦若表弟来拜。去后,申甫复回,留午饭。五下,赴孟甫之招,归陪申甫夜谈。避兵出保,层层冒险,历历如绘。七哥交出达宣信一函。已回省,赔千余,其弟妇闹。

**十一日(3月1日)**　四十四度。饭后,申甫同敏过厂肆,余由伏

---

① 未知,四卷本作“未提”。

魔寺至汪宅，一坐而归。夜，茂萱来。四狗儿小便白色，用黑姜、党参、法夏、陈皮。

**十二日(3月2日)** 四十四度。午，申甫进城。四狗乳后稍卧，醒后作翻，即吐口水、痰，若微有浮热。四女往陈家看脉，季襄谓四狗与热则减，寒则吐，脾胃虚弱，恐成慢脾，开真武夹理中之剂。四女肝热，气急，火上灼，致有吐红之症，不可大意云云。茂萱来，持示璈前来笺及所回信，具列保养之法。饭后不兀坐、行、步、拜、跪，睡不思，夜不烟。

**十三日(3月3日)** 五十四度。四狗仍不啼不动。服陈方后。敏以理中地黄汤与服。奂如、九愚来。张玉叔来寻印结，为廖廉能告假。夜，茂萱来。电谕晋昌、清锐、寿长着迅速来京，不得逗留。

**十四日(3月4日)** 五十一度。四狗有痰风出面，又以姜汁与饮，又用黑锡丹研末饮之。缦卿、金波来。赔款两价：一、七十五兆，年限短；一、三十五兆，年限长。均不取之地土、不取之民间，由洋在漕折及盐务陋规上自行设法取偿。萍三来，以所作《西市乌》见示，颇老到。萍于四狗方加白附子。夜，石生来，言赔偿三万五千万，不取官、民，由漕盐中饱处取偿，包海运。四狗儿今日甚险，予气怯弱，畏闻此。

**十五日(3月5日)** 五十三度。四狗服萍酌方后，酽痰化为清痰，抽掣止，昨夜至今小便四次，眼珠较昨日活动，舌亦稍灵。初五夜，四狗儿见有黄衣老娘立屋中，或曰送子娘娘也，今日敬之。往孟宅，萍先在[①]。昨夜张锡均门房失火，有洋兵在对门，街两头又各站一人，遂无一匪敢阑入。美官戴利生亲督兵弁往救指挥，上房拆，火须臾而熄。十二月二十五开复五大臣之谕，有"词意均涉两可"一语，洋使语[②]如此，则五大臣岂亦请攻使馆乎？谕涉含糊，与事理不合，

---

① 在，原作"往"，据四卷本改。

② 语，四卷本作"谓"。

如是而开复其官,人心不惬,应更正。闻已照会去。

**十六日(3月6日)** 午,四狗儿殇,体气胖大。去年九月初六感冒咳嗽,时减时加,腊底已愈,正初又咳,服方有黄芩,乃吐,服消导药致慢脾,瘗之于老馆东义园。金波来,近来教案往往因道府督催速了,以致奸民怂恿教民勒索赔偿,图事后均分,索赔愈多,民心愈愤。好勇斗狠者,又布散流言,乘机起哄,以图家家打教,为掳劫之资。即如上年涞水县高楼村教案,起事不过口角,保定教士书函但曰“村民骂敝教为邪教,请斟酌责罚”,并无他言。清河道高骖麟乃与易州朱乃恭飞文稠叠,紧催速了。其初需钱六十千,该州嫌少,谓不似教案,不好看,遂陡长为千数百金,且多格外要挟之事。此皆莠民闻道州之言、阴窥朱某之心为之也。该县坚持不加,将教案了息,后被劾去官。而高楼村原止教民六家者,遂骤添为数十家,村民愤而习拳,放火、杀人、戕官因之以起。此可见道府督催之有损无益也。吴桥县劳令乃宣谓拳起山东者,推其邪教之宗派也。至杀教多人,实始涞水,八月十四日谕旨亦云然。盖久久考核而后确焉。夫州县为亲民之官,本地民情自较道府为明晰,应请嗣后凡有教案,即由州县一手办理,道府但以能了与否、持平与否核州县之考成,不得妄嘱添钱,致生枝节。一、中国民人,[凡]祖父在教而子孙尚驯良者,或经涉词讼始行入教者,每借护符,酿为争斗。在教士,远来传教,固喜诱掖之多,岂不望太平之福?应令嗣后凡入教者,教士应诘以目前有无词讼案件,必无别情而后准入,清其始基,自免酿事。一、凡遇有教案地方,其邑内住有教士者,应面会本官,与之说明情由,不得用人传语,以致传闻失实。或邑内无教士者,亦听本官与教士信函往复,公平定断。一、凡各国或尚耶稣、或尚天主、或尚佛教,并行不悖,想无甘听此教受彼教欺凌之处,应照会各国钦使,咨取办理章程,采择施行。去年十月,见三河县、平谷县办理民教事件,有以一面之词诉于过路洋兵官者,洋将两县令拥至京城,洋提督问明情由,知其理直。此又可见面说能详,胜于传语。

**十七日(3 月 7 日)** 蜀畇来信，十月十三日发。饭后，往萍三宅一坐，出门遇孟甫、九愚来，同返寓一憩，并过我寓。九愚去，奂如、萍三来，同留饭。饭时，申甫来，忽忽一坐而去，言廿日始赴保定。

**十八日(3 月 8 日)** 寄五号家信，并抄诗一张。往伏魔寺，乔茂萱、赵荛生皆出。因看孙伯愚，伯愚言廉惠卿旧馆、怀尚书塔布府中有园亭树木山池之胜，蓄积珍物，骈列如肆。去年七月，倭人先往，廉善倭语，礼遣而去。须臾，俄人往，直入内堂，瞥见所列珍物，遂用枪杆捶挞，逼索金银，近则园亭已被拆毁。怀，原任两广督瑞麟子也。许星房者，无锡人，年近七旬，步履健，屡就刘荫渠长佑、文星崖煜馆，于内城朱门情形最悉。言诸阿哥所最亲者奶母，奶母之夫则呼为“妈妈爹”，子呼为“妈妈哥”与“弟”，而深信任之。学问则《水浒》《施公案》《三侠五义》即其根本，故别有忠义之可言。

**十九日(3 月 9 日)** 五十度，春寒。巳刻，缦卿、申甫来。

**二十日(3 月 10 日)** 五十二度。出拜李子香、陈玉苍，均未起。乃拜唐晖庭给谏。归途遇孟甫，到孟宅小坐。李遣价来告，乃往问明。拜台长用年家眷、晚生一帖，京畿道用晚生三帖，余皆侍生。向来新到任者，由上次到任之前辈在衙请饭，新到任者上坐，台长下坐。现在一时而到任者七人，且非承平时，当不复行此礼。夜，招茂萱，未来，言有客也。本日书吏递堂呈报到任。

**廿一日(3 月 11 日)** 五十度，风。磕头日课间断半月，有恒之难如此，今续前课。唐给事辉庭椿森来拜。蔡仙峰曾源来问台长及京畿道住址。唐言伯林寺内阁公所画到，必须一行。为奶母带信过昌平，乃洋兵又往，土匪间起，行旅不通。可人[①]初但以逢执其两木讷[②]为事，及六月闻杨村已失，乃欲纠台谏联名请和，而又谓宜作空灵文章，不言义和不好。某公当止之曰：“此作意与我已不合，尚

---

① “可人”为“何”，疑为“何乃莹”。

② 《论语》：“刚毅木讷近仁。”此处恐影射刚毅、昆冈。

欲多联人乎?"某公曰:"败坏大事,多由灵滑取巧之人,若此是也。"余曰:"是直笨耳,何尝巧乎?"

**廿二日(3月12日)** 五十度。本日报本补刻,己亥九月,景州王检予以邪拳酿祸,久则愈炽,请派重兵剿办。廷杰、廷雍。会批,以事涉张皇,恐激成重案。王刺史又禀三次,自请撤任而委精明强干之员,则耳目一新,或易镇摄。吴桥县劳玉初函商七县会禀,叩求请禁邪教,派人员驻扎三、四营于河间,专办此事。一下后,出街闲步,因至乔寓,四下,同赴郭孟育之招。归,闻七哥言砚侄鼻血过甚,为之骇然。

**廿三日(3月13日)** 五十二度。饭后,入东城柏林寺画到,并至昆师处。回至贤良寺,拜周玉山方伯,适同赫税司议款,乃晤于晦若。拜杨莲甫、罗星农,晤雨农内弟沈代文,知申甫廿二回保定。调护子弟难,调护聪明子弟尤难,不外使之耳根干净,眼目正派,鲜衣不加于身,银钱不入其手。砚服萍三方,浮火下降,应见效矣。

**廿四日(3月14日)** 五十二度。进西城拜客,以帖在七兄车上,昨日未取下,俟明日再往。九愚来,紫璈来函,正月十日发者,嘱查访到京起服可不须本籍文书否。董成来,言将移砚侄书到宅。任逢辛函托茂萱,约京官联名为小村请恤,有谓案在浙,可以风闻入呈乎?不如公函与余护抚。晚,茂萱来,尧生、伯愚亦来。

**廿五日(3月15日)** 入西城拜客,各大府皆住洋兵,在潘安涛寓晤熙师。孟甫来。

**廿六日(3月16日)** 复璈函,嘱其赶办到籍文书。奂如来,缦卿来,萍三来,黄少谷来,问知去年六月移保定洋兵赴保雇船,复回津,住杨柳青,并言廷藩及沈臬陪绑事。有参赞官某某,母宁波人,故与沈认同乡,又幸控廷雍之呈,兼控臬子为义和团者,其呈仅一参赞,以无实据开脱之。洋在天津拆其城垣并河岸民居,而修马路,限三月完功。以官地偿居民,有不愿得地者,计亩给价。少谷午饭后去。

**廿七日(3月17日)** 六十度。饭后,茂萱来。十二下,拜客,由报子街、西交民巷，复出城到较场头条，过椿树二条、南火扇，回头至阎王庙街、米市胡同、绳匠胡同、本胡同以归。孟育、缦青、金波先在寓。《题尧生〈黄山图〉》曰："石笋矼头绿雾霏，莲花洞口赤苓肥。仙凡路隔无人问，时有白云山外归。""徐、洪去后风流歇，谁向黄山顶上行。记取梨花春夜月，石梁仙管和涛声。"旧传黄山深处石梁高跨，梨花盛开，春夜月明，时闻仙乐。夜，茂萱来。

**廿八日(3月18日)** 六十度。饭后，九愚来，同七哥往看顺治门铁路桥边，城墙异于昨日，洋人趋事赴功，无旷时日，进境之速如此。遇董成引一陈君将来寓，汉中洋川人，顺天候补府经，言庚寅曾在高抟九处晤予，已不记忆矣。孙伯愚同周式丹庆纶来，雅堂子也。

**廿九日(3月19日)** 五十三度，大风。缦青、介甫来，晦若来。孟甫饷冬笋一篓。俄事，杨子通电，二月七日画押。徐子真来，言其所闻赫税务司筹款之数，计旗兵饷六百万，海防解京经费一百余万，武卫中军的饷一百廿多万，刚毅筹广东、江南饷二百万，七八省盐漏规八百万，漕折四百万，除洋关外，常关税五百万，每年除付赔款一千五百万外，尚剩银千二百余万，以为京用。

## 二 月

**二月初一日(3月20日)** 五十四度。午刻，过孟甫宅，九愚先在。闻神坊地方有德兵三人，村民伤其一，德兵千余往，遂轰十余村。保定城外亦伤德兵四人，日本飞报德官，言其被戕甚惨，多事者数十人，带累者必至数百人，岂劫数欤？黄楚枬戊戌以其子名葵者送日本学，而托李木斋经理之。敏儿往贤良寺晤晦若，言洋兵往西，亦妙。闻归绥道郑文钦跑后，洋将坐罪锡中丞。

**初二日(3月21日)** 六十度，春分。骡病已久，圉人小雷前日牵骡在街，遇一人，言骡头时俯至地，虽属痰火，而愈凉则火愈甚，宜用脂油、香麻油、白蜜润之。乃倩与医，已愈十之七八。乃知医者家固饶,以好养马而中落,然颇知马病。[1] 今日引六儿、四孙女乘车往顺治门看火车,居然合辙。回头买砚一方,玻璃神匣一个,恰可供先母太恭人像。夜,敏儿言及曹三败家,由于其妇听曹道鹄话去,丁掌柜另任一人,且卖田、买油而走边江。其子与一先生同往万县,为匪人诱入歧途,以致倾囊而归。曹六于糖油房折本后,卖田而居三间土屋,馁冻以死,为之恻然。当庚午、辛未间,乃祖积聚颇丰,逐年置地,乡邻羡之。惟延师甚不如法,曾劝其出百余千延师,不信也。曹三断弦以后,自为续弦,不禀堂上,嗣乃自开生意,而六即随之,何料不数年而颓败至此!不明理而涉世,未学贸易而经商,危悚之途,泰然履之,欲无冻馁,得乎?

**初三日(3月22日)** 六十度。觉热,换寒羊皮。饭后,同七哥看秦韶臣前辈,以近在本街,且来过三次也。诏臣谨饬,出则诸子随之,未见有背之以驰者,盖教法也。孟甫、奂如寻至萍三宅,乃同七哥往谈,至午始散。

**初四日(3月23日)** 六十度。移居书室,敏儿率六儿及四孙女读,而我随时讲解,不讲则读者无味。上年屡语李冠英,终不以为然,北人之坚固如此。金波自浣花别墅移居潼川馆,往看之,遇孟育、尧生先在,伯愚后至。夜,茂萱来。七兄又以饭银事与黄二口角,余已睡矣,乃犹质问。

**初五日(3月24日)** 六十度。约伯愚、介甫、孟甫、奂如、萍三、尧生、谢鲁卿、乔茂萱便酌。七兄清早往诉。乔客至,又留汪宅不归。架上得袁京卿昶诗稿,诗功颇深,笔力甚老。

**初六日(3月25日)** 六十度。约九愚弟兄、金波弟兄、孟育及彦康、周式丹便酌,彦、周未辞,亦未到。七兄盛言金鳌玉蛛胜于西湖,实则并未到过西湖也,引其诸子以往。街民闻美官将归,以美界

---

① "乃知医者家固饶"至"然颇知马病"句,本在"今日引六儿、四孙女乘车往顺治门看火车,居然合辙"句后,据上下文意移至该句前。

交德，约同往留，向各宅求名片以往。

**初七日(3 月 26 日)**　徐子真来，言有人闻之东文教习中岛，曰倭公使下旗归国。奂如、缦青来。黄石生以街民之留官，谓为翻译见好洋人。余曰："街民恐德兵骚扰，乐美兵规矩，闻将以界畀德，惶然思留美官，亦人情也。美界居民不少，岂一二翻译者所能串合？纵能串合，其能向美官曰'街民留汝，是我所为'乎？余故疑其不能串合，亦不能出口自矜也。"夜，茂萱来，以鄂中长老约为商去向也。

**初八日(3 月 27 日)**　六十度。天更暖，脱寒羊皮，着棉袄。晨，有街民一二百往湖南馆，留美官戴丽生。与老六略讲《周颂》，似亦能解。缦青、金波来。午后，过潼川馆小坐，归，茂萱已来，将筹捐款，为捐道员计。

**初九日(3 月 28 日)**　五十三度，风。黄石生言街民往留，乃恽、黄、贾、支管家为领袖。复问乔老去否，余曰："未知此事。"美界如果不好，则人将去之，亦如去秋之去德界者，虽有要人挽之曰"必毋"，他徒且怂之曰"必留"，德长官格某其从乎？街民多自为计而后往留者之多，而何领袖之足云？若不论其事之好歹、民心之顺逆，动曰"此其某支使也，某某讨好也"，此是非所以不明，而大乱之根犹伏也。闻毓佐臣在甘肃临刑时，告何福堃曰："杀某一人，某不服。且某在太原所办洋人，皆李廷箫所详，奚为独斩某者？某今有手折一扣，请代奏。"于是李廷箫闻而自裁。毓固可怜，李亦渴想总督，故逢徐、刚，年已七旬，忽焉自尽。孟甫、奂如来，七哥留午饭。饭后，傍晚，茂萱来。孟甫、奂如去，石生至，诘茂萱以留戴丽生事，茂萱实不知。我已言于先，而犹诘之，是疑之也。茂萱曰："人言陈玉苍知之。"石生曰："玉苍不知。"茂萱曰："人言玉苍知，君遂力辨；人言我知，君遽信之。何信玉苍之深而疑我之甚也？"石生谓留美官即背本朝。茂萱曰："如洋兵要走而留美兵，尚得谓为背国；若畏德人将管美界，而留美以拒德，则未为非也。"九愚曰："如美界将还国家，而留之，则大不可；如要让德，留之何不可？况为商民乎？"

**初十日(3月29日)** 五十三度。饭后,缦青、九愚来,亦以日、俄相持,致和局未能速结为虑。二下后,坐车挈二狗与敏儿由南横街东出南下洼,缭先农坛北墙至永定门大街。铁路、货栈已一律告成,我所当修而让人修之,可胜慨然。回头又从城门根缭先农坛南墙而西,循菜圃北行,出堂子胡同、合南横街而归。夜,茂萱来,金波来。

**十一日(3月30日)** 五十二度。棉袄太薄,觉凉,仍着寒羊皮。某君仍以留美官为言,余曰:"恽仅去年后八月见过,其意亦以美界清吉为幸,而时及留之一事者,吾乡所谓'牙巴劲'也。"孟甫交来施子谦一函,问京平合公砝加减。夜,茂萱、萍三、金波、石生皆来。萍、茂言及冤杀白莲,令人酸鼻,天水死,殆有冤魂耶?关中馆陈晓廷来。

**十二日(3月31日)** 五十三度。行在有人归,言上之出也,日在险中,幸有那、王日夜严防,不离左右,幸不至有魏晋之事。又有上言,谓上有病,请阿哥监国者,且谓北京两党,一欲立庆为监国,一欲立肥为伯里玺天德①者。闻此等人皆自知附和拳匪,不敢回京,意欲怂动銮驾在西多一日,且快乐一日。孟甫、奂如来。夜,茂萱来。

**十三日(4月1日)** 六十度。东文社移过江苏馆,敏儿、德侄皆往学,无论如何总比闲耍好,况《方言》本当谙习乎?教习中岛裁之,住中国十余年,不惟中语能通,并各省语音轻重亦能辨别。晚,金波来。苏福到,言高楼村事,皆阎老福及其子绍修所为。去年五月十四戕杨副戎后,一带居民皆料必派大队往剿,如果往剿,立即散也,久之寂然。闻刚毅、赵舒翘往涿,犹以为劝民解散也,乃突闻命之入京。其时团党本无多人,专人四面招集,始来京城。及由京归,阎讹索搜刮,地方官无如何,以刚等力庇之也。七月后,团党遵示撤团,阎绍修不撤,团党殴之。绍修诉于官,反谓伊要撤团、团党不撤。须臾,团众

---

① 伯里玺天德,清朝后期对英语 President 的译音,意为"掌理玉玺、享有天德的人",用以称呼民主国家的最高行政首长。

百余亦控于官，官乃置之法。乃父阎老福逃匿天津，缉之以归。夏辛酉军捆送到县，入县城时，阎老福曰："要见老爷。"押差漫应之。甫下车，即行刑，其家中人分散逃去，其家产被教民分而有之。论之曰："阎老福以一民人与同村教民结睚眦之仇，至十余年，幸遇端、刚主持于上，戕杨副将不问、毁铁路不问，且以义民目之，彼亦扬扬自得，而以忠义自居，于是笨刀红巾护车而行，视楚项昼锦归乡，有过之无不及也。讵料不数月间，授首县城，妻子分散，莫知所终也哉！"茂萱遣人送阅吴书年太守函，有怡庄所馈卅金。

**十四日(4月2日)** 大风卷沙，五十三度。甚凉，二下，过潼馆[①]小坐，同七哥归。茂萱偕张玉叔至，约往宗显堂小饮，并招孟甫、奂如。傍晚归，茂萱同到寓，谈至八下回寺。毛实君在江宁捐道员，刘岘帅奏留差委。

**十五日(4月3日)** 风未息。五十三度。未刻，接李紫璈本月初五函，知廿六去信已到，其到籍文去年已发，恐七月乱后无存，拟即另办。九弟托潘西生刻紫溪匾已竣，嘱有人归往苏取带。俄与增祺在东订第一次约，有驻兵、设官、独办矿务等事。上海闻之，据以起哄。扬子通从新更议，二次至于三次，照初约已去十之八，止有"允俄修北路火车"一事，而起哄者不知，又遇其时李木斋电归，云"如画俄约，倭将与战"，闹者遂更闹嚷不休，电各制军并达政府，政府怯焉。子通奏，言俄约改至三次，止剩修路一层，其驻兵各条已经删除，始愿不及此。合肥请即画押，政府不肯。合肥电詈政府少不更事，以国家为儿戏，谓此约不画，则从前所拟公约皆将全翻，且面语驻京英使："贵国阻止俄约，一经决裂，能帮助我国乎？"曰："不能。"又诘："日本能助乎？"曰："日本新造之国，如何能？"盖英使当面无一阻止之言，并无一句不该画约嫌话，而东南乃凭空起哄，阻挠大计。合肥急迫欲死，曰："我年八旬，何所顾？出菜市亦可。"苏福又言，去年六月初，义

① 潼川会馆，位于西城区北半截胡同20号。

和团往拜涞令高维敬，曰："要拜耆某。"涞令知其意不善，欲与耆送信，以便耆避，而大师兄者挽令同行，令见无隙送信，遂曰："请武营偕往，可乎？"到耆宅，大师兄命团党促耆赴南关坛上，持刀者前后夹拥，若行刑者然。耆骇甚，及到坛，谕以必制洋绉红旗若干、刀若干，送米面若干，耆一一允之，始放归。耆曰："银钱无碍，绉旗与刀无从买，折钱可乎？"托人居间，乃折钱一万数千钏；钱亦难办齐，又折银。后数日，突有别处老团来，斥其讹索，斩大师兄二人而去。或曰："耆平日收租认真，佃民恶之，阴嘱团众讹索以泄忿。"涞团戕杨副将后，村村皆胁而为团。涞民皆思九弟，且曰："祝官请兵而后激变，若高大老爷在此，必无此事。"祝官去任时，集四面绅粮，切告曰："我去后，切勿办团，免贻后悔。"其时有大师兄迫胁者，皆诳之曰："本村已看期择地，届时再请大师兄来教。"今见有伤教民之村皆被轰，即不伤教民而立过团者，亦被控告罚钱。乃知祝官爱民而思之。北关外立灯塔一座，望哨。

**十六日(4月4日)** 风止。午正，入城西石槽拜庆台长，便过贤良寺访于晦若，晤李蠡纯前辈，有陈香轮亦在座。晦若买有汪文端由敦行书《御制五贤臣赞》，并正书御制七律二首，半用颜、赵意，墨气酞润，行气洋溢，行书不及张文敏。又其子汪承霈所书《御制十贤臣赞》，系乾隆甲辰送庆树斋者。

**十七日(4月5日)** 清明，六十度。金波备豆花，余备野兔、腌肉等菜。约赵尧生、郭孟育小酌潼川馆。饭后，茂萱来，示紫璈信，以联名上敬尚书书也。孟甫亦来。去后，过潼馆，傍晚归。

**十八日(4月6日)** 六十一度。汪缦青嘱题蒋文恪画，曰："南沙父子值銮坡，紫殿风微雀语和。一样华林好颜色，九州全盛得春多。"夜，茂萱来。申甫由津回。

**十九日(4月7日)** 六十三度。尧生招饮于潼馆。晦若偕茂萱来，萍三来。潼馆酌罢，尧生、孟育同孙伯愚、卢香祖过寓。

**二十日(4月8日)** 六十三度。封芸丞信、雷仲宣信、大女信，皆交缦卿。缦卿来持去，复往送之。还乡是好事，况在今日，而临行不免恻恻者，殆人情喜合不喜离乎？孟甫、奂如亦到潼馆。吴介甫先行，归来，拟饭后往送，及敏儿往，则已行矣。傍晚，金波送乃兄至前门返。茂萱来，持示衢州案抄稿一本。王雪臣、梁节庵与恽信，字字血泪，有沉痛之心，而后有沉痛之文，节庵笔也。道府两禀，丧心已极，幸置宽典，天理难容。

**廿一日(4月9日)**　大风。七兄昨晨馈尧生腐乳、盐菘，误以为余馈也，而以诗来，却甚清雅。诗曰："大药仙成与众馋，玉肌含雪作清咸。八公手定《淮南》法，舐得丹时骨不凡。来其。""一畦寒菜故园思，盐豉朝朝梦却迟。不尽草堂西望意，冷淘槐叶晚凉时。盐菘。"和之曰："法合[1]斋厨足饫馋，略添芳乳列[2]酸咸。慧灯竹寺亲磨腐，米汁同参问了凡。庐山高僧，每十五日亲磨豆腐一次，邻僧皆往分食。""老圃新蔬久系思，椒香盐末入秋迟。红薹紫笋青青菜，同是春盘荐祖时。每到清明，更思故乡菜味不绝。"

**廿二日(4月10日)**　晨，风止，午后复风。午刻，石生归，言俄约已作罢论，日固出力，俄亦可嘉，所谓行家对行家也。过孟甫宅，看《中外日报》数张以归。奂如同来，携衢州案稿去。金波来。晚，茂萱来。

**廿三日(4月11日)**　大风。体仁堂梨膏每斤五千七百文，砚侄觉发热，买食，热遂止。午刻，朱古惟前辈来，谈许久而去。下午徐子真、张玉叔来，并约茂萱来，谈至晚。徐言陆伯葵廿二日被火劫。申甫亲家晨来。晨，敏儿买砚一方，甚细，制亦雅。

**廿四日(4月12日)**　同石生往陈玉苍处。德兵官廿一日带洋兵六名出西直门外五里，突有土匪持洋枪者廿余，追往戕之。炉房开者已多，中城传伊等限十日齐开。又闻票号皆到津。

---

① 合，《借禅室诗钞》作"食"。

② 列，《借禅室诗钞》作"别"。

**廿五日(4月13日)** 换季。都察院来札,知陈玉苍补授河南掌道,所遗山东掌道,以余俸次在前,照例转掌。王石生来会七哥,取结去后,孟育来去。余旋出大街,又遇孟育于途,闲步至何静廷铺,孟育曰:“何某在此,可入稍憩。”何以所收扇面出示,梦楼二张尚是,余俱伪迹。午饭后,金波来,茂萱亦来。

**廿六日(4月14日)** 徐、袁、许三公起灵南归,恐抬脚中亦不少义和团也。晦若送袁公柩来。俄事说好,且言杨星使不必另换,东省与京同日撤兵。各国且言结局时要将不得已始管地面一层说明。晦若曰:“洋人说话每有至理。”余曰:“譬之一为终年闭户不见一客之子,一为终年出门讲究交接之人。闭户之子每出一言,其见识限于眉睫;出门之人每出一言,必易入耳。无他,阅历不同也。俄不换杨子通,是不作悻悻之容,各使必曰万不得已而管地面,是以冲退自居,而欲顺中国人心也。”服磁朱丸。晚,金波、茂萱来,黄石生来。

**廿七日(4月15日)** 接达宣二月十二来信,蒋七归榇,归孥费已不赀。又言敖云樵亲家到,省面称已兑二百来京,七兄与余分用。初不闻有此事,接信乃知之,然我虽未收得,亦当心感之而心谢之矣。尧生、孟育、七兄与余会食于潼川馆汪金波寓。此集乃茂萱说起,约手笔小巧者。

**廿八日(4月16日)** 接紫璈信,当复一纸,并寄家函第六号,复达宣一笺。

**廿九日(4月17日)** 九弟候选中书,将投供,需费廿四金。七哥昨日允独任,今日允分任,后言穷乏实甚,即十二金已难措,适孟甫来,以十五元济我,乃凑十二金交之。夜,金波先来,茂萱、萍三亦到。闻退兵又有固关之扰。

**三十日(4月18日)** 清晨,七兄亲携廿四金往恒裕,归言街湿、人挤、手重,太息久之。城外遇盗者谁乎?须臾之间,命跑街数处,设无可设之法者谁乎?何弗一念也?午,往会孟甫,彼此言及乱世功名而犹竞争如此,大为可虑。其可虑者,自利心甚,迎合排挤,势所必至，但求于己有益，而国家是非置之于无何有之乡，不必举国从风也，偶有数人虱乎其间，便足以紊纪纲而乱天下。孟甫深以七哥口快为忧，谓前于饭食银事，因其谈及而劝之不听，故可忧。晚，茂萱、萍三、金波来。申甫亦出。德兵将由获鹿退正定，山西兵在固关者不退。公法应我兵先退，否亦齐退，乃不然，若与开战者，德兵遂添队西去。全权大臣三电行在，至廿八已三日，无回电。

## 三　月

**三月初一日(4月19日)**　抄《本草笺注》。看唐七绝，至中唐隽气独出。又看子由和东坡诸作。晚，茂萱来，固关统将已撤。

**初二日(4月20日)**　晨，往看倭提督教体操。归，吴子和来。子和谓固关守将刘光才不退，在今日却是好的。余曰："不然。现在要义在回銮，不回，则颠倒是非。紊典常者，皆由此以起。以一统将而不照公法，又须耽搁数日，甚或令两宫愈疑而不敢回，所关甚大。"廿九日，西苑失火，延烧仪銮殿等处，洋官烧死一人。萍以日记来。茂萱昨夜嘱清理川款津贴事，乃以公函告晦若，晦若回信，言已清理去也。

**初三日(4月21日)**　尧生昨日以诗来，有曰："日落长安空在望，太平元祐更何年。"有弹丸脱手之致。和之曰："青乌西飞尚未旋，毁巢饥雀对愁眠。苦将流水伤春意，付与晨钟暮鼓禅。红绚杏花争日日，绿吹芳草任年年。劝君手缩丁香结，待拂炉烟一畅然。"巳刻，寻萍三开方。午，醵饮伏魔寺，茂萱插班，蒸鸭，"侏儒饱欲死"。行在有讯合肥者，上不谓然。

**初四日(4月22日)**　晨看体操。尧生以禅花将谢，醵饮伏魔寺，昨有诗来，依韵率和，曰："海棠开后到禅扉，脂雪经风渐欲稀。结子成阴三月暮，卖珠补屋几人归。朱门华邸向好春游，乱后尚少归者。新添梅隐烘冰砚，君新得金冬心砚，甚佳。尚会花王照锦帏。西望长安看不见，销愁沽酒典朝衣。"过孟甫宅，少坐，归，遇将排车，乃同敏、仿二子及二孙,由顺治门城根到前门西边铁路下车。码头已修好,以靠北小庙为票房。归后,萍三来,谈去年五月廿、廿一召见袁、许、联、立三事。金波来。

**初五日(4月23日)** 晨看体操。巳刻,申甫来,去后,孟育、仲鲁先后至。闻赔款议妥,四十五兆,三月十五后一日不回銮,加认一百万,逐日算计。伍崧师言:"人能静养四十九日,无论何恙皆愈。"所谓"静"者,非寂灭也,不扰心而已。举凡动怒争论,想后思前忮求,皆不静之尤,而最扰心以害身者也。

**初六日(4月24日)** 阴。晨看体操。闻行在有人言将速归者,用尧生韵赋之,曰:"王谢华堂拥破扉,啄泥寻主燕来稀。不愁春日匆匆过,但望花时缓缓归。隔日幸能倾碧醖,朝天谁与赞彤帏? 官家重整升平业,应废霓裳旧舞衣。议者尚踌躇科举诸事。"夜,茂萱来,金波来,小雨。买玉磁窑变笔洗一个,有龙形,似乾隆间进御者。倩萍三换药方,去其苦寒者,加安胃者。

**初七日(4月25日)** 微寒,阴。晨看体操,饭后晴明。申甫交来药方,周方伯耳鸣所服者。磁石、五钱、煅透,收细末飞去沉底者,用水并药。丽参、一钱五分。五味子、一钱。龟胶、二钱五分。枸杞、三钱。茯苓、三钱。寸冬、二钱。知母、一钱、炒。炙草、一钱五分。山萸肉、二钱。九制熟地。四钱。孟甫来。晦若来。电旨设政务局,以两全权及昆相领之。李仲宣授广西巡抚。夜,七兄寄宿潼馆。

**初八日(4月26日)** 晨看体操。昨夜饮梨膏后,梦较清稳。午,孟育、尧生、金波来,同集晏宾斋。夜,萍三、茂萱先后来。十二日,美界换为德界,人心惶惶,有谓陈芥蒂于恽学士,不准立华巡局。石生言非不准立,特不准坏人侧其中。金波曰:"美界岂无好人,择好者用之可乎?"曹、吴两太史挽石生函告陈,陈回字云"已务格、盖两提督,允即出示安民,并谕兵官饬勿啰唣"云云。恒裕来字,以验照故须六金,以字示七兄,言无二话。为周式丹与子谦信二笺,托递李珍圃信。

**初九日(4月27日)**　晨看体操。食腐皮去胃火，梨膏去肺热。诗曰："夏去秋移春又过，一年风物慨蹉跎。悲来庾信哀时赋，醉后王郎斫地歌。槛外絮飞留我住，江南草长奈君何。杏花楼下新经舍，乞取灵泉汇尺波。"[①]九愚来。徐子真来，与砚侄看脉。午，尧生持一诗来。金波亦来。

**初十日(4月28日)**　饭时，申甫来。《和尧生》诗曰："开尽春花人未归，伯劳东去燕来稀。鸿冥底处有南北，莺语酣狂无是非。南宋词：'莺收佞舌。'仙岭数传新鸟使，神潭终起蛰龙飞。坐观雷雨掀腾后，好着游山大布衣。"往孟甫宅一坐，归。徐子真在书室，孟育亦来。孟甫又来字，约往广和居，有朱少詹古惟、王给事半塘、刘伯崇、徐芷帆、恽薇荪、萍三、奂如、承皋。朱、恽皆言五月廿、廿一、廿二叫大起，毫无朝仪，喧杂实甚。东海公廿二亦在而无言，盖其所言皆密告端，不必出诸其口也。

**十一日(4月29日)**　饭后，申甫来，黄仲鲁先到，金波亦来。王伯潜以护照被控，赖黄慎之调护之，幸免。义利之辨，可弗常闻于耳乎？申老约往广和居。茂萱以字来，欲为雅州守李慕皋措资，荣通副之意也。地方大吏为之筹措，亦不过取诸百姓之家，断非出诸官场之手。赔教堂取之民，赔兵费取之民，民何堪此？余以此颇为踌躇而不敢发。三月初三，以变通政治，命大小臣工条奏，陆续条陈者不少，而疆臣、谏臣尚未奏到云云。去年十二月，系命疆臣九卿各抒所见，而未谕及谏臣，故乌台嘿然，今可仍然缄口乎？

**十二日(4月30日)**　午正，入城，到贤良寺，则皆未在，乃过陈季襄，亦未在。下车入室，饮茶而归。午后，奂如来。晚，茂萱、金波来。茂以为宜言漕事。过翰林院，独刘文定植槐尚存，生意尽矣。门前两树向多鹊巢，今已无之。敬一亭所藏《永乐大典》及讲官厅天章

---

① 《借禅室诗钞》题为《尧生应沈刺史聘赴泸办学》。

皆烬焉。感赋一诗曰:“旧是仙人白[①]玉堂,不缘荆棘始堪伤。槐龙倒地留残甲,巢鹊枯枝倚坏墙。秘笈尽消三日火,煤烟难觅五云章。瀛洲烧却洋楼在,恼煞中山异姓王。”

**十三日(5月1日)** 尧生来诗四首。过孟甫宅,九愚先在。夜,茂萱来。李慕皋事罢论。

**十四日(5月2日)** 尧生、金波、孟育集于槐柳堂,老茂插班。电问九弟安否。

**十五日(5月3日)** 孟育、王石生、罗星农同来。孟甫亦来,言梁惠亭信言蜀中每石粮加派六两零。拟草信一纸致奎公,乞民命。茂萱不暇草,余草之。晚,茂萱、金波来。茂曰:“不忙。”

**十六日(5月4日)** 午,泸回电,来“拙安”二字。午后,尧生来谈。夜雨。

**十七日(5月5日)** 藤花去秋入冬,每失保护,今春又未浇水,以致他处朱藤皆花,而此藤独否。余始茁苞十余,不知全藤得无恙否也。巳刻,接紫璈函,言接得九弟正月十四函,陈氏三侄女、黄氏大侄女相继下世,哀乎哀乎!两女皆勤俭宜家,所适亦称意,不料如此。据言,九弟谓自能排遣,明于寿夭之数,自不足以大累其心,然感兴触物,能无悲乎?又以“勿缄默”为言,不毛举、不摸揣而遂无言可言,古人所谓“格君心”,吾君之心甚明,不待格也。古所谓“锄奸”,乃在深处,众人皆知,无形迹之可求。偕金波、七兄饮茶姚家井。迟尧生诗曰:“绿柳阴垂古井边,桔槔风转响鸣泉。笋棚茅屋清尘后,林影山容过雨天。调水符多驴背重,隔篱笮长鸟声圆。鸥波亭上迟来客,再点香茶细细煎。”

**十八日(5月6日)** 到西长安门外五显庙,恭阅请回銮公奏。同吴子和过其寓一坐,归。朱古惟少詹来去。张玉叔来,谈许久。晚,茂萱来,尧生、伯愚来。

---

① 白,《借禅室诗钞》作“向”。

**十九日(5月7日)** 阴。请季襄来看云妾脉。案云:"肝为东方生气之祖,又为血海,旧淤不去,新血不生,气亦因之不固。现症气血交亏,症殊棘手,竭力开方。"茺蔚子、三钱。北五味、二钱。阿胶、四钱。女贞子、三钱。麦冬、三钱。云茯苓、四钱。全坪归、八钱。贝母、三钱。粉丹皮、二钱。干地黄、五钱。干百合、四钱。藕节。七个。茺蔚子,益母草也。晚,金波来。茂萱同石生来。夜雨。

**二十日(5月8日)** 雨。《悼萬先、菊先二侄女》诗曰:"双双彩凤学双飞,才向长江缓缓归。一载初花经雨谢,殓装犹着嫁时衣。岂真慧性能除福,可是仙家谪满时。怜尔双亲风雨夕,无言相对泪如丝。"第五集,七兄当班。孟育、尧生相继至。金波后来,谈甚畅。

**廿一日(5月9日)** 晴。黄石生言有某教习由西安回。高熙廷亦回,老佛爷及上时对哭,阿哥亦哭。上脸色比出京时好。西安饥民全村而死者众。茂萱午来,又去,又来。申甫来,饭后去,口占一诗曰:"久晴疑夏旱,一雨又春寒。小饮随缘聚,闲愁借酒宽。谈诗千古易,起草寸心难。久欲言事,未果。闻道秦关窘,流民未忍看。"美交德界。申甫持郭兰石册页来。晦若来。漕折不允,赫德另从入口税设法。

**廿二日(5月10日)** 大风。尧生来,代写周方伯夫人挽联。申甫来,买黄花鱼,留尧生共酌去年所余之大曲。午后,茂萱、萍三、石生来。

**廿三日(5月11日)** 寄泸函七号,附三女及黄闲仲。敏儿亦附二函,并寄紫璈函。尧生来诗三首,字二张。《和尧生》曰:"风舞垂杨缕万条,一棚迟放紫藤梢。藤失调护,今春花甚少。愁怀未遣春将去,乡梦难随雪共消。少鹤有山期季隐,九住庄园。新莺无语过花朝。东皇漫作思归计,海国征尘幸未遥。"聂九愚、王石生来。午后,茂萱偕罗笙陔同年来,叩以鄂中所闻,有同者、有异者。铁船已到沪,病果真,闻以去年多服凉药之故。少东亦在沪。蜀捐输,于旧捐外,每两条银加二两,下不为例云。

**廿四日(5月12日)** 敏儿言洋人养息,有足代体操者。清晨五钟起,巡檐走数百步,然后洗脸,再向街头闲步,归饭,办事。午一眯。又成一诗曰:"客中诗梦落岑阿,笺草萦纡是薜萝。望帝杜鹃啼雨歇,避人仙鹤卷云多。銮音小滞犹如此,帆影空悬奈若何。倘过屈原江上塔,为侬高唱《定风波》。"[1]孟甫来。奂如同岳老三、金波来。岳言湖北火药局徐建寅被轰事甚详。午后,尧生来,金波继至。德兵换界,人人虑之,今来安然,而洒扫街者愈净。书贾送林信所写《菁华录》,纵非原板,刻亦精工,索二两。

**廿五日(5月13日)** 四女手心热,扪之则否。自言觉热甚。草一函问季襄,季襄曰:"手心主心,郁急所致,先为肝热而及脾胃,用逍遥散加减。"欲往看罗笙陔,出门遇孟甫,乃同往萍三宅。又过伏魔寺,茂萱、笙陔、伯愚皆出,独尧生初归。夜,茂萱、金波同七兄回。今日尧生往见高熙亭,熙言其到陕后未见一面,然极不稳。天姥山雨珠洒面之日多,其容俯也,有乔俯梓仰之义焉。六移居书室,记曰:"十年出就外傅聪。"训斋曰:"在书房卧起,魂梦湛清。"盖人之神志,以视听而移卧室,纵极朴素,终不若书室之清也。五人小集此局起于茂萱,而不常至始于二月廿七,金。三月初三、尧。初八、孟育。十四、余。二十,七兄。五局皆中隔五日。金波应于明日到班,乃曰:"该廿七算学未精也。"升允授陕抚,端方抚鄂。锡清弼告退。

**廿六日(5月14日)** 天意凉,阴晴无定。昨日见萍三斋挂一船山条幅,谛视之,笔意多下垂顺拖之处,恐赝鼎矣。名笔有率意处,无横卧处。凌宅有一幅,所写诗相同,而用笔迥别,又彼有"勺蠡亭"三字。午,小雨,复霁。引六儿、二孙往姚家井,过伏魔寺,命六请尧生同往。数日一游,心神较开豁。惜有游民四五,各牵一猎犬于茶棚,与尧生各饮白酒一小瓶,以洋饼下之,望南西门,辄念裴村也。归,午后,尧生、金波、萍三先后来。

**廿七日(5月15日)** 草一笺问铁船,以其病也。又与廖述之一

---

① 《借禅室诗钞》题为《尧生行期已决,又以诗来,依韵再和》。

笺，均由二摆渡如意里、三巷、宝昌祥银炉杨琴生查收转交。补廿六日《同尧生赴姚家井》诗曰：“午雨天仍霁，南洼足再游。过门呼道侣，煮茗借清流。马老疲难驾，鹰雏甫上鞲。麦苗晨气润，披拂洗烦忧。”第六集，尧生来，同过汪宅，半月未至，绿叶成阴。又招罗治平至。酒后讴川腔《盗白旄》《陈世美》诸出，声情凄婉，恻人心脾，乡音入耳，尤令人思乡不置。七哥以九愚字条故，溯委穷源。尧生以“内言”二字划断，婉其语以规之，立言有体。夜，雷电雨。

**廿八日(5月16日)** 午刻，过陈宅，回看岳尧仙也。孟甫新买祁春圃相国《家训》一篇，历叙一生所遭，笔力劲拔。申刻，尧生来，七兄以素席请中岛、村城等于陶然亭，已允矣，忽以要事去，乃以饷余，因挽尧生，又招金波入坐。茂萱同笙陔、孟育来。命六儿学写日记。

**廿九日(5月17日)** 饭后尧生、伯瑜至，约看法源寺牡丹，带六儿同往，花已谢矣，尚余三朵。看曾忠襄公横额对联“斗室”二字，张文敏书，特超隽。还过孟甫宅，命六儿先归。孟甫所买内府三希堂，伯瑜谓是汪文敏刻本。午后尧生来，萍三晚至。

## 四　月

**四月初一日(5月18日)** 饭时，尧生至。教六儿学写日记，甚勤恳。午，接紫璈函二笺，子丑时气若不续，气虚也。内封九弟诗二首而无信，诗云：“銮舆西狩四边惊，窜迹讹传有两兄。试听好音来里舍，可曾微服出都城。黄钟瓦缶《离骚》赋，绣斧朱幡按部行。人日草堂春正永，围炉煮酒自飞觥。”“三年名姓注屏风，此日真乘御史骢。雁到江头春水碧，凤翔天上晓云红。艰难筹国言非易，伛偻循墙礼益恭。但观圣朝无阙事，不烦谏草效微忠。人日闻八兄补御史信作。”九弟交廖述之川平足银五百七十七两九钱，汇丰俱以九七、六九、八三看色，共合漕[①]平五百五十六两七钱，申水廿六两六

① 漕，原作“礌”，据文意改。

钱,合九八规元[①]五百九十五两二钱,合公砝平足五百五十三两七钱。述之信三笺,言二月廿二同铁船父子抵泸州,以数托交渝天顺祥兑沪。在渝,闻以银兑规元则易,以足银兑足银甚难。三月十七到沪,晤李少东,嘱勿待璈,即交陈润夫。又言九弟精神清腴,体貌较健,玉冠、祐祐亦发愤云云。午,奂如、尧仙至。夜,茂萱偕笙陔至。申甫来。电谕洋兵退尽,王大臣再奏请旨回銮。

**初二日(5月19日)** 阴。饭后尧生、金波来,践南西门之约,七兄及敏、仿二子二孙同往访裴旧寓,则堤柳以伐,双扉紧闭,践畦而入,仅一老妇存焉。窗户栏杆皆被盗毁,萧条之况,凄然于心。询及裴寓,此时老妇应声能举其名,若亦知裴之被冤也者。沿堤西出,至花之寺,亦甚寂然。呼寺中人启门洒扫,烹茶而饮。六儿借壶沽酒,下以饼饵。记丙申到此,有刘云坰前辈及叔峤、裴村、彤丞、奂如,今落落如晨星矣,而又有峤、裴之惨,能无怅怅。

**初三日(5月20日)** 午,申甫来,尧生亦至。晚,茂萱到。

**初四日(5月21日)** 第七集。巳刻,张今颇来,言抚宁被土匪数千围城,渠乃出,谓紫璈宜过道府班,嘱转致不怕窘云云。东垣下订后,嘱早完姻。在元顺祥取来九弟信。

**初五日(5月22日)** 右牙隐疼,似昨日烧酒之过,昨夜半乃睡着。尧生来。晦若来。午刻,茂萱、萍三来。晚,孙伯恩、罗治平来。

**初六日(5月23日)** 昨夜好睡,以服平胃火药也。发家信第八号,七兄信在内。梦藤花谢满地。

**初七日(5月24日)** 同尧生引六儿、二孙赴南洼,路遇孟育,同往姚井。

**初八日(5月25日)** 发陈润夫函,附廖述之、李少东信,又寄紫璈信。九愚来。午看跌扑体操,先跪拜,后相扑,立教之初,谨严如

---

① 也称豆规银、九八规元。1933年以前,上海通行的一种记账货币。规元只作记账之用,以上海银炉所铸二七宝银折算使用。

此。清秋浦同茂宣、石生来，言俄兵在东省办理严细公明，而中外报乃诋之。报有所私，故其言难信。奂如来，尧生来。曾志安在山东纠乡人凑金寄京，本雅意也，乃去冬由广东汇来银千两，云是云、贵、川三省之在山东者所凑，以分三省京官之在京者。而叶汝谐、曾孝谷函言曾、叶即各凑一百。菽畇信亦言约共千金。去冬至今，竟尔无信，究何往乎？以三百交何玉林，茂言者。前月同人闻此，即嘱茂萱函询菽畇。茂曰："菽言已交玉林，当问玉林。"前日问之，则又言未便与玉林信，而与菽畇信。今菽畇撤任，拟以公函问之。窃以若既已出，而寄兑未到，则岂可置之不问？纵现在京中景况比去冬稍纾，同乡诸君亦宜向兑号收回，以清眉目。

**初九日(5月26日)** 孟育、萧士修来，老佛爷到太原时，欲杀端某，二爷又保之。茂萱欲于山东函，但问去年兑来三百是何人，乞来示，便谢函。七兄曰："谢函已去。"午后，尧生、金波来。黄石生来谈，语外似兵吏不无微言。

**初十日(5月27日)** 写山东函，言笃斋、汝谐二百，菽畇三百，而仅收陈小石交来若干，汇丰搁压，不可究诘，乞逐层清问索回，京中可过云云。往王佑遐、朱古惟两前辈处，坐谈甚久，颇畅。又同朱过秋浦侍郎一坐。佑翁壁上挂梦楼屏四张，上款"峨峰"。似大可观。在家有琐碎忤意之时，诣人一谈，胸为开豁。佑翁谓在街随遇一不识之人，苟与言，皆有可谈，以其能行远路，即不囿于里也。午后，尧生、茂萱、金波、孟甫来。

**十一日(5月28日)** 午，过孟甫宅，家有朱云樵，拜乃归。某公种种昏庸，无人去之。初尚以能对付洋人为名，今则洋官反讥其专听教士之言，非办交涉之法。写扇半幅。

**十二日(5月29日)** 写扇一面。紫璈来函，初二发。荐馆轮不到牧令，做强盗轮不到百姓。午后，金波、尧生至。

**十三日(5月30日)** 寄九号。申甫来，云妾病甚热，极无法，奈何？张今颇来，面订东垣子十八下聘事。午后，尧生来。云言去冬想肉吃至切而无之，今可买吃，不得命矣。

**十四日(5月31日)** 巳刻，得紫璈四月初五二函，一二笺一封，紫溪匾墨拓。函言叙府文庙二月间忽倒塌，大成殿、启圣祠、东西两庑皆倾毁无遗，而工程尚不及卅年，又无亏朽之故。魏尔宾家信谓怡庄、少宣去官，由之尔宾，谓恐不足以当此。绥定一带，去冬无雨，春正二月苦亢晴，人心惶惶，于春熟大有防碍。江水澄清，上自荆鄂，下迄江阴以东，向之浩浩黄流，顿变为湛然清绝之象，如是已旬日。三月初八，镇江有鼠千万，衔尾相随，浮渡江北，一时江面几为填塞，见者谓不可以数计。随园曾记此，谓有大水灾。问张金波、宋芸子。松存托问。徐子真来，即顺请与云妾看脉，谓病已危，但用药宽其胸间，勿令难过。煨饭二七，胸热，乃不服。夜宿书房。

**十五日(6月1日)** 晨起，问敏，言云昨夜呻吟，似仍未睡着者。向大少娘要外褂，棺木要较厚。以所换钱分给雇媪、丫鬟，以其余与二孙女。余往看，向余曰："茶水稀粥皆不能下。"又曰："亦舍不得此屋，亦望医好，今如此，难好矣。"又曰："衣服都不添置，但求较厚之板。"余亦含泪允之。胡砚生信来，内附与孟甫信。茂萱、金波来。夜，雨雷电。

**十六日(6月2日)** 纪云服昨日神方，热稍好，昨夜食粥三匙，晨亦二匕。茂萱来，饭后去。巳刻，云故。哀哉！贫家无父母，而又至此，哀已。天将明，唤邬生、刘元及老贾，雇媪徐娘曰："天未大亮，喊甚么？"曰："未叫你。"余揣其意，殆欲请我入而诀别耶？余未知抱疚何极！尧生闻信来慰，金波亦来，申甫来。衣服穿好，余往看。十余年之恸，迸于一时，何能忍也。戌时入敛。《悼纪云》二诗曰："窗外梨花半树萎，紫藤片片梦中飞。零红淡白都辞去，魂向春风何处归。""柳堂形影自摩挲，锦瑟清凉感慨多。一曲余音更凄绝，银台枉嫁窦连波。"①

① 《借禅室诗钞》题为《窗外梨花忽萎半树，前夜又梦藤花满地，凄切之意，不能无词，亦自写其意而已》。

**十七日(6月3日)** 尧生、金波来，申甫来，带有朱竹垞分书对联、郭兰石对。午，备菜奠纪云。夜半雨。

**十八日(6月4日)** 天将明时，大雨。晨，云出殡于三圣庵，敏、仿二子及德、恭、怀三侄往送。申甫来，以东垣与金波下定改期，渠未知也。夜，东北火光甚大。

**十九日(6月5日)** 天明，又大雨。八下后，坐车往柏林寺，循城根行，车陷水洼，老金负我下，足一跌，几致落水，幸包封在手，未濡，二下归。尧生为镌砚铭，雅极。闻十八夜火光，乃武英殿。恒裕来字，言吏书谓欠改教交代回籍文。果如此言，改教交代须直藩办，到籍须泸办，而直藩恐未办过此文，大约仍是该吏想钱耳。廿五年五月初一改教，五月十三交卸。瞿子玖入政府。四月十一谕旨。

**廿日(6月6日)** 晴。发泸信，一长纸，一小条。办到籍文。第九集。又复紫璈信。宋行止。鹿杏侪来，求借寓泸馆。同尧生出街，向恒裕问明，改教交代文向来有者，不作官则不必此文，否则必要。又往看茂萱而归。写字与申甫并晦若，转乞周玉翁方伯在此办文。七兄不耐烦，辄怨不该捐，当日劝之，今日怨之，反怨别人。无办事条理之心，往往如此。凡办事必思其理路，有可办则办，万万不行乃止，未有遇此等并不劳神之事而厌其烦者也。三下，又与申甫一信，言明向来交代者有公文一角，叙明某日奉文改教、某日交卸，交代清楚并无经手未完事件，请其转求周玉翁在此办理，并与晦若一函。送信去后，申甫来家，余从广和居回寓，则申老谓汤锡三云吏书开腔是想费，宜与之。又言昨日持去之函，尚未呈玉翁看，我以交代未清，则恐碍藩，交代既清，何畏之有？嘱其尽管以去函呈之，必能办。况有晦若赞助，若其必难，在此办理，再向涞水办详不迟。萍三持诗来。申老来，带李春湖屏一架。

**廿一日(6月7日)** 茂萱饭后来，同石生谈至午。下午，奂如来，其夫人前日以病而厥。李春湖，乾隆五十八年癸丑翰林，是年潘世恩状元，陈希曾探花。道光八年以工部侍郎放浙江正主考，留学政。申甫携来屏,道光五年甲申嘉平月书,其时约六十岁矣。予疑此屏,因考其年岁。陈玉方,乾隆庚戌进士,刑部主政。与船山同年,余所买条幅乃己巳秋书。是年嘉庆十四年分房,船山亦分房。申甫家人来,言玉翁与高、藩手书,在保办文,申甫今晨持归。

**廿二日(6月8日)**　和萍三《移旧居》诗曰:"去夏丝纶似乱丝,甘泉烽火照丹墀。全身难作还乡计,回首仍牵恋阙思。兵气已消三日雨,近日洋兵将撤尽。巢痕新扫万年枝。呢喃寻主乌衣燕,说与民家恐未知。"天明,闻石生在窗外言太阳红色太甚,若惊讶者。七哥由童瑶圃处归,言童云昨日太阳即红色,主杀戮,谓去年拳匪初起即然。七哥自言平日于事皆发之骤。予曰:"案无留牍,是不滞积,非不熟思而发也。博学审问而加慎思,诸葛谨慎即从此出文。子三思为过,再思则不可少。"《再和萍三》曰:"扈跸秦中几故知,来书争觅凤凰枝。飞龙回驾迟宣诏,旧燕安巢少去思。往日诗书遂墙壁,新阴槐柳接街墀。朝天紫陌分明在,记否芒鞋出去时?"[1]

**廿三日(6月9日)**　敬闻七月十九启銮。此必前日全权六百里之奏请,乃发此明诏。未刻,王幼霞、朱古惟两前辈来,言及朝事,相与慨叹。幼翁以春湖屏"柳""春""地"及"立春前"各字皆可议,予亦谛视之,觉无清气,意味殊不似,断为赝鼎。春湖去今六十年,而鉴别亦难如此。尧生、金波来。

**廿四日(6月10日)**　一连四日皆大热,至九十余度。为东恒子下定,请孟甫八下来书庚讫,往广和居。乔、汪、赵及张今颇一同便酌。张今颇言去冬凌祐甫自锦县与函,谓寿山衣物过锦县,被县令何少章以护送兵丁为劫贼,擒而下之狱。何少章,今颇婿也。又言何为聂陶翁妻族,己乃陶孙婿,与何为姻眷,极相得,劝其释放兵丁,不从。又一函言任差官得宝极坏,其言不可听。任盖今颇差官荐于寿山者也。越二日,任得宝到抚宁,今颇问之,则曰寿将军有衣物在锦县被

---

① 《借禅室诗钞》题为《王聘三移回旧宅,以诗索和》。

劫。叩以识凌某否，曰凌四爷幼甫。无他言，而其词气若惊异其为人者。今正，突又接凌专人递函，乃电报纸一卷，字迹甚慌，遽言何县令不知何故，疑及伊致洋兵，将伊囚暗室，饥无食，寒无衣、无烟，虮虱满身，苦不可言，命在旦夕，幸何某尚日送二饭并烟，乞千万垂救云云。张今颇当与何令一信，交专人带去。嗣接何专人送银、信到抚宁，并未提及凌事何如，以为今日不知尚在否。东垣子，乙酉八月初十亥时。今颇侄女，甲申冬月廿四辰时。

**廿五日(6月11日)** 抚宁令张师黄者，今颇嗣君也。红胡子贼二千余，快枪快炮俱备。一日迫近抚宁，其嗣君带团练三四百人御之而败，乃于附近处请英国印度兵八十人往接仗，伤其兵官一人。今颇在城楼观战，命之退。印兵更番放枪，卷而退。其子殿后，入城，急阖城门，以数围大木厚傅泥土，筑未竟，贼大至。印度兵入城，即登城楼，嘱团练勿开枪。印度兵见一骑马贼酋凶猛甚，持枪测准中之，落马。酋又上马，又中其马，酋跌于坟园，双手爬沙如龟鳖然。更发枪，遂毙，一步贼负以行，复测其负者而毙之。嗣连发三枪，三殪其酋，马步贼一时倒退。和萍三《石榴小松》曰："雨洗春余绝艳空，带围金紫误东风。伊谁更买珊瑚贵，一样榴花照眼红。""尺许雏松称剪裁，园丁蟠络好安排。果然养到龙吟日，亦是参天拔地才。"孙伯玙来看我，谓其久恙，否则早来。萍三来。同七兄请朱云樵芬大令广和居，约萍三陪，以其为同年友也。岳尧仙亦来，约归寓。尧生已过汪宅，复招之返。上谕整饬部务，留例去案，人心欣欣然，书吏惶惶然。予以为先清吏部，次及工部，断不可起哄，如戊戌未办先闹，中国之大病，曾文正之所忌。紫璈来信，过嘉定。陈润夫来信。

**廿六日(6月12日)** 尧生来字，约往姚家井，初八后即未往也。敏言中岛谓华人好睡，不知暑日多睡，甚易生病，宜游幽趣之地。予以十八日未游即懒懒然可知。李剑州所谓"气咻咻"者，未尝不自"懒"之一字来也。特前四十年无有抉透其弊者耳。夜，尧生、金波、罗笙陔来。敏《日记》记马一语，略有意。

**廿七日(6月13日)** 阴凉可过。寄东坦二笺，嘱璈加封转寄。劝到本任，致张今颇，语明年完姻。寄紫璈函。来函过班，捐道三千一百零。未刻，往伏魔寺笙陔处，茂萱在家，岳尧仙、曾奂如、谢承皋亦到。屋尚凉，憩谈而归。湘师保梁星海、郑孝胥、徐世昌、吴永、劳乃宣、汤寿潜，奉旨交吏部引见。上谕命翰林院看曾典及则例、通志外，天文、算法、地舆、公法分门札记。尧生、金波来。夜气清凉。

**廿八日(6月14日)** 敏媳等往二圣庵为云妾讽经。写尧生扇。写致玉润田信，嘉定别后十六年矣。晚凉爽。《偶成绝句》曰："藤萝叠叠似岩斑，绿润飞窗几[1]席间。三五小禽藏叶底，定疑幽静是空山。""一枝垂柳压回廊，袅娜临风挂夕阳。幸少行人与攀折，独含秋意待渔洋。"午后，尧生、金波、罗治平来，罗笙陔亦来。六儿日记略有意，尧生誉之，欲以提其兴也。尧生谓予今年于香光得其神髓。神髓谈何各易，或稍有万分之一耳。

**廿九日(6月15日)** 杏侪来，欲往泸馆，又改计，另开火，且将唤其婢妾来。馆中只一厨，紫璈来，共厨不便，出入亦不便，以此告之。渠谓无碍，而予力持，以为不可。此等虽小事，若沾乡愿，将来愈糟。午后，尧生、金波来。

## 五　月

**五月初一日(6月16日)** 尧生晨起独游南注，以诗来和之曰："夜来风露积，晨气下平芜。落落人孤往，群群鸟对呼。龙泉随井溢，燕麦及秋枯。啜茗松棚坐，西山送翠无。"过潼馆小坐，同金波至江苏馆打秋千归。张今颇来，商紫璈捐道事，曰："璈至性诚笃，底、面皆好，久居县令，实在可惜，当即草寄一信决之。"尧生来。七兄为送小石银，未言明分两，归而诟语不净，亦小受窘。夜来书房久坐，可悯。前因收拾车号门致耗廿金，汪补屋四金，孟育整理浣花屋翻盖，亦仅

---

① 几，原作"凡"，据《借禅室诗钞》改。

卅金。我欲唤一二土工，自买灰土，十三乃包与刘掌柜。砚曰："刘掌柜是帮忙工人，不算钱。"我曰："刘何为而乐此？此所谓无理之谈，而其弊皆始于万化原不管事。"玉润田信交孟甫。李仲壶办川东，捐七十万，怨声载道，乡人到京言者，未知确否。

**初二日(6月17日)**　晨，阴凉。发胡砚生信，内附余子厚一函，附逸凡信及幼甫消息。发紫璈信一笺，嘱速来捐道。发吴书年一信，去春来信，未复。发颜伯勤一信，前年至去春三信，未复。罗治平来二诗。两下，过潼馆乘凉，并同金波、治平往打秋千。下午，尧生来，金波亦到。

**初三日(6月18日)**　尧生来字并诗，言南洼晨游清气有非春秋日所能及者。申甫来，昨日到者，已准补怀安，为之一大喜。九弟文亦到。同金波、尧生、治平过苏馆打秋千。下午，茂萱来，未见者数日矣。金波、尧生来。

**初四日(6月19日)**　热。寄泸十一号，言交代文到，附去尧生寄周孝怀信。过孟宅，九愚先在，奂如进城归。午后，尧生来。夜半雨。

**初五日(6月20日)**　端节，晨阴未开。欲共尧生游南洼苇草间，未果。《茶余新话》卷五第五篇载祠堂规模、礼节甚备。家中宗祠未修，旧有宗堂仅三间，尚缺两间，致无夹室，又仅三级，无两庑。同尧生饭后过潼馆。凌幼甫信来，四月初七发，尚未释放。送信人云初八洋兵解往沈阳，言增幕皆其同事旧好，其新娶妾妇所控乃雇顶者，嘱寻高碑胡同华朗宣清。尧生、申甫来午饭。茂萱、金波来，亦大家为凌幼甫设法久之。

**初六日(6月21日)**　晨起。巳午刻，大雨旋止。申甫与敏儿上街，予亦出看，至铁门中道而返。张金波来，留吃早饭，述其被晋昌暗害情形。孟甫来，留饭。奉天应于将军外府尹用汉员，裁五部，立谳审大员。石荪曰："将军必欺府尹，不如设总督为便。"晚，尧生、金波来，昨夜未睡好，灯后即睡。与逸帆一纸，封幼甫之函，交小石驿递。

**初七日(6月22日)** 天明即醒。江抚李兴锐所上条陈,以本省绅士有学行者为学官,以旧书院为学堂,另定课程三年,核其效而荐山长以升阶卿衔。茂萱来,金波、尧生来。

**初八日(6月23日)** 六下起,上街一行。午,申甫来,同赴。张今颇广和居,约同座者茂萱、申甫、孟甫、奂如、尧生,又准仲莱之叔恩元者亦在。七兄以入城迟到,三下后归。孟育来去。午后七兄了王伯乾、老万事,过潼馆,尧生来,与予同去。伯乾得命思财,欲负老万。申甫拿来陈玉方“勤能补拙”四言对,真得香光老笔神髓,拟即留之。今晨在街买《董文恭墓志》半幅,去钱四文,乃卢荫溥书,命粘之,为六儿玩味,其精工舒服,非同治以来院书所及。

**初九日(6月24日)** 晨出街。鹿杏傍来,言去年七月廿四在清风店遇毓佐臣,下轿立谈于店家门首,谓奉三次谕旨,将仍遵第一次谕打鬼子。后又在定州遇其差官,言往山东赶招五千大刀会,恢复京师云。孟育、金波、尧生来,尧、金去,孟育留,申甫亦来,留饮白酒。午后打秋千。

**初十日(6月25日)** 晨,共尧生徐行到南洼蹊苇间,微行而过,宿露犹湿,清气扑人,苇鸟啾啾,翾于其内,割麦、插禾声在树间。早饭后,九愚来,予假寐数刻,九愚去矣。金波来,茂萱请以去。写唁廖师函。午后,尧生、治平来,共往打秋千。

**十一日(6月26日)** 呼六儿醒,走约尧生往步苇间。今晨行稍远,可五千步。九愚来,写毛实君函,托转寄廖师帏也。紫璈来函,四月廿九发,当回一函,言陈已覆奏,六月开选,交申甫带入城发。七哥买莲花二盆,价京钱七千,被斥阻,未成。清晨入署,工程饭银看案卷,买此以娱,未为不可,而曰:“六千钱可买米。”若以买米而言,所当省者多矣。尧生来字,招往金波处吃豆花,外添数肴,热极。酒后,罗治平讴蜀腔,声情顿挫,觉古人悲感激昂,皆在高下长短之间。后人因字句而求声律,以为可以寄声情,不知古人盖先有声情而后有声律，有声律而后有字句也。夜，敏与德、憙诸子铺席于庭纳凉。

**十二日(6月27日)** 晨，微雨数颗。饭后，尧生、仲鲁、九愚来去。萍三来。申甫送来汪士鋐临前明沈度蝇头《乐毅论》及十三行小册叶一本、陈玉方对一付，嘱考校。曾礼初来，以其名片"广镕拜"，不知即礼初也。去年九月廿五握别街头，彼此以后会为祝。其时和局无绪，道路尚梗，故郑重而别。今已八阅月，将同醇邸赴德国谢罪，故来京。面较去年为腴，问以续弦否，曰："新置一妾，住江宁。"问以去年同处危城诸人，则杜翘生、洪异甫丁忧，郑叔晋丧偶，汪颂年赴行在，君和在家。复问以高东垣，则新保循良，可引见，用知府。七兄从潼馆归。午后同尧生、治平、金波、石生打秋千。

**十三日(6月28日)** 晨，带六儿坐车，约尧生到井顺居，清凉之气，可除烦热。归，饭后，尧生来，申甫来。东垣得保，四月廿四奉旨与一笺，合张今颇函封之。与九弟十二号，嘱七兄书一条，以不暇，乃自书二纸。又与东垣一笺，同今颇函交邮局。午后，尧生、治平来。晚，雨，俄止。

**十四日(6月29日)** 天阴。发东垣信。泸信十二号。毛实君信。廖师启并谷似师帐交苏岷原。徐子真来。

**十五日(6月30日)** 晨雨，俄止。诸儿送中岛行。午刻，往看岷原，谈于笙陔室。六儿昨晨感冒，金波以麻杏石甘汤与服。午，尧生、金波、治平来，食菜、豆花，申甫亦至。

**十六日(7月1日)** 原拟同尧生至姚井。六儿头晕未大痊，乃止。由六书而悟教法。象形推之，至于游记，状山水、花木、虫鱼；指事推之，至于言事，如书画、赠答、叙事之类。会意，意义。谐声，凡有声律皆是。转注，论辨、解说。假借，换今字用古字。尧生代钤《廿四史》。午后，接黄肇青信，已改陕西令。少南信言津贴未兑。陕信言应否回避，拟见问而后答。

**十七日(7月2日)** 二狗停水腹泻，命敏先引往陈季襄看脉开方。紫璥初七日发来信,其二女病甚。访塘沽车道有留难否,需护照否?票号未来,实淘气。过孟甫宅,为璥探塘沽清静否及票号各节。四下,尧生、茂萱到。尧曰已饭,茂萱尚未,欲与共酌,则云七兄遣人请吃豆花,而未闻七兄言,则改八股去矣。酒数巡,茂言周芝珊老先生为安岳人。予曰:"是否黄老二亲?"七兄因骂黄二,拦之不可却。又曰:"未与黄二写信。"恐余信之先到者层次不贯,道理不接,思之不得其故。

**十八日(7月3日)** 晨,同黄石生到贤良寺,先晤晦若,久谈,而履初出街矣。又谈于杨莲府室中。李侍郎以国势至此,工程者尚欲借端支消,辄愤詈。晦若买汪文端由敦花笺及题画小行书册叶,甚佳。黄左田奉敕写《水经注》,亦俊拔。接何玉林、曾致安公信,公项三百四十。又致安信。孟甫来,奂如午后来。

**十九日(7月4日)** 晨,同尧生率六儿往井顺居,日出已久,清气消矣。申甫代发紫璥信。《移居图》:一帽而跣者先行,荷药瓢、书卷;一髻而牧者,负米囊、驱三羊继之;一女子蓬首挟琴,一童子背一小儿,一奴荷荐席、�篮、帚槌之属,又继之。处士帽带,执卷骑驴,一奴负琴又继之。细君抱一儿骑牛,别一儿坐母前,持箠曳绳殿其后。处士攒眉凝思,若觅句然。虽妻子、奴婢生生服用之具,极天下之酸寒,然犹蓄二琴,手不释卷,其迂阔野逸之态,每一展玩,使人意消。苏峤家有处士夫妻像,野逸如生。抄石庵所写扇面。井顺居茶棚夫妇二人,晨则夫臂鹞出,寻苇丛林薄间,纵之捕雀归。妇具食对餐,若甚泰然者。高子曰:"使稍知学,冀缺、王霸,不即是乎?"申甫携来书画册,有世宗书《赐信郡王》五律扇面一首,香光笔意,又石庵便面一。

**二十日(7月5日)** 阴,细雨。敏先引二狗赴陈季襄换方,入城遇雨而归。赵佩湘字云浦,丹徒人,乾隆癸丑进士,嘉庆十六年四川学政。接紫璥五月十二信,不过班。铁船已逝,报未载。过孟甫宅小坐,归闻李小蓉耗,去年十月二十九殁。与毛菽畇一笺。尧生来,去后,金波来,言适接缦青信,言到自流井晤陈子尹,子尹言在西安曾闻凌二公取蜀学堂款三竿，赵翼之借一千，余子厚、何云帆各五百，凌自用一千。予初不信，而出于陈子尹之口，且在西安所闻，讵尽虚乎？云凡衣食已足，不似当年，况戊戌七月廿四在甘宅之言，洋洋在耳，何至遽生干没之心？至于翼、厚，平日深自爱者也。或以某公吞之而不能出，不如分借而不令其独吞乎？川南、北旱，三四月无雨，斗米千二百文。

**廿一日(7月6日)**　天阴。晨，步行至茂萱宅，与言学款事。归，饭后，草一稿，复以去年诸人欲分款信黏一簿，义利不明，大为人心之害，有平时自持而临时恍惚者，可见本是难事。午，大雨。尧生、金波、九愚来。署江南道御史。

**廿二日(7月7日)**　昨夜大雨，夜半睡醒，闻雨声清越，神梦湛然。晨，雨止，放晴。午，同乡遂宁人陈少仙名应庚来拜，以吏目在保定候补多年，将补缺。老茂交来石印叔峤戊戌七月廿八寄肖岩函一纸。四钟，同七兄请聂大爷子厚、岳尧仙、罗笙陔、茂、尧、奂、孟、金于广和居。晚又大雨。

**廿三日(7月8日)**　昨夜又大雨。晨，接紫璈信，问曹福元兑茂萱数到否，茂来。午，尧生来。接达宣信，言子谦势狐，幸陶督照及之，或与丁藩有意见乎？达宣信交施。

**廿四日(7月9日)**　阴，似有雨意。巳刻，尧生请饭广和居，梧冈新到也。茂萱、笙陔、金波与七兄、六儿亦往焉。梧冈言吴春海已告归，怡庄则扼于毓贤而后归也。端午桥抚陕西，独无拳匪。山西有好知县某某者，独无人举，可慨。鹿杏侪来。

**廿五日(7月10日)**　浓阴欲雨。午，张今颇来与言，璈又有不过班之意。丙戌以后，礼邸得权以来，人视钻之一道，几如必读之书。今日风气稍好，然求保举亦常事耳。若其不能求也，则固不必侪之于求之之列。一州一邑，自尽其道，金顶荣于红顶也，璈之所见远矣。坐车引六儿、二孙往南洼，至伏魔寺门前，候尧生、孟育南去，老茂北来。初由比部归，不能偕，仍与尧生同行。过浣花别墅，并约孟育、六儿跨驴先导,孟育后至,酌酒下煮花生,望西山较明净。返过龙泉寺,扣门而入,石渠花数朵,薛荔如故。辛卯之秋,车宜人殡此,六儿方三龄,敏未来京,今忽忽十年矣。《过龙泉寺偶赋》云:“绿树青萝麦秀中,偶寻幽寺引禅风。心伤一十年前事,剩有棠梨照殡宫。”内院梨树集燕雏四五,数日不去,赋云:“惆怅东栏玉雪霏,东风瘦尽怨春归。多情尚有红襟燕,长驻[1]枝头不肯飞。”尧生来。

**廿六日(7月11日)** 尧生来。申甫以梁山舟屏八幅来看,每幅三行,用小羊毫书。

**廿七日(7月12日)** 午,同申甫、老六、二孙、敏儿往南洼,并约尧生往。归,过便宜坊,吃烧鸭。正月以来,即有此约,今始践之。子谦信来,以达宣赋闲,欲为斡旋,皆以为优差。厘金后又署佛冈,不便说话。峨眉清音阁有白、黑二水,交会于前。裴村往游,与住持僧心梁者甚相得。心梁,塔忠武旧部也。湘军初起时,打仗奋勇,枪子中于肾囊,未取出,久遂如病瘵然,因剃发峨眉。裴村为书阁上五字对云:“双桥两虹影,千古一牛心。”尧生往赞叹之。心梁闻尧与裴交好,甚礼重,并问裴在京情况,且曰:“如此好人,皇帝该爱之。”及日本井太尉往游,亦赞其对联。心梁具告以刘之为人,井以戊戌事告。心梁惊诧大哭,井亦哭。

**廿八日(7月13日)** 午,热极,尧生言潘梧冈著有《蒙学》各书,拟延教老五、老六,东院无屋,颇难。下午,凉。晚,金波来。尧谈王太守困苦事。

**廿九日(7月14日)** 晨,接紫璈廿日信,六月初起身来,其二嫂四月故,斗见二先生与骏生信,令我咋舌。其父亦以为未妥,后乃言:“当不说话之石人,何患之有?”为父之言,不衷于理如是,何怪子言之谬哉!凡说话嘴舌太快,则未言不自省,将言不留神,百弊百祸,皆从此出。过陈宅,接廖述之函,详叙铁船病状。尧生来。

---

① 驻,原作“住”,据《借禅室诗钞》改。

**三十日(7月15日)**　金波请于广和居。申甫入城。汪局散，尧生来。七兄屋窄，郑、黄不迁，七兄颇郁郁。敏先、六儿、二女等往看戏。尧生来。

## 六　月

**六月初一日(7月16日)**　连日皆热极。于晦若来，马溆午亦同金波来。马新从张治秋台长自西安归，言及蜀中新旧矿务，并云帆家被劫情形。萍三招饮岳、罗二大令，奂如、孟甫、谢承皋、七兄与予、聂献廷。萍后院七大间两厢房拟迁之，而以现住内院并归七兄，则郑、黄不必迁，而七兄亦够住。

**初二日(7月17日)**　清晨，茂萱来，言张治翁约办工程，因恐得罪旗官，辞之。予谓凡事不必居意去做，亦不必坚意去辞，若求四平八稳、毫无挂碍而后做，天下无是事也。但须承命之人划清界限，而又深明工程之人充之耳。晦若来，申甫移其书画等来，明日回保定。傅曼先来，已留须，不识也。孟甫来。午后，尧生来。金波、罗治平来。

**初三日(7月18日)**　热极。张总宪冶秋来拜，别五年矣，渐有老境。尧生来。午，因赖季在七兄处，家人误谓予就兄食，致未具饭，予乃另同尧生小饮数杯。溆午来。

**初四日(7月19日)**　请潘梧冈兄教老五、老六，今日上学，请茂萱、尧生、金波、治平陪饭。与张冶翁回拜。溆午来。冶翁奉命修整宫庭，同派者景东甫沣、陈小石京兆，景派员至廿五名，又加数人，跃跃然有仿旧规三成到工之意。冶翁刻意核实，日访廉勤有益者而拜求之。向之工程皆钻而得，今乃拜求，此风古矣。闻凌东翁已捐道。

**初五日(7月20日)**　昨日以床有臭虫，邬孙取帐被晒之，且换一榻，夜睡较安。五下后，即起，复在外炕假寐片刻。饭后，尧生由岳尧仙处来。敏在小市买得石印《渤海藏珍》一部八本，较石刻者便易多矣。午极热,读郭景纯《游仙》及《古诗十九首》祛暑。与少南一信。抄《台规》“送考”“回避”二条,并尧生与仲锡信交去。

**初六日(7月21日)** 初伏,晨阴。细玩《渤海藏珍》帖,以赵临《黄庭》及蔡忠襄书札、松雪书札为出色。饭后,尧生来。老六功课毕,同潘师、溆午、七兄、二孙往井顺居。金波后至,用活水泡尖叶,连喝数盏,觉胸间积热荡涤几尽。总宪张冶翁今日八下勘工,不用书吏、茶房,命各木厂一体开单,封口交呈,价贱者用之。此事并不奇,从前大臣多瞻徇,小臣兼分余润,冶翁毅然决断,斯为奇耳。看《选》诗,三晨于看老杜数次后看《选》诗,其好处较为明白。荐老高与傅京仙。刚发少南信后,奂如同尧仙、承皋来,并以少南五月十八一函见示。翼、厚、帆皆旋川。

**初七日(7月22日)** 晨阴欲雨,急望之。饭后淅洒数颗,骄阳又出。连日热不可耐,无雨解之,燥暍似甚去年。三下,大雨俄止。同梧师、七兄往北火扇惠丰堂岳尧仙之招,孟、奂诸人先在。

**初八日(7月23日)** 昨夜半大雨倾盆,至午未歇。老六总着皮靴行水中,槐树西南大枝节处有孔,被水注久,风雨摇灌,遂折落庭中,浮积水上,如老木倒垂山溪,与坡翁承天寺竹柏别一趣味。梧师教老六用俗话演《公羊》传语。挂日记,是以俗语换成文语;演《公羊》则以文话换成俗语。久之,即俗即文,口头之语、笔下之文,皆一贯也。三下,孟甫来,街上能走,尧生当来,金波来。裴村《罗浮听客弹琴》诗,超浑。潘彦辅《诗话》与严沧浪宗旨略同,以李、杜为两大宗,不为轩轾。修理前门、大清门,七兄未荐,木厂乃有谓其会荐者,七兄怏怏。

**初九日(7月24日)** 晴,以单面绢扇请尧生画。奂如饮我龙井一椀,老顾走,未与此典也久矣。下午尧生、金波来。

**初十日(7月25日)** 饭后,张金波来,言永平府李太守激盗出巢,乃避而返,命抚宁县以百人迎敌。抚宁,金波子也,金眷在抚,将往迎,出驻津。尧招往潼馆吃豆花,午后同尧归寓,罗君笙陔来。

**十一日(7月26日)** 寄泸信十四号。接璈信二封,六月二日、六月五日发[①]。将仍以知州本班回苏州。泸、合旱,黄瓜每条十五文。将行遇雨,有言连庄会起路不清吉者,有谓岳尧仙不遇胡筠楣难入京者,当草笺复之。闻尧仙行有日,往看,刚坐,陈宅门者言家中送信来,于都老爷来,因未在家,乃往伏魔寺看有话否,以为顺便出也,少坐而归。乃知初来即卸车于厂而后入,以无人,始步往伏魔,且曰"将复归"。而邬孙到陈宅,脱去"复归"一层,余问邬孙曰:"何以不亲面,必烦陈宅门者转告者?"曰:"陈老爷上房,恐不令往。"下人黠而避过如此。孟甫来,天欲雨,乃归。申老自保来,言吕道元亦胜仗,土匪从西北去矣。洋兵自十六日起,退半、留半,启銮日再退半、留半,自开封启銮又如之。

**十二日(7月27日)** 昨夜凉爽,今晨亦甚凉。饭后,周方伯玉山来拜,言去岁匆匆一面,未及谈。问九有信来否、川东南得雨否?云甚念念,并言去五月奉伪旨,以及派兵赴邛州大邑、派员到川北各府县,以至省中昼夜巡防,凡兵口粮、巡防灯油、口食、房租诸费,才七千金。刘幼丹于告示内欲平民气,反有轻挑之语,为洋所扼,说之乃免。和局将告竣,画大押。新发数十函与直省官绅,赔款艰难,则于大赔款出之。教民受害当赔,穷民无归,亦当抚恤。尧生来。申老晚自城中出。

**十三日(7月28日)** 申老回保。巳刻,过广和居,同茂、孟、奂、谢承皋、尧仙、王石生请罗星农。局散,茂来寓,尧生先到,鹿杏侪亦来,夜月甚好。

**十四日(7月29日)** 晨,入城,与周方伯回拜,坐谈晦若处。李蠡莼、吴幼林亦谈顷刻。颐和园去秋,俄兵独占四十日,精良器物搬运十之八。日本往,住八日,亦运十之二。英往,仅保守大屋十五间,皆玉器、磁器,值百万。昨日奉电谕,解京款分存上海、德州。晦若疑

---

① 原文"发"字在小字"六月二日、六月五日"外,为大字,疑误。

将久驻汴,予疑为据饭银计耳。先解入京,恐人先分,存于途中,待其到而后来,斯为稳当计,此所谓"恢复家当"也。尧生尽日未来。下午,奂如、尧仙、承皋、金波来。丁道津,号佩玙,承继同年,丁体诚者也。阁钞,初九日奉旨,庆邸总理外部,夔翁外部大臣,瞿子玖外部尚书,徐寿朋联方外部侍郎。今晨又到洪翰香观察寓名恩广,别已三年矣。出李稚绳信,与述之信相似。谈及去岁徐、崇主张事,为之一叹。翰香为名父之子,言皆剀切,无官场油气。

**十五日(7月30日)** 与孟育字,促办截取。近数日,早晚皆凉爽。七兄大声叙述九愚勘工诸语及昨晨书册之误,累累不休,致惊我梦,看之,则向砚重述也。凡事必详明于妻子,毋乃劳乎?午,金波来、尧生来。黄少谷来,为谒周方伯也。溆午来,廖廉能吕姓武官。

**十六日(7月31日)** 二伏,晨雨,已与尧生约游南河泊,今将改期。槐花开落,仍如去年,若使馆攻破,使臣全伤,屠杀流离,不知何似,遑问槐花也哉!尧生以糖饺来食。

**十七日(8月1日)** 晨,接璈初六日书,嘱于到时勿治筵、勿约进馆子,但以野服过从云云。尧生来。黄少谷来,午饭。溆午、九愚、金波亦来去。

**十八日(8月2日)** 前以京城买人价昂弊多,从朋友之劝、媳女之请,函嘱九弟代觅一人。发信后,又买得涿州人李氏,因补发一信十五号止之。若今买者不好,将来仍可在北地添置。若以既发泸信而听其来,层次之间,终欠光明,非处事之道也。过孟宅看尧仙,尧生、金波、孟育来,留育小饮。

**十九日(8月3日)** 连数日皆极凉,向来初伏一过即如此。洪翰香来拜。其人甚沉厚,于书画、古玩皆无所嗜好。周玉山今日行,明日接印。铁船痰入心包,伏日食鹿茸所致。向来服作皆隆冬日数分,乃以伏日逐日数钱,何颟顸至此?可慨!两宫重九到开封,过万寿,意欲京中洋兵撤尽、无一留者而后返,岂能办到哉?巳刻,同潘季约先生、尧生引六儿、二孙往陶然亭。西山绿甚而有蒙气,故不分明。

尧生、六儿骑驴先，予及潘师、二孙一车后至，苇林夹道，瞿然而高，如行资阳道中。《仪礼图》，张皋文著，《巢经巢文集》，板在重庆云贵馆。《离骚经》，王逸注、王廷父注。

**二十日(8月4日)** 阴凉，十一度。草复述之、达宣信。溆午来，谈及献甫绝顶聪明、不能自克，如陈景鎏。郑、徐两侍御者，皆可悯已。晦若来。行在以外兵分期而撤，与原议不符，见诘。全权又晤德使，言于七月初二一律撤去，惟闻英、美又不谓然。明年会试在河南。尧生来。逸凡信来，乃叔捐道返滇，并以一侄捐巡检，一旦而有此捐款，豪也哉！

**二十一日(8月5日)** 大雨连绵，天气如深秋。尧生约游积水潭，竟不能去，欲与尧仙送行亦不得。然如此雨，恐明日未必成行也。尧生改六儿记，有趣味，以车接之，持银耳丝、面来。午后，金波、治平过谈。斜阳微出，挂于柳梢，骄阳连日，令人生畏。久雨微烘，亦复可喜。

**二十二日(8月6日)** 雨后初晴，宛如春秋佳日。巳刻，往贺张总宪升司空之喜，因畅谈数刻，便过孟宅。尧仙不遽行。文静山来，据言去年九月初九凌、何、赵、余到祁县老号以折取银，凌称伊是岑春萓营务处，此款应兑川，将来办公件。何、赵、余则云路上无费，公款例得例用。老号不能支，拒听其提用。凌开名单，各注数目，余四千兑归四川。想凌以为茂萓会中人胆小可制，又拉同赵、余诸人同用，则化私为公，不知此乃奏定款，即欲兑川，亦何敢不奏而提？紫璈到泸馆，命车往迓。入门一见，虽非十八年前之璈，而精神充足，声气昂然，固自可喜。尧生先来，老茂后至。茂谓宜写字问凌，票号既言之确实，何问之有？

**二十三日(8月7日)** 饭后，十三、祖寿等同璈至，闻谈至午。璈返泸馆，七兄归寓，往泸馆，茂亦往焉，复回来，尧生已先至。饭后，璈述姜国伊诸轶事，哈哈大笑。萍三来，溆午亦来。晚，石生来，谈及凌事，皆以为当办。以奏定公款贩土捐官，此而可容，何项公款不可为捐资？何地强梁不可入仕宦？效尤踵武，害不胜穷，必有抢夺公款而成大案者。况乎内外各官先讲操守，攘取如此，何操守之可言？奏定之款可劫，征收之款更可吞，岂复能恕？萍三曰：“该号何为与之？”予曰：“该号见折发银，无罪可科。”

**二十四日(8月8日)** 立秋。巳刻，过泸馆，与璥谈乡土。茂及金波先后到，复同至寓。尧生先来，茂、金去，七兄蒸鼓子。午后雨，夜雨三次。

**二十五日(8月9日)** 阴，午后晴，燥热，寄泸信十六号。三下，璥来，尧、石共谈。兵部徐子真、张来寻七兄，璥避入书房。热甚，午，小酌红酒数杯。晚，璥去，金波来，为蜀学款已属草，言其不约同乡，以事问经手，必当挺身办理。凡事皆坏于趋避，审其事为己所当办，而又约人，是又模糊办事也。约人既多，或推诿，或劝缓，及到受累之日，谁当任咎？金波认明“经手”二字，较为有识。

**二十六日(8月10日)** 晴。潘梧翁交来南皮师诗一卷，早年似新城，中年似坡公，而连珠诸诗则博大精实，似从《古诗十九首》得来而变其体。又有七古似山谷、五古似杜陵处。午刻，过孟宅，萍三在焉，王石生与雷某者亦至。

**二十七日(8月11日)** 晴。饭后，璥来。尧生来，约同往南河泊。璥过东城，予与二孙同车，尧同敏雇驴以行。南泊旧座落，未经洒扫，门外石磴两条，树木棚荫，清风时来，荷池莲叶千万柄，俯仰掩映。主人王叟言：“去七月十八，何乃莹、王培祐、徐琪五人往避。徐命凿断门外土埂，引水如濠，以避溃兵。次日，仍跨驴而遁。”

**二十八日(8月12日)** 十八日所买一婢，以为来自官斋，当能听教训，乃野性实甚，哭念其主，送之返。其主不收，其太太眼睁如卵，戟手骂之，粉厚如钱，浸汗迸落，因返而置王媪家。无父母之女，幼卖人家，而为之女主者非出门拜客、即开场斗牌，甚或有极无礼法之事，以入其眼，欲其长而听教，得乎？不能听教，必展转于无何有之乡，谁之过与？李秀瑜，福建人，内外常有博局。主人近午始起，饭后入局。郑康成之婢能咏诗句，杨越公之婢能识英雄，党太尉之婢能烹羊糕，苏长公之婢能诵梵唱。一家奴婢各有一家之见闻，而变化皆始于家主，岂可欺哉！岂可欺哉！吾尝谓一代人才始于君上，而合计累世之风气，又无不胚胎于创业之一人，虽小有推移，其大端终不能外也。治国如是，治家何独不然？吾泸杨选顺、师洪太、周菱轩家女眷，皆以打牌为正业，后来成效大著，秽不可闻，殆不可人类视之。

**二十九日(8月13日)** 大雨。接泸五月十九辛二号信三，又祐祐三笺。余正安四月初九过泸，自觉其太瘦，欲寻人消遣减烟。予谓不如看朱子文集、坡诗、陶诗，订诗本，分抄杜五律、坡七古。为侄儿女辈，不胜焦萦，有则略分，无则已。已殁者以《列子》洞明生死之法处之。吃燕不吃，何太菲薄？阡账明年起，每季各取五十，合为一关。廷藩躲避。乃恭署宣化。

## 七　月

**七月初一日(8月14日)** 晨，雨，写泸信。十七号。孟甫交来止安一笺，叙府发。璥来，近两日，石生谓其内院热，终日来客厅。午后，金波亦来。孟甫、承皋、萍三先后来。

**初二日(8月15日)** 燥热。十钟，赴广和尧生约，局散，与尧同归。鹿杏侪、选、高、平亦来。

**初三日(8月16日)** 晨，璥拜客过此。午，金波饯尧生。午后归，奂如来谈。今日天气甚正。“继男侍侧，亲女还京，羹醴奉姑餐，谁知秋稼盈红，反令尸饔摧孝妇；王室粗平，都门无恙，邮书安母虑，不料霜筠陨绿，徒将宅相望诸孙。”

**初四日(8月17日)** 饭后，晦若来谈数刻，同步茂寓，旋同茂、尧生、溆午过璥处，互言去秋以来各事。晦走后，乃同茂车回，溆、尧则缓步而走。“寂寂欲无语，裵裒[①]自柳堂。素心能几许，之子远还

---

① 即“徘徊”意。

乡。望望白云接[①],行行秋水长。笋舆山路捷,早日到嘉阳。""王室今粗定,乘舆即返京。好传天子圣,归慰老人情。望跸千官在,征帆二月行。西山深翠里,重听玉泉声。"[②]茂来字,言璥至寺,约往晚饭,小饮甚酣。璥归,同茂、尧、汪来寓。

**初五日(8月18日)** 饭后,璥来,忽接长沙函,以为东垣信到,喜极。拆看,则东垣门上熊珍来禀,言其主人三月奉委赴宝庆、邵阳办赈,五月水土不服,禀求消差,未允。六月初染时症,十二日未刻卒于邵阳,恸哉!恸哉!与紫璥互相沮悼。璥归,过孟宅小坐,回,璥又至,拟令东眷即住湘,以嘉定无田可耕,无屋可居,而又无人教子,种种不便,徒耗路资,璥兄以为然。晚,张金波至,亦谓余计可用。回銮改期。

**初六日(8月19日)** 昨夜为臭虫咬,三下,乃寐。寄东子信茅东巷。同汪金波往存义公,马仲华言凌去年闰八月初九到祁县,诈称蜀学堂事交伊管理,将提此数归川。问曰:"闻足下已将此款报效义和团?"凌曰:"未也。"号上持不与。凌又约何云凡、赵翼之、余子厚等同往,每人各分四百,凌独吞六千余。归,璥已来,孟育、金波同来,为尧生饯也。

**初七日(8月20日)** 草蜀学稿。午,七兄亦饯尧,茂、郭、汪、聂、璥皆来,而菜无味。傍晚大雨,雨止,璥归,茂、育继去,尧、金留谈,后散。

**初八日(8月21日)** 饭后,璥来,微雨近午,乃抱合肥奏议以行,随命刘元以伞追去,则已到泸馆矣。尧生来。泸电云虔生行否,复。大率沈官询尧生行期也。过孟宅,王石生先在,言及任少梁所拿之数,赵翼之嫌其仅五十元未用,渠亦未用,均被任少梁一人用去云云,何以任于去年犹曰某五十、某五十也?任少梁之嘴为酿事之阶,诚如李树堂所骂,然于此数尚有一线可原。若众人未分而一人用之,

---

① 接,四卷本作"树"。

② 《借禅室诗钞》题为《送尧生回川》。

又默不告人，且欲观望，其心减于老绿林者无几耳。石生又曰："赵太太枋子银，令二侄收了三十金去。"予曰："我未闻其收，但闻买者拜托老二后又闻拜托任少梁。"石生曰："赵是交有三十与令二侄。"予曰："我未闻，不干我事。"

**初九日(8月22日)** 紫璈晨还日记来，坐谈至午。尧来，闻王石生向任少梁曰："我听得有两句闲话向你说。"因将初八在孟宅托其转致少梁归款数语改窜出之。又曰："不必就还，此乃公款，非姓高之款，何人不可用?"不知惟非姓高之款，故高姓必弄明白。若惟一人之款，则旁人不能饶舌，送之可也，弃之可也，何清理为？午，同尧生以白酒下豆花，未竟，敏从潼馆归，言少梁在彼，述石生挑拨诸言。予急以字与金波、芝坪，谓留少梁，即过面语。饭罢去，始将孟宅托石孙转致、石生说少梁观望，并赵翼翁与伊等毫未分用各节，一一诘之。少梁言王石生欠伊有数，赵则实实分用，可以电问。予曰："五月廿一日是借数，凌是抢数，界限分明，我等作事不能含混，总要事后人人以为然。惟借数现亦应归款。"少梁言及江苏馆，是不应以公款请铁船，此乃己亥七月二十九夜，乔老、云凡同商，未及侍卫。又谢灵昭以李少东送银六两，被送者截之以付佃租，穷急而诉之于刘少龙、陈少平，遂怂恿而有拉胡敬敷之事。又言高七爷在广和居，以骂灵昭不开佃钱，传者以为八爷、乔二爷叫哄灵昭迁居，许送二十金，后乃未过，故灵昭以困急想钱未得，而起别谋，可见作事要有定力。公款请铁船，我本不愿，以虽卿衔办矿，而非额设之缺，别省亦未见有此也。乃一时徇情，欲加铁船威重，而反有省于局面。

**初十日(8月23日)** 昨夜大雨，至午稍止，又作尽日。璈得九五月十九日书二笺，有钻王之春荐学堂分教者，其人好混议、好兴讼，何可以教诸生？商署令延通城虎[1]入幕，娈童百余跟去，通城皆盗。

---

① 指薛刚，《说唐三传》人物，薛丁山第三子，樊梨花所生，人称"通城虎"。此处或代指某薛姓通城知县。

九看李二曲、孙夏峰,而未看朱子,何也? 罗笙陔请,以雨未去。尧来小酌,以车迓璈来,谈当年东省海山事甚悉。

**十一日(8 月 24 日)** 雨止,甚凉。六儿微咳有痰,饭量不如常,欲健脾不敢,请萍来酌方。又接璈来,尧生亦来,束装匆匆。夜,金波来。苏福回。

**十二日(8 月 25 日)** 萧然秋意,庭庑空虚,东坡所谓"清风来故人,胸次堆冰雪"者,其此境乎? 璈拜客归,过此。午,来谈蜀中去年事,璈去,尧生来,璈复来,午饭小酌。六感冒未净,嗜睡。孙来看,大孙便乞开一方。夜,同金波、七兄、六儿、二孙往送尧生。

**十三日(8 月 26 日)** 六儿早起往送赵,已行,敏送至火车,尧谆谆以六出街与仆人谈为戒。衙门送札,知来署江西道杨渭春为妇病归,准告病假也。午,告过伏魔寺,见尧生为罗笙陔书扇,有芸子诗云:"临水将归各黯神,登高望远倍情亲。布帆千叶秋江上,中有扁舟是故人。"气味纯和,觉比"想君孤棹泊溪桥"尤有余味。归寓,则璈兄同十三买物去矣。须臾归,晚后去。

**十四日(8 月 27 日)** 阴,阴翳无日,凉痕萧飕,颇似重九天气。漕运脚夫殴打武秀才,武秀才控于练局,命人往拿,众脚夫阻挠,沈能虎与胡筠楣之子亦暗呜叱咤。胡筠楣并欲派人查办,五城往会,反以怒气相向。石生又言街道厅出一车徐行,两人提锹锄侍于侧,如劝农者然。午,闻璈已同七兄过孟,因往,以汪、马在寓,先归,溆托查捐事。

**十五日(8 月 28 日)** 晴,日中略余暑意。璈来,已得潘西笙信,可办而尚游移,为直决而劝之。甲刻,赴陶斐然之约于广和居,陪璈也。茂、孟育、金波、王水部咸在。局散,茂、金来寓。洪翰香来信,言铁船未愈。

**十六日(8 月 29 日)** 晨,璈来,言昨日午烟少吃二口,晚间迟散,夜滑睡醒,头汗岑岑然。午,晦若来,溆午来。奂、孟三钟来,因留便饭。述之来函六月廿五言铁船病状。陈子钧三月朔裁其薪水。

**十七日(8月30日)**　昨夜梦过一坳，左一庙如吾泸财神庙者然，内一人周姓，似旧识，馈我百五十金，系于腰。归过一巷，至城垣，有竹篱横列四筵，坐诸嫂、诸姨。予泣曰：“多年在外，无资以馈。”即解腰橐奉之，而醒。复述之信，并与达一笺。午刻，璈来，傍晚去，携洋伞，提梨膏罐并书一帙，笑其如赶场归者然，皆哈哈大笑。茂来，金来。

**十八日(8月31日)**　晨，拜许子元丈。饭后，闻二孙呕吐，以昨日过潼馆，跑热回家，脱衣吃饭，感寒化热，请孙子钧同年看，开藿香、郁金、薄荷、蔻壳、川连盐炒。

**十九日(9月1日)**　二孙服孙子钧药，呕止。巳刻，晦若来，璈来，头犹晕。为文静山书扇，命人共溆午函送去。张金波子名石，来拜。璈以人送席来，约金波、石孙共食之。

**二十日(9月2日)**　聂、汪递呈。去年今日洋兵入城，盗贼蜂起，而蝇营狗苟之心，亦愈胜于往日。过孟宅，归，璈来。

**二十一日(9月3日)**　璈来。陈雨苍升顺尹。茂来，璈归，饭后复来。冯恩昆革职撤回，放差时啧有烦言，风声所树，有自来矣。阎锡龄、郑炳麟亦革。朱古惟来。

**二十二日(9月4日)**　昨夜骤雨片时，予寐而未闻。晨，璈赴饶州馆看脉，询之御者，言久坐乃归。能久坐，想无大恙。午，拜客，由椿树头条、杨花七条、福州馆、贾家胡同、保安寺、成都馆至伏魔寺，又遇骤雨片时，归，与璈信，乃知璈过存义。晚，金波来。璈来信，言往交颉、袁二函，并言今晨诊脉谓为肝旺肾涸，恐生内风，癫痫又作，夜不寐，心甚虑之。

**二十三日(9月5日)**　昨夜半又雨，天寐爽，客厅东头落土，七兄虑土打头，起而问我曰：“未钩抹乎？”答以“今年钩抹二十金，去年八十金”。须臾，七兄入内，忽闻嚷声曰：“何以出结[①]不商，闹出难

① 出结，指出具保结，即出具事已了结或事情属实的证明。

子,如何担得起?”盖虑七兄功名有碍,又谓凌好动刀,兼怕得罪,甘对不起余子厚也。其时我未睡醒,以声大而惊醒。及我起,问兄:“何为天未明便寻事?”七兄曰:“想是十三所告。”祖寿为其二兄讼冤,诘其父,其父乃又曰:“不是你二兄,是灵官考土地自供也。”七太太下疑是我叫出结,且曰:“如何此等事要叫出结?”我曰:“七兄作京官十年,不当出,何肯出?况我并未劝出,盖劝出者金波也。”我因被冤,出声亦大,乃谓我以弟喝兄。七兄曰:“他喝不得,要你们才骂得。”伦类之间,首重三纲。纲者统驭之义,家庭之地,惟肃乃雍,肃者清澈之义。不纲不肃,而欲身居净境,心贮冰壶,难矣。若复以游移之见,生其瞀乱之词,不求酌义裁断于当时,但欲推诿远避于事后,明明彼岸,指为泥中,失火城门,池鱼殃及。然不干而被詈,无故而致疑,或犹读《反身录》未熟乎?是当自省己。饭后,璥来,茂亦来。

**二十四日(9月6日)** 晴甚凉,换呢袍。晨读周栎园先生、熊孝感两传。人生一世,必力自振拔,而后可以亲古人,不琐琐以自墟,不营营以谐俗,其始基也。午初,欲过璥,璥来,茂亦至,璥实收至。

**二十五日(9月7日)** 《扬州十日记》叙大兵到扬,步武严整、节制之师,而亦挨门索钱,扬人导之,更索巨数,何绝类洋兵之来也。饭后,九愚至。许子元丈来,言将请交比部,又曰:“必将有查城之役。”谓台长所言也。因言司坊拿盗不尽可靠,其难一;司坊结所验自尽案,恐日久翻案,其难二;司坊无不要钱之人,亦无不要钱之案,难防,其难三。所言皆实情。萍来,嘱其告孟电翼、通厚。翼曰:“许久而后公事到川,不必忙。”

**二十六日(9月8日)** 璥昨夜不安,饭后忙去看,则夜醒胸凉,久不寐,稍寐,头微汗。遇茂于途,同往。石孙以日报示,少南出枢垣,何也?前十日有谣鹿、王出政府者,即此乎?归过孟宅,无陕信。尧生十九日自沪来信二笺,绝句十一首,拳拳于敏、仿二子,又附与伯欤一笺,叙怡庄、山西节略与茂。

**二十七日(9月9日)** 电五字,归草十八号一笺,附闲仲、尧生二函。茂先来，璈来，昨夜睡好，甚为之喜。仲鲁约饭，惟七兄与璈及予三人，始终惟听七兄坊司之言，令人不快。归，茂在寓。

**二十八日(9月10日)** 为怡事削草两次，皆未妥。璈来、孟来，均言此交查事，不可代辨，但宜寻教士言之。

**二十九日(9月11日)** 洪翰香言怡庄事须电其本人，遣人呈冤帖于合肥乃可，否则处分一下，即难挽回。今年三月十五日新闻载，山西太原府知府许涵度，毓贤惨杀教士，该府助纣为虐，故未能一名漏网。近日交颐和、大内，初五可退兵。往孟宅，奂、萍皆在。孟言蜀学事，凌必拉分者，不如先在此间由院传问存义，问明于底，上将三人分晰而侧重之较净。萍曰："凌凶横，倘不归款而坏其官，必持刀来。"予曰："劫公款以去，清理便寻仇，遇此竟束手受累乎？抑尚有办法乎？聂、汪之具呈也，以公款至八千之多，恐日后子孙受累，迫而上陈，此亦不能不然之事。"孟、奂、萍以赵、余诸君分用，凌倘被查，势必牵涉，意欲察院先讯明票号，出奏时，出语谓"某某四人道途缺乏，稍挪数百，尚不为多，应由某某自缴。惟凌用数太巨，应请饬川、滇两督查追"。前嘱萍告孟电万县，知巴州以报效者李、张、凌，非何、赵、余也。邂逅挪移，一交便了，虽有拉之，亦拉不上，何碍焉？苏停道分发。

**三十日(9月12日)** 昨夜睡又迟，或烟多数分之故。璈来。接尧生二十二日自沪来函二笺，云幼南刺史筹培村家事，衣冠亲拜其庐，又迎其二子于泸，延师课读。古人风义，令人感泣至矣。仲壶谓其明达，与国子达同科，一恳切，一敷衍。过茂，璈在焉。购得去年六七月报，毓片奏曾、许互调，谓省城办理防务吃紧，曾某恐贻误，许某肆应咸宜，并委潞安府太义镇同知乎仁暂署府篆，以便许先赴太原，曾即赴潞安府。

## 八　月

**八月初一日(9月13日)** 东社开于上斜街，敏、德二子往溜达至铁门。饭后,命人交存义信,托带西安,并饬东道知会满股。璥来,读其所作凌镜老墓表,与谈蒋翰臣,则胖而留须,其有正心诚意之功与?抑所为皆非劳心之事与?奚为而胖矣?

**初二日(9月14日)** 八下,到衙门,满股到二人,文、璟。汉则石荪及子和。归,接尧生函,言英、日、俄相持,信然。日望我强,出于至诚,然必我能强而后日与我友,否则龁我之心不在俄后,盖不甘以中与俄,而自受其弊也。停捐电谕到。办学堂译书,急复一纸,附潘师函去。溆午、孟甫先后来。萧策吾来,曰账多不得了,脸容悴矣,可慨!

**初三日(9月15日)** 两三日觉无精神,服补中养气丸。璥来。唐辉廷来,溆午来。过伏魔寺看茂。草寄雷仲宣函三笺。服补中益气汤。

**初四日(9月16日)** 晨,金波来,璥来,过伏魔寺。尧生与茂函。精译课本,精定课本。璥来,溆来。晚,鲍鸿吾来。

**初五日(9月17日)** 电陈子钧,午门行军礼,交大内,洋兵早已陆续撤归,惟大内则俟画大约后,今日乃撤。辰刻,日、美兵入,排立于午门西右阙门前,日兵又列一队于午门当面依东而立。姜桂题带来袁军扎于后门外者,昨日分五百入城,亦站一排于左阙门外。庆王同外国兵官站午门前,每交一门,则西军之守其地者退而归伍,洋兵作乐,各地交清。洋兵官出号令,枪齐举肩之。又一号令,洋兵一线之队,抽为两行,洋洋作乐,由端门出,步伐坚整,无丝毫出入,袁军止及十之四五耳。苏拉[①]向有守门差者,负被抱衣,霉旧纬帽,迟迟行,如负重,以两人抬其枪架,一人捆其烂枪、锡枪而荷之,洋官指而讪笑,几忘其为可耻也。潘先生言此后乡塾子弟读《孝经》《论语》歌诀后便学看报、写信、作论。申甫来信。买参茸丸、燕菜。

**初六日(9月18日)** 巳刻,璥来。同七兄在广和居,请孙伯玙、

---

① 苏拉,满语。清代内廷机构中担任勤务的人。

梧冈、罗笙陔、谢承皋、董蕙帆、邓，邓请客未来，璈赴袁室三之约。茂以彦病，忧劳未到，惟金波枉陪。夜半睡醒，同七兄辨诉。

**初七日(9月19日)** 久不知范三消息，董蕙帆言前年复调龙溪，遇教案七起，摘翎顶将撤任，乞各教士为缓颊，认赔十八万，每月二千。董去年正月晤于漳州，人比前瘦，烟多吃，饭常吵菜劣，以乃兄全家在彼，侄儿女辈不无闲言，初亦积金四千，欲过府班，而遇教案，如此累赘，将如之何？孟来，示少南信，有“东须有交代，不含混”云云。萧策吾来，言将行。璈来。

**初八日(9月20日)** 晨，溆午来，同往看彦康病。无母之子至此，可怜。欲以涞昭信票议一孙辈小官，欲寄泸信商，来不及，与七兄、璈商为之，璈来。徐子真来，晦若来。怡事据公函，用全权名，与岑信一查便了。少东来信件一。

**初九日(9月21日)** 晨，七兄赴璈，同璈来。饭后，接慕驹电，乃父道成封泸廿号一洋纸，附怡庄信。溆来、金来。孟交来怡庄电云：“晋事牵涉，怡已奉谕否？如何办，详复。”王石孙以家信言西、充两邑旱潦，欲电川藩。

**初十日(9月22日)** 孟来，嘱致申老函，其子提姻，家中已允，专待保信。

**十一日(9月23日)** 阴雨，午刻，璈来，曾子仪重衡来，精神觉好。

**十二日(9月24日)** 晨，奂如来，言怡事宜再电。予以近日叙州应有上谕，又恐岑抚恐难作主。少东函内加一笺，乞与雪澄商之。溆午来。孟甫来，言丁田挂井钱甚多。泸信二笺一纸五号七月四日发，精神在同辈第二人，可喜可喜。经纬学堂同伟人办。少坚殁，可怜。黄六亦死。尧生电。严择教习电，何以七月初十边未到？华道借丁祠挂钱买田，田贵。雨农恐阻水于夔，故六七两月未到。涞儿八字冲。

**十三日(9月25日)** 晨，璈来。看茂，怜之，幸彦渐愈。挽照萱。“得妻酷甚敬通,谁使亲上加亲,酿成怨耦;老父哀逾卜夏,所欣子又生子,藉慰衰龄。”“误读潘黄门‘对孺人’‘顾稚子’两言,闺闼闲居,坐使英雄短气;细绎漆园史‘齐得丧’‘一死生’诸语,阴阳广大,无妨大化同归。”与璈谈及“男女有别”“夫妇有别”“女子小人难近”诸懿训,觉无刚气、无恢阔壮大气者坐此弊,由懒而病、而庸、而隳,骨肉远离,贤士裹足,虽知勤知俭,亦无补于门业,哀已。午,璈心不舒,归馆。徐子真来,金波来。“饫闻聪训斋,崇俭遗箴,竹灶蒿墙,辛苦齑盐《贫士赋》;还忆退思轩,同居旧侣,春风雪夜,团圞灯火太平时。”

**十四日(9月26日)** 接申甫函。溆午、金波同车过泸馆,璈恰出,命人追之,坐待其返,往宴芳楼吃饭,溆请也,与璈同车往返。七有难过之叹。微电见“必有我师”。

**十五日(9月27日)** 晨,孟来,由内阁而回。辛三号六月二十九发,由雨农寄来,并黄海门、沈幼兰两信。三女信。大女窘急。八月初,沈召见。梧冈因川北旱,言往年川东灾,即所谓灾之大者。及亲往大宁各处,见穷饿诸民,询其情况,皆山中瘠区,又无业,平时丰收亦如此,非困灾歉而始然也。一闻朝廷发赈,则群而嬲曰:“皇上收我百姓粮,今散赈,何独遗我乡?”而倡议之人与办赈之人以为灾大,则州县亦不敢曰灾小,究竟倡议者别有所为,非果为民请命也。溆午、金波、紫璈来谈。

**十六日(9月28日)** 晨,八下,赴衙门,又看晦若。晦若卧床数日矣,不甚疼,是气体固;见微肿,是气下坠,谈一时许归。午约鹿杏侪、曾子仪、璈并金波及治平饭。有唱《醉归》者。罗星农名庆昌。

**十七日(9月29日)** 晨。呈南皮师一信。印伯信一小方,在七兄案上,背面砚画烂。印伯此笺虽小,行草笔意老道,儿辈不知矣。六儿从罗师上学。看茂,茂卧。接长沙溥行二信,东垣长子哀父过甚,遇寒热症,八月初一辰时殁。璈适在此,顿足大怆。东乎!东乎!何天不佑善人如是!内有三太太致金波信。夜,黄少谷来。委柏卿皇差总办禀到,二十六年来矣。

**十八日(9 月 30 日)**　昨夜迟寐，晨未大醒。张金波来，始起，以溥信及三太太之信与之。三太太字迹端正，言事明晰，以湘省举目无亲，欲得乃兄一往，为之安顿，语语凄楚。璈来，共为筹栖托地方，甚费审择。其家无好人，故多无限苦思而不能定。未刻，回拜李仲仁、士彬。吴余诚、士恺。廷启、国子达儿。曾子仪，并到罗星农、庆昌。张金波处，归，璈已来，奂如来。晚，汪来，彩楼已被张公止住。

**十九日(10 月 1 日)**　与湘抚俞函，请其存问东眷，并附奂嘱。午，张金波来，璈来，商酌东眷住足地。夜，汪来。

**二十日(10 月 2 日)**　昨夜雨，迟寐。晨，待璈未至，入城过贤良，坐两钟后，出城过存义，归，璈在寓。

**二十一日(10 月 3 日)**　晨，饭后，璈以蓬洲信来看，茂泻止，神未全。金波来，初约同入城，金波遇溆于道，知已迁过陆家矣，溥总宪来拜。萍言凌与刘差官赌，刘输不付，被控。辜文山贫病。

**二十二日(10 月 4 日)**　察院堂期。总宪接见。山东道堂期，每月初二司坊、初八卯头、十六、二十二接见，始于八月换季，止于四月换季。二十六，刑部注销册用印。衙门大堂及穿堂横一厅，酷如翰院。过穿堂而东一小院，则总副宪之公桌在焉，即接见所也。大堂有圣祖“都俞吁咈”四字，穿堂有“万邦总宪”四字，月日磨灭，气韵似前明字。归来，璈在寓，数语，往吴余诚约，予亦赴便宜坊董蕙帆约。张祥龄者，软秀才，烧会，升帽顶，习赌嫖，与各路匪徒及娼优皆熟悉，而又健讼。已卯，黄道荣在州问案，张在堂下人丛中教盗供，黄瞥见之，当退堂，命家丁向堂差访得姓氏，即晚签唤之。张逃，旋与胡飞鹏过新疆，胡死，展转而过西藏，升泰喜之，王之春尤重其才。之春过泸，凡倡伶皆张致之。

**二十三日(10 月 5 日)**　梧翁交来仲壶二笺一稿。饭后，到什锦花国，与溥台长回拜。过宝文靖故居，又过徐中堂自尽之所，溥宅即徐侍郎被拿之地也。到陈宅，季襄已出门，因到贤良，徐晋斋外部寿朋在，晦室杨莲府亦在，谈数刻归，璈已回馆。江西饶叟为诊脉，故作危语。王弢甫以五品京堂候补。老六日记太畅,疑师说层次而因及语句,此大不可,予所最恶者也。严诫老六,子弟立品居心,先从此下手,乃不污浊。

**二十四日(10月6日)** 草二十一号泸信一洋笺,并尧信一洋笺。尧家信自陕来,复黄、沈二公信,璈来。

**二十五日(10月7日)** 为璈书扇。璈来。徐子真来。张金波来,又言着人往长沙事。夜,汪来。看房已数处,侨寓非不拔之基,何斤斤计较,每月多少不过二金,房租少则用费多,朱百遂省租,未闻饱其橐也。嘱敏早定一处为妙。石孙无会客厅署,街道见坊哨官在台阶便筒,则殊欠大雅。予劝其另择稍宽展者,亦正理之言也。

**二十六日(10月8日)** 写扇毕。璈来谈。与卫鹏秋、曾少堂回拜。看老茂。梧冈交阅尧初十汉口致华廷函,二十九由泸至汉,病危五日夜。

**二十七日(10月9日)** 入城拜客归。孟来。接尧十五日汉来函,风湿感寒,几成拘挛。八月十二,又咯血,想附片、白术所致。

**二十八日(10月10日)** 请季襄于元兴堂为璈看脉,言肝、肾同源,肝无补法,补肾即所以补肝;肾无泻法,泻肝即所以泻肾。心火炽,相火因之,心为虚热所扰,致相火妄动,精气时溢。

**二十九日(10月11日)** 接到去年五月二十九日发来十二号泸信,以去岁寄来京邮未通,带转渝麻乡,约不收,故复寄京也。璈来谈,至三下后去,乃乘车同二子看南横街屋一院,并南堂胡同一院,屋宇雅静,亦有花木,拟即住此焉。昨日奉电谕,改翰林院为文学部,詹事、国子监隶之;都察院为御史台;太仆并入兵部;大理并[入]刑部;内务府并入工部。此七兄在工程处听来,后乃知是谣言。

## 九　月

**九月初一日(10月12日)** 接申甫信,嘱苏福勿赴院,先陈喜期何时。述之信,胖未委芳,薪水仅三十,事多。子阡腰疮。鹏秋来。

**初二日(10月13日)**　大风。入署,归,同璈赴孟招。

**初三日(10月14日)**　接尧生函并诗,八月十六发。璈来。公请卫鹏秋。云凡伙乱兵三十二人出,兵欲劫之,奈有二人不允。初一日闻二十五年秋,元氏县孙德成办理积谷,枪毙廪生。廷派人贿了息。

**初四日(10月15日)**　早风。晨,七兄喊书办。午,璈来,即留晚饭。老六日记自布置尚有趣,然未能日日如此。子钧回电。

**初五日(10月16日)**　缮草。午,璈来。申甫来信,问赴保接驾否。后,金波约食弥月面。璈、七兄、治平、敏、仿咸在。有言凌在行在大赌者。

**初六日(10月17日)**　写草。又添峭船客坐。过茂。孟来,同归,留饭。璈来,石孙来。七兄为写草。

**初七日(10月18日)**　赴内阁。过晦若。前事未明发,想以仁和故也。

**初八日(10月19日)**　接泸五号。祐祐一、杜芳信、璈信。写二十二号一洋笺,又两白笺,尧一笺、逸田一笺。

**初九日(10月20日)**　发二十二号,同璈引二孙登高陶然亭,仿儿跨驴至,十三跨骡亦到。

**初十日(10月21日)**　往工艺局一看,复看张金波。局中所办事四种:译书,镶字者,刷印、裁纸、叠纸、靪载。金作,景泰蓝。打铜底者。錾铜丝者,如卍字花之类。拈花者,学徒以镊于铜丝之挤者拈而豁之,邪者拈而正之。上色者。木作,改板者、推暴者、作凳脚者、桌面者。丝作,织于机者、学徒牵丝于纺车者、从横木而吊经纬者。绣货。夜,接北城札知。

**十一日(10月22日)**　昨夜天未明,雨。晨正,指挥陈文辉来。接唐辉[廷]交来印牌、印文、卷箱。

**十二日(10月23日)**　发二十三号。北厅孙启荣等来见。秀秀氏案,批传靳氏、郭五。

**十三日(10月24日)**　敏赴保禀到。吴知州等来。吴字玉堂,丙子科同年。午刻,到五城公所,同坊差员到者十余人。又往北分公所,绅士童君邵司在焉。璈昨夜睡未好,恐又七兄扰之。砚生来函,与七兄共一函,笔歌墨舞,甚有明良之庆。高辉,直隶县丞,垫付三百余。赔款,四川派二百余万。江苏亦二百余万。云、贵至少,亦二十万。

**十四日(10月25日)** 晨,往张台长,已出城。又往成子蕃、熙师,均未遇。拜唐辉廷,云已过嵩云草堂。归,饭后,张台长来。七兄述十三所听九愚言,殆在金波未谒张、陈以前,不扣时日,则前后倒乱。批北厅孙大销案。孙柱儿保。璈往南堂子房外一看,对门观音庙葛姓一坐,并考究,无臭气。

**十五日(10月26日)** 午,到成善与善雨水会局点卯,晤成子蕃,最好。过张金波。“长安道上,称娖南归,匹马度金秋,杨柳晓风,难忘子骏趋庭日;孤屿亭边,踌躇北望,六龙回玉辇,梧桐夜月,重忆冬郎下笔时。”午后,唐辉翁来。水局共二十余。北城三局。丁崇雅保定官来寓,言顾文山去年托予名借钱姓女眷银三百两,今仅还过一百,问有此事否。予久未见顾,亦无信函来往,何有托借之事?乃作字一笺,交丁持问追究。

**十六日(10月27日)** 昨夜迟寐,今晨七下后起,吃面一碗;八下后,到公所,批呈四张;三下,归。中城谢、西城潘、南城吴、东城陈、北城成子蕃。过茂寓。

**十七日(10月28日)** 晨起,阶前负曝。午,赴横街勇局,点哨官哨官刘文翰及勇名,归见璈字,敏亦来函。申老以千金加知府衔花翎,亦太高兴矣。徐子真来谈,茂来,走后,璈来,怡庄专人由家来。

**十八日(10月29日)** 看晦若及洪翰香。归,饿极,吃饭二碗。将上亮,过广和,七哥约陈、曾、童、石孙、金波、子仪饭也。

**十九日(10月30日)** 大风。过谢石珊贺喜。北分局问案三起:一讹诈小班,一骄悍妇,一争果行。

**二十日(10月31日)** 饭后,送潘师行,过熙师寓。归,萍三来,璈、孟、金皆至。蜀学事,奉朱批,着刑部分咨查办。怡庄呈件交孟改酌。与怡电刘福到事,已无碍,放心高。命六儿抄《水经注》。

**二十一日(11 月 1 日)** 到总公所会审盗案裴福。敏十八日来函。曾子仪明日行。

**二十二日(11 月 2 日)** 到北公所,清马根子等盗供一案。金波来。六儿作《宁都翠微峰记》,大致不差。徐子真谈至上灯。

**二十三日(11 月 3 日)** 今日在家静住一日。璥来。

**二十四日(11 月 4 日)** 菜市刑部二十二、五城十一,为之恻然,乃尚有自诩为过于康小八者。西分局同潘连会审十三案。夜,赖丕承、董蕙帆来。

**二十五日(11 月 5 日)** 在家一日,璥来。孟甫来,言怡庄事既平静,即以不办为妙。

**二十六日(11 月 6 日)** 赴总公所批呈。闻陈翻译言合肥病甚剧,或言因鄂、江为俄约逼之,以致于此。便宜坊唐辉廷约。

**二十七日(11 月 7 日)** 璥来。午后,曾梧山来。去年四川致误选期,今再来矣。梧约往孟宅,未遇。归看赖丕承。合肥薨。

**二十八日(11 月 8 日)** 北分公所同谢、成问案。夜巡城。京报截取九月初八奉,朱笔圈出,着照例用。敏归,改前日所拟挽联数语。

**二十九日(11 月 9 日)** 大风。郭孟育接三。冯坊来。任少梁言其二十五脉变,谓五苓散误矣。草复怡庄四笺,尽放心,须递再代递。十三下江南。梧山交来小山函。施、蒋二函交会同县董蕙帆。

**三十日(11 月 10 日)** 到公所。黄仲鲁小霁来。

## 十 月

**十月初一日(11 月 11 日)** 茂、璥来,因留晚饭。

**初二日(11 月 12 日)** 雪。赴西公所问案。夜,赖丕承来。

**初三日(11 月 13 日)** 雪。发二十四号。汪来,七兄奏请二肴以饷,又援赖为题,未沐允准,且将责及邻封。

**初四日(11 月 14 日)** 北公所问案,归,赴璈广和之招。孟、奂、金波、金陶,茂病,未至。孟言子尹过泸,到家一饭。夜,冷甚,二狗乐为温足,夜半又去。

**初五日(11 月 15 日)** 晴。问冯坊官以水局事。孟育出殡观音院。诸人议印结归复旧制。七兄又约丕承便饭,同操汤肉。九点,予下学堂去,丕承要会乃上,予恐落套,乃避之。魏季所作《叔子传》甚好。病孙殇。

**初六日(11 月 16 日)** 公所批呈。金来。

**初七日(11 月 17 日)** 晨,璈来,未见者二日矣。《中外日报》列鄂招缪小山编订小学书,谓香帅以教科歌诀无善本,似八月十七所上书亦见采也。安折及封筒回。

**初八日(11 月 18 日)** 昨夜半大风起。午入署接见,以大风,满、汉到者九人。

**初九日(11 月 19 日)**

**初十日(11 月 20 日)** 致慕驹一函。

**十一日(11 月 21 日)** 到总公所,复同潘安翁到公善堂。归,到新宅,璈与七兄在焉,老师先移居。

**十二日(11 月 22 日)** 午,过璈寓,闻已过新宅,乃步往,果先在。金波晚来。

**十三日(11 月 23 日)** 晨,石孙来。璈来,言过北半截客堂无人,坐祖通判书桌数刻,仍无人,留字而去。同车赴茂吃菊花之招。

**十四日(11 月 24 日)** 北分公所问案。归闻璈、石孙、金来去。夜巡城。

**十五日(11 月 25 日)** 仲鲁来。成善会点更夫。长沙溥侄来信,移乐心田求实书院隔壁公馆,与王镜芙近。

**十六日(11 月 26 日)** 到总公所。孟甫送来辛六号泸信,八月朔发。石孙夜来。

**十七日(11 月 27 日)**　晨，王爵生来信。饭后，九愚来，许颖初来。赴西公所问案。夜归，金波先来。

**十八日(11 月 28 日)**　孟育开吊写主。

**十九日(11 月 29 日)**　石生来，同过孟宅看子尹。

**二十日(11 月 30 日)**　"灼灼紫藤花，盖屋纷盘纽。东头一古槐，西头一垂柳。附壁挂藤萝，苍如岩色黝。草木虽无言，相依则已久。况自兵燹乘，忠难亦相守。中有珠崖人[①]，朝夕事趋走。归憩听雨堂，笑语杂杯酒。今忽舍之去，毋乃意不厚。相距一里余，似隔千山后。幸有古禅林，咫尺近街口。蒲团与木榻，翛然两老友。絮絮至更深，归卧北窗牖。儿曹各森立，须发渐皤叟。何必老弟兄，联联若臂肘。人生要有别，苏子论不朽。佐幕与秉铎，昔别屡岁有。还令老拙园，凄凄独无耦。但得互怜惜，何殊足与手。"璈同七兄来，恰数语。予同五城公祭合肥，又看晦若。熙师字来，为王彬说项。

**二十一日(12 月 1 日)**　总公所。与京兆中城暨子蕃商明，王彬不开缺，调郭为代理。"移家住何处，卜宅在南堂。略带川原气，微余花木香。地偏稀客过，日夕看鸦忙。夜犬声如豹，居然华子冈。"

**二十二日(12 月 2 日)**　风。璈同七兄来，张金波寻至。去后，孟来，有彭某，星海侄也，受白完山人[②]托，探细条目，且曰"未尝开罪"。不管自己之事，而曰"开罪"，一若必有私憾而后言者，可慨。

**二十三日(12 月 3 日)**　"霜林瘦挺战风声，闭户依然懒性情。独立苍茫无个事，重寻谏草看分明。"夜，金波由伏魔来字，以老万所言者，故意增价也。

**二十四日(12 月 4 日)**　治平、少梁又续前议。璈、金、七兄来。二十二电白完，使者开缺。饭时，少梁来。

---

① 人，《借禅室诗钞》勘误表作"翁"。

② 白完，原作"完白"，疑指"皖公"，或指安徽巡抚王之春。高枏有《劾皖抚王之春片》《劾王之春谋充俄使折》等奏稿弹劾其事。

**二十五日(12月5日)** 北分公所讯案十八件。王紫园几佚法外,大意一丝,吾过矣。巳刻,接申老函,已觅宋姓一人。晨刻,少梁回信,乃鼎臣初疑正室在,故误也。

**二十六日(12月6日)** 公所批呈。晚,赴璈约,闻七兄以周风南事欲用王石生议,罚六百余,璈劝之。夜,茂谈。敖二爷、二婆专畏内、专吃醋,此风古矣。江河日下,亦世运使然。

**二十七日(12月7日)** 马叙午、璈、七兄、金波同来,谈礼义是非利害。王石生先亦来去。

**二十八日(12月8日)** 金波来去。《曾友于传》宜熟读。黄石生、璈来。夜巡城八局。

**二十九日(12月9日)** 璈来,谈尽日,最畅。午食牛肉。《和治平》:"莫将磨蝎恼髯苏,云翮高翔万里图。自古人才半羁旅,鸾肩留待众人呼。""柳絮游丝亦有情,岁寒松竹自关生。冬心涵得澄清露,留作鸾篢凤吹声。"

**三十日(12月10日)** 阴冷。晨,砚来,言某尚欲以横话吓人,可笑。陈司官来,言拟告假,乞以郭心保署。"冰姿玉骨即仙才,何必邯郸道上来。争说侯封原是梦,汉家好畤早成灰。"①与金波补生蒸古子一个。

## 十一月

**冬月初一日(12月11日)** 总公所。石生仍往。谢什珊谓"不宜与对质,石生必欲同勘,撤其楼,再严打"云云,诸公不能从也。归,璈、七兄先在,赖季怀亦来,曾履初亦来。七兄言"损老致疑"云云,多可笑者。

**初二日(12月12日)** 欲雪。纳妾何氏,父名荣发,母刘氏,璧山福星甲玉皇阁生长。内外二席,任、乔、李、陈、汪、七兄。内任、杜二三少

---

① 《借禅室诗钞》题为《赠友人》。

奶。璈央道州计。

**初三日(12月13日)** 北分所问案归。今日招子尹、矩才、赖季淮。

**初四日(12月14日)** 璈来,又透说道不可就,县可归选,各情从张金波过班知府之说,而添一线高兴,遂附和而捐道,吾过矣!吾过矣!

**初五日(12月15日)** 琉璃窑看城勇洋操归。杜鼎臣、罗治平、任少梁、王萍三、汪金波饮于客厅,是日内亦一席。

**初六日(12月16日)** 总公所城期归。晚接石孙信,问"办法何如,非押不能"云云。又谓"子和与卯金为中表,五城十人,岂人人与为表亲乎?"

**初七日(12月17日)** 待璈,未来。溆午来,雪片交下,冒雪而起。予小饮书房。七兄以九十月四日所发函来。奉旨授北城。师范学堂。改两院。志书。

**初八日(12月18日)** 清晨,璈同七兄来,烹新茗坐谈,已添早饭菜,璈不留,谓予将往问案也。一下,到北分公所,什珊不到,子蕃到,同问十二案。此后永定三、八日坐。

**初九日(12月19日)** 到内阁。逸凡约到广和,土匪①蓦然到。李、乔、曾、陈、王。

**初十日(12月20日)** 与金波信。

**十一日(12月21日)** 公所归。夜,同七兄到伏魔晤云凡。云凡言凌以公款全兑归,谓为赌输,尚欲饰其吞迹耳。

**十二日(12月22日)** 九愚来。璈来,七兄来,李符曾来。夜,金波偕其二兄来。发泸信二十五号,内附敏与三女信、洋针。

**十三日(12月23日)** 北分公所问案十二件。

**十四日(12月24日)** 璈来。孟来。往看少南,奂如在焉。

---

① 可能是高枏所厌恶之人。

**十五日(12月25日)** 晨,赴总公所拜印。谢什珊希铨中城、陈子庄岳崧东城、潘安涛庆澜西城、吴子和煦南城、予北城。杨莲府同西苍饭于公所。往马家堡。

**十六日(12月26日)** 十一下,到衙门东北城指挥候检也。聚于京畿道,忠、双、许、晦若咸在。三下半,出城吊甘,憩于璥室而归。熙师来字,约十八饭,作启辞之,实无暇也。

**十七日(12月27日)** 昨夜早睡,晨起到潘安翁寓,五城为元兴事见台长也。归,过茂寓。晦若来。"应刘逝后风流尽,独立苍茫感故知。老树空庭霜露重,月明如水夜钟时。"[①]雨农挈眷到京。

**十八日(12月28日)** 问案十三件,谢、成皆未到。归,寻璥,则同吴虞臣听戏去矣。晨,黄石生来,谈元兴事。予以刘、吴皆詈元兴拗令,可见刘无贿,纵吴非中表而报呈,未将卷棚批断,且以私记之远在半里者为衡,自己外行,故商民轻之。夜,奇冷。

**十九日(12月29日)** 什珊来字,并京兆信,则中局七段从绅士请,改为官督商办。饭后,雨农来。璥来。张台长来。金波来。留金、雨吃豆花。夜,同车送雨归,便过伏魔,御者疾驰,骡跌,予伏骡背,危矣。

**二十日(12月30日)** 九愚来。曾吾山来,嘱问成善会刘绅子名体元者,以百金入局例保事。

**二十一日(12月31日)** 公所。挈照相归。王石孙来,晤之于书房。

**二十二日(1902年1月1日)** 拜客珠草街、官菜园、绳匠胡同、松筠庵,回车往金波、孟宅、莲花寺,晤陈瑞堂,至旧宅拜薛仲容、王老师,寻璥,遇于途,归看案卷。

**二十三日(1月2日)** 肺逆,请薛仲容诊脉,浮弦,受风邪,用燥湿之品,略加桂枝。谓将痰湿除去,宜服温肾如附子类。云茯苓、四钱。陈

---

① 《借禅室诗钞》题为《忆叔峤裴村》。

皮、二钱。泽泻、二钱。杭芍、二钱。法夏片、一钱。嫩桂枝尖、一钱。生姜，三片。服一次。赴北公所，谢不到。初一以后，各城办各城也。成来，同问十案。夜，睡后长便四次，咳未减。

**二十四日(1 月 3 日)** 璈来，萍三来，石孙来，王念秭来。萍看脉，谓薛方利膀胱，误，服萍方。

**二十五日(1 月 4 日)** 服薛瓜蒌薤白汤，夜，背热。

**二十六日(1 月 5 日)** 下午，金波来。服薛方清肺金之剂。夜咳一次。

**二十七日(1 月 6 日)** 汪耀庚来诊，言右脉数命，肾皆细，宜扶阳，无标可治。桂尖、八分。白芍、三钱。附片、二钱。龙骨。牡蛎、五味、筠姜、细辛、法夏曲、甘草。夜，八下睡，十二下后醒，咳，饮水。四女亦熬夜，谓恐误时，可笑。

**二十八日(1 月 7 日)** 六下起，面、烟后，天明出南西门，到马家堡棚内。九钟后，货车到，人乃嘈然。又庆王到，吃面者争往，遂由道南过道北，倒乱已极，非复图上次第，亦无人收职名。精严结撰半月，至此毫无所用，惟新赶万民伞[①]数十柄立焉。璈耽心予甚，至来。

**二十九日(1 月 8 日)** 汪二爷来看，谓阳虚，咳除、扶阳，否成弱症。药有桂枝一钱。夜半咳醒，额冷汗。三、四、五钟，又咳。

**三十日(1 月 9 日)** 薛仲俞来，仍取其辛散之桂枝。奂如来，谓今冬未早预备，明年当安洋炉。灯后，接知会，召见。夜，八下睡，一下醒，起食物，赴东华门，扶郛孙碎步徐行至景运门，九下二乃叫，朝房坐久，咳而益惫。上乾清宫西边，科道资深者跪门内。予跪后，但闻太后哭声两次，科道亦多哭者，约三刻多乃下，人益惫。出景运门，仍扶郛孙而行，两憩而后至东华，归。璈耽心甚，着人来

---

① 绅民为颂扬地方官的德政而赠送的伞，伞上缀有许多小绸条，上书赠送人之名氏。清代多在地方官离任时送"万民伞"，感谢父母官像伞一样荫庇一方百姓。

问。“功盖当时，只辽青未归，空留遗憾；平生风义，令寰区痛惜，岂独私情。”

## 十二月

**十二月初二日(1 月 11 日)** 璈来，徐子真来，七哥来。一咳，额即汗，颈肩亦然。夜备蒸燕，十二下醒后食之，咳松，似乎一饿即咳，而表药、辛药万不宜，滋药亦不宜。

**初三日(1 月 12 日)** 晨，又食腐皮一碗。汪三爷、任少梁、孟甫来。季襄来，谓少阴中寒，桂枝、一钱。杏仁、二钱。陈皮、二钱。法夏、钱半。冬花、三钱。细辛、四分。五味、钱半。干百合、三钱。生草、一钱。生姜、三片。大枣。二枚。服一次。夜咳，头汗。

**初四日(1 月 13 日)** 另买药，去桂枝。九愚、七哥、璈先后来。

**初五日(1 月 14 日)** 昨夜咳，疑油未忌净。干百合、四钱。贝母、二钱。苏梗、钱半。陈皮、二钱。蒌仁、二钱。杏仁、二钱。麦冬、三钱。桔梗、钱半。桑皮、二钱。秋梨、三片。甘草。一钱。璈来。

**初六日(1 月 15 日)** 寄字总公所请假十日。午后太暖，烦燥不安。服薛方，上半夜未咳，下半夜偶感生风，咳甚。

**初七日(1 月 16 日)** 陈指挥来见。吾山来。孟甫来。晚，七兄来。服薛方。

**初八日(1 月 17 日)** 昨夜又因夜半揭被，冒生风而咳，天明至晚未咳，健脾燥湿，似不谬。七兄、璈来。

**初九日(1 月 18 日)** 昨夜未甚咳，背贴暖脐膏也。发沪二十八号。棣园来，子蕃来。

**初十日(1 月 19 日)** 昨夜三下咳，食洋参七片，咳止，睡安，夜睡若咳甚，则炉火大也，火大则热气随呼吸而入，客于肺间，揭被两层，乃眠，又帐角不合缝，寒风入，寐后感之则咳。

**十一日(1 月 20 日)** 请薛仲俞看敏媳脉。孟、奂来，偶谈及七兄，于往来说片皆未过目，甚以为忧。奂则以为凡事皆趁口说。黄二托其借二百，乃出主意捐吏目。

**十二日(1月21日)** 小雪数片。昨夜未咳。申甫、乔梓、公孙及璬来晚饭。

**十三日(1月22日)** 过伏魔，无人，乃过陈宅。孟以郭取注册结事，七兄允归取结，不发，乃呼黄二骂之。初十服薛方。洋参、一钱。炙草、一钱。法下、三钱。云茯苓、四钱。陈皮、三钱。生白术、二钱。生杭芍、三钱。六神曲、二钱。瓜蒌仁、三钱。砂仁壳、二钱。广木香、三分。附片、一钱。生姜。三片。

**十四日(1月23日)** 萍三来，夜过伏魔看岷原。

**十五日(1月24日)** 申甫来，璬来。招孟来，言吏曹照规拟旨，而枢垣可交，片曰卓异某着仍发回，尽先即补。夜往告茂。送岷原四金。

**十六日(1月25日)** 到总公所。归，阅赖丕承、曾致安、达宣、子仪信。

**十七日(1月26日)** 七兄来。阅案卷。郭心保来见。

**十八日(1月27日)** 北分公所问案。夜，申老父子来。

**十二月十九日(1月28日)** 到总公所封印。归，石孙来谈，敏归自宝坻。夜过伏魔，恒裕被劫至四千余金之多，与中局及指挥各一字。归寓，申甫父子在焉。

**二十日(1月29日)** 冯润田来。夜到茂、甫寓。

**二十一日(1月30日)** 子蕃来。

**二十二日(1月31日)** 子璬来。

**二十三日(2月1日)** 问案，抄稿。七兄传补军机章京。夜，雨农来。

**二十四日(2月2日)** 入内递封事。

**二十五日(2月3日)** 九点归。年饭，请茂宣、子璬、申甫。

**二十六日(2月4日)** 问案。夜过伏魔寺，七兄不来，闻到米店去矣。

**二十七日(2月5日)** 封发二十七号三纸洋笺，一尧生、一三女、一宋芸子信。薛来看脉，有痰，阳气不升。

**二十八日(2月6日)** 写条幅一张，久不写字，不贯行。赴孟甫、奂如，不遇，过吴余城。闻子璈来家，急归，遇诸途，挽同车归谈。

**二十九日(2月7日)** 茂萱照像归，过此。夜，往伏魔寺，欲慰璈兄岑寂也。九下半，归。门人杨长澡来，吴修士来。与汪颂年字。

# 光绪二十八年壬寅(1902)日记

## 一　月

**壬寅,元旦(2月8日)**　官年四十五。午刻,茂萱、子璥、七兄、汪二爷偕金波及乃侄同来。茂等走,璥留饭。夜,汪颂年来,庚子九月二十五日别后今始见也。为言在陕闻京被德兵扰坏,想皆顽固余党之谣。黄泽安劾皖公,叙川事、皖事皆详,而在上袒之。张漕督查实之款浮于原文,以贡物厚,仅与开缺,不发抄。柑子树见恶于苹野之门,又与皖公[1]密电,致其乡人知之,故上弹章。谨言慎行,不可不讲。皖公以交结为得计,而即以此腾谤;陕中柑[2]以密递为要术,而反见恶于湘人,纠结盘桓,不出题界之内,君子当知所处矣。政务有人看条陈,无人行政,恐当康有为也。奈何奈何!

**初二日(2月9日)**　孟甫来去,苹三继至。芝苹由伏魔寺归,言子璥腹泻。夜同儿女辈掷状元筹。

**初三日(2月10日)**　晨,飞雪小顷。晦若至,叩以政务,兼用洋员事,则袁请而大臣尼之,谓恐生事。金波、子璥来。夜,过伏魔寺。

**初四日(2月11日)**　棣园至,述其号上被讹情形。

**初五日(2月12日)**　请芝坪,饯行,约王苍稊、薛仲俞、汪燿庚、

---

① 与前文之完白山人、白完,或同指安徽巡抚王之春(1899年任安徽巡抚、1902年调任广西巡抚)。

② 或指陕甘总督魏光焘(又名魏午庄,字光邴),任用官吏,多以乡谊为准,多受非议。

金波、少梁、朱允清共酌。

**初六日(2月13日)** 总公所团拜。夜,过伏魔寺,七兄、金波在焉。

**初七日(2月14日)** 芝平赴陆葵伯提学幕。子璬来。接雷仲宣成都函,开缺住省,不遽归。夜,过伏魔。

**初八日(2月15日)** 晨,仲俞来。招孟甫、雨农吃鳖裙。

**初九日(2月16日)** 入城拜客。夜,过伏魔寺。

**初十日(2月17日)** 夜,任来。

**十一日(2月18日)**

**十二日(2月19日)** 金波来,璬来。丙子团拜,到者二席。

**十三日(2月20日)** 发壬字一号。申甫同雨农夜来。

**十四日(2月21日)** 问案。查夜。

**十五日(2月22日)** 五城上学。火神庙点名。与煇贺喜。夜,宋梦槐位三来见,问之,乃知本在粮饷处当委员,聂洞秋之出,徐平章之计也。洞秋没,宋统五营带饷以行。

**十六日(2月23日)** 晚,约赖丕承弟兄、雨农吃豆花。

**十七日(2月24日)** 过恒裕存义,返赴王萍三约,子璬、茂萱、奂如、孟甫、童瑶圃在焉。《中外日报》四川大计,雷仲宣卓异第三,惜以阿麟冠首。

**十八日(2月25日)** 林先生上学,请黄石孙、子璬、金波弟兄。寄泸壬字二号并少东函。接子阡十二月初二信,曲江开办锑矿。

**十九日(2月26日)** 晨,寄张冶翁函。开印。赴总公所,归,子璬来。寄雷仲宣一笺,交恒裕。

**二十日(2月27日)** 午,飞小雪。晦若来。晚,接子璬字,小人而有君子之援。夜,过伏魔寺。鄂复江电,有"课本最要慎为选择,以副人望"语。某公谓由反面求之,似南皮有大学开办,不委己而委长沙,故靳章程不发。予曰:"南皮何望此?"曰:"望政府。"予又曰:"政府高踞无所为,不如督抚之踏实有为,南皮早知之也,又何望焉?"予深虑其以此等言而令大臣介介也，欲辩而申之。予舌不灵，且即言而亦未必听。记当年之欲招南皮入政府者，费气力，转累南皮。予告叔峤曰："师到政府多牵掣，不如外领一省，犹可有为。"峤颔焉。

**二十一日(2月28日)** 到总公所，一李生儿车夫，一香山馆守备。

**二十二日(3月1日)** 子璥来。孟甫来诉，又为印结事怄气云云。夜，同璥赴赖丕承约。同丰堂。

**二十三日(3月2日)** 七下起，赴黑寺弹压归，案上有孟甫书，则昨夜蜀章呈出祖先生信也。将出知单理论，予无计，函乞子璥，回信亦言昨夜不安，正莫开交。继又来函，言细思两亲家而蒂芥终不妙，将劝之，然不敢必其听也。子告敏曰："凡人不可沾钱变色。"

**二十四日(3月3日)** 晨，寄泸壬字三号信。涞水吴拔贡来，将之四川。与子璥书探七兄事，惧果决裂也。回示言兄今晨到寺，言昨夜过西砖当，面受斥，叩头伏罪云云。北分局问案归，丕承来。夜，赴孟甫约，璥、童、何、茂、奂、萍、七兄及予。七兄酒半而归，璥、童、何席罢先去，孟谈次乃出褚先生书，同人各加评语，不忍闻，不能不闻。

**二十五日(3月4日)** 天阴，招璥未至，同吴虞臣看戏去矣。孟甫来，金波来。

**二十六日(3月5日)** 到衙门看注销册。文英到。又过承义。夜，骑马同六到伏魔，各友皆为管结劳心，子璥曰请祖与言吴事，而不便说明。方望溪云："闻知旧被谤，漠然置之者，难乎？抑曲折而必达其意者，难乎？"

**二十七日(3月6日)** 谒熙帅，并拜许子元，不遇。凌逸帆上衙。汪颂年已迁灯市口。

**二十八日(3月7日)** 晨，到午门，验看月官，出城到北分局，子蕃先在。又到于晦若处，未遇。星阶请饭，辞之。归，雨农来。夜，七兄送来奂如片，言蔡事者，而必谓系索九数付蔡，当回字，曰："奂如片言蔡事非九印结数也。必索此数，兄又不愿垫此三十五金，弟自有办法,绝不累兄。但须奂如来,弟与约期,设法交付,总之为九数,不累兄也。”

**二十九日(3月8日)** 查夜。予与子蕃聚于广和,并招萍三、石孙。

**三十日(3月9日)** 过子璥并孟甫宅,乃知奂如为误蔡事与七兄说明,非索九印结,不与城涉,且嘱勿逼,但垫五十,已允而不垫。奂如与字,则回字,言城云“九取印结是五十,蔡十月到,如何要分?”倒乱是非,不顾人死活。

## 二　月

**二月初一日(3月10日)** 六下起,七下,赴东安门,五城咸在,胡侍郎又上折,奉旨着庆王同议。胡折以办街道为下手地,而铺捐、平捐,即为修理、缉捕之费,由绅商经手出入。余极赞之,不如此终办不好。

**初二日(3月11日)** 《重建阳明祠堂记》:“忠良斥,廷杖开,士大夫之务进取者,渐失其是非羞恶之本心,而轻自陷于不仁不义。阳明氏目击而心伤,以为人苟失其本心,则聪明入于机变,学问助其文深,不若固守其良知,尚不至于梏亡而不远于禽兽。龙溪、心斋有过言畸行,而未闻其变诈以趋权势也。再传以后,或流于禅寂,而未闻其贪鄙以毁廉隅也。”《送萧次修从学英国》诗曰:“三年蜀学堂中住,更附楼船万里行。好向重洋求法物,莫夸邛竹误平生。”“小轮初向蜀江过,学得侏儒便足多。此去应知西国富,藏书楼阁任摩挲。”“汉家受学冀通才,局守株隅信可哀。君上勤求废餐寝,不谙简要莫归来。”约次修来便饭,缦卿、金波、少梁陪。拜陈苏生。

**初三日(3月12日)** 七下起,十下,到新馆祀文昌,后到萍三寓,复至北分局问案。四下归,接子璥字,又欲选缺,以回苏尚须部费。

**初四日(3月13日)** 七下起,饭时,子璥来,言闻云帆言昨晨新馆议恒裕开帐，送本宅及孟甫宅。郭姨太用子名出知单，谓“对不起”云云，不知究竟，然恐无人肯管，深以为虑。七兄将随扈东陵，子璈止之，不可，其跟丁虑不可靠。上谕严切，太监需索如故，从官仆人一需索，则处分不小。寄宋云子信。细思某之事，总以浑涵为是，露之笔底，言不雅驯。且言之不尽，适起观者之疑；言之务尽，又似讦人之过。子弟口传，沿为刻薄，为患甚大。凡进言者，望人信耳，望人改耳，宗旨既异，拒而不信，闻而不改，奚益乎？

**初五日(3月14日)** 凡为人子，昵其妻而不责以事父母，是以倡女待其妻也。世有与倡女交，而望其孝于父母者乎？凡为人妇，昵其夫而不顺于舅姑，是以估客待其夫也。世有倡女而致孝于估客之父母者乎？袁郁芬实收交恒裕，共公砝平银二百十六两六分，公砝大泸平七两，换照六两，印结附贡十二，本班五十，分指五十，注验五十，馆捐四两，随封二两，加平八两四钱，小费二两二钱，注册验看费二十两，代席谢恩十二两。

**初六日(3月15日)** 到总公所。夜，金波来。

**初七日(3月16日)** 寄泸壬字四号。

**初八日(3月17日)** 与陈伯平、郑叔晋贺喜，问公所案。夜，二汪来。九应注册本班花样三张，减成应减三十一百八十两。七兄分结有补十一月一单，少南在内。又洪家千二百，收数只九百零，于孟育识认、余平均无有。问恒裕者，则云少南等数皆管结者收去。

**初九日(3月18日)** 子璈来，以尹二等为忧，去冬已往宅寻闹。高掌柜正月初二即在宅中，引老五出游。璈回省一小结。卓异、汉满二小结。改奖、注册一大结，不改则废纸。茂责应沂初曰：“孟育身后原交与汝，一百有一百之余平，一两有一两之余平，今单上何无也？”璈以东陵为忧，思向本人言不成，乃寻研，研曰：“下人最丢心。”午，璈复来，成子蕃来，同游陶然亭。夜，凌逸帆来，欲递呈，又知不可，欲以后之三千限期缴。陈伯平观察来，谆谆询九弟，并太息老春。夜，将睡，七兄因在伏魔闻洪结一千二百三十单上仅列九百零，孟育项下无识认、无余平,特来要所得分结单,然犹谓是王水部与恒裕所为,特不审水部,又何以清?问恒裕,恒裕答以“在管结宅”者,何也?

**初十日(3月19日)** 夜半风,天明雨。午,向子璈一行,璈劝以欲清此事不难,须向恒裕问明,何以一千二百零仅列九百余,何以甘已走又开上?夜,璈来字,言茂亲向恒裕查明洪、甘事是石润所为,可为释然。然管结而未过目遂列单,亦贻口实。七兄曾言洪到柜是一千二百三十,如此,则石润何从舞弊耶?

**十一日(3月20日)** 总公所批呈二件。晚,聂招饮,萍三、童瑶甫、孟甫、蔡东侯、石生、茂萱,何云帆未到。归,雨农在寓。

**十二日(3月21日)** 雪。请仲俞为四女与媳看脉。仲俞恐其走后有嫌话,拜托为之分辨。惊询之,乃言其办官数在江宁兑二百与十三,此外欠四十,早欲缴上,有劝其勿忙者,乃止。前接其家信,言十三接乃翁信督责,谓仲俞在京托仲容担承三百,又借二百,乃买女衣二百余两云,且曰:“依傍亲戚,尚望照应,今不能,且毁之,奈何?”余按,必因四十两未付,疑其必扣抵十三账目,故督责十三,然不责其拉账,而反凭虚造言,且以恶语加人,殊乖品诣,于仲俞固无碍也。夜,恭王赏食神肉,欣然往。茂萱、子璈在,陈、曾、汪皆不到,此局不知为何而设,谓久未请茂、璈耶?则闻不时一请者也。岂已闻薛接家函,知寄宁之言已破,而为此解释欤?然于孟也赔礼谢过,移时复然,则解如不解也。茂言石是为洪省钱,故数未齐,润今允复令洪出,并言未问及甘数,此又兴初十夜向璈语不合。七兄初闻即詈恒裕,何以查出是恒、石而反寂然?

**十三日(3月22日)** 问案归,赴九愚处补祝,金波、孟甫、奂如、萍三、东侯、石孙皆在,云帆未到。石孙曰:“为印结而月月口嘴,仿佛人人皆为此者。拟以后分结单,先同查结诸人看过,庶免分后又滋议论。”

**十四日(3月23日)** 薛来看媳与四女脉,求于出京为辨。辜文山来京,来收敏所借银七两五钱,盖敏早还在金波手,与买皮衣服,后衣被别人拿去，而银又未寄辜。傍晚，敏归，因委署三河典史，来京买物也。金波来，言洪数是石生未言明，廿数是一补冬月之数，则冬月分单有廿。既分明，七兄不在，可为释然。

**十五日(3月24日)**　马溆午来。敏儿约薛、杜、任食馆子。夜，茂萱来，以杨思永托请教习也。茂知薛函，谓不可不使兄知，以轻于动笔，久恐为甘草也。

**十六日(3月25日)**　赴总公所会审盗案，有虎神营工程者，有姜军者，眼看就刑，为恻然。地面不办好、工艺不兴，弱者饥而殍，强者饥而盗，必然之势也。归，金波来。

**十七日(3月26日)**　子璥早来一次，午一次，谓祐祐可到苏交之，九弟如八月北来，此计可行。七兄印结交应沂初，月俸十金。陈抟大笑曰："天下从此定矣。"奂如来。少梁来，言张差复蠢动，予之又恐教习比例而起，李承恩、李华楼已选而与，恐更为教习借口。予乃作字与茂萱，茂萱似以此事渺小而曰"无关操行者"。然银钱诚细故，而义不义即系焉，可取、可毋取，可与、可毋与，何尝注定数目乎？以余所见，取钱之人皆眼光注定一"利"字，且注定一"己"字，不知所谓"义"也。七兄来，言辜文山前日往，似含怒，意欲借五十金，后乃曰不借，专收二少所借八千耳。辜文山正直人也。佩服！佩服！

**十八日(3月27日)**　雨农来，何少舫来，溆午来。孟甫送怡庄信至，周德佳送紫庭信至，文笔润畅有章法，亦极有趣。此君广交好游，以至于此。

**十九日(3月28日)**　接九弟壬第一号信，十姑、么妃今冬出阁，九与七兄及我各出百金。午，问案。

**二十日(3月29日)**　黑儿挈媳与孙女赴三河县。午，子璥来。石荪又有佳作。萍三来。董臣来，言砚孙太太管子严，无出街者。金波醉后与其兄至。

**二十一日(3月30日)**　到总公所批呈清盗供，归，写全廉访信交燿根。子璥、萍三来。访孟甫，不遇。

**二十二日(3月31日)** 四女往陈看脉。九愚来。九弟中书，双月八缺、单月四缺到班。孟甫来。夜，雨农来。

**二十三日(4月1日)** 北公所问案。晨，石生来，以郭振玉事受人托而来。夜，少梁、老茂、雨农先后来，为郭姨太事。

**二十四日(4月2日)** 寄泸壬字五号三笺，又二笺，尧生二笺。八月来投供。祐祐下苏。妇人内助也，内助云者，处于内而帮助也。处于内则不敢及于外，以有主其外者也。助其力则不敢专其权，以有主其权者也。今欲以一家之大，姻睦之任，宾师之礼，而委之于外来未尝学问之人，且与吾家一脉之亲不甚关涉，如四肢百脉痛痒之故，吾知之，他人不知也。宾师贤否，气谊深浅，吾所素习，吾知之，他人不知也。乃皆举而听之。而此主其外、主其权者，反袖手旁观而退听之，而谓所施能悉当乎？施而不当，则曰："此三家村之女，不足匹吾。"於乎！抑知其正名定分之初，天亲只此权限，而大用之、重望之，非僵且蹶，即弃中原而守偏安，退疆域而守寸土也。

**二十五日(4月3日)** 少梁同瑶、根来。费竹心自湘来捐升道，来拜，言东垣事最详，且痛惜东垣之逝，言其识透而坚，毫无枝叶，本难其人。石孙来。潘安涛来。

**二十六日(4月4日)** 到署阅奏、销折。过存义。夜，过伏魔。晦若来，未晤。姚伯昂画甚好，拟买之。

**二十七日(4月5日)** 接京畿道知会，二十八入署。作书告子蕃，改城期。何少仙廷俊来，昆明丙子同年，不见者廿五年矣。叙述往事及近况，相对慨然。王复东来，言师帅瘦而须白矣。筹赔款难，兼筹办事之款尤难，别省但筹赔款耳。三月退天津，奉天退营口，此后分三期退奉、吉、黑，每期六个月。刘彭年来。九愚来。"俯眺南洼地，岿然二百春。添将三面槛，阅尽累朝人。判牍求僧笔，烹茶净客尘。独怜烽火后，古佛剩金身。"[①]尧生考御史，赶不及。

---

① 《借禅室诗钞》题为《再和同陈子蕃、李子璥游陶然亭，子蕃有诗属和》。

**二十八日(4月6日)** 赴京畿道开保,以厅上及行在回者,欲保台长,嘱一体办。子蕃和诗一首,超脱清妙,申刻来寓。金波来,留共饭,并向对门奶奶庙一坐。晚,巡夜,由增寿寺过工艺局,晤玉苍。返,到练勇总局。痰如脂,时上喉,饮梨膏水二杯。夜,未咳。

**二十九日(4月7日)** 九下,仲俞来。黄河全,资州人。子璥来谈。一下,往问案。

## 三　月

**三月初一日(4月8日)** 晨,到总公所,子蕃后至。玉苍曰:"世兄有衣裳,须带去。"想即秋领与衬衫也。归,少梁来,见子厚片。雨农来。

**初二日(4月9日)** 回拜同乡,因看翼翁咽然无声,在费竹心寓遇子厚,昌平一别,不料再见于此。晚,竹心、子厚来,七哥亦来,云有谢泰来者,攒零捐以上兑,谓为议叙班,冯、江、林、堃皆效尤。接子谦信,为之慨然。

**初三日(4月10日)** 往问案,遇子璥于米市胡同。夜,茂萱、竹心、金波同到寓。复子谦一函。

**初四日(4月11日)** 孟甫、石孙、七兄、曾吾山、杨涤臣先后来。七兄以所谓议叙班事,谢泰来居前,冯、江等欲效尤,又复起哄。

**初五日(4月12日)** 发陈子均信。入城,与许子元丈贺扬州之喜。过逸凡寓,凌老四在家,与刘篠云回拜,车小而不爽,归,王步庭来。招九愚至。棣园来,许多日不见子璥,夜寄以字。

**初六日(4月13日)** 洋教习许梓政自三河持敏儿信来。午,子璥来,言十二可领照,将行,闻张雪樵初二夜事。孟甫来,亦言张面受偷走之詈,笑其陪太子攻书,有此报也。

**初七日(4月14日)** 拜许子政。总公所归,仲俞至,看脉,肝木克脾土。茂宣、吾山来。夜,少梁、雨农至。接九弟壬字二号,二月初六日发,泸多盗。六亲事。

**初八日(4月15日)**　问案十件。夜,骑马过伏魔寺。

**初九日(4月16日)**　晨,接人函。昨日祖寿在乃父客厅请外官,客有传以为笑者。此事官场不兴,祖寿或不知耳。而乡人过虑者,则以为人心风俗大有关系,我乃无如之何。其尾有云:“某等虽非谊关休戚,然不愿此惊世骇俗之事以开风气而害同乡,兼恐有碍七先生声名,坏贵弟兄之纲纪,故以乡情,不敢不告。其不列名者,又恐令兄不辨是非,转而向诸写字之人以求出言之人,则缴绕不休也。”夜,过伏魔寺,璥言与寿说十几句话,寿漠然若不相关者,但答一句:“刘小云办。”

**初十日(4月17日)**　晨,接达宣信。午,过孟甫寓。归,子璥来,言将于行时面规,以尽此心。封泸信壬字六号三笺,内小封三笺、二纸条。北半节交来谦函。

**十一日(4月18日)**　发五号信。饯子璥于陶然亭,茂萱、薛仲俞、孟甫、萍三、子厚、晦若同作主人。

**十二日(4月19日)**　晨,作《送子璥》诗。夜,过伏魔寺。

**十三日(4月20日)**　发三河信,内封许家函。问案归,赴朱子玖便宜坊之约陪,子璥、乔、汪、薛在。

**十四日(4月21日)**　北宅送来子谦信,恐入京用多,踌躇归计,复书,止以勿遽归,候部文来京。查夜。申老来,云明日回保,后日当复来。

**十五日(4月22日)**　奂如来,言敏劳甚,所当差乃两委员之差,吴太爷挖苦。媳、孙平安。发谦函。七哥来。

**十六日(4月23日)**　到总公所,午刻雨。晚,赴棣园天寿堂约,茂萱、孟甫、奂如、金波、王有廷在焉。敏带梨六枚来,七兄尝二枚。

**十七日(4月24日)**　晨,子璥来。请申甫、林师、湇廷、朱永琴、金波、少梁、茂萱、奂如、七兄。

**十八日(4月25日)**　问案,一下去,六下归,闻夏叔翁方伯来。费竹心来。

**十九日(4月26日)**　复许子政信。午，赴余园，怀塔布故园、明东厂地也。成子蕃请左子异、许子元、张宛九、汪颂年、吴子和、宝瑞臣及余。左原分发浙江，以李文忠保送引见。夜，申甫来，淯廷来。七兄封示谦三函，事急，乃与七兄函筹办法。

**二十日(4月27日)**　晨，夏方伯来，过伏魔寺。过茂萱宅，子璥在焉，同晤介彭，并看翼之。回刘世兄拜，以归。草谦，节略。

**二十一日(4月28日)**　到总公所，子蕃未到，疑有别事。过贵州馆，拜段年伯母寿，出，遇颂年、晦若过我，茶散，萍三来谈。顷，同过子璥二三语。赴广和，以招复东、吕燕青、何少舫、赵一清、李葆诚、陈瑞堂、鲁介彭、九愚、薛仲俞。局罢又往看璥，璥言才过我寓，在客厅一坐而去。知我在广和，而复过我寓，璥其有三宿恋①乎？不欲久语以误璥睡，少坐即送别，璥恻然，予以“勿负气还债”规之。

**二十二日(4月29日)**　子璥出京。饭后，过孟甫，未遇。过淯廷，茂萱、萍三、子厚在焉。夜，雨农来，还福善二百，利六两又一元。

**二十三日(4月30日)**　请什珊前辈同问案。

**二十四日(5月1日)**　入城过熙师，不遇。往看子蕃太翁病，归。七兄来，知广东折到。晚，赴奂如。九下，又同七兄至乔寓。胡雪生来，交九弟三号信二函、荛生信二函，二月十六日，雪生过泸发也。

**二十五日(5月2日)**　请许子元世叔于松筠庵，并请朱古惟、徐子真、王肖廷、吴修士、王萍三、陈孟甫。崇文门复文到。

**二十六日(5月3日)**　到公所。子蕃到，画学堂奏。午后，雨农来。夜，往晤夏叔翁方伯，别七年矣，须白而精神健壮。夏谓二月十四蜀中大雨，奎电陕者，泸信则十四小雨，又晴。

**二十七日(5月4日)**　赴赵一清、吕燕青陶然亭之约。左脸肿，

---

①　三宿恋，喻指对人或事物有眷恋之心。《后汉书・襄楷传》：“浮屠不三宿桑下，不欲久生恩爱，精之至也。”

薛以为肺胃热,服苏叶、云苓、法夏而愈。夜,看老茂。

**二十八日(5月5日)** 早,拜长沙,过熙师。黄五爷来,知黑署三河。孟甫信,谦降级。

**二十九日(5月6日)** 晨,看费竹心、何少仙。过孟甫、翼之。接九弟四号信,又加一片。夜,入内迟,盖春夏夜短,须一下起身,二下到方合。谦门上来,细问乃详。

**三十日(5月7日)** 会奏五城学堂及保绅士事。午,过子厚、孟甫。七兄、淯廷、金波来,久谈。夜,看夏方伯。

## 四 月

**四月初一日(5月8日)** 自公所归,拟湘师信。夜十二下起,入内,又在朝房小睡。

**初二日(5月9日)** 三下,蒋式惺亦到朝房,陈梅生、汪老九亦到。缮湘帅信。

**初三日(5月10日)** 问案。以豆酱、糟蛋及信交仲俞。夜,草敏谕、璬函。夜,过汪。

**初四日(5月11日)** 雪生来。九来,寻《大清会典》枢要。石生、晦若、竹心、棣园来。

**初五日(5月12日)** 过存义,还帐二百印结银,归,吾三来。九愚来。

**初六日(5月13日)** 到公所,归,拜左京堂子异。陈松山谓文介要钱,刚直要钱,令人喷饭。七兄、九愚来。萍二来。

**初七日(5月14日)** 发泸七号信五笺。黑遣人来要被,并持璬信至。石孙来,同往法源寺看牡丹。过孟甫,未起,与子厚谈,须臾归。黄雾迷天,昼晦。下午,淯廷来,索寄汪金波函。晚,汪至。

**初八日(5月15日)** 问案。代交傅世钤局费、何肇熙局费各二十两。吴哨官广祥获做银票贼。还存义银百两。夜,竹心来,七兄来。与子璬函。

**初九日(5月16日)** 朱永清来。接子璈四月三日函,芑堂到苏,已往晤。同门请房师于嵩云草堂,有谓李仲仙似疯者,有谓其想来京者。夜,溆午同七兄至,交谦二函香港发来。草复谦二纸、璈二纸。

**初十日(5月17日)** 晦若来,小坐,去枣花寺。子蕃一下来,亦践枣花寺之约。六儿乘驴同往。牡丹开过,芍药含苞。晦若先到,共谈于僧室。《红杏青松图》已失,拟凑赎之。拙庵书联尚在,墨色鲜灵,想见圣祖幸青沟时。子蕃用予韵成诗一首云:"判牍匆匆春已过,偶逢休沐约相知。况经离乱三年后,又是清和四月时。胜地幸能归净域,余花谁肯惜残枝。繁华渐醒春婆梦,莫唱天南懊恼词。"许子元丈亦到僧室一谈。夜,七兄、金波来,凌亲供,可笑。

**十一日(5月18日)** 到总公所,归,草寄子谦一笺。又得璈函,则芑堂以泸学堂筹款多怨,又以尧生新语招忌。余视芑言,仍二十年前旧样也。未刻,同七兄请何少仙、费竹心、梁亦丹、荣韫山、同年陈尧甫、九愚、金波、胡雪生于赓和,胡未到。

**十二日(5月19日)** 七下,入内,会奏修街事。散时,子蕃约同子和饮于和兴号。午后,任少梁、溆午、金波来。

**十三日(5月20日)** 复子璈一函、二笺、一诗。问案毕,同子蕃到家,子和亦来,同食鳖裙、椒鸡。查夜。在中局见邵二云扇面。保案奉旨。

**十四日(5月21日)** 关菉生。成都荣辉来。溥侄来信,查请恤部,复问子璈、今颇。夜,溆午、金波、七兄来、寄谦函。雨农来。

**十五日(5月22日)** 考差,未赴。溆午来,约同赴井顺居,六儿跨驴从。麦苗如故,尧生远矣。张今颇自保定来函,敏专马夫来。

**十六日(5月23日)** 总公所归,拜温璧臣、许炳榛隰苓,遇晦若于成都馆。夜,金波、九愚来,七兄来,雨农来。夜半雨。

**十七日(5月24日)** 六下,入内谢恩。晨,费竹心来。午,请林向荣,饯行。温璧臣入塾。封泸信七号。寄子璈信。夜,金波、九愚、七兄来。

**十八日(5月25日)** 杜鼎臣来。马夫老贴回三河。发泸信、苏信。奂如来。谦可捐复,可保开复。

**十九日(5月26日)** 发谦一笺。过存义,言申甫、奂如新馆事。绿林、十七仅到一竿,差五十。接唐蓬洲、王晋珊两函。唐有血性,佩服无已。

**二十日(5月27日)** 赴衙门。北城捡补坊缺。未刻,三女到。石孙来。申刻,孟甫、金波来。

**二十一日(5月28日)** 公所归,过泸馆,入少坐,归。李木斋来,谈许久,赔款多千八百余万,可叹。夜,若洲、溆午来,留食豆花。雨农、学渊来,润沅亦到。孟甫来,乃同润言老绿林事。大重愈。

**二十二日(5月29日)** 到秦老胡同,贵公老矣。谦阍赵升来,言二十日谦得南皮电,调赴鄂。孙昌运五品封,秋帆五品封,郭德玖五品封,凌征熙五品封,各二轴,照各一张。

**二十三日(5月30日)** 问案。晨到琉璃厂工部丈量地。午后,金波来,堂官要存义单。门人李荫垣来,须发白矣。学渊交来尧生《珠崖诗》,七兄快读之。三河来信,卷子一包。金波来。

**二十四日(5月31日)** 发乔函。饭后,过存义单结以归。润沅来,逸凡托也。逸凡尽情已极,然余何敢赞一词?往年允借川资,致为起哄,若一介,必又有起而相持者。七兄来。

**二十五日(6月1日)** 接洪翰香信,书屏对。赴九愚约。

**二十六日(6月2日)** 公所北城无呈。草湘溥信,附发今颇信。三河郑云香来,命越凡看若洲。七兄来。张采南约赴苏州馆,刘世兄泽、吴文鹿皆在。

**二十七日(6月3日)** 回木斋拜,便过奂如。夜,润沅来。棣园到。溆午到。同七兄请玉叔、采南、子真、许岑西。

**二十八日(6月4日)** 十下后,到午门验看月官五百余员,热极,汗出如泻。十二下后,出城,至同兴堂小憩,饮茶洗脸。一下半到公所，则子蕃先到。夜，欲雨未成，仅数颗。

**二十九日(6月5日)**　请荣韫山同年、谢沚菱、范容光、王玉如、陈子鸿、傅学渊、昆玉于广和，子蕃、孟甫亦到。查夜。谦来信。

## 五　月

**五月初一日(6月6日)**　到总公所。

**初二日(6月7日)**　发泸九号两长纸、三短纸。璈二十信到。晦若来。

**初三日(6月8日)**　问案。天阴，细雨数颗。敏归自三河，二孙同来。

**初四日(6月9日)**　萍三来。夜，接谦信，二十三返鄂。石孙来。七兄交谦廿三信。

**初五日(6月10日)**　过节[①]。七兄来。下午淯廷、金波来。蔡命人来，说侍卫围九愚。

**初六日(6月11日)**　寄泸十号三笺。小北差三河改奖师。黄来，陈亨来。七兄交来谦十九日信，字寄恒裕，查谦捐复。

**初七日(6月12日)**　接璈信。戴朕甫一条，请孟甫荐川陕刑馆。接泸五号四月十日发。请赵玉如饭，大雨。

**初八日(6月13日)**　寄泸十一号二笺。

**初九日(6月14日)**　敏归三河，越凡、六儿同去。寄泸十二号，以昨未看清上言薇老语也。寻人则透快，否则文言道俗情。裁京费亦可。又削草。

**初十日(6月15日)**　接子璈双保险信，言初二委无锡。学渊、润沅、雨农来，食豆花、腌肉于楼上。少梁来问，约以明日午来。借拳报效者欲报宿仇于铁船，借拳报效以讹诈者，真匪夷所思矣。世情变态，至此已极。

---

① 端午节。

**十一日(6月16日)** 总公所归,寄子璈一笺。祐在泸完姻,九弟不出。晚,雷雨。

**十二日(6月17日)** 寄璈、谦各一函。饭后,过孟甫宅,与余子厚谈。归,奂如来。夜,逸凡、润沅来,金波、七兄先在。夜半入内,东华未开。

**十三日(6月18日)** 递事一件、一片。归,饭后稍憩,假寐。醒,到北局问案。晚,金、湇、七兄来。

**十四日(6月19日)** 昨件尾先皇上、后太后,误。刘喜来,言乔媳病吐晕,心不安,若甚重,问电否,余以电说明为是,彦罪可胜言哉!溆午来,子蕃来,食于楼上。查夜。往会鲁卿。少东戚陈吉人来,为取结事。发泸十二号信,一纸、二文稿。

**十五日(6月20日)** 饭后,由北半截过湇廷,则谢师先去,自言办官心忙,欲辞不便云云。午后,石孙来,以萍文多不实,虑损其真。余曰:"人谓两人斗也。"金波、湇廷来。

**十六日(6月21日)** 到总公所。得茂萱电,媳病,周、朱医倘不讳,代借四百金办装裹要紧,吉凶俱俟电复以归咸。陈松山见尧生诗,谓有渔洋神韵。子和、子蕃见黄孟周画,佩服曰:"老笔也。"松山癸未下第,不作八比,选《明诗》度日,买专集至二百数十种,杂者二千余家,精心果力如此。三下,孟甫来谈,以逸凡寻之也。四下,同子蕃出安定门,住大福院站道。一下,雨苍、味春到。三下,二皇上赴地坛。

**十七日(6月22日)** 八下后抵寓,饭后睡。雷雨小顷。夜,七兄来。越凡、老六归。

**十八日(6月23日)** 问案。帖请,鲁卿,乃辞。玉叔又来请,仍辞之。

**十九日(6月24日)** 自教老六。回,拜何棠孙及黄小农、陈玉长、郎承诜等。归,过成都馆。润沅来。

**二十日(6月25日)** 晨,杜鼎臣来,汪颂年来,陈正挥来。

**二十一日(6月26日)** 到总公所。晨,石孙来,写对三副。午后,七兄、九愚来。以移矢填出城委丁维忠。

**二十二日(6月27日)** 高阳师入祠。晤刘竺生。拜晦若、颂年、周玉翁。

**二十三日(6月28日)** 问案。批福建公呈。接溥侄信并论数篇。晚,傅学渊、金波来。

**二十四日(6月29日)** 回拜数家,归。石孙来。负马桶者来,叩,已移向城根。丁维忠与约冬间移出城。夜,学渊来。七兄来,交到谦来函,已见师,未派事。

**二十五日(6月30日)** 到松筠庵,张、陆两尚书会议医馆事。《地球歌》《普通新历史》《澄衷学堂字课》《蒙学》四种,《通鉴辑览》《论》《孟》《学》《庸》《纪事本末》,《诗》《书·八诰》《礼记》选读,《公羊》文法好,《左》缓选,看《报本论》一篇,《画报》、曾李之书、《啸亭杂录》。子璥来二函。一初十、一望日发,十二病,吐烧、喉疼,先表后凉。请赵玉如、湇廷、金波、学渊。

**二十六日(7月1日)** 总公所归,往五城学堂,西学甄别留堂也。夜,七兄来。学渊来。

**二十七日(7月2日)** 三女等赴怀安。写芸承书单又信一张,少春信一张,子璥信一张。周少朴来,言赔款减三成之事,欷歔于南皮之屡见厄。溆午、七兄来。

**二十八日(7月3日)** 问案。接子璥二十二来信。溆午、七兄、湇亭、雨农来。

**二十九日(7月4日)** 晨,书扇二柄。又接子璥来信,无日期,似是廿二、三发。谦来信。七兄来。子蕃来,饭。查夜。孟甫、金波、溆午来。

## 六　月

**六月初一日(7月5日)** 到公所,同七兄请张黄楼、汪老九、黄小农、李木斋、赵仲宣，晦若不到。夜，金波来。

**初二日(7月6日)** 发子璈函。萍三交章程来。谦来二函。十九、廿三发，将去鄂。复谦一函。

**初三日(7月7日)** 问案。徐次纯为子璈寄《明诗三十家》至。秀娘病，瑞堂初以为受暑，继以为湿气，而头闷如故，食清瘟解毒散丸而愈。曾吾三卒。

**初四日(7月8日)** 热极，不寐。夜，七兄来，十三来。九愚以字收房租，七兄回字言有赔修而未言确数，致人疑焉。夜，雷雨未久。

**初五日(7月9日)** 寄子璈信，附为谦稿。寄茂萱信上海。午，溆午与乃兄来，同往龙爪槐，饮茶于楼下，苇风清冷爽快，烹茶数壶。归，湑亭、陈尧甫、金波来，食豆花。

**初六日(7月10日)** 到总公所。金来存义有"年久数多"之语。徐次纯元熙来，彭山丁酉拔贡，江苏州判。吴宜之秉义来，已留须。夹江典史过班知县来，引见，曾晤包老、乔梓，戊子别后，今始见，盖已十四年矣。

**初七日(7月11日)** 午，何肇仿、薛龄锡来。任少梁午后来。七兄晚来。

**初八日(7月12日)** 清晨，赴局，福建潘侍卫到案。归，周玉山来去。同雨农率六儿到龙爪槐，饮雨前茶，茶叶甚好。七兄夜来。徐次纯、何炯伯来。与孟甫函，得回信，言今年必归结，嘱力担之。

**初九日(7月13日)** 饭后，逸凡来，陈松山来，去后，汪颂年来，言其乡人讪伊，以去年来参案皆其所怂。细雨解热。草少谷函。

**初十日(7月14日)** 十三引见后，衣冠来磕头。七兄来，又招湑亭同往龙爪槐饮茶，蒲苇萧萧，凉意袭人。草谭灼庵信，东洋纸二笺，交存义，递汉口转交。少谷函交雨农寄润沅转递。夜，雨农来。吴宜之夜深来，不信已睡。

**十一日(7月15日)** 到总公所，闻张锡銮告恽语，果尔，则子房引其绪，而赤松实之，一切众生万勿造因，信然。过存义，再告以一竿事曲折，听之，不明要以何人还为断。金波、雪生来。戒烟丸。党参五钱、西芪五钱、云苓五钱、远志五钱、白术五钱、葛根一钱五分，故纸五钱、柴胡钱半、龙骨五钱、牡蛎五钱、白芍五钱、当归五钱，研末，每末八钱，加烟灰二钱，水和成丸，如绿豆大。接茂萱函。

**十二日(7月16日)** 晨，奂如来谈，因留饭。杜来问，推之。晚，三耳[①]到。拜客，回，看宜之。

**十三日(7月17日)** 问案。陈正司回局。晦若来。

**十四日(7月18日)** 子蕃来，并馈诗扇，同往龙爪槐饮茶。归，金波、雪生、雨农来，同食菜、豆花、猑[②]子。接子璬前月廿五、本月初五二函，办盗花钱。接谦一函。查夜倦，子时归，以饮普茶多，不寐。

**十五日(7月19日)** 写子璬函。赴张黄楼招，高某、苏某、李清棻在焉，归，过广和。

**十六日(7月20日)** 晨，复星阶信。公所归，接谦初六函，不求人捐复，费重。保开复，大柜要钱。股票利二竿。玉顺兴木厂旧床帐二两三钱，新床帐四两。七兄来。晚，金波至，雨农至。津帖以文武执持文并与文争，无出头管者，乃罢。刑部广西司于冯鉴廷案忽票传。金子、银子已判明由本城择配，而忽传之，自因有为而然。

**十七日(7月21日)** 晨，唤孔章至，草一《通谕五城单》与之。金子、银子较有聪明气，故丁司官与成全之，重可嘉也。而群鳖必欲仍致窑中，在鳖类不足论，主事老爷何为而出此不沾题之文？午过湑亭，归，孟甫来。早饭时，张金波来，亦太息朝廷之用人。

**十八日(7月22日)** 天明，雨。问案，面验薛学生，年二十七，金子可谓得耦。归，石荪来，言见《申报》，渝府调首。

**十九日(7月23日)** 天明，接子和、萍三信，知陶然亭有阔少发

---

① 指聂(聶)九愚。

② 猑，疑为“㺟(jùn)”，小野猪；或“麇(jūn)”，獐子；或“郡”肝，即鸡胗、鸭胗；或“菌”子，即蘑菇。

花榜，招优妓百人，即命哨弁往。哨官归，言势将抗者，乃快马招子蕃，一面命刘哨官驻窑台截伎车，乃移去。过曾奂如，留饭。晚过萍三，知川事。

**二十日(7月24日)** 入城，交医局折于陆。过张台长，谈久。归，作稿。孟甫来。

**二十一日(7月25日)** 公所期。作清单。溆午来，萍三亦持所作稿来，欲联衔奏。予曰："予文已写。"

**二十二日(7月26日)** 倩雨农写清单。吴宜之家人来，言宜之已殁，嘱求召晓初派人往看，并赊棺、裣等物。晚，雨农来饭。夜，十二钟后入内交折，后二点半大雨。至明，予醒，问苏拉，则知萍三亦到。石荪放徽州府，晨来。

**二十三日(7月27日)** 在朝房遇石荪。九下，到分局问案。拟《送岳维章过部咨文》及《陶然亭告示》。归，溆午来，招七兄，未至，雨稍小，溆归。抄单，张曾飏调川藩。

**二十四日(7月28日)** 大雨。饭后，雨农来，七兄来。阿麟革职，成都补沈秉堃。夜，金波来。

**二十五日(7月29日)** 雨。下午，瑶圃至，得泸六号信。

**二十六日(7月30日)** 雨止。饭后，石荪来，七兄来。接子璥函。十三病，妾病，拿盗赌棍。赵仲宣请二十八，谢之。复璥书。

**二十七日(7月31日)** 发泸十二号信，四长纸文单，家事、杂事又两半纸、一小半纸。《喜雨》诗曰："良田久旱禾欲枯，街米腾踊如明珠。九重黜贪乃人雨，天心下应阿人夫。"[①]过恒裕，交袁郁菜事，遇孟甫亦到。请二品封，须用办捐者实收一张，否则须实银五百零。夜，赖丕承来。

**二十八日(8月1日)** 清早，为公呈请赈事，过孟宅。下午，七

---

① 《借禅室诗钞》注曰："是日电旨，成都知府阿革职。""阿"即被高枏以《沥陈四川乱象请更换川督折》弹劾的阿麟。

兄、丕承来饭。金波、雨农继至。接三女信。

**二十九日(8月2日)** 写字嘱雨农转乞学渊为小七讲请奶母。朱允琴来，溆午来，同往龙爪槐吃茶。晦若、七兄相继至。归，陈尧甫来字，则为写票者骗矣。七兄在此饭。石荪来，九愚来。

**三十日(8月3日)** 晨，茂萱来片，昨日二下到。杜鼎臣来，一半是要钱，一半是争面子，恐亦第在小京官中书之下也。孟甫分单，翰林四成，侍卫、小京官中书共五成，余一成以作好事者，又分之以润小京官中书。子蕃来字，请到广和居。到姚家井。土炒白术二钱、全归三钱、大丹参三钱、大砂仁钱半、煨肉蔻钱半、广木香二钱、奎白芍二钱、小川芎一钱、醋炒延胡索八分、法夏二钱、广皮钱半，煨姜。

## 七　月

**七月初一日(8月4日)** 同雨农照像，并看学堂。

**初二日(8月5日)** 子璥函夹泸函到。到总公所，归，便拜瑶琴、古帷。在茂萱宅，遇晦若。岑荣陔调川督，奎开缺。议催岑。

**初三日(8月6日)** 问案十余起。茂萱改稿太长，夜删改之。溆午、雨农来，茂亦到。

**初四日(8月7日)** 晨，写折。接子璥函。察院代奏公呈，请赈发三十万。夜半入内。

**初五日(8月8日)** 电谕，催岑兼程赴蜀。晦若来。接子璥函，言邓瀛洲包抄黄道，尤骇人。

**初六日(8月9日)** 五下，入谢恩。以子璥一笺示茂萱及晦若。

**初七日(8月10日)** 发泸十三号信一纸，文一纸。黄道急时办城防。

**初八日(8月11日)** 审案归，晦若、萍三来。夜，溆午来。

**初九日(8月12日)** 同晦若、茂萱、奂如、孟甫、萍三、子厚及七兄共饯石荪于松筠庵，后又憩于茂宅而后归。

**初十日(8月13日)** 刘幼丹调川东道。晦若持太原公子电来,同翻于楼上。金波来。喜志以诗:“庙略争先一著神,潜孚众论亦何真。已闻三晋驰丹诏,更为全川拜紫宸。疏涤盗泉还净土,检裁官柳得新春。遄临倘使公无冑,共议征南有后身。”

**十一日(8月14日)** 总局归,接泸电,华署道所部戏练妇,斗,华庇部纵攻练,旁掠津捐,伤绅民,绅控,督委吴佐署道查办。夜,茂萱来字,言成都有不守信,中央秘之云云。当字问七兄,则言但闻电催马维骐提兵速赴川。

**十二日(8月15日)** 晦若来,登楼,锡昌亦到,庚子出京后,三年未见矣。溆午、茂萱皆来。成都信未的确。谦函到。

**十三日(8月16日)** 锡昌来晚饭。夜,姚琴来。

**十四日(8月17日)** 晦若来,以三条与之。茂萱来。七兄约九愚。少舫来,以误闻九愚有减让捐生事也,九愚岂出此? 萍三请广和。查夜。

**十五日(8月18日)** 午点,成差勇归。赴江苏馆杨渐逵请。发谦函,苏合丸十颗。

**十六日(8月19日)** 发泸十四号。泸办防。接子璥七月六日函。复璥函,问课本。

**十七日(8月20日)** 锡昌、何肇仿来。夜,赴孟甫招。泸电:“华兵攻局控,督无批,公宜上闻津团局绅。”

**十八日(8月21日)** 五城会奏词讼缉捕。审案。夜,温璧成、湑亭来。

**十九日(8月22日)** 以草交孟甫。黄榜书同年来。吊蜀璋。蜀璋精灵,谋事警策,误趋“名士”二字,请左名士医,致毙,可悯也。不然,身体素强,何为早折? 陈玉长负质聪颖,好为诗,海山肖子也。溆午来。夜,金波来。七兄来。石荪来,福建侍卫被其说下,不肯听某公,露迹尤为忠厚,若袖手旁观,某公难乎下场。石孙此事实堪敬服。

**二十日(8月23日)** 晚，七兄、茂萱来。张葆长请，未去。

**二十一日(8月24日)** 到总公所。

**二十二日(8月25日)** 石荪来。接家信七号，又史书信。晦若来，言报本所列甚怄，颇疑有人。晦若去，萍三来，言所疑，亦有理，萍谈于楼者久。

**二十三日(8月26日)** 问案归，以诗答王石生，诗曰："双双翠凤好花枝，瓜蔓牵缠到北司。多谢蹇修王水部，明朝乌鹊渡河时。"

**二十四日(8月27日)** 一下，到北局，薛、陈二生同保人来行礼，金、银二女着彩服来跪拜，复晓谕之，花轿鼓乐，成礼于香炉五条。子蕃和诗一首，同过中局点勇名，孔彰请留诗，书成一幅与之。闻熙师来寓，乃归。萍三封川信来。接子璥函。

**二十五日(8月28日)** 萍三交省函。写石荪序。寄泸十五号。叙午来。夜，过茂萱。

**二十六日(8月29日)** 总公所归，七兄、金波来。

**二十七日(8月30日)** 饭后，过孟甫宅。学渊来，同过鲁卿。

**二十八日(8月31日)** 问案。"想见东坡老居士，苦学梁州阴子春。"

**二十九日(9月1日)** 肺、胃气不降，清阳不升，右面微肿，苏甘橘皮汤开通肺气。苏子五分、冬桑叶三钱、法夏子三钱、浙贝母三钱、云苓三钱、苦梗五分、苦杏仁二钱、生甘草一钱、陈皮二钱。午，拜黄榜书，便过茂萱。晚，赴广和居，陈老五言荣州牧撤任。

## 八　月

**八月初一日(9月2日)** 到总局。二下，过学堂，玉苍在焉，商买书事。以后初六、十六均到学堂议事并画稿。又过北西局点名。七兄来，交谦信二函。六儿买蟹共食，非其时也。九愚来，金波亦至，以乔全权又交一纸，比原文稍切，然先求销案，后缴数，而又必待至先行筹款无出之后，而始撷廉俸以为之，博文所以不肯也。博文又复乔权一书曰:“如真心要了,乞照原条议。”学渊到。

**初二日(9月3日)** 八下,到都察院衙门,检补东、北二城副挥也。溥台长此次乃先问后点,东城举汪廷猷,北城举丁汝彪,将来当必翕然。拜瞿台长与晦若,出城拜彭镬生。接子璥信,忧川事及王文毓丝厂。复璥信。

**初三日(9月4日)** 问案十七起。棣园来家。赴同兴堂徐子真之约。

**初四日(9月5日)** 郝四来,带来黑信,言七月初一疫症,吐泻,服郁金、薄荷、橘红、坚云苓、半夏、川朴、川连、神曲、砂仁、壳蔓、荆子、荷叶、生姜,热药盐制,凉药姜制。接熙师信,多盗,皆散勇。午后,七兄来、溆午来、石孙来,以其将行,甚为怅然,以谨言及代人辨勿过烈为勖,石孙以为然。

**初五日(9月6日)** 为长沙书绢窗。熙师又来字,以为不重治之,则驱之矣,代其主筹何为者。

**初六日(9月7日)** 至公所,并往学堂,奉廷寄王维举事。归寓,局员禀王维举已逃,长班诳语也。午后,瑶琴来探王事,告以出则无碍,躲则不妙。同瑶出,约聚茂萱宅,贺石荪而后往,则弁勇已获维举。

**初七日(9月8日)** 赴分局,为维举事也。幸勇中照料,未如秋帆次典之苦。

**初八日(9月9日)** 问案,王维举亲供,归,叙奏底。子真、玉叔、七兄、金波来。

**初九日(9月10日)** 到北公所抄奏底。赴润田约。子璥来二信。九弟复电,“臬剿拳平”四字。

**初十日(9月11日)** 细雨。学渊来,饮于楼上。石孙来。

**十一日(9月12日)** 天明,递复奏王槐轩折。到公所,归,子蕃亦来寓候旨。须臾,樊书手来,乃知明发关申饬。金波、石孙、七兄、学渊、淯廷来。

**十二日(9月13日)** 唤十三来，以房折与之，令改注回銮起算价，则十六。孟送来星三信二封。往曾、陈处，曾、谢已出。陶胖借松银二十两。泸八号信到，七月十九日发《华兵记》一篇。夜，学渊、老茂、七兄来。

**十三日(9月14日)** 到北公所，启冈一呈，似某公笔，批数百字。

**十四日(9月15日)** 晨，十三以房银至，除付木厂外，交汪吏目带归。七兄来。金波来。湑廷来信，杨璋撞骗事，乃命中局传杨璋，后乃闻系杨璋片送长班，非人控璋也。夜已深，令丁指挥往问璋，并饬具结。

**十五日(9月16日)** 溆午来，璋事乃详。唤长班至，令寻杨子清。

**十六日(9月17日)** 长班回，语杨子清已出京。

**十七日(9月18日)** 溆午来，知杨璋实有撞骗事。金波来，湑廷来。夜，赴奂如约。

**十八日(9月19日)** 到北分局，同子蕃下朱单，照会潼馆值年。驱逐杨璋。归，作华草。学渊来。湑廷来，食猼子。

**十九日(9月20日)** 晨，又改华草。约学渊来，云帆来，复赶去伏魔寺，孟甫在彼候也。姚琴约勘蜀学堂。

**二十日(9月21日)** 清草一次。发泸十六号。七兄由颐和归，言十四奎电奏称青羊宫有拳匪，沈守往拿未获，次晨开城，混进十二名，当拿正法。有一名逸，过潼川府，习拳团者迎之。适法使得领事函，言拳匪多至三万人。电谕奎以何故与法使信轻重悬殊，无回电。继得美使言，亦如法使所云。再往电，仍无回音。

**二十一日(9月22日)** 先到总公所，后到学堂，又看操。归，子蕃继至。登楼小坐。赖专人到，回信数行。石孙来，赴湑廷约，同金波归寓。

**二十二日(9月23日)** 晨，石孙来。萍三来。约学渊食太牢。

七兄来。

**二十三日(9月24日)** 城期归,七兄来。学渊来。子蕃交鼓儿词,妙绝。

**二十四日(9月25日)** 朝审看册,泸只胡三一案,川共五十余,为十余省之冠。逸凡请于广和,学堂事也。

**二十五日(9月26日)** 七下,即往朝审,老五、老六同往。茂萱、金波、学渊来饭。

**二十六日(9月27日)** 总公所归,丕承来。敏率媳孙归。茂萱来。

**二十七日(9月28日)** 午,赴老茂饯石孙广和之约。

**二十八日(9月29日)** 城期。验看月官。晚,茂萱、七兄来。

**二十九日(9月30日)** 晨,封折赴园。石荪行。

**三十日(10月1日)** 归。汪二爷印结二十九两七钱三分,辜文山八两。"蓬瀛清浅阆风存,含笑山容待至尊。绝胜明皇西幸返,秋风黄叶锁宫门。""苍烟暮霭接宫槐,石路沉沉压劫灰。疑是鹿门归隐处,却从龙闸上书来。"[①]《柳浪庄野望有感》诗曰:"应刘逝后风流尽,海底沉冤孰共论。昔日相逢在何处,葭苍露白与招魂。"黄桂鋆开保宁府缺。金波、九愚、七兄来。

## 九　月

**九月初一日(10月2日)** 敏赴三河。到公所。未刻,晦若来,持岑电相示,大股平、小股多,团保通匪,欲除三数人,又惧招冤杀无辜之论,嘱传示乡人。在广和居约敖扬叔其彪及九愚、金波小酌,问其家中各老辈及达宣精神。茂萱夜来。

**初二日(10月3日)** 寄泸十七号。子璥来信,八月二十三发。复璥一纸。阅《中外日报》,华道撤任。萍三、溆午来,七兄交谦函。

---

① 《借禅室诗钞》题为《八月三十赴园》。

**初三日(10 月 4 日)**　公所十二案。陈清泰记过。晚,七兄来,金波来。

**初四日(10 月 5 日)**　复谦函,交陈润夫转交。张万生高氏、傅万茂华氏、邹茂先唐氏、赵德铭师氏、宋奉璧吴氏请旌表。

**初五日(10 月 6 日)**　泸十八号。七兄晨交请封。实收来,饭后持实收、三代履历交应沂初代办。夜,高涓廷自保定来。

**初六日(10 月 7 日)**　总公所。晚,七兄来。刘岘帅薨。香帅调署两江。端方署楚督。周浩新疆藩。杨莲府直臬。汪君牧通永道。

**初七日(10 月 8 日)**　一下半,到学堂。勘工艺局后地基。拜彭篯生,久谈。往晤老茂,语以学堂事。署保府仓大使。知县王极来。

**初八日(10 月 9 日)**　北分局审刘祝波局骗案,狡词甚坚,诘以初堂讨限取保后逃匿,乃掌责四十。又传德和钱铺卢焕,对黄明善八月十四之账考问,二十六扭过之情,专候房东张姓,明日传到,便可定谳。惟刘祝波尚要狡,银数恐难追耳,以皆穷人也。璬信到。

**初九日(10 月 10 日)**　子蕃约林、左、陈登高于学堂楼上。问黄明善案。媳咳血虚,沙参六钱、贝母三钱、生地四钱、麦冬三钱,云苓三钱、百合三钱、海浮石三钱、炙桑皮一钱二分、大丹参三钱、肥玉竹三钱、水炙甘草四钱、玉桔梗七分。咳,肝郁,炙款冬三钱、蒸紫菀二钱、酒炒奎白芍二钱、云苓二钱、去皮杏仁若干、女贞子二钱、炙桑皮一钱、贝母四钱、淡黄芩一钱二分、玉桔梗一钱四分、盐水炒广皮一钱、炙草四分。

**初十日(10 月 11 日)**　孟甫来谈。赴王槐轩之约于奂宅。

**十一日(10 月 12 日)**　公所。过存义,电存义公转陈紫均鉴:“敏儿媳为敏置妾,由存义拨百金托买,交剑带来。枏电,棣园发。”

**十二日(10 月 13 日)**　复璬一长笺。发泸十九号,正文谦略。

**十三日(10 月 14 日)**　审二十三案。茂送岑帅信来,朝天关发。翼之卒。

**十四日(10 月 15 日)**　接泸八号。邓五八月初六劫大渡口。沈五月禀荐凤全、陈兆棠。查夜。

**十五日(10月16日)** 发泸二十号。秋凡等诰轴四份、照四张,袁郁棻照一张。奎查复到。夜,七兄来,言祖寿迁居。

**十六日(10月17日)** 至公所。吊王爵生。回茂函。夜,杨有余来,七兄来。

**十七日(10月18日)** 晨,奂如来。林梅贞事。挽赵翼之同年一联:“扈从历秦晋之间,竹杖芒鞋,辛苦不忘供奉职;风规似乾嘉诸老,琼楼玉宇,讴歌犹忆太平年。”孙子钧来看媳脉,外感化为肺胃热,款冬、寸冬、石斛、玉竹。

**十八日(10月19日)** 二十三案,倦矣。谦信到,自沪广东花园侧发。

**十九日(10月20日)** 贺季襄为侄孙迎娶喜。过贤良寺,访于晦若,已上万寿山。

**二十日(10月21日)** 子蕃来,萍三后来。晚,过茂萱谈。发泸二十一号一张、文笺二张。

**二十一日(10月22日)** 细雨。到公所,又到学堂。学堂、工艺界图妥矣。草复谦函。

**二十二日(10月23日)** 接子璬二书。带老六赴颐和园,食于海甸。老茂自园返,萍三亦自城出。子蕃言杨仪村系请撤九庙得罪,五年来何未闻也?夜,宿礼部公所,晦若先在中厅徐赓陛所。晦言岑将调谦。

**二十三日(10月24日)** 归,仍餐海甸,茂犹待也。七兄来。

**二十四日(10月25日)** 到公所,午正,子蕃始到。蕃又言催命之奏乃黄泽安,又一奇也。发谦函。七兄来,疑少贤勾祖。

**二十五日(10月26日)** 李子香南河泊事。左笏卿来。林畏庐送画至。又闻祖先生在豫,外面知之,父兄不知,管束之易蔽如此。然人人所以不言者,非相欺也,骨肉之际难言,古人戒之矣。溆午来。子蕃来字并一诗,何其雅也。唤德先,未来。敏儿专人到。金波来。

子蕃索和，诗曰："新秋城下水，依旧沸寒汀。浪蹙前朝碧，山围故国青。崖洼余古塔，墙外露荒亭。欲问庚申迹，苍烟接杳冥。"

**二十六日(10月27日)** 至总公所。七兄曰："阔少得逛，足惬其慈。"楚楠信，奂如送来。

**二十七日(10月28日)** 晨，念劬来。丕承来。拜客。灵昆、子真、七兄来，言以闻催唤褚，乃被引绳批根之诘，不知人人不肯言，徒干净也。予则必言以尽分，不听则分尽矣，他何知焉？春往年在汉，病而不与医，今欲别人为垫一二百，能乎？

**二十八日(10月29日)** 接泸十号，八月二十七发，言旧友中惟包铁孟有女。璥书二，述十四成都、资州拳匪事。

**二十九日(10月30日)** 复璥函。子蕃、七兄来。查夜。

## 十　月

**十月初一日(10月31日)** 至公所。

**初二日(11月1日)** 寄泸二十二号包事。到广惠寺奠翼翁。十下，接成都电，莫测其由，乃用于惠若码。

**初三日(11月2日)** 复蓬洲函。寄晦若信。陈玉苍招饮于工艺局。请邱幼荷医媳。

**初四日(11月3日)** 陈松山招饮贵州馆。何少舫、陈瑞堂招饮。七兄来。

**初五日(11月4日)** 问案二十八件。七兄来。招若洲来。

**初六日(11月5日)** 到公所，子蕃未到。

**初七日(11月6日)** 邱幼荷又来看脉。溆午来。夜，过茂萱。

**初八日(11月7日)** 萍三来，言昨晤晦若，则以在湖电未寄往，电往则又回，此仲鲁错也。然则晦明日往，又安知电不又回大学堂乎？此则七兄不借马与不言明初六到湖之故。天下事之难如此。仲鲁疏忽，七兄推诿，各有弊矣。

**初九日(11月8日)** 雨农归，谈次便约过广和居，以同七兄请篯生、逸凡、若洲诸人也。接璬信一纸。

**初十日(11月9日)** 接子璬函。接九十一号信。发泸二十三号。

**十一日(11月10日)** 公请林、陈工艺局。

**十二日(11月11日)** 晨,过子厚。午后,孟甫来。闻褚归自鄂。

**十三日(11月12日)** 请邱幼荷看脉。夜,雪生、鲁卿来,谈宋芸子事,令人失笑。

**十四日(11月13日)** 城期。

**十五日(11月14日)** 茂萱晨招饮。贺陆公喜。

**十六日(11月15日)** 至公所。点两善会勇丁。

**十七日(11月16日)** 唤祖寿来,略问豫、鄂事。夜,孟甫来。谦来函并横幅。过丰太照像,取《四史》。

**十八日(11月17日)** 城期。

**十九日(11月18日)** 朱允琴晨来。七兄交来溆午四局费廿金,交樊先生带去。又交谦函。复谦一函三笺。夜过乔宅。敏归。

**二十日(11月19日)** 夜,雨农来。

**二十一日(11月20日)** 总公所会审王保一案。过学堂监督钟香樵,船政旧监督也,其人温霭,丁丑通籍,分工部,以奉母在乡,今始来。淯廷来信一、牛髓一瓶,薛仲俞带来沙参一包,叶烟一把。

**二十二日(11月21日)** 摆供。午,过赵宅。晚,赴金波之招于月明楼,交蜀学值年于东侯、溆午也。

**二十三日(11月22日)** 城期。十八案,结谷国栋、黄明善各案。归,稍憩,过贵州馆,邓华溪同年请也。庚寅三月见于汪师座上,至今十三年矣。

**二十四日(11月23日)** 贱子生来五十年矣。溯四岁、六岁、上学。七岁、颠于城下。十岁、十四岁、十七岁、二十岁、二十二、二十四、二十八以迄于今,弹指间耳。孟甫、萍三、子厚、聂九愚、蔡东侯、李瑶琴、谢鲁卿、胡雪生、何少仿、杜若州、曾奂如、汪、杜、罗、杨、许、黄、乔、黄五爷、雨农，内外四席。

**二十五日(11 月 24 日)** 拜吴子和、钱新甫、李灼华。复子璥信，寄少东信。

**二十六日(11 月 25 日)** 总公所，归途遇溆午，约之返谈。黄念劬来。

**二十七日(11 月 26 日)** 寄泸二十四号像片二。

**二十八日(11 月 27 日)** 午门验看。便回拜曾心泉，此公不见十九年矣。晚，由金波处赴江苏馆，同孟、凌、陈请邓华溪。

**二十九日(11 月 28 日)**

**三十日(11 月 29 日)** 问案三十件。夜，七兄来，言内庭叱骂赵孟琼、任少梁，为熊氏木银也。

## 十一月

**冬月初一日(11 月 30 日)** 到总公所。石孙来。

**初二日(11 月 31 日)** 与锡清弼都统回拜，并与陆伯葵学使回拜。贺子蕃迁居。九愚来，去后，七兄与言翼事，乃字问德先，果一百。

**初三日(12 月 1 日)** 雪，问案二十起。晨，茂萱字来，仍为翼事也。

**初四日(12 月 2 日)** 马六舟周费交去，樊交。来回条。奂、鲁同九愚之子局费交去。

**初五日(12 月 3 日)** 雪。晦若来。

**初六日(12 月 4 日)** 呈进勾到本。三下，由衙门同文次缨赴园。潘、谢、蕃亦以五城奏事同往，仍宿礼部公所。七兄来。

**初七日(12 月 5 日)** 接本于内阁公所。潘、谢、蕃先行，予同子庄及山西道陈公进城，送本到刑部。子璥来信二件，鱼头事。夜，九愚、石生来。

**初八日(12月6日)** 歇气一日。夜,汪来。复璥函。

**初九日(12月7日)** 问案。侍卫武举交刑部,伊等所为皆奸盗邪淫,此特其一也。

**初十日(12月8日)** 寄泸二十五号。

**十一日(12月9日)** 子蕃处叩祝。拜刘仲鲁。润沅、雨农、逸凡来,子用来。

**十二日(12月10日)** 赴孟甫消寒局,八下即归。

**十三日(12月11日)** 问案。

**十四日(12月12日)** 唐淮源来,交渊如信一草。兆崧已入学。邓华溪来,以佐杂一万余,应设课吏馆,捐例害事,即在佐杂。雷在渝颂声大作。

**十五日(12月13日)** 过存义、天顺祥。接谦函。

**十六日(12月14日)** 公所。接茂函。茂萱、七兄、金波来。

**十七日(12月15日)** 拜朗斋、策吾、籛生。

**十八日(12月16日)** 审二十七起。夜,赵孟璋、任少梁来。

**十九日(12月17日)** 晨,草全廉访信二笺。午,七兄来。夜,茂萱招,以本日大差,不敢往。李符曾来谈。

**二十日(12月18日)** 午后,七兄来。小汪来,以全信与之。胡智杰、赵萼楼、恽薇生先后来。

**二十一日(12月19日)** 总公所。学堂。

**二十二日(12月20日)** 陶胖来。溆午到,同过工艺局。

**二十三日(12月21日)** 问案二十一起。

**二十四日(12月22日)** 看邓华溪,托带蘑菇、桃脯与伍师。

**二十五日(12月23日)** 璥信到。

# 光绪二十九年癸卯(1903)日记

## 七　月

**七月初二日(1903年8月24日)**　六下起，七下，赴都察院，英、阿、李三同道在焉。晚，七兄招陪胡雨岚、周紫廷、刘昌庭于广和居，金波后至。铁生赴汴。“诗歌杂遝玉珠鸣，同在京朝作颂声。翠管推恩逢圣节，白云深处话清卿。含饴坐数诸孙秀，益算重看九宇平。闻道家书传懿诫，要停宾燕济呼庚。”

**初三日(8月25日)**　凉，欲雨，未果。城期十八件。赛金花初二起解回籍，良乡收管回。四下过，憩荛寓而归。张季端灯时来坐谈。敖云樵又来函，谓其公数皆自公项拨与，如罢官或不罢，于查后赴新任，所亏皆巨。此非挟制，盖哀告也。官而调，调而钻，以致如此。然每信不径交某公，必由我转交，何也？某公来曰：“悔不该借此数。”学渊、润沅来。李姚琴来书一长纸，并抄致邹星石函，详言公司与局之分，并归并总公司之别，曰数年不给息，无怪烦言。曰有人问及之辄愤懑，皆由衷之言。

**初四日(8月26日)**　王肖庭同年来辞行，以所闻广西实情告之。沪报屡言匪势猖獗，不提“王之春”一字，正为之春说法，盖谓岑往未得手，不能怪之春也。使督师者非岑，则毁语随之矣。中国无报律，故报馆得因以为利，而言无事实如此。傍晚欲过泸馆，七兄来，溆午亦到，言姚琴同紫廷并拉鹤雏与溆午来，谈紫廷股本事也。金波亦到。

**初五日(8月27日)**　晨，往会王孝禹。归，萍来信并稿，属领衔,答以联衔不行,具呈则可,然须知会同乡。姚琴来字,送新馆流寓人陈受白辱骂,及派哨官往。汪朗斋来,则以陈乃其亲家,酒醉被伤,当问长班,则言骂姚琴是实,第不知所骂何事。紫廷来,过泸馆,踵而往,共坐槐树下谈久,同车赴施鹤雏松筠庵之约。

**初六日(8月28日)** 总公所归,接子璥函、泸函、九弟《游方山及寄荛生》诗。荛来字,约午小酌,往,则坡公纳朝云也。夜,雨岚、紫廷、云石来谈,七兄亦至。

**初七日(8月29日)** 午过恒裕,并过孟宅,遇姚琴、鹤雏、学渊、金波皆在。往胡雨岚宅,胡、周已出,乃赴元兴堂主人,溆午小顷始到,老茂、雨岚、紫廷、奂如、雪生、聋君皆至。散时,紫廷同车过我,谈次乃归。寄子璥三笺。

**初八日(8月30日)** 城期十 件。《沪报》载俄谕,有笼罩气象。荛生招于便宜坊,芸子、雨岚、紫廷、萍三、金波。朱永清请于江苏馆,岚、聋、奂、鹤、何少舫。南海馆厨甚清美。夜雨。

**初九日(8月31日)** 饭后,荛生来,以晦述广电也。午后,过惠丰堂,同茂、金、朗请新进士诸君。北宅车过瑞林祥,溅泥于铺,铺伙揪殴,被交局,街邻托惠丰乞情,且白太太车也,珠崖不敢允。泸信七号到,韵百六十两兑来。下午,过少东前辈寓,须白而精神如旧,留谈至九下,晚饭后归。闻雨岚、紫廷来去。

**初十日(9月1日)** 晨起,始知吴蜀尤请。巳刻,陶然亭往,岚、紫、昌庭、荛、蔡、汪侄皆至,萍、金未到。归,又至蜀学堂,在地摊买陈子鹤对联一付,京钱六千,惜纸朽败。夜,岚、紫来,雨农继至。川省铁路必应办,惟须借款,先修一节后集股。紫廷曰:“东省已矣,铁路修后,待出洋学生归自办,各地看机势如何?”夜雨达旦。

**十一日(9月2日)** 总公所。吴子和到京县,张珍午署南城。会审劫案一起。有谓宜抄没督抚为赔款者,然不指王之春、德寿等立言,可如是耶?下午,赴陈剑秋之招,七兄、子厚先在,紫廷后到,芸、萍未来,清静可喜。剑秋所买陈玉方条幅、梁山舟诗手卷,皆真而且好，其余皆赝鼎。紫廷同车归，宿于书室。

**十二日(9月3日)** 晨起，紫廷已走。饭后，少东、方伯来，所言开朗平正，可佩已。寄泸十八号。车九、老六往地藏庵学东文。夜，金波、紫廷、七兄到。

**十三日(9月4日)** 城期八案。消夏第五局。雨岚来，张金波来。夜，紫、茂来。修身、伦理、舆地、历史，此当另编，以与各国不同也。至算学以及声、光、化、电，则各国皆同。

**十四日(9月5日)** 晨，茂约胡、周、刘饭广和。老六同金田先生游南洼，来寓。老六与车九叩其学堂等级，金田曰："东人勇勤耻怠，地虽小，无旷土，中国人皆一心想作官，东人不然。"学堂曰农业、工艺、商务、宗教、画学、政治、法律、音乐、外国语、医理、文、武。夜，金波、紫廷、姚琴、学渊到。

**十五日(9月6日)** 晨，请王硕甫、冯渔古、谭和廷、卢翊廷四同年及紫廷、鹤雏于广和居。

**十六日(9月7日)** 总公所。玉苍升商部侍郎。前数日，闽有人委缺，有何某者禀到未三月，陈侍郎所嘱，某令者占鳌所荐，黑独不与，鞅鞅。予晓之曰："挣功而不酬者多矣，器量不宏，非载道之器。"金田谓我国人心各有一官，闻之令人汗下，何为与若辈争此区区乎？得尧笺，复以三笺。夜，少东前辈来招，姚琴亦约于广和。

**十七日(9月8日)** 六下后，开车赴西苑，递获盗保奖折。谢、潘、瑞、茹先在，陈松山亦来。归，同松山自西华门步行，松曰："单月三缺即到，转科无望，然转科亦长杷伞，不如外府能作事，且年过中旬，不如外任数年，作归田之乐，较有收场，否则在京徒供纸上文章，实事毫无，且收场无计也。"过政务处，会于晦若，因出东华，往拜张金波，未遇。午，季端来谈。岑查王折，无重语。

**十八日(9月9日)** 城期。归，敏儿委署房山。晚，荛生来。学渊、鹤雏来。溆午乃兄马纶珊自桂林归，来谈。陈景华者，桂林健吏，境内无匪，岑欲杀之以悦民心，为解匪之计，不知陈所杀监中、村中皆匪也，非民也，殆亦狃于四川之役，而欲以号令为治耶？府尹放沈瑜庆。

**十九日(9月10日)** 学堂、科举、官制相表里者也。吴挚甫先生谓科举、官制不变，学堂无力。下田歌子谓我国为文章国。吴之说病其不贯串，下田之说病其浮而不切。然今日遽欲变官制，实恐未能。惟专力学堂以图进步，多遣俊秀往学东洋，二十年后，自有转移变化之机。工艺商政以轮车为首务，各省次第并举，先借洋款兴修，后集商股，此一定办法，此外则警察。电九弟，寄璈函、石孙函，一诗，阡函。沈文肃公诸孙能行，即不令人保抱夜睡，不令常在一处。如今夜睡此床，明夜即易至他处，皆所以绝其依傍之媒，引其特立之志也。有孙年十余，一九岁者同往日本，一三岁余者泣欲随之，可见域于闺阁，适长巾帼之徒。

**二十日(9月11日)** 紫廷、雨岚来，约去照像。荛生至，紫廷反饿而饭。雨岚后至，又具一菜与下饭。金田移远，不令六往，防下馆子，为滥交之渐。饭后，到顺天府道喜，出，过存义而归。

**二十一日(9月12日)** 总公所十件。归憩泸馆，黄云已归。回寓，老茂躺于客厅。学渊、紫廷到，一谈去。晚，金波来，过畿辅先哲祠探湘师咳病，云左腕疼、腹泄，返，由胡宅、莲花寺一坐。

**二十二日(9月13日)** 晨，溆午来。饭后，与沈荔圃道喜。归，七兄来，茂又来，金波亦至。作《五禽图》，精神勃勃，与茂同去。五峰催，乃去泸馆饭。

**二十三日(9月14日)** 城期，归，冯润田来，请往便宜坊陪少东，子厚亦请，乃先到厚处一坐而后往。段峨生请，则不能往也。奂如交许骞保举费百两一张。

**二十四日(9月15日)** 寄璈三笺。荛生来字，约食蟹，并云昨在峨生处候至夜深归，未能遍去赴约，得勿疑为不情？看李翠亭，未遇。憩云石斋，毛老三旧寓也。屈指旧游，流光如驶，为之慨然。荛生送蟹来，便招过饮，七兄亦在。

**二十五日(9月16日)**　晨,赖季淮至。璬来信,嘱劝荛。学渊来,有张副爷待敏至晚,乃添菜同食。夜,紫廷至。

**二十六日(9月17日)**　总公所。北城地面连出窃案,哨弁疏巡之故,招紫、金食豆花。复璬函。夜,璬又来函,荛数兑到。接安庆电,仲仙所发文有误,大致要访刑、钱幕友,并索谦履历原卷。接泸九号信。

**二十七日(9月18日)**　溆午来,商请金田事,紫廷发议也。适五峰在此,乃命同撷篇、老六同往延请,议妥教东文、体操廿余人,月俸三十元,包火食,半年为定。夜,过少东,孟、鹤在焉。

**二十八日(9月19日)**　城期五件。新馆请少东、方伯。夜,紫廷、昌庭、溆午、金波先后到,老茂亦来,陈玉昌来,查夜。接璬函,学堂已改观,嘱查慕驹官。

**二十九日(9月20日)**　十二钟,率有仓、仿先上湖,住礼部公所。夜,七兄、晦若来,少东亦至,谈至十钟后。递折。

## 八　月

**八月初一日(9月21日)**　苏拉来,云留中。玉仓来,谈片刻。归,憩于子蕃寓。复看陆凤师病,云已停药。到家,右眼白膜红。山东试用盐大使王世昌,炽昌弟也。复张玉叔信,觅书手与老茂函。璬托查李廷昂,指分湖南知县应捐免保举若干、印结若干,查明去信,再汇银并寄监照。

**初二日(9月22日)**　晨,紫廷来,为开医眼方。云帆来问,为湘帅作寿也。晦若来,嘱请少东,初六。溆午以请金田合同来看。七兄来谈。夜,荛生以字来复、以字来谈。茂萱、紫廷、昌廷、金波、雨农皆到。有在省妄言阻学,号称京信,并言老宋典刑者,茂及予以电晓之。

**初三日(9月23日)**　晨,在畿辅先哲祠挂号。到局,问案十二件。《送段峨僧》诗:“江水无情极,湘波无限长。似闻斑竹怨,犹带雨花香。沙净飞凫影,天空起雁行。凭将秋兴意,收取入诗囊。”傍晚赴蜀学堂,请少东以及雨岚、紫廷、昌亭,主人则孟甫、萍三、九愚、金波、东侯、淑午、奂如、姚琴、茂及子。紫廷面交合同一纸。

**初四日(9月24日)** 晨,命人问,则雨岚已行,周入城。十钟后,敏赴任。荛生招食蟹,恐紫廷至,故未往。棣园来,去后,紫廷至,留饭。夜,老茂来。赖丕承来,言交代必另请人算。

**初五日(9月25日)** 紫廷出都,有仓、仿先追送至火车站,适开轮。紫廷俯首看报纸,乃呼之而揖。淑午亦在车,想赴津看学堂矣。七兄来,三下后,同往惠丰堂,棣园之招也。江楚卿先在,奂如、朗斋、逸帆、孟甫、金波陆续至,骤雨,俄止。归闻晦若来去。午间,苏福至,命赶往良乡。

**初六日(9月26日)** 总公所。初一日,以赴颐和园递折未到,谢、陈、张各前辈若殷殷然。同茂萱、晦若、逸帆、七兄请少东于粤东馆。归闻姚琴、鹤雏,子厚来去。夜,接敏良乡函。

**初七日(9月27日)** 草仲仙信三洋笺。谭和廷、江楚青、杜若洲、何少舫相继至。三下,赴冯润田庆乐园、福兴居之约。少东、茂萱、奂如、孟甫、金波、云帆、萧树珊、吴聘臣。韵笙来电曰:"恙否?"我[①]。殆疑心所积也。

**初八日(9月28日)** 城期。并为玉丰和赵掌柜事传讯菜市汛惠春及外委晏弁,以先有禀复一文,承认廿六日传去赵掌柜,廿八日始放。三日私押,无可解释,该汛自认糊涂,乞恩宽恕,允即实革晏外委,并惩李、张二役。晚间,姚琴请便宜坊,少东、方伯、孟、奂、鹤雏、萍。归闻淑午、金波来去。

**初九日(9月29日)** 阴,寄璥函。晦若到,顷即行。又接璥函,谓见孝怀,言怏隐郁郁,不可不出,并云浙考闹事。铁生函来,住汴省吴胜角,并言不能回泸。午,雨,荛生约游井顺居,未去,以久未见面,约来食豆花,未毕,淑午、金波、姚琴、鹤雏来。交郭化南、邓晴皋保举

---

① 此处疑有阙文。

费，交樊手。

**初十日(9月30日)** 发璈函二笺二稿，发泸函廿号。又接璈函。以仲仙函面交少东，坐谈。云凡来，少东将出街，留予及云饭。予约晚再往。云凡以便宜坊为言订坐满号，改广和，则停火乃归。夜，茂萱及金波来，鹤雏亦到，遂同过龙绵馆。沈荔虎昨夜被窃至二千余金之多。

**十一日(10月1日)** 晨，敏来禀，许师爷初六到房山。玉苍至。总公所。荔虎遣抱请移五城通缉。过存义，以欠老茂所担伍芙卿卅金，代付存义作息银。过宝兴隆，以李廷昂议叙和县，指分湖南，托查。归，学渊在寓，留饭。夜，七兄、黄少谷来。

**十二日(10月2日)** 草复璈函，并寄宝兴隆查慕驹捐款单。晦若来。接泸十号，谓曹仲惠有才力。赵书生面，并有《复荛生七古》一信三笺。谦函来，八月初四发，谓病愈云。九弟以诗代柬，复尧生曰："昔我方壮兄却瘦，今我瘦亦如兄旧。嗟君见我复见兄，惊喜虽殊意同厚。书来招我作《远游》，意恐蕉萃坐孤陋。九门詄荡天宇宽，或变肌肤壮理腠。北游有约已三载，得书心口互驰骤。贾岛诗格标清奇，元章石品评绉透。伏枥老骥霜骨高，深涧古松雨皮溜。从来人物多如此，处膏不润亦谁咎。紫溪况与行同居，宁食无肉饭蔬豆。山人古称山泽臞，几人肥遁筮爻遘。凫短何必争鹤长，羊裘安可作貂绣？姜桂野性老弥辣，宿疾近已涤清嗽。咳嗽疾，服姜附而愈。吟哦声纵如秋虫，笑谈气还却猛兽。诗成寄君君勿忧，兄弟三人必同寿。"夜，少谷来，荛以腹疼归。七兄、金波先后到。

**十三日(10月3日)** 又接泸州函十一号，补前函未尽者。七兄来，若洲来。午间，接育廷函，寄今颇一笺。

**十四日(10月4日)** 陈希彭，伯双学使胞侄也，来拜。易明甫亦来。范忠信来。萍三、雪生来。范生忠信，字诚之，山西癸巳第八名举人，去年岑制府奏调往川，及往而岑调两广，今来京，将引知县见。夜，老茂来，我欲另延一师晚间为六讲《通鉴》，老茂深以为然。

**十五日(10月5日)** 发复谦函。赵、罗请饭,约饭后游南洼。归,饭予宅,乃归。遇陈辑五季襄侄孙在此,七兄已来,且谓天凉,遂未往。晚,长述、德船均来同饮。荛有寿七兄诗一首。

**十六日(10月6日)** 晨,到西长安门看秋审册。散后,到总公所。快隐复荛生诗一章,另笺言购地方,俾[①]为祭扫珠崖息足之所,此太夫人欲得未得者也。且云:"方塘一口,筑屋其上,明年销夏,于此乎在。"阅之神往,为记以诗曰:"官罢诗才健,时艰学未成。在泸办学方始。梦中疑汝瘦,书到慰吾情。得地坡塘近,餐风咳唾清。何时共休息,于此度三庚。嗽病已愈。"

**十七日(10月7日)** 率九九、老六到西长安门,带犯四十九名散出,往平则门,崇立夫为其夫人开奠也。回头遇高连科,归,若洲先在,以其同司刘福清岳云为木匠所困,嘱押木匠。孙景洲世兄来,亦为恶奴持刀行凶,已交局。夜,金波偕蜀尤、雷德门至。六儿于七月记论《史记》之功陡退,不用心之故。

**十八日(10月8日)** 晨,雨农来,言改外江宁。十下,送六儿往蜀学堂,予亦午刻去。汉教习尹君题为"故君子学以聚之",不得题解而作三行,多可笑,亦可悯。两三日午后,皆因耳鸣不适,拟此后多服丸药一次。荛生来。夜,鲍鸣吾兄弟来。

**十九日(10月9日)** 城期。晨,徐子真来。十余年,亲友半鲜来,书撷篇《将归》诗以讯之:"亲朋无一字,肠断雁西飞。乱后人将老,霜高鹤不肥。望乡千岭隔,送子一帆归。耆旧如相问,为言宦味稀。"接璬函,八月十日发,初一感冒,初五祭祀,天明又至被劫之米铺,遂泄,又告假数日。夜,子厚来谈,七兄亦到。

**二十日(10月10日)** 晨,老六入蜀学堂,家中人言其焚牌,示不复摹也,看能发愤到底否。无极县李荫垣来,和平浑厚,循良之选,

---

① 俾,原作"碑",据《借禅室诗钞》改。

据言该县志书为九弟立传[①]。徐子真来，传补河南协道，亦将上湖，约同行，二下后起身，到裕盛轩，张珍午、陈松山先在。张言礼部公所无闲地可住，邬升往问亦然。夜，听珍午谈林文忠轶事。郑大谟，林文忠岳父也。夜不能睡，耳鸣尤烦。“铅刀小试近何如？斗大山城可定居。堪笑阿婆寒乞相，数行花木半床书。”[②]

**二十一日(10月11日)** 六下后起，七下往园。萍三昨夜仍宿礼公所，引见，呼长班诘之，所对无礼，疑珍午到时，吴吏往租而吝费，故长班藉词却之，故邬升往，不能不辞。张、陈、徐同在裕盛轩协谋察院公所之举。回身憩于子蕃宅，告之。归寓，七兄在此。将晚，过便宜坊，荛生招也。散后仍同七兄回，金波同乃侄子千来。樊先生言：“医者医其病，至于致病之源，则非医者之责。”此言最有理。

**二十二日(10月12日)** 九愚来谈。新揀北城副指挥刘来见。王彬来见，以哨官田文斌整顿勇丁受谤也。夜，老六归，收拾所读书，言明日并携被去。

**二十三日(10月13日)** 城期。敏来禀，言许师爷秋节归三河，未到房山，又有命案两起。何昌期伯遐来拜。

**二十四日(10月14日)** 草璈函，今颇函、学渊函。敏自房山归。六儿归，似尚发奋。

**二十五日(10月15日)** 溆午晨来。赵湘帆来。午，为车九书屏。子蕃来。吴去年散所刻书为秀才、知县，今年后五月则监生同知捐道，则由知府加捐，谓知府系陶制府所保，商部以陶去岁薨，岂能于今五月后有保案者？不为商部司员所礼，开饭亦命出外吃，命其送履历，迄未送。泸十二号信到，淑先殁。过孟宅，六儿又归。

**二十六日(10月16日)** 总公所，知吴唱初实出缺刑科。应归，

---

① 耿之光、王桂照修，王重民纂《无极县志·教育志》(民国二十五年铅印本)第196页提及高楷“延师开课”。

② 《借禅室诗钞》题为《赠友人署县缺》。

予转过存义。

**二十七日(10月17日)** 复泸函廿一号五笺。写罗五峰屏。老茂至。何、陈、姚、施请江苏馆。

**二十八日(10月18日)** 午门验看月官。赴庆乐园,同金波请棣园,福先、润田吃福兴居,七兄亦来,散后同回寓。接璥函。六礼拜归,复回堂。

**二十九日(10月19日)** 城期。归,饭后便晚过学堂,同仓稊小坐望日修室,洋灯煌煌。又看寝室,规模甚谨。凡办一事,而必先有自私自利、不真不实者以塞乎其间。其初始于一二人,其继及乎数十百千人,吁,难矣!

## 九 月

**九月初一日(10月20日)** 总公所。清晨,七兄命李彬来,并谓印度马戏不可不看,因于公所后往与棣园送行,三下往看,六下复到存义。饭后,众伙饯棣园,六盘二碗,家常酒两巡,与平常请客不同。棣园自言住京久,归时恋恋。其成全故交子弟,有士大夫不可及者。归,七兄久待未行,乃共谈一钟余。三女往汉中馆,六儿送之去。

**初二日(10月21日)** 为秋帆写扇一柄,太生。萍三来字。玉苍来字,则以鲍祖祥良乡文未到,可诧可笑!求人成全,若甚忙迫,过后又有意外之懒,名将儿子应如是乎?复璥书。学渊来,四下后同往蜀学堂看体操。归,饭,七兄、金波、雨农来。雨农改官,乃翁许凑八百,命在京挪贷,天顺祥微有过节,存义一竿未还,殊难为计。少谷来自津。三女昨夜两下即行,尽一日赶到署,何忙焉!

**初三日(10月22日)** 四女亦于初六回川。离别远行,古人所叹,无母之女,尤足怆怀。然回思昌平避乱求归不得,无可为计者,有天渊之别,何幸而及此也。兹于临行口占四语,虽无结�之思,亦不无今昔之感云:"往年避乱昌平道,四顾无家却靠谁?回记灯前诏儿语,即今归去是佳期。"一下后,车撷篇自房山归,言同敏游金陵,去城廿余里，坐竹篼至山下，卸篼而步。陵为金太祖、世宗，不知何代被掘，乾隆间重修，有陵户看守，春秋致祭。老六归。

**初四日（10月23日）** 城期十件。尧生昨馈饺子，伴以二诗，今以昨馈羊多菜少，改良再制，嘱加评奖，用励勤劳。因凑二绝："又将僖负盘飧例，再致倪迂不托供。昨日官羊今日菜，健牙风味在秋菘。""厨下新添络秀才，精良不待女师催。衔杯忽会随园老，端自铃辕品馔来。"以复盛维周信交恒裕转交裕川银号。晚，同撷篇赴广和，七兄之招。老六归。易明甫以云帆复信来，欲径调委。

**初五日（10月24日）** 题茂萱对，交撷篇。寄九弟对笔二枝，陈子鹤对一副，秋帆扇一柄。与少东一笺，雇红船。"翁姑皆烟霞中人也，为儿媳者不可久待致疲，此卫生第一义也。至于一日之事，皆自清早发令，又其后也。沉静人宜刚健爽决。竹参恰够本，勿要多买。"接璥信，长元盗未获，同受骂。接张云铨信，调帘。孙钟祥麟伯来。约荛生、罗五峰便饭，七兄、金波亦来，赵、罗两如夫人亦从媳请而来。赵、罗、汪走后，四女来书室跪别，哭不可抑。予亦不能自禁，婉谕而严饬之。复入而与嫂等对泣，号声四达，夜分乃止，五钟临行复泣。此等处，似乎圣贤豪杰亦难自制也。"本不伤心不自由，呼爷一叩泪交流。劝儿勿泣爷先泣，百炼刚肠却化柔。""姑嫂相依十数年，姑啼嫂哭更缠绵。萍浮那及云归好，何故凄迷浩荡天？"

**初六日（10月25日）** 送者归，言火车已开。饭时，有若黄云、车大娘声音在耳者，则家中仆媪也。疑心所结如此，忆父者将毋类是？"晨起如闻仆媪声，火车开轫已东行。遥知投店津沽夜，定话阿爷到五更。""结褵凭嫂为无娘，保姆无人更可伤。十五年前东下日，街头一步九回肠。女幼随保姆朱媪，庚寅来京，朱送至街，絮絮而泣。今则朱殁数年矣。"往孟甫宅坐谈，归，接谦函。"立品安命，粹然心得。"示钺作官之法、不刊之论。勿以还账为急，与璥指同；勿向不可借钱之人借钱，则自立之本。山东送来知会，请订对本日期，乃订十五日十一钟。郭清来。赵司官来,言潘述顺治门外地,谓是洋人跑马。

**初七日(10月26日)** 细雨止,仍阴寒。紫廷信到。王石孙来,老茂来,剑秋来。耳鸣,肝肾症,不宜参茸、附片。

**初八日(10月27日)** 风。城期。接泸十四号。复泸廿二号,共七笺。七兄、雨农、金波来。

**初九日(10月28日)** 媳赴房山。发泸廿二号。溆午来,同游法源寺。初夏同罗、陈到此,已为陈迹。秦树声截取,召见。

**初十日(10月29日)** 晨,接罗五峰信,知初九晨六下嘉兴轮开行。接钺禀,昨日媳到甚早。苏福来。往子厚、孟甫宅道喜,姚琴来。

**十一日(10月30日)** 午风,晚止。总公所。归遇子蕃于途。往孟宅贺喜,与张季端久谈。

**十二日(10月31日)** 饭后,补贺英掌道喜,并到衙检补外坊。三下,至西域楼,同金波请二马与云章也。归,闻孟宅来催去,前日有帖,予未审也。又闻德皓被毒打,遣人请荛生,言已睡。须臾,刘和尚来,言赵姨奶服毒。予慌急,适六儿归,急命赵升、老六等往救。寻思药方,亦摸头不着脑,兀坐候信,信未来,疑无效。邬升归,言服粉非烟,不知解粉毒法。又久之,六归,言脸色未变。又久之,赵升归,言买一鸭,宰而灌血,始吐粉毒苏矣。予写两笺,咎而规之,回信言前日雇媪,气闭与不讲解,是讹传,非事实。二事乃事中最轻末节,而斤斤于此,毋乃不揣其本乎?凡人有事而辄怪人讹传,在不知自反者庸有之,何荛生亦出于此也?曰:“此后放心,将痛改。”予窃未敢深信。规信、面规,均非一次,可改则已改矣,况又口“此子真不知何以启之”?有一启之之心,是仍有迫望之意,而鞭挞仍在其后也。哀哉!德皓伏而受杖至于无声,气乃仅属,独非生人之子,能禁此磨折乎?果其及此,将无颜对人,予亦恐负不善劝友之咎。若室中人,则媒妁先事,未经言明,必有不能安帖之意,以伏于心。见杖太过,跪而讲情,大声斥之,又责其背后不能劝,而徒为此举。是使不能见纳、不能见谅,相从无平和之福,望其无短见也,得乎?

**十三日(11月1日)**　城期十件。接雨岚、紫廷汉口九月初一信。邹星石不认股票，谓姚琴并未以股票交之，嘱代取结递禀。晦若来。学渊来，同饭。荛生来，金波、老茂、雨农来。荛先去，茂亦去。金、雨、学久谈。夜半睡醒，思荛事可虑。

**十四日(11月2日)**　晨起，草二纸与荛，请移长述、德皓来寓。以《蜀学章程》送谢什珊。荛生回字，许二子来寓。同学渊由潮州馆过伏魔寺，归，七兄未到。学渊行，七兄至，述秦幼恒奏对语细切有体，故圣心悦而加赏。又与荛字，迎二子来。紫廷与七兄笺，旁注云："小妾在府，诸蒙豢养，而七嫂又不一见，无从说其短长，拟来时再一问讯。"今日与荛函，引周天爵、海忠介以例之，函曰："揆其起点，不过望儿读书；究其终极，几至酿成非命。读书，美事也；非命，凶事也。两者相去悬殊，绝无相因之理。乃怒气一发，毒杖大过。如夫人恻然生怜，跪而陈请，不察其意，而大声斥之、深文内之，使之冤气内填，感触身世，将奇情幻想倏然而至。如电有气，如轮有机，其机至危，其感最速，有不可测而不可御者焉，危乎不危?"

**十五日(11月3日)**　启者，颐和园近地各衙门皆有公所，惟察院独无。本院人有事前往，寄宿公所，一或不便，辄又他徙，辗转夜分，殊形劳顿。今拟求台长代奏，请赏隙地。凡现任科道者，斟酌书捐，业经简放外任道府以上者，由京畿道寄信劝募，多寡随意，俟稍有成数，奏奉俞允，乃召工匠略起数椽，不须壮丽之华，但求风雨之庇，或亦诸公所心许也。送《蜀学堂章程》于谢什珊。接劭堂九月一日自广东来函，现住府学西街步云书室前楼。达宣得芦苞厘金信，交双门底上街宏文阁书庄转递。接璈二函，八月廿八、九月初五补南汇。复璈函。接邹函。往金波饭，遇七兄于途，同去。今日叫群起东事，无法、无中人。

**十六日(11月4日)**　到总公所。都察院要将各城印收贮衙中，谓可规复旧制。瑞老爷以为堂札当遵，此裕禄遵朝旨也，可笑。潘安涛言醇贤亲王初出，负锐气，办海军、练炮队，后又得田柳子者，以为能见法国、能察大臣勤惰，盖拳匪先声矣。从联紫垣劝，寄字英聚五，明晨一手接本归，予在署候。邸钞，荣庆入军机，那桐调外务部，并为会办大臣。

**十七日(11月5日)** 晨，七兄来。萍三来字，言秦属稿已半，下午即行，饭后入署，待勾到本到送过部，赶归一歇。又接萍字，襆被往，萍候缮毕同行。出得胜门五里而黑，至海甸憩餐。又行至公所，已十钟，招晦若，已睡，乃同萍衣冠递折。清秋浦授总宪。芸丞几蒙冤，萍闻乃恍然。张今颇署东道。《出西直门》诗云："一间茶舍一经楼，风日销磨近十秋。蓬岛春熙仙鹤警，有谁飞策定辽州?"

**十八日(11月6日)** 晨，晦若来公所一谈。袁曰："镇静。"十二下后，抵家。敏信到。二傅、一汪到。

**十九日(11月7日)** 补城期七件。归，荛生来，食豆花。子厚来谈，老茂亦到。老六先归，言伊先生礼法严而有品，将赴咸安宫，已辞馆，同学皆依依不舍。明日秦先生上学云。及茂来，乃知秦为中教，茂虑与萍砥砺，恐为党祸而坏学堂。予曰："党祸未必有，但求功课得宜，无误时刻耳。"六儿在家歇。

**二十日(11月8日)** 午，过孟宅。伊先生讲解好，而乡人挟私攻之，且谓为当尽之义务。予曰："首先欲分用蜀学底款者，亦义务耶? 凡办一事，最忌以事外之身横阻其中，谓为讲孝悌也者。学生轰然而散，考察并无其事，谓读书孝廉有三人去之，考察亦无其事。造此谣者，果何为耶?"溆午、雨农、金波先后来。六儿归，复上学堂。

**二十一日(11月9日)** 萍二来字，明日约矣、孟、汪、聂勘中馆。予欲修学生卧楼，嘱酌之。以惜马力，未到总公所。与荛字，欲送大和尚蜀学堂，兼嘱送德腊。荛回字，以和尚中学之念太不至，初欲令就外省学堂，外省学能必其好乎? 不如就蜀学为得也。接铁生信，初八传见，奉岑调过粤，少谷信下忙空矣。成都信有四川府、厅、州、县一公片、公函，言某粗横劣迹。三下，出城，到海甸候雨农、瑞堂至。饭后，到礼部公所，已黑，七兄来。《望玉泉山怀车九》诗云："津沽信到海船开，沪上飞书尚未回。斜日玉泉留塔影，更谁能伴老夫来？"

**二十二日（11 月 10 日）** 引见，奉旨授刑科给事。归家，二点，清亭字到。晚，溆午、七兄来，六儿归。夜，萍字来催，坐车过广和，而六赴学。萍以外省募馆捐难到，欲公信寄雷。予以俄事未定为难，孟亦然之。

**二十三日（11 月 11 日）** 城期。到张相公庙，北西局勇丁数十人跪控，坐办吕。审案八件。归，荛生来，贺以本日述旨补刑科给事矣。钺自房山回，六儿亦回。

**二十四日（11 月 12 日）** 七下起，八下后往顺治门东官厅，胡筠楣、孚博生两右侍先在。饭后，候至一下，旨到，行礼毕，到市朝官棚，斩、绞共廿一起，四下讫。归。七兄、雨农来，九愚亦来。晚，赴子厚会亲之局。

**二十五日（11 月 13 日）** 晨，溆午到学堂，工人煤熏毙二人。饭后，大风。到天顺祥，金波先在，为雨农借四百，利一分。明年三月还归，在福州馆完消寒局。接九月十一璬信二函，又附石孙一函。紫廷宜昌函来。又接八月廿八泸函。复璬函二笺。

**二十六日（11 月 14 日）** 总公所归，荛生来，同赴广和。汪金波为萍三挪存义数修馆，碰予，乃以往事告萍。茂来。云石来告唐事。

**二十七日（11 月 15 日）** 草泸函廿三号五笺，又帖孟一函。回清秋浦拜。宗显堂李疯约。归，接有仓、五峰上海书，十二始出塘沽。接敖蔚卿函，封面写银百金，函由某号银，未交也。予向来未接此种函，疑蔚卿或有捐事及买物事。拆阅，则系季和托交北宅，欲步云樵后尘。恐北宅门口有妄收中饱之弊，因托予转交。予向告珠[①]崖何如？特人于此等事，大半不为仙鹤之警，而为饥鹰之食矣。可慨。敖

---

① 珠，原作"殊"，疑为珠崖，即高树。

氏昆仲半为儿辈嗾使，钻营变钱为卧食之具。车九、五峰信至，十八到沪。

**二十八日(11月16日)** 城期五案，归总公所，送五印双请稿来。予写一字，嘱送谢阅。接泸函十六号一笺，要关茸片二、三两。接璥函，叙赛金花到苏事。

**二十九日(11月17日)** 发泸函二十四号三笺，官茸一两，价六两。又接璥函，则托润之信到。子蕃来，七兄来。荛生误信和尚话，以字来答之。蕃去后，七兄详述广州事。去年三月，广州阍人赵升来，问其情节，即疑之，以此妾甫纳两年余，生子女各一，且起居与广州同，隐然内阃也，更何不足，欲毒主而随跟丁沈清者，今七兄述王成言，乃知沈清者，北人，生于羊城，通广语。广州雇乳媪，言不可通，以沈清跑上房为译语。清因乳媪时馈王姨饼饵，欲借以图差。阍人赵升防之，并防其夺阍缺。闻王姨听乳媪言时誉清，故益防其内助。赵升又新买妾，清私之，因愈激怒。然欲去沈，必诬王姨，不虞广州之开缺也。王成为广州宦京时行僮，服役广州，赵升则户吏某所荐，司阍所得，年数千金。沈清则前守所荐，年少容美，而妇亦美。乳媪旧为沈清姘妇，故时假乳媪送食物焉。广州外款皆存赵手。一日，王姨忽命提置上房。赵疑夺阍之势急，又挟勾妾之念，遂约其党数人，面回广州，直言沈与乳媪通，并通王姨。广州私拷如意、秋菊二婢，诱之曰："王姨通否？汝但言，多与汝等妆奁。"如意曰："是有之。"广州斥沈清他去，而自封其三堂以内各门。王姨遂于是夜吞烟死矣。当夜薄敛送寺中。次日，乳媪哭，二婢且号泣曰："姨太太实冤。"广州惊愕，复问，婢曰："昨经诘逼，不能不随口应，实无其事。"广州曰："若然，二婢当抵命。"二婢亦相约服毒死。德抚欲拿赵升，赵升逃京中。以沈清欲图阍，以赵升欲固阍，竟颠倒黑白，诬主妇以不美之名而至于死，广州亦随之。州且不存，阍于何有？小人竞争权利，一无所顾，在家、在国皆然，独惜为之主者，不能稍缓须臾，平心察之，至中其计，而祸且出于计之外。忠良既歼，位亦不终，悲夫！子蕃到，晚饭。以季和信交珠崖。

**三十日(11月18日)** 冷。欧阳寿山、谢锦春、唐某来。罗锦湘来,毓八爷来。夜,公饯雨农于福州馆,孟甫、奂如、鲁卿、萍三、云帆、少舫、瑞堂、七兄。

## 十 月

**十月初一日(11月19日)** 总公所。五城印信,今日始定议交总公所,然派员直宿,非多事耶? 回头点水会局勇名,过润田,说璈事。归,接泸十二号,云生兑车九信也,银无分两,交无住址,信内乃曰忙极,又曰靠教官吃饭,不然衣食难保。夜,金波、七兄来,老六归。

**初二日(11月20日)** 复泸二十五号二笺,与左子异、施焕回拜。到蜀学堂,因曹宜人明日阴生,欲唤六归拜祭。六惶遽出,曰"先生开顽笑"一语,复入,久之复唤出,并命持札记归阅,乃一出,遂哭曰:"先生顽笑。"余以为所作无理无法,而先生批语苛之也。归来细看,则题一绝于眉间曰:"太史风流作史年,文人口角故当然。多生能识龙门意,便欲千秋高仿先①。"不知所谓,且于尾上叙勃尔棣能诗甚畅,无结束语。又批于顶曰:"诗听下回分解耶?"问之,六则云:"札记中有'仿先曰'三字。"先生曰:"尔为圣为贤乎? 太史公叙述称名,尔亦称名,要脸不要脸?"晦若来去。

**初三日(11月21日)** 晨,与溆午一字,又携六札记本过萍,与言学生亦有长进,惟文体、文法不合者,不正告而以诽语出之,似非师范所宜。萍言:"秦游戏如此,允将规之,然不上堂,终非今日教习所应有。"城期七案,归,姚琴、东侯先后来。东侯去,灯后,唤六归家祭其母。金波到,姚琴、荛生同食。姚琴谈及题词,并不上堂,亦不以为然。姚走后,复撷课本示金照之,则所涂二字乃"吹牛"也。此岂雅人

① 六儿名"高仿先"。

所宜、师范所有者?

**初四日(11月22日)** 因所涂“吹牛”二字,益恐儇薄之风渐染学堂,作字寄萍。淑来。过孟宅,谢、施皆出。陈文熙来辞。李小峰来。房山买一马一鞍,交赖四带往。五毛、老六回,乞与讲《卢梭传》。课本第二课主自由民权。

**初五日(11月23日)** 闻昨日教习肆口诋骂董仲舒、司马光、二程、曾文正,专取毛西河,将来学堂必有受其毒者。过孟宅,谢、施皆在家。孟言老六翻竿跌地,眼角起包。归问,则邬升等均知,盖在八月底。适六在家,询之,亦言在自修室阶前。六言老五与二生暂辍中文,听金田讲舆地。姚琴前日来谈修中馆事,答以应该,特恐经费窘任事人耳,并以前事及汪往借款未谐告之。

**初六日(11月24日)** 总公所,拜程雪楼而归。萍函言教习以六儿解史公笔法,喜而题句,不特无诮责,亦且无讥讽,不解何以误会。又言其寓两学生归,谓循循善诱,各生无不悦服,尤无不亲密,甚为鼓舞。噫,怪矣! 草复萍三。茂、七兄来。

**初七日(11月25日)** 答拜沈府尹,过崇宅、存义。接璈函。归。见谦信。夜,润沅来,谦信廿二发,有仓往次日,又请四女同其妾游愚园,廿四开轮。

**初八日(11月26日)** 晨。七兄来,接车九信,汉口廿八发。寄璈函,润田言已妥。同润沅过学堂,又查得秦先生仍不上堂,且上堂专吸水烟,徒令学生自讲。学生八九钟起,或随便翻书,或烤火。李峄、李回、杨某三生,但住一屋,学中文,不从东、西文、体操。马生要上西文堂、体操场,教习拉入室中,代查西北亚河道,反误其功,以致恙恙。潼川馆公车始终未上中文堂。林畏庐来信,作函交邓生,持交伊。与敏信,曹顺回房山。

**初九日(11月27日)** 再与萍三函,以昨日所查详列以闻。七兄来。淑午同伊鉴湖来。九愚来。黄石孙函云:“萍三奏事已见《申报》,未知闻自何人,当时似少欠斟酌。虎豹在山,人皆畏之,震于其威耳,否则兽人将弄之以悦人耳目矣。时事多艰,敢言者有几?如吾言不信于朝廷,则贪官污吏何所畏惧?得勿为兽人之续耶?"石荪此信精透,凡为言官者,见及此,庶免钟西芸之失。晚,润沅来,食豆花、鲊肉。夜,金波来。与张今颇一笺,交润沅带去。

**初十日(11月28日)** 吃面,写条幅一张,太劣。学堂邓、萧二先生来见,萧即已辞中文者,邓则辞而溆午苦留者。邓言伊先生初讲时,公车亦未上堂,段孝廉闻其讲解真切,乃上堂听受,于是公车群上堂。其时功课严而学生之心反觉湛然,今则功课松而终日忙乱,一事不成。如上中文堂,先生不讲,凝然兀坐,待下堂,而西文已授一半矣。又言伊教未久,临去时学生心皆不舍。昨夜,秦先生讲古文,上堂但令学生读、且急读,并摇头,于义法、篇法、笔法一字未提。夜,茂、金、七兄来,傅六到。恒裕查佑佑劳绩,议叙县丞,今指三班分指试用例银六百七十一两,合公砝平足银三百零八两五钱,领照费在内,印结各费共局平足银二百八十九两五钱,局平每百比市平大五两,合市平足银三百零四两,申合公砝平足银三百零二两三钱,注册验看部费用公砝平足银廿四两,统共合公砝平足银六百三十四两七钱。

**十一日(11月29日)** 纶、溆来。夜,雨农、润沅来。

**十二日(11月30日)** 晨,七兄来谈,顷嘱再命祖寿查恒裕二月初九等日账。买卖人替人收账,不能以"记不清"三字了结。复少轩函,交凌。与逸帆一字,与祖寿。寄谦函。荛生来。

**十三日(12月1日)** 敏来禀,嘱十五送治中寿礼。祖寿来字,言应沂初回信已清,着二月十一交去者,谓恒裕接川号信,为少轩亲戚朱之勋捐典史,两宅所交,均统归入捐款内,是以未登载一切来往账内。按,少轩二月信,是兑四百与朱捐宫而短盘费,嘱以昌平借项由恒裕交朱,非捐款也。既曰"统归捐款",何以该号去信,又单言收廿五两乎?殊不可解。家无簿具,倒乱至此!晚,溆午、学渊同来,久谈,而后同七兄赴鲁卿之局于陈宅。

**十四日(12月2日)** 派署北城，满股惠铭须十七到任，乃请什翁同问案九件。锤翁①得俄贿百万，新甫劾之，内侍证之，老福爷颇信几分，派人私查，恢复家当乃至于此，丧心病狂哉！学渊来，食羊肠，七兄亦来。夜睡后小便五次，自因白日茶多，又被褥洋布太冷故也。

**十五日(12月3日)** 晨，食羊肉附片汤半小碗，赴璃厂看操，归，接璈函，某女事馆事。晚赴欧阳寿山、谢锦春约于广和。同萍三听程雪楼谈俄事。俄有两党，一欲缓办东边铁路，免负国债，谓再过三十年，中国亦不能整顿东省也。一欲赶修铁路，以图见功，即今在东省经营者也。其路月须三百万元，现在极旺之月不过一百三十万元。晦公过门，送芋魁二枚，长四五寸，径三寸。看雨农明日赴南。

**十六日(12月4日)** 总公所，归，拜梅生。梅生曰："一转科又不知要捐到何年，好在世兄补一缺可贴补。"盖误以敏为补也，而其言则切至矣。明谕京师设练兵大臣，以庆王任之，而副以袁世凯、铁良。

**十七日(12月5日)** 晨，王学曾来、徐子真来。寄泸廿八号，复璈信三笺。王学曾自山东来，言新补乐陵令宋梦槐筦盐务总局，王炽昌亦顶补，而张三铨补鄗，陆②于汴，李荫垣、张朴亦补无极，署阜宁于直，诸生各有借手，喜而有作曰："亲锄桂粟飘香日，看到樱桃结子时。自笑苍皮老松柏，月中霜影弄寒枝。""初登仕版遇艰难，努力心神事一官。内政未修财政绝，莫将风味变儒酸。"晚，杜翘生来。荛生来。茂来，交存奂如庚子乱前所助装银四十两票。《宋百家诗选》贺

---

① 锤翁，此人可能是周冕。周冕，字少逸，号诚惠。1894年，周冕被派往奉天、吉林、黑龙江三地办理电报线路工程。中日甲午战争爆发后，派往锦州，以知府衔从事辽东战线军粮饷械给养及转运事宜。

② 陆，《借禅室诗钞》作"陵"。

方回诗尤好，皆善学唐神骨。

**十八日(12月6日)** 城期。派署汉股惠公，毓清臣太叔岳也，人亦甚好。郎姓徐少甫甥求住泸馆北宅，允许，余斥之，以其因讼事京控者也。夜，藁城家人包顺足跟脱骨，来住泸馆就医。三女信嘱遣邬升等时时往视，曰："作好事一样。"以茂所交票四十，交存玉丰和，立小折，为大和尚衣被及添书诸费。

**十九日(12月7日)** 晨，往晤荔甫，则云初到者二十，后乃卅。归复伊书。服补中益气汤，只用白术一钱、陈皮一钱。午，过汉中馆，润沅劝移居，以内院较好，客厅大，遂定廿六、七两日移去。过孟甫，与鹤雏谈。王学曾来辞行。夜，子厚来，言乃侄亦上学迟，据云教习但与萍婿两人讲，余人则否。萍劾枢臣折，于瞿则曰："不为昔日之温体仁，必为今日之王文韶。"此截摆子之意也。阁抄左《请停清丈折》，精核似柳河东，隽快似苏玉局，此而谓为有书卷人，吾其信。

**二十日(12月8日)** 饭后，到刑科并奠崇宅。少东来信，言所交仲宣信，在金陵遇李国栋，知为仲宣侄，乃托转交。及回鄂数日，仲宣到，问之，则未接此函，且言侄辈荒唐，必致遗失。即去电追问，竟不回复，嘱另函寄贵阳，施履历案件须另抄。荛生字，言范二又出不归，并凶悍，是非交局研讯赌伙不可。溆午来谈。

**廿一日(12月9日)** 总公所归张珍午，言其乡人自东省来引见，问之，曰并无事。得泸函十七号，芸补中江，六笙阿锡。老茂来，与言昨夜所谈各情。夜，润沅来，言收检三日，筋力已疲，因其家嗜好太多，磁铜镜、古钱、刻板、字画箱。致有此累，以后将垂为戒。

**廿二日(12月10日)** 接五峰、车九初八自宜昌来信，初九开船。过孟宅，七兄先在，又言归。接璥信。夜，荛、润来，七兄亦来，金波后至。荛走后，七兄慨然以日子难过为言，谓防闲太过也。又曰："五十六矣，而犹如此，后何乐乎？"窃以人人处境随乎所见以为欣戚，隋文帝论《后庭花》，亦犹是也。

**廿三日(12月11日)**　城期，段、杨氏控永定河道卫，批咨直督。归，孟送礼四璧。之夜，德、恭、怀来，荛与七兄来，六儿归。

**廿四日(12月12日)**　复璈三笺。满五十一岁，进五十二。孟、谢各礼皆璧。孟来而去，少舫、瑞堂亦来，荛、汪来，七兄、祖寿、刘和尚、赵德腊同食，内则两侄媳、荛姨奶泸室。视去年媳在家，三、四女在室，喧寂顿殊焉。七兄谓前年年饭不至、不请，是请未往，冤哉！六归，经理究未经事。敏昨来，禀筹办学堂会哨。

**廿五日(12月13日)**　南皮师遣人送柚子五枚、咯哒丝三篓，内府赐者也。午后，茂来，因留饭，且谈诗。

**廿六日(12月14日)**　移居烂面胡同汉中馆，雨农旧居，萧云生廿六年旧宅。“京内移家今第五，宣南旧宅历能数。每当临别辄泫然，老树藤花如有语。包头章、兵马司后衙两宅有老树，北半截及南堂有藤花。前年僦宅临南洼，小楼平望青林斜。空庭春夏一何有，阶除独发红绒花。绒花开后客星散，四女回家泪如霰。三女先期赴藁城，仅递音书如见面。故人三五破岑寂，劝我移过横街北。猛省二十六年前，此是萧家子云宅①。我时萧寺度春明②，海山无恙当承平。周、李、赵、杨雅堂、湘石、宝书、虞裳剧欢宴，五日一踏城东城。我等时甘味外味，僧房食宿清肝肺。乘暇偶作城南游，一榻深宵常晤对。萧家主人能好客，茗椀璃窗话乡邑。坐客云飞二十年，屋瓦依稀记畴昔。今来枨触发嗟叹，暗中不道流年换。能返今皇即位初，不妨官兴从诗漫。”下午过新居，七兄来。

**廿七日(12月15日)**　晨，用五更鸡煮饭，甚好。书房物搬齐，家具不多尚如此，信乎物不可多置也。敏归。七兄来，六儿回。张翼革职。

**廿八日(12月16日)**　城期十件，归。荛生来去。拜掌馆吴芷

---

① 《借禅室诗钞》注曰:“萧云笙。”

② 《借禅室诗钞》注曰:“丁丑春住法华寺。”

搴，城固人也。南皮师以上赐咯哒丝、柚子见馈。“多谢材官送菜丝，黄金柚子粲离离。才邀中使传天语，却佐门生泛酒卮。细嚼老臣忧国意，难忘寿母在山时①。人烟寒色携锄日，南服川原有所思。”夜，荛生来。七兄、祖寿来。陈梅生来。

**廿九日(12 月 17 日)** 写泸廿七号三笺，又诗三笺。玉苍来，与言会议银价，及东省改行省，仿西、东陵设守陵大臣。傍晚，七兄来。上灯，过德兴园，荛约，溆午先在。归，闻七兄又来去。六儿归。长蜀三下出堂未归。

**三十日(12 月 18 日)** “笼中百舌鸟，饮啄似随心。刷水爱羽毛，瞻瞭思树林。新移檐屋敞，幸免霜雪侵。旭旦晴窗坐，相看寄意深。”饭时，溆午来，七兄来，陈梅生又至。下午，六归，云长蜀昨下午买书。璥信二封，慕刚挈眷到苏，祐褊躁，虑同室反目。劭堂信一封，并与荛一函交去。

## 十一月

**冬月初一日(12 月 19 日)** 总公所。归，憩孟宅，遇茂来报瓜信。敏归房山。

**初二日(12 月 20 日)** 祖寿来，写折。夜，赴孟消寒。

**初三日(12 月 21 日)** 吊子蕃，晦若来。

**初四日(12 月 22 日)** 城期十件。瑞堂约食牛肉。

**初五日(12 月 23 日)** 补写仲仙函，交邮局寄。贵阳函云有云岑、袁约，均辞未赴，殆有爱惜羽毛、良禽择木之意。然以被议之员未经奏调，实有不便当差者，此意可揣而知也。前月，舍亲回川，嘱往见，来信言施起居、谈论，并考察各种学问之勤，似精透犹昔，而较昔为温良，又似有不愿出山之意。将来若得置诸左右，真有可以收臂助之益者，此言异时验之也。奂如、鲁卿、鹤雏来。孟同茂继至。金波、

---

① 《借禅室诗钞》注曰：“自万寿山颁赐。”

七兄亦来,高谈阔论,下午而散。六同大和尚归,食饺子。近两三日,夜不安,神不全也。细思,殆补中益气汤之过,虽无升麻,然仅及上焦,而下焦空矣。

**初六日(12月24日)** 开方,加故纸、远志、龙骨、牡蛎一服。后赴公所,带回车云生奖牌一张。晚,命人送车执照二张,并奖牌往恒裕送部注验。发少东、尧仙。复璈信。复郭梓南信,去年来信以陈祖荫托之。

**初七日(12月25日)** 寄达宣信,其岳五月来函,并及秋帆事。昨日庆、铁、袁奏言各国皆重税养兵,请提各省所筹赔款到京,为练兵费,赔款由各省另筹。四川烟酒税八十万。五城递月折,未赴。晚,约孟、奂、鲁、鹤、金、仿、瑞并七兄食鹿筋。大和尚以《红楼》各小说交来。

**初八日(12月26日)** 晨,接杨保华信,名世祚,拔贡举人,议叙知县公所九案。夜,金波来,十三来。

**初九日(12月27日)** 晚,约老茂、莬生、汪及大和尚饭。七兄来,六亦归。午,拜王孝宽掌科并程雪楼于夔馆,遇清秋翁来,言及修公所事。

**初十日(12月28日)** 拟请赏地都察院公所公呈稿。七兄来,余卧洋椅上,七兄见余呼吸,曰:“如何静卧都若喘然?”剑秋来。朱允钦持薛仲俞信至。萍三消寒会。

**十一日(12月29日)** 总公所。夜,七兄来,正约往。孟、金波到。李子香来。

**十二日(12月30日)** 晨,珠崖来,言庆、秀事。雪生来谈次,问及今年尚似去年喘,否则似去年较甚耶?

**十三日(12月31日)** 包顺归,与越凡一信,借去洋十元、钱十二千,遣人赴房山。

**十四日(1904年1月1日)** 晨,接有仓、夔万信,要喉药、洋参。发泸廿八号,另附有仓一笺,取结一纸。七兄来,莬来。

**十五日(1月2日)**　邬得元归，得敏信二封。写张今颇信二笺，勿拉璥入辽。棣园信一笺。周少峨以其勤恳，以敏信与看，言已派员去矣。玉翁来，金波来。

**十六日(1月3日)**　晨，翁韬甫来，粥厂逐佃，言翁先生住虞山先只草房三间，又筑数间面湖，当西晒。到总公所，归，与车九一笺，封执照二张，奖牌一，又一笺封西瓜霜，嘱加硼砂、冰片。以溥信交存义，寄今颇，又与一信。与棣园一函。刘峨山来。接润沅信。

**十七日(1月4日)**　复润沅信。回拜张和甫、程雪楼、左子异、刘峨山。归，鲁卿、鹤雏来。金波来，交汪祺局费八十。

**十八日(1月5日)**　城期八件，归，接敏函。邓养泉来，车九九到泸来电。午后，奂、汪同来。

**十九日(1月6日)**　左子异、沈荔甫来，寄梓廷信。何少仿约食火锅，萍、孟、施、鲁、奂诸人同坐。

**二十日(1月7日)**　范二狡诈，骗周姓，可恶，讯明，命中局责以廿追缴。荛生、七兄来。子厚消寒局，不到横街廿四日矣。归，接泸十八号。九弟咳竟愈，可喜。祠堂不修。于山谦函，托买亮布六疋。砚北兑卅金，以廿添箱。裴女以十金刷幼翁诗。

**二十一日(1月8日)**　总公所归。晚，荛生来，《词类纂》板好，请留一部。玉苍来谈。

**二十二日(1月9日)**　写泸函廿九号四笺，教撷篇。祠堂。并附与九九一小封一笺。李有棻香园来拜，出示所上条陈，殆以请设军务处而换为练兵处，并搜索饷项，恐疑为所作俑也。夜，九下，徐子真来。祖寿亦来。

**二十三日(1月10日)**　城期。归，晦若来去。雷中孚来。老六归。秦先生辞馆。金波来。七兄、仲鲁来。夜，接龚小泉信。

**二十四日(1月11日)**　酉刻，秀娘生一女，是不缠足会中人也。七兄、瑞堂来，封璥信未发，接璥信。

**二十五日(1月12日)**　七兄来，重庆馆来一汤姓，求入水会，以实言告之。九愚来,发璈信。

**二十六日(1月13日)** 公所归,茂来去,七兄亦来去。返同食鸡汤、肉丸、鱼、芋。金波来赶斋。润沅、姚琴来。张珍午言桂事。

**二十七日(1月14日)** 过存义,归,朱老爷来,言鄂督标兵闹事,押局。余亦不欲宫保知,特不可即放耳。命候廿九讯。萍三交木厂事。杜乔生、朱美瑛来。东侯、逸凡、润沅、荛生来。吴子和又来字,言吴云墀亲李在斌魁店事。

**二十八日(1月15日)** 晨,玉叔来字,望速释兵,亦恐宫保知而生气耳。朱老爷来,命讯责刘得奎以下五人者各廿鞭,千总张枢标乃出压逼之言,经局中人等排劝而去。

**二十九日(1月16日)** 城期,归,适遇晦若自馆门入,并馈银鱼四十条,谈片时,慌极而去。张季端来,谈至黑。七兄来。雷中孚交事奇谈。

## 十二月

**腊月初一日(1月17日)** 昨夜又未睡酣,疑胃上有热,天明乃睡一觉,近数日皆如是。到总公所,西城教养局惠而不费,善政也,拟北城仿行之。松老谓公所仍宜奏明好办。

**初二日(1月18日)** 昨夜初未熟寐,三四下,寐熟而咳数声,饮开水,天明复睡二大觉。十日来皆夜醒思水,昨夜又咳痰,其胸胃有浮热乎?王硕甫来,自言其不能用心,然精神却尚壮健。德皓昨日解书又被打,今来与乃父分烟,家人谓泪尚在面,且谓生成父了,即无法以处之。内阁沈一家吞烟三命。陈瑞堂来看余脉,谓有上焦热有痰,谓宜清上焦热,不动下焦则无碍。治痰用四磨饮,乃叔由此而愈。璈信由李友鹇转交。

**初三日(1月19日)** 城期改初四,初四足飘飘然,请樊先生,用因陈,仅服一次。

**初四日(1月20日)** 取龟龄集。

**初五日(1 月 21 日)** 出精神。

**初六日(1 月 22 日)** 请什珊代批。

**初七日(1 月 23 日)** 与谢公字,并谢雨农。

**初八日(1 月 24 日)** 雨苍请五城。

**初九日(1 月 25 日)** 萍三来,主用蛤蚧方。

# 附录

## 《庚子日记》序

光绪三十年四月二十四日，给谏兄柩归自京师，楷舟迎于泸东豸角山下，临江一恸，身世皆空，舟中惟一书簏，启之，有吾兄手录《庚子日记》四册。兵燹中，片纸不能购，故以旧门簿书之。读数过，觉忠爱之忱、坚劲之气、听言料事之智，靡不流露，而大局之转移、人臣之节概，辨别尤为精审。从子钺曰："春初出都，张冶秋尚书索去数日，谓可刊布，于晦若京卿亦欲为之笺释。"晦若固同居离乱，日日过从者也。楷恐因循遗失，亟开双雨楼，召八人抄写，督以陈铁生，四日而竣，爰付排印，书厓略如右。

五月十一日楷谨识

# 《晋邮日记》跋

先父城南公，幼时勤学过人，往往夜读至曙，虽小试屡蹶，而文名已啧啧人口。及张文襄督学擢童军第一入泮，调尊经书院。是秋，同先叔竹园举于乡。先叔，同先父孪生者也。嗣因家窘，权就教职，选夹江训导。钺七岁时，随侍于署，课徒数人，为钺伴读。日则亲督课，夜则自研学问，凡昼夜所作之事，皆登记之。己丑年，同七伯父蔚然中式春闱，选翰林。癸巳，奉旨典试山西。庚子后，由御史转给事中，巡视北城。遇国事危急，辄不避权贵嫌怨，直言谏诤。北城讼多，日坐堂皇听断，夜间犹自书日记，如在夹江训导时。钺随侍廿有三年，尝教以为人处世求学之道，并言京职清苦，不能豢养，汝辈当自为谋。钺因癸巳顺天乡试选得誊录，乃就外职，博微薪以济家用。先父于癸卯冬，因官事过劳，卒于京师，钺扶柩归里，葬于城东高山子地方。旋奉商部电调入京，服阕，署香河县。己酉年，经在京诸长者以商办川路驻汉总经理见举，携家同往，得将先父遗存书籍及遗墨草稿若干种，随置汉上。辛亥，民军起义，乡人垂涎路款，强以刀锯勒索，逼至都督府，经钺以理辩诉，幸都督黎公明察，乃得无事。好事者又以拟办川军、蜀军种种事，胁令赞成，希图攘款，不允，即祸不测。钺佯允之，徐图脱祸，而路款得以保全。钺之始终保款，以求对于蜀父老，而自保其声名，不畏刀锯、炸弹之威，亦不惑于诓诱之邪说，皆先父之教也。不料九月十一日，汉镇兵燹日炽，公私不能兼顾，而先父手批书籍、遗墨、草稿皆付一炬，只存《庚子日记》八卷、《晋邮日记》一卷、《奏草》一卷、《骈文》一卷、《借禅室》二卷，皆先叔竹园往年出游携归，以备在途翻阅者。钺窃闻之，蔚然伯父云先父德行笃实，意不专注文学，因士人例，以文学进身，乃兼力学。服官后慨然于国事之危与夫风俗人心之坏，往往自谓骈文、诗古无用，概弃之，一归于实践，日有记载，皆阅历之言也。不幸半归劫火，仅存其平生最不喜存而偶亦为之之骈文、诗古，而又零落不全。钺之不能保全手泽，其罪可胜道哉！今得先叔携有数种，编辑付梓，若并此无之，钺罪更不可赎也。谨述始末，庶后人知先父箸述不止此而仅存，此亦遭变使然。至钺之立身处世，实未敢稍违庭训，在家在乡，共闻共见，后人谅之。呜呼伤已！

民国十三年岁次甲子秋九月男钺敬述

# 《萱泽堂吟草》

## 《瓶梅》

瓶腹涵素冰，梅枝酸清迥。枝桠古香堕，掩映灯窗影。不获饱风露，高置孤山顶。赖有咏花人，到此伴凄冷。

## 《忆珠岩山中》

浃旬未入山，尘襟顿烦郁。青青宅畔松，冉冉石边竹。相望不相见，梦影绕空谷。寄声出岫云，为我驻寒绿。

## 《闲居杂咏》

五兄夜云归，闻声频见招。盆火沦苦茗，渴饮芬陶匏。非必酒与肉，酡情始烛霄。所贵心气平，宅景神自陶。彫组者谁子？骨肉轻蓬蒿。而我三四人，逸坐不复劳。季子盍归来？允矣巴山高。

兴居仅一室，群策亲尺咫。日与古人会，貌睽神则昵。倦来翛然卧，醒时蹶然起。有酒下我书，有墨挥我纸。局影良自慊，此乡吾老矣。

儿辈年十余，小者或三五。操觚学程蒦，跬步时错牾。涂抹匀丹黄，抽毫落烟雨。辍业各散去，欢声溢庭户。多累虽多男，差无伯道苦。

弱女两三声，次者刚六龄。授读尚非顽，解字围青灯。繭儿仅阅月，学语未成音。有如索食鸦，张口时向人。闷余一保抱，聊用怿吾情。女柔不厌多，斯旨意何深？

债帅纷纷来，执券羼追呼。赖有脩脯资，散给奚踟躇？庭院偶寂静，形神相与舒。詹言熟午炊，蒸液甘醍醐。欣然得一饱，吾亦侪侏儒。

结客倾孔座，素心惟二三。来时不相迎，兴尽仍自还。绪论泯机括，且复礼数宽。庶几怀葛民，大化为周旋。

## 《送钱仲回南溪》

群彦既飚散，仲子行复归。寂历窗下灯，照我匡床帏。短棹幸未发，眷此弥依依。愿言秉烛游，候夜毋相违。

清夜谋捉醉，良酝乃罄之。盈盈茶一瓯，冰雪寒凄其。薪炭烬土铫，鼾声灶下厮。篝火引荐草，抱甕相追随。

披轩富画图，江山莽烟雾。招手倏飞来，恣君豁幽寤。踔景甚良夜，明蟾咽华素。君出偶未归，履声屡惊误。石阑一片云，是我待君处。

明年我图南，君迹犹待卜。岂伊会面难，恐未餍蛩若。方山俯云溪，先墓枕其麓。一舸纸鸳风，斋头就我宿。德音倘不违，翘颈伫金玉。

## 《早发资阳道中》

万竿寒玉翁深深，茆覆人家紫竹林。一径入云含荠影，四山如雨泻秋阴。鞭催瑟缩连钱马，树噪钩辀比翼禽。我有娄东诗一卷，摘将好句沦孤襟。

## 《中秋过雁江》

停琴伫月是今宵，玉饵琼霙太寂寥。花萼楼中又分手，闷人霜气雁江硚。

五年九度逢佳节，都在沱江道上行。回首南园旧风景，中年谢傅不胜情。

## 《病肺》

阆仙吟兴本来枯，权看秋山泼墨图。近日相如新病肺，又抛画帧觅方书。

## 《寓中赠紫瑛黄六》

短榻孤檠对隐囊，酒杯空赌少年场。故园无限风波恶，秋雨离忧损六郎。

## 《潋滟》

罢罢翻犁土脉香，平畴潋滟水云凉。西成闻说篝车满，恼煞吾乡田舍郎。是年泸旱。

## 《题刘巴州花卉帐檐》时初纳副室

深红浅碧斗群芳，珊枕瞢腾梦亦香。独向仙源种花菓，天台春色媚刘郎。

高柔落拓无情思，镇日追随彭大夫。懒向花丛问消息，一窗风雪卧游图。

## 《题马玉峰大令云石图》

巉巉秀削玉珑琭，塞上归来短梦醒。我与元章同下拜，一拳供养子云亭。玉峰为杨璧丈孝廉，妹倩到省尝主其家。

## 《题〈石坛诗钞〉书赠武石衡》

一卷琳琅到目才，湘兰沅芷写余哀。穷途阮籍双行泪，健笔陈王八斗才。椿老讼庭花落尽，棺悬萧寺草成堆。蜃车反葬家园日，定有仙禽绕墓来。

## 《乙酉正月四日云丞大令浩生幕府出游龙兴寺》

结伴出城去，讼庭今始闲。鸟声新上树，龙气远沉山。幽兴此方足，禅心不用关。相携灵运屐，日暮共云还。

## 《正月下旬偕同年陈瑞五庶常宗兄云丞大令紫英黄六茂才游张司马小桂湖》汉州城北二十余里

岳岳李卫公，堂堂刘宾客。过此眺房湖，湖水连天白。渔洋秉节来，访古停珠勒。幽情五字诗，风流伤歇绝。我今况更迟，湖址杳难测。乘暇一望之，茫茫云阴黑。

房湖既不见，言寻小桂湖。豪气陈元龙，吾宗高达夫。六郎复追随，春甸拾欢娱。芳草今始碧，野鸟群相呼。行行漫容裔，吾乐在兹乎？

主人和且贤，候门列童仆。握手梯华堂，玉饵充饥腹。葳蕤启灵琐，湖光照眉绿。楼阁未登临，幽兴兹已足。

绣闼碧三面，晴窗红四周。曲阑缘长堤，银云盎不流。茅龙初剪衣，历乱檐花稠。赤桥引湖脉，翠□临沙洲。仙佛共一山，旃檀结潜虬。石洞招渔父，玉枰便弈秋。山行甫欲绝，岿然接高楼。楼下复有轩，湘帘半未收。砺齿更洗耳，斯境藐难俦。

雏松浅露钗，垂杨待抽线。樱桃新绽苞，苍筤解流倩。璚台万梅花，红白互争艳。气香扑扑来，径欲薰人面。绿萼玉亭亭，有若金闺彦。掩映朱藤中，讵以求自炫。人来鸟不知，故少提壶劝。喔喔鸡声鸣，云深看不见。

高宴未终曲，飞雨忽穿棂。灯光落水面，激射如疏星。宴罢复赏雨，沃茗破春酲。钟声跨湖来，禅意幽且清。次晨探梅花，藉地皆纵横。岂不恋恒干，乃为夜雨侵。敢告主人翁，瘗之香水邻。辞辞返城去，虔谢湖山灵。

## 《清明日同瑞五云丞游白衣庵》

宿雨助清明，同人逐队行。玉骢双辔稳，金雁一桥横。山远绿无缝，江流碧有声。禅堂盛松竹，弥望冷烟平。

## 《云丞属题眉仙女史画绢》

仙女凌空巧散花，琳琅胸次净无暇。生香一幅鹅溪绢，费我莲厅玉画叉。

斑驳苍纹藓篆深，我兄仙骨最萧森。谁将异地同岑约，写出玲珑一片心。

花发宜男露未干，谢公庭下秀珊珊。待浇廉让清溪水，合与金茎一例看。廉泉、让水属汉中南郑，与云丞本籍相近。

探花蛱蝶爱双飞，岂为金泥炫舞衣。昨夜庄周清梦里，故园新绿草芽肥。

东山扑鼠入琴丝，牙爪威稜蹶父诗。近日鼪鼯皆灭迹，花砖间卧日迟迟。

年来琴鹤太匆匆，金带初开棣萼红。记取江南杏花节，吴绫锦字报春风。抟九由长沙授凤、颍兵备，云丞将往省之，相约明岁会于江南。

## 《雨夜书怀即柬云丞》

六月初六夜，骤雨奔庭除。检册亲古人，排比涤尘污。吾爱元德秀，岁满驾柴车。吾慕卢怀慎，豆菜足宾娱。以彼服朝籍，脂膏且不居。矧属蓬累行，而欲渍廉隅。人生归有道，衣食诚区区。八口纵哆张，艺获惟经畬。炼金既寡术，铸财又无炉。敢恃腼然面，甘为逐臭夫。云溪本瘠壤，去岁宅吾庐。前门睨大江，后圃滋新蔬。人弃我则取，何堇亦何荼？素心介币来，招我游成都。鸠妇并鹤子，饮啄栖房湖。瞬息三十旬，滥厕吹笙竽。漏尽宴复罢，去此宁归乎？管城有退笔，敝簏藏破书。日夕资养性，何羡饱侏儒。

## 《将去汉州幕斋题壁》

仙人惯与卜邻家，且喜门无俗字哗。两处州幕皆邻大仙。供养良辰无别物，井泉新煮半瓯茶。

土龙侨寓东头屋，竹灶蒿墙白板门。最是间阶风雨夜，满窗珠瀑洗吟魂。

化字炉前藓篆肥，土神祠畔绿沾衣。荒藤牵蔓过墙外，时有一只蛱蝶飞。

女郎花发跨檐楹，错认罗浮梦里行。百万玉蜂齐布阵，漫天如雪战春声。

蠕蠕春痕瓦砾中，白桃花小待春风。儿童拍手惊相报，一朵忽开腥色红。

闷寻幽寺遣游踪，醉墨花飞暗淡锋。难忘桂湖张处士，夜阑相赠一声钟。

匆匆鸿爪系前因，依幕为巢又一春。菡萏未开榴已结，一齐交与后来人。

## 《去汉州过清白江》

漠漠方田短短桥，一肩行李极萧骚。多情还有清江水，一尺金波力柳条。

## 《紫兰》

风月清华孕紫兰，赤城新护玉兰干。轻裘已幸逢羊叔，别径因何误马安。腐鼠升香应独嗜，文鸳在水岂憎寒。衣冠楚相皆虚貌，何必登场子细看？

## 《和杨上舍范九》

旧友几晨星，重来客似丁。时妆趋粉黛，乡校刺衿青。歇绝广陵奏，撵抄石壁经。软尘事征逐，何处足云停。

薜苫锦城东，英姿拜下风。埙篪陈敬仲，衣钵小毛公。马齿吾加长，鸿毛尔独丰。相逢兹已晚，判襼莫匆匆。

吾学久荒落，君胡癖嗜痂。眼光珠照乘，舌底玉飞花。香草幽人佩，仙源使客楂。间时一枉过，相倚愧蒹葭。

宝构钟彝色，芳襟兰蕙香。茗谈秋月白，瓜酿碧云凉。驿馆人千里，邮筒字几行。鹿群应示我，尺素到蛮乡。

## 《锦江舟中书寄云丞》

吾学蹄涔浅，君情江水深。乌篷孤客棹，白璧故人心。表度萦清梦，规随浃素襟。相知皮相外，推爱匪斯今。

结客艳当时，寒盟倏间之。移华多剥落，兰臭故差池。独以联床谊，为赓适馆诗。渊源征契合，别派问谁知？

君信肩能比，吾夸眉最良。北南稍异屋，上下乃殊床。盍趁鹏千仞，教飞雁一行。汉江与泸水，接跗耀辛阳。

翘俗每遭忌，良俦何不然？铄金诸口利，攻玉寸心坚。用念驹维藿，匪贪鱼在筌。归秦留后约，相访渡廉泉。

踏遍软尘红，薰莸一梦中。善交刘子异，朴学高文通。心腹肫诚并，埙篪唱和同。为怜荆树下，膏雨润蒙蒙。

宦辙极萧骚，春风长凤毛。析薪贤胤荷，运甓此身劳。仲武新吟钵，王洋旧佩刀。华云仍五色，刮目慰吾曹。

## 《由嘉州至夹江》

房州行过又嘉州，履屩赢縢滞壮游。天为冷官开别界，地连荒徼入边楼。鸟林隐路杈枒古，虫语欺人暗淡秋。遐想新城持节后，山灵朝暮不胜愁。

年华三十敝风尘，惆怅龙堆又一春。欲卷帘栊归燕子，谁将苜蓿绊虮臣？故园大被秋先冷，旧幕香巢影尚新。一缕柔肠分两地，何干丝竹未怡神。

## 《和夹江邑侯陈季襄元韵》

青鞋布袜等飘蓬，辜负珠崖一钓翁。满院秋声欧永叔，四更明月赵师雄。枯鱼走箧宜开卷，酸蝶飞阶懒送穷。幸得栽花贤令尹，及门桃李待云烘。

石镜峰头系所思，山阴今复遇徽之。敢云东野交韩愈，每到西园访伯时。苜蓿萧疏粗解味，棠阴蔽芾合陈诗。同心向往凌霄汉，雨后双峨黛扫眉。

## 《赠宝庆雷茂才瘦梧》

沅湘蕴国胄，晖丽填四衢。数载识刘季，跗鄂无诒諆。尔来云吟山，涩躉为虚徐。薢茩遇之子，岑苔纷以滋。昏旦乐共数，剖析兼奇疑。形骸渐相忘，判别在须臾。送子秋江上，孤躅将畴依？

块独我滋虑，窥臆将毋同？君归未有期，舣舟无长风。益州盛文物，铅椠干明虹。撷华破幽绪，汲古膏奇胸。春明波始绿，纤草香蒙茸。高挂洞庭帆，载息云水踪。扫轨复卒业，振鳞摩紫穹。

## 《斋居杂咏》

楠树高于屋，竹阴低过墙。幸此广文署，足例野人庄。霄霈忽开朗，饱吸峨眉绿。瞻眺饫饥肠，何须种苜蓿？瓜田沃风露，连裒何盘盘。宁作青门邵，不作侯门欢。劲柏秀鬖鬖，风来舞交翠。遐想珠崖中，松花参道味。秋虫咽浆露，申旦发哀吟。尚有吟秋者，拈毫酬玉音。蕉盏夜漂香，花瓷晨泼乳。独漉纵寡欢，遗编抱千古。赵宋几残碑，文公与文靖。杨晕尔何人？校雠婴瘖寐。

## 《眉州》

琼田方罫玉盈沟，雨后秋山湿翠浮。我怪苏门好兄弟，颍常何事换眉州。

## 《再别云丞》

小别即滋念,重来弥见亲。纵多三五日,还是别离人。壁挂豫章榻,途飞庾亮尘。归装图史富,鞍马亦精神。云新置书五千册。

## 《二十日自嘉归署,秋雨愁人,吾弟独泊江干,其何堪此,巴州刘季想亦同斯眷眷也》

秋雨忽终夕,秋声不可闻。联床宜此夜,孤棹想停云。鸥梦昨方共,雁行今又分。巴山谁剪烛?东望感离群。

## 《寄内》

房湖风月锦江波,景物如新奈别何?肯与梁鸿赋招隐,愿抛华轸上崖阿。

## 《长江杂咏》

漫天风雨洗金焦,一派江声吼暮潮。独倚危栏人不识,欲从黄鹤问山樵。

渺渺平畴淡淡山,绿漪云树郁回环。渔村骨肉无长别,流水一溪相见湾。

故人新绾溧阳符,孟尉遗风尚有无。玉蕊名花曲阿酒,重来应补秣陵图。李紫璈初赴溧阳任。

梅根浦下绮烟霏,黄花驿外秋风微。我来访古空遗迹,剩有湿云侵短衣。

去年曾读黄山录,梦影频牵小剑门。且与山灵邀后约,白梨花下醉春痕。

沙水空蒙月不明,电轮双碾暮涛行。侏儷嘈杂过牛渚,无复伊人高咏声。

十八滩头惶恐多，江行争唱定风波。琵琶亭接柴桑里，惆怅西风落帽台。重阳将近雨丝催，八年未作茱萸会。阿季小诗新送来。临去上海，忽接九弟诗二首。

山脊濒江暮紫斜，离离短树郁槎枒。匡庐真面虽仍旧，池内白莲今少花。

夜过黄州已十年，枌榆憔悴锁荒烟。群山豁暝月初吐，一碧空明君子泉。

## 《鹦鹉洲吊祢正平》

鹦鹉洲前秋草黄，西风卷地晚飞霜。奸雄锋刃才人血，一样声名逝水长。

## 《归州阻雨和七兄元韵》

积云密雨阻归槎，酒入愁怀兴倍奢。旅迹北来船作屋，大江东去浪淘沙。孙刘斥堠分三峡，屈宋文章只一家。前望古人嗟不见，撷将兰蕙嗣瑶华。

## 《峡江》

水绕山环院宇深，石门双迴日初沉。数旬黄犊解随母，落叶萧萧斑竹林。

女媭砧畔雨潇潇，孤艇摇风夜寂寥。我自丁年亡仲姊，怕拈虫穗读离骚。

江边孤塔夕阳红，铃语萧萧古木风。转过前汀渺无见，抱崖林屋是巴东。

石柱凌波岚气昏，收帆惜少野人村。山禽清脆时一啭，麻柳深深古寺门。

## 《大竹溪》

出都已六旬，离家尚千里。南北两相望，秋思落江水。抚心极旁皇，顾影掬尺只。手持一寸书，茫茫暮山紫。

## 《侥倖》

舟子苦谋食，舟人因为何？一般侥倖意，来此踏风波。每笑鸠安拙，都缘鸟系罔。老樵独安稳，掉首谢江沱。

## 《感旧》

司马传家重一经，桐云奄霭蔓荒亭。玉津乌邑东流水，尚有羊昙忍泪听。杨敬生师、星山先生师之伯兄也，其桐云阁尚存。

珠玉文章锦绣词，未应终老白云司。南州磁芥谬相许，不见先生属纩时。敖二丈比部。

乌衣门巷旧山庄，一梦琼瑰念渭阳。记得髫龄从母岁，满园风露木樨香。王端亭舅父。

双鸡斗酒饯生离，惨语临歧梦不知。十八年来容易过，一街明月夜归时。王莲峰表兄。

细雨斜阳钟影菴菴，园蔬佐饮味醰醰。墓门秋草几荣落，遗墨飘零尚未刊。熊艺庄孝廉。

城南古寺晚凉天，雪乳轻花泼盏圆。桑李谓李菊生、桑小初成阴门巷改，僧寮何处访张仙？张卜安茂才。

蚤岁逾闲晚闭关，殷勤煮酒唱刀环。符江十日平原饮，肠断西城宫斗山。张后安。

## 《怀人》

酒绿灯红水蔚蓝，璚筵风月玉珊珊。朝来艳曲都传遍，我愧冬郎下笔难。包八丈广文。

满船风雨话巴山，鸟道崎岖百八盘。阿季寻碑应共忆，雪花如掌上南龛。楚南刘渐六刺史。

桃椿初开傀儡场，骑驴归去太襄羊。临歧洒墨分明在，一片养云溪涧香。关中高云丞。

嗣宗疏放次公狂，除夕依人各自伤。我似昔年君似旧，他时携手更悲凉。陈兰生幕府。

绮梦分明托紫鸾，杨家春在玉阑干。相如病渴今痊否？秋夜沉沉锦帐寒。傅芑塘上舍。

小市门前灯火微，一棚瓜蔓鲁华稀。稚川邻舍常相过，带月扣环君始归。廖秋实、节斯茂才。

髫年东下走湖湘，寻母西来骨未枯。可怪房州三日雨，不教留写踏青图。歧州武石衡。

左朱右墨老书生，室有诗书未算贫。忆把秋螯下春酒，银缸倒罢夜三更。胡泽之。

丁山酸碧混虚无，试院煎茶拾夜珠。闻道骑驴归栈路，茂陵秋雨金何如？茂陵张虚堂广文。

## 《淫雨》

淫雨响不辍，羁旅生苦愁。秋仲返相国，冬初仍客舟。湿云欺被冷，急溜挟潮流。买酒难成醉，嗟予囊底羞。

## 《十二月十九夜夐侄完婚，作此示之》

尔父我同生，昏期巧相等。辛年七八月，星汉硏双迥。汝父反马晨，握卷尚揽省。岁首新拜嘉，露卯污泥冷。讵无纷华绚，荃宰操独醒。所以文字光，日进遂彪丙。今汝亦完婚，桦烛辉燕寝。左瑟与右琴，错杂红蕤枕。钟鼓既云乐，饬躬毋踔踸。熊罴倘入梦，抱子尤转眴。似续托先畴，妻孥资管领。读书即管要，简编艳脂粉。刑于闺闼中，百化此其本。有种必有获，程效捷响影。苏李学未成，同室反嘲颿。念此力自强，步趋时自懔。欲享团圞福，钻研须耐忍。竞爽锴与铢，芳馨闾与允。家学有渊源，平直事规准。心得一卷书，此身重彝鼎。汝父绾符来，腾欢春昼永。

## 《自箴八首》

读书期致用，致用始家庭。家庭不能用，况敢莅民人？不尚经论迹，先求心气平。阔大非靡靡，密致非营营。万事此胚胎，请以为予箴。

省财须省事，省事先省心。省心无别术，不与纷华营。家法尚简易，岂为亲故增？富者听其富，吾不羞吾贫。伪者听其伪，吾不失吾真。我祖实谛拘，蔬菜饫生平。吾母萱泽厚，纨细弗及身。吾曹蒙业安，奚以对先灵？

忠胜流于鄙，文胜流于史。家俗将毋同？奢俭常相倚。俭必由勤出，奢辄由惰始。俭则振精神，奢但役奴婢。毋曰俗所趋，吾必示之礼。卓然聪训斋，文正师在此。

家有一亩禾，少长望其获。家有一秩官，疏戚望其禄。岁禄有几何，赴公苦不足。债帅况纷哤，子母相追促。缩食与短衣，此乃自强药。男耕与女绩，此外无长物。纵有百丈锦，我但守尺幅。不逾一寸思，襟怀殊落落。

人多嫌屋少，屋少见人多。大者各执业，幼稚纷旁罗。啼笑杂嘻嗃，频从耳畔过。闻之倘怒詈，自问殊偏颇。瓜繁并椒衍，蒸为繁盛歌。请观独居人，室广涕滂沱。幸得弄儿乐，何必慨蹉跎。

惟口易兴戎，扪舌最吉迪。入耳纵有言，藏之在胸臆？事在可弃置，何必苦明晰？事在必资询，但须戒卞急。宛转向局中，此外皆从秘。虚实苟问明，原心更略迹。失马毋庸咎，补牢期有益。若遇执拗人，缄默俟他日。

往来属古礼，存问匪今兹。受情倘稠叠，投报将无时。吾乡连岁灾，戚友良不支。瓜椒御颔颇，庆贺强支持。不识人力殚，对镜讵谁知？矫首望粉社，樛荫嗟陵迟。

妇孺昔并论，识见本相同。孺子固琐屑，妇识岂宏通？周诗首淑女，翊赞宣皇风。蘋釜有余馨，景福资丰融。责任属所天，述古膏愚胸。如彼引导人，前往后必从。里贤励实行，寇盗敛雄锋。塾师勤指授，童稚启屯蒙。矧此亲昵人，近居帷幄中。一言去繁饰，所以钦梁鸿。

## 《寿小峰》

一舸返蓝都，逢君正设弧。裁笺飞鹤信，推策纪羊珠。芳宴移春槛，群仙祝寿图。鲰生无好句，洒墨愧金壶。

怜君当早岁，即废蓼莪诗。负荷先畴在，辛勤补读迟。礼贤摩铁限，爱弟暖琼枝。况有梁鸿妇，同心共雪儿。

光霁霭团团，帡幪万厦宽。云吞皮粟富，霜御范袍寒。具馔岂三百，摅诚只寸丹。忽歌招隐句，扫轨卧袁安。

离城仅五里，载书刚一船。沙水远还碧，野花秋更妍。幽居陶十赉，授读孟三迁。拟过竹林下，同参玉版禅。

阿季滞京华，刘琨泛客槎。驰驱虽异地，颂祷属君家。披臆银鳞到，投怀玉燕夸。行当致包佶，锦句织云霞。

诞月同坡老，仙丹合驻颜。谟觞斟北海，雅乐艳东山。楮墨金兰谊，氍毹玉笋斑。春林三百颗，绕屋蓊回环。

## 《五君咏》

黄子实疏旷，得失不自萦。肯以门前履，污我堂上琴。一笑拂衣去，西湖相与深。故乡绕瓜秫，还就南山岑。

吾慕蒋元卿，樾户塞蒿蓬。骨肉无远别，力气埙篪同。和介乃牾俗，幽襟怡古风。敷荣谢萧艾，落落秋为容。弓檠与射臬，舍此将焉从？

伯高素敦厚，镇日无臧否。光霁霭夷犹，莹然清不滓。虽有原宪贫，未碍刘伶喜。归与酌匏尊，相对橘园里。

悠然杜荀鹤，幽栖南山阿。搴古得阮慎，奉身兼惠和。况有孟德耀，昏旦相摩挲。白云终在山，衽趾平不颇。

过从在早岁，邃密及中年。离合谁无敌，迟速皆前缘。交滥每自损，亲多难独贤。移家江上村，草木增苍鲜。所以刘子异，著论非徒然。

## 《题和刘瑶斋司马元韵》

薄命生成唤奈何，自惭无福着丝罗。有谁白传停车马，空累红儿执斧柯。花为春寒香泽少，莲经雨后苦心多。天孙只惜缗千万，只尺秋云隔绛河。

夭桃待嫁已多时，不遇风流杜牧之。袄萝每随蕉鹿幻，泪痕惟有杜鹃知。岂真小草应遭践，已似僵蚕未断丝。回首同根伤姊妹，魂消举举与师师。

海棠微褪一分红，金屋堪怜昨夜风。岂有大年逢亥首，谁知蹇运竟丁躬。生成慧舌原遭忌，画到双眉总未工。软语劝郎郎不转，巫山路险信难通。

谁道班姬锦绣肠，衡门深锁唱迷阳。苦揩碧眼将天问，懒栉青丝委地长。墙下有梯窥宋玉，闺中无笛教宁王。夜来偷把菱花照，赢得星星两鬓霜。

鲛绡一幅拭啼痕，红叶书残敢尽言。辜负长亭临别语，谁招绝塞未归魂？填桥有鹊嫌秋老，斫桂何人向月奔？悔抱琵琶随逝水，飘零蓬梗竟无根。

居处无郎伴小姑，春愁满眼泪偏无。莲生巧步防荆棘，箧少藏金贿画图。纵到青年甘折玉，谁怜绮语易穿珠。温柔一梦分明记，妒煞黄莺款款呼。

## 《喻园楼上有怀渐陆》

不到喻园去，萧思今四秋。春云一何绮，覆君侨寓楼。梅花怜后会，芳草记前游。四月予当返，伫君南去舟。

## 《将赴濡江留别泸州诸友》

吾党二三子，交故意弥新。亦知别不久，耿耿若为情。不恨分别累，但求相见频。樱桃将结子，归及践芳辰。

## 《二月初十别珠崖》

草木甫萌动，珠崖春景鲜。青畴盈碧水，白鹭点苍烟。人去屋如旧，山空云更妍。还当待阿九，拜舞上南阡。

## 《答珠崖山灵》

沙尾忽转柁，瞥见珠崖山。林壑散烟雾，见我如开颜。谓我不在家，乃去云吟间。我言朱樱发，买舟当复还。呼童负铛鼎，兄弟相追扳。扫墓去荒岁，待客汲清泉。日夕听田蜗，夜深闻杜鹃。信宿留清话，暧暧桃花源。

## 《南溪访曾鸣皋农部遂怀包八丈广文》

一船风月冷，牵缆上嘉州。地爱南溪秀，江横东郭流。欲邀曾子固，斜瞰小瀛洲。惜未见包老，嗟予半日留。

## 《月下访罗令仪先生不果》

我过龙腾寺，闻君归故乡。步月欲相访，孤城烟锁深。泠泠方响洞，郁郁鸟尤岑。会当棹舟来，共证南华襟。

## 《井口汉安师墓》

井口春色寒，上有先生墓。先生葬有时，弟子来何暮。春流绿又波，芳草碧无数。授书萱泽堂，遗编饱鱼蠹。

## 《宿鸠园不寐》汉安师所筑也。

树人如树木，人去木成林。溉艺将谁恃？擵抄感不禁。垂杨新翠吐，都胜晚红沉。薄酒瞢腾醉，窗前寒意深。

夜寒不能寐，揽衣忨华月。恍见先生容，謦咳相与接。定视渺无人，复此风露歇。空余送别诗，读罢增凄咽。

先生下泸江，小子方七龄。吾父犹健在，尊酒惬良襟。受学同阿季，入塾及清晨。顾此门前雪，嗟予堂上阴。

粤自丙年冬，偕季至自蜀。先生夜烹雌，惨语孤灯绿。次晨重款留，临别凄以郁。今时深感怆，当日悔称娖。

廿年老弟子，摧落空奔驰。眷言手植木，不材良自知。学殖倘不懋，凡卉将鄙夷。念此三太息，伥伥何所之。

负薪既有子，传砚复有孙。书香与花气，菜苾萃名园。桐云足千古，风月并称尊。来往玉津永，城西还叩门。

## 《寒食》

菜甲轻轻黄作花，芳草萋萋青茁芽。野鸥泛泛傍霜桨，孤鸿邑邑栖平沙。弟兄皮砚各一处，寒食将近始离家。珠崖小屋美清夜，空对松尖珠月斜。

## 《伶俐》

伶俐谁家子，纨绮媚轻姿。沐猴窃冠带，京洛空飚驰。朝骑玉花骢，夜撚红螺卮。怀刺觅主人，磁芥相追随。主人暂或昧，久岂茫无知。荃兰变荆棘，粉缋穷枝辞。夕投晨辄去，终岁将安之。竞巧乃至拙,冀合每生离。古人贵斫雕,返朴真良师。

## 《舟中寄示诸子》

孺子成人后,父母难相随。所贵荃宰定,道义为之师。道义于何寄?典册为根荑。张陈与湘乡,讨叶皆沿枝。浩瀚实简括,模范难遽离。言动一取鉴,违误即能知。积久进自然,蹊径绝淤泥。蹇劣者谁子?谬誉名家驹。窆驾屡见哂,齿长尚高睨。愿观世所弃,上以祖良规。

## 《积雨》

孤篷烟际宿,积雨满空林。散迹会无处,斋予游眺心。人声入夜寂,雁影点波沉。水次山容暝,茫茫云气深。

## 《晚泊书怀》

沙水空蒙山色迷,寒风萧瑟月痕低。贾船争渡犬惊吠,旷野无更鸡乱啼。纵目但凭芳草外,怀人多在白云西。一腔离绪愁难剪,怕看青青柳色齐。

## 《依旧》

芳草客中尽,孤帆烟际斜。三春今又半,依旧未看花。去岁度沧海,今年溯叙嘉。青衣江上路,应遇武陵霞。

## 《苦雨》

江行滞时日,苦雨湿衾裯。所幸一官冷,差无程限忧。山翠日相觋,吾意复何求?冠盖信棽丽,主人应白头。

## 《竹根滩野望》

野望独辽阔,山横远翠来。篱落自成聚,李桃相次开。滩激潜蛟怒,沙澄宿雁回。儒生非显宦,津吏莫相催。

## 《江干》

江干烟雨漫霏霏,雨湿牧童身上衣。骑牛直入菜花去,不管菜花身外飞。

## 《四忆诗》

岩松宿云白,石竹摇风清。高卧小茅屋,四山幽气生。会食禁烟切,应嗟鸿雁群。珠崖。

松寮高纳月,竹屋冷围云。臞翁佳语在,吾亦欲云云。载酒僧船至,古潭龙气分。龙潭。

树阴夹小道,老木俯禅室。竹鸡啼清脆,宵坐山月凉。寄语老桑苎,为留薝卜香。云峰。

花架隐回路,池馆妍春风。衣香三月天,照酒燕支红。道士一跨鹤,钟楼空复空。吕祖阁。

## 《泛宅》

春水啮平沙,行行溯叙嘉。间身时泛宅,稚子屡思家。菜甲春痕动,蔓菁霜气华。清明供麦饭,东望引咨嗟。

## 《送九弟之官涞水》

一母五兄弟,与君同乳生。衣履悉易着,卧起皆偕行。暂隔辄相呼,枣栗分余馨。卅年无久别,际此奚为情?

劣性寡结束,蚤岁况嬉游。多资埏埴功,文园战高秋。春明两铩翮,甗釜峭深愁。谒选滞燕台,栖皇星火周。双鱼报归信,冷署申眉头。

我自云吟归,还轻沙縠行。言念子由约,扫我风雨床。证书玉泉墨,品茶心字香。乐意仅弥月,嘔噱萱泽堂。无端促程限,去去戒舟杭。

穷檐慨窘步，揽辔忻首途。此理讵未谙，临别生咨吁。县谱早所肄，遑待申良图。勤恐瘁乃共，密恐烦则俱。愿言退食暇，旷逸腴心符。企望紫荆关，吾意在兹乎？

## 《二十六日犁旦同小峰、韵生急趁河干，弟舟已发，烟雾迷茫，但闻欸乃，惆怅而返，复缀此意》

昨宵惜别刘子舍，今朝送别沈公堤。濡滞一刻已发碇，相望不见神迷离。中年趁事急如骛，枯菀升沉此异路，回首髫龄郁难诉。才听分明欸乃声，扁舟已入烟霞去。

## 《杂感》

渺渺秋江一棹过，扫愁无计奈愁何？时当郁塞诉难尽，人到中年感倍多。瘦马自知嫌骨突，雕龙径欲变头陀。茫茫缺陷凭谁补，羡煞群鸥漾尺波。

玉瑕丝颣已恒沙，抵隙何劳白望加。冥报渊明犹乞米，行吟屈子总无家。错来谁聚九州铁，税后空余半亩茶。领取孤山旧时意，不须分梦到梅花。

买酒寻欢却惯悲，灯前照影太支离。孤篷雨和征夫泪，黔突烟沉病妇炊。得饱家鸡分鹜食，衔冤河鳝为鸱夷。九乾膏露浓无比，只有霜华上菊枝。

寥天风雨逼重阳，绿酒茱萸只自伤。寂寞但寻驺卒话，瞢腾不助次公狂。同居末座谁称异，冷抱孤怀敢寄将？泉水在山了无意，暂分清润洗枯肠。

## 《汉安大风忆弟俞江》

十日各载途，一江分上下。顾我西上舟，忆君南行舫。陡风压急浪，滩势互偃仰。我记俞江下，雄飚劲无两。竹缆系应牢，坦适平如掌。又或阴晴殊，白月堕孤榜。窗棂炳华蜡，夜话襟情朗。似我窘且独，坐听秋声响。四顾悄无人，寸心穷漭瀁。待寄武昌鱼，偻偻慰羁想。

## 《荒藤》

劚尽荒藤又发芽，早知倚玉愧蒹葭。聋乡亦有音声树，块影偏逢姐妹花。闷极一身寒似水，愁分千缕乱如麻。休文短视原多病，莫怪浮云望眼遮。

## 《空阔》

霜林秃净倪迂画，秋水明于玉局诗。如此江山解空阔，船头资取立多时。

## 《初六夜泊》

小月暗峰顶，行舟仍上前。秋来苍雁外，饥在白鸥先。粝食燥难咽，灯光冷不圆。疏钟何处寺？声落水云边。

## 《咏怀八首》

草木含春华，秀穗同鲜明。香色表异类，欣赏独移情。人物两凑泊，毋乃关前因。贵贱恣所命，即此定衰荣。

焦鹩啜粒粟，海鸟求鲟鳇。所恋各异分，皆以充饥肠。贪似欲无艺，琐嫌气不昌。倘使异地观，暗者当忽明。由来燕蝠争，多病未周详。

中华盛冠带，夷猓曳氈褐。美劣霄壤悬，等此父造物。异物即当远，远之苦无术。必欲强就我，维娄亦桎梏。大哉圣人言，齐教不异俗。

孰不思尽美，尽美有几人？孰不思尽善，尽善岂无因？跂想意不足，退思烦自宁。斑痏或附体，除旧将谋新。猥欲薄而观，嗔怒畴则停。在己辄漠漠，在人辄断断。鹿铤反走险，燎原又何心？所以吾党隐，直道于斯存。

郡县有封域，牛羊有藩篱。但使不逾闲，生意自怡怡。招手方使来，麾肱令何之？羸瘦劳牧梦，穷追毋乃疲？岂其樽俎间，不以为文牺？

登高望九州，足下遗部塿。对面穷形相，眼前遗背肘。所专即所分，一事判走守。我喜践人影，人亦蹑我后。禁之使勿前，此理古未有。

蚍蜉撼巨木，蝼蚁穴长堤。始意若无介，终补乃无期。一物具四面，览尽穷然疑。得一遽自足，蒙翳将不訾。谨小非琐屑，植根良在兹。

暮挹南内枝，朝访西山石。柯叶足自怡，蕨薇安可食。古贤视所处，宅心皆暇逸。尘淀一或染，振刷嗟何及。

## 《寄蔚兄、韵笙兼忆季弟》

照读囊萤车武子，坐视流麦高文通。一编晤对貌如见，两地相思情更同。竟少孤怀浇白酒，但凭双耳听秋风。计程尚有南征棹，可有归书附远鸿。

## 《闻雁》

孤鸿号外野，音响一何悲。我未谙鸟语，聊复知尔怀。鸠巢桑树林，燕垒华堂隈。独尔苦无着，沙水相徘徊。缯缴幸已免，同群应未乖。试看江上鸥，饥趋空去来。

## 《重阳感旧》

去年九月上巫峡，拊石搴藤磨子滩。今年九月泛孤棹，忽雨忽风天送寒。有兄鹿砦韫幽抱，冻面对酒知心酸。有弟五公山下去，荚囊在手神迷漫。愁多却忆少年日，从师挈榼城南山。泥淀湔履健如犊，同学攒步何幽间。黄子冒雨同听瀑，山祠移席来群仙。电光一掣四千日，再过十载知谁贤？知谁贤，泪如雨。黄花开尽人未归，月黑前汀雁相语。

## 《初九夜》

暝色约帘幙，颓云起夕阴。沙边雁嘹语，灯下蛩苦吟。缄口萃忻戚，因之商素心。手翻遗逸传，度此寒宵沉。

## 《重九日犍为舟中寄泸州旧友》

为问张仙与蒋侯，题糕近日可同游？每逢佳节更憎别，除却愁云不算秋。短发接及今嫌破帽，扁舟从此当高楼。客中未酿黄花酒，何必茱萸插满头？

## 《今年》

今年二月来嘉州，青麦吐秀黄花柔。病妻弱息嘔匝棹，忆弟又使心如妯。阿季到家飞尺素，归心湍急不可留。联床寻乐未及半，无端疥疹零烦忧。今来秋风动林木，落叶萧槭行人愁。瓜皮艇子小于斗，孑然老仆随浮鸥。乃知赋命秋云薄，天定非假人为谋。不然始乐忽复悄，宛转起灭胡不休。回思往景实堪宝，憾以瓦砾抛镠銶。往者不追来可戒，此乐非妄宁难酬？因散得聚理所有，但憾逝水东南流。

## 《初十夜》

落叶萧萧感慨中，烛奴相伴泪珠红。生涯满腹只冰雪，行李半船兼雨风。巧似蚕娘终困茧，清如蝉子不离虫。瓣香合下愚公拜，一任灵泉西复东。时正读《柳文慧公集》。

# 《借禅室诗钞》

## 高树《泸州高氏兄弟诗钞》序

兄弟四人登乡榜后，频年奔走，皮砚四方，不能聚首两三月。羁人作诗消遣，随作随弃，见面时互相慰劳，不暇谈及风雅，于是兄不知弟诗，弟不知兄诗，或见一二而不睹其全。岁月如流，沧桑屡变，子侄搜辑故纸，幸有存兄弟诗钞，余阅之，泪涔涔下。盖兄弟聚首时不见诗，兄弟分手时乃见诗，而又零落不全也。剑门兄诗最少。城南次之，竹园诗较多，予诗更多。予钞数纸付钺侄，以为兄弟之伴，其未钞者令儿辈另钞入《珠岩山人集》，恐阅者欲阅吾兄弟诗，苦篇牍之繁累碍目，为不便也。甲子年四月十七日，珠岩老人蔚然氏题，时年七十六。

## 顾继善《泸州高氏兄弟诗钞》序

泸州高公竹园，继善外舅也。公前母兄四人，同母兄暨公五人，长、次殇，三诚斋公工绘事，四果轩公优于文并工书，惜均未永年。六伯外舅亦早卒。至五剑门公、七蔚然公、八城南公与吾外舅以同母昆弟并登寿考，显文学，而蔚然公现跻大耋，尚矍铄，为鲁灵光。在昔乙亥、丙子、己卯联膺乡举，己丑，蔚然、城南两公又同登进士，城南公与外舅不唯丙子同榜，且属孪生，一时名噪全川，称为盛事。宜乎华阳王增祺《诗缘》中谓为科名佳话，不愧有四龙之目者矣。伯循内兄，城南公长子也，前以邑令官直隶，既以董川路事来汉上，适继善侍先君印伯公宦于鄂，往还綦密，比以先人手迹，辛亥率付劫灰，伯叔诗虽有付梓、有钞存，而川中旧宅，兵匪侵踞，京寓亦辛亥播迁，恐丧失殆尽，拟搜辑残编，总共重排印一册，冀永其传。持商于余，余亟赞成，工竣，谨志数语，以记时日。甲子仲秋成都顾继善敬志。

## 高钺《泸州高氏兄弟诗钞》序

钺先祖父赠通奉公于先严暨伯叔公幼时喜与言诗，为录唐宋绝句、五律，人各一册，先祖母王太夫人口授使诵之，江安杨敬生太夫子来主家塾，王太夫人始息劳。伯叔父及先严为诸生时，为南皮张文襄赏识，于是蜀人谓泸州有四高。通籍后，时事日非，先严不愿作诗，并旧作亦抛弃。庚子忧愤之极，作诗遣愁，随录成秩，录毕病殁。钺往年将手泽排印，赠亲友，近日忽忆及伯叔公均有诗，宜合编为集，而剑门伯父诗散失无存，侄女公环，伯父之孙女也，手录数诗，自京寄来。稚辛弟又自泸寄来若干首。遂以为伯父、先严之冠，印于汉口。钺尤有愿者，剑门伯父会试荐而未中。长从兄寿，戊戌登进士，颇能诗。次从兄霖，先附生，亦能诗。果轩，先伯父之次子。云先从兄以诗古见赏于朱肯夫提学，俟他日，三兄各辑所作，附印是编之后，亦不可以已也。甲子仲秋月高钺谨识。

## 王乃征《高给谏遗诗》序

高城南前辈遗诗，已具刊家集中，此册诗为所手抄，百有八首，介弟竹园携归，先于成都石印若干份，赠送垂罄，喆嗣伯循大令董川路事，羁汉上，以先人手迹率付劫灰，因属从弟稚辛冒兵险回里，取原本至寄沪重印，冀永其传。又诗中多庚子纪乱之作，有足增人盛叹，故宜伯循图之之亟也。工竣，索予志数语如此，时戊午秋七月上，浣中江王乃征书于申江寓庐。

## 高楷《借禅室诗钞》《高给谏遗诗》跋

此八兄城南手钞诗也，兄偶作诗，皆写日记中，未尝别钞。癸卯冬辽阳事起，悒悒寡欢，赵荛生太史劝钞辑近诗，冀以宽之。钞毕而疾作，遂卒。乔茂萱同年哭以诗曰："仓皇手写百篇诗，似识来朝有逝期。"纪实也。兄有《庚子日记》四卷，甲辰秋排印于泸，今来成都，始以此付石印，光绪丙午岁二月望后楷识。

## 《敬生师馆予家十五年甲戌冬辞归作诗志别》

忆昔孩提日，身颠百雉城。为无师约束，至使父忧惊。枏七岁时放纸鸢，由城上颠下，始延先生在家教读。闻道杨时学，书传燕子楹。修函因驿寄，倒屣下堂迎。馆帐西河设，壶樽北海倾。丹铅围济济，经典说铿铿。不幸灵椿萎，先父辛酉去世。难为棣萼荣。诸孤依老母，累岁聘先生。逃塾耽游戏，焚膏补课程。性愚劳讲贯，文劣费经营。日月殊容易，儿童渐长成。丑年荆始茂，寅岁藻重赓。乙丑、丙寅七兄、五兄入泮。

伯季皆游泮，微躯未入黉。羊公惭鹤舞，荀氏愧龙名。今岁逢宗匠，前茅列弟兄。黄堂传面奖，白屋播休声。今年岁试，张学宪传弟兄面奖。似此邀天幸，都因化雨宏。鳣堂宜久侍，鹏路好遄征。何意皋比彻，将归鹤墅耕。含饴思翼凤，载酒欲听莺。回首嗟吾党，吟诗叙别情。读书先品行，报国勉忠贞。先生诗有"砥行立名昭气节"句。金玉言良切，针砭意已诚。纵难光史册，誓不辱宗祊。云树千山远，风帆一幅横。离群居鹿洞，惆怅李延平。

## 《井泉驿独坐怀寿萱》

记骋轺车来，山馆同莅止。开门拊断垣，麻麦初结子。拨丛远瞰江，抱郭清泚泚。今我独回车，斗室一木几。延颈看墙头，场涤净如洗。惟剩石矶声，瀌瀌啸如雨。计日数君期，应过秋山里。

## 《庚子五月二十二日作》

满眼苍生泪，求才问鬼神。红巾新队伍，赭壤旧都城。一炬怜焦土，群雄勒劲兵。家家谁谕晓，香火照街明。

禁地联公府，珠盘会五洲。谁将倭国使，甘作郅支头。境内原多盗，城边岂刃仇。殊方前鉴在，却虑更烦忧。

## 《昌平遇高理臣前辈将之怀安》

罢官迟未去，恋阙见兵端。孤注匡王苦，全家作客难。嘉名留谏院，凶焰满长安。蠢蠢红巾辈，知公不忍看。

自昔阳明老，私居甚敬公。如何谋少傅，不以诏东宫？举错天难问，行藏道不穷。江湖仍魏阙，忧色见孤忠。

令子堪经席，传家幸有人。长公子星墀掌怀安书院。读《书》无俗见，引《鉴》自通神。汗马唐宫阙，闻鹃洛水滨。苍茫汇今古，回首倍沾巾。

## 《霸昌道奉谕立坛，儿童皆往学之，知州裴刺史呼儿问里居，密传其父，告以此即白莲之遗，毋自取祸，即命领去。会大雨，豆秫顿茂，拳团渐散》

人意方思乱，天心欲洗兵。坛虚妖虎渡，野润惰农耕。纵少粮栖亩，应无柳作营。寓公聊一喜，就此颂贤明。

## 《昌平东山》

云气粹然白，下罩东山东。疑有桃源人，僦居于此中。昨闻盛豺虎，前往搜儿童。谁领昌平道，幽岩变血风。

## 《纪事》

符离韬略丧军威，谁守城东遽撤围。九庙生灵无恙否？巨雷卅六向空飞。

重门两日无消息，谁向东华问两宫？独向街头勤问讯，路人稀少火光红。

廉威人说海刚峰，一纸居然雪后松。及到京师神变化，始知骨鲠是神龙。

军府离筵唱凯歌，中枢谑语问如何。虚名枉挂平蛮印，马革新随马伏波。

净性明心老大臣，不知钱谷不知兵。无端召得西军至，都是阴阳燮理成。

瞽目依依手索钱，入城顷刻返山巅。似闻自诩回天手，错握元枢向左旋。

北人归北一家春，祸水横流看不真。始信宋宗真实语，为官须用读书人。

先帝联姻爵上公，醰醰理窟变巫风。桥山松桧皆垂泪，教授经筵尚未终。

巍巍相业贾公闾，五镇雄兵踞上都。底甚乱萌销不得，会看泥水困鲸鱼。

相府骁雄得奉先，攀鳞附翼到王前。临期决战飘然去，但索城东买命钱。

榜示初张报捷音，忽藏踪迹废园深。家中豪仆依然在，只向街头学绿林。

拔去官条署白旗，花骢西去马如飞。虽然请得查奸例，未害商君早晚归。

司农新擢倍光华，朱邸寻春共 家。赌掷黄金争买笑，杀人端是赛金花。

刈草除根五大臣，碔砆珠玉不分明。徐、联、袁、许孤忠在，终古衔冤瞰帝城。

冰雪聪明赵京兆，玲珑何晏更风流。解铃偏把铃牢系，身在权门不自由。

七人从事六人回，忠孝如君亦可哀。笃信玄坛拼一死，魂归应看老亲来。

重门双启未曾关，飞信城中总不还。闻道西陵慈辇去，却传天子驻香山。

真信传来自不同,翠华西去泣秋风。伤心尚有宫人井,落叶哀蝉血溅江。

## 《庚子感事》

蚩愚诚爱戴,何故薄干清。伊等于上无好言。同是钻迎习,加之忠义名。粗疏由四皓,谋议误诸卿。数次集议,汉九卿,七人不可,余皆逢合者,若拼命争之,岂无当乎? 视尔工谀辈,腼颜何处生。

## 《述近日所闻》

城西有一老,厉词训两儿。谓此义和团,即是白莲遗。忆昔嘉道间,白莲为之师。兵民与内监,一一贯如縻。气势亦浩大,消息风雨驰。一朝忽沮败,进退无所施。瑟缩类牛豕,甘送老头皮。汝曹生世间,利害茫无知。平日惰耕种,今欲持刀为。杀人与放火,忠义顾如斯。况汝背父言,孝字已先违。一子似领悟,抱膝倚门楣。一子绝裾去,奋往不复归。老父吞声坐,颓然垂涕洟。

## 《读十八日邸钞戏作》

三代镊子张,三代金牛李。三代王回回,三代王麻子。都中向来好作伪,苦语分明不嫌赘。今有真正义和团,客商如赐顾,请看冲天招牌第一坛。家父愤极,以白话演之,今编入诗中,以备查考。男钺注。

## 《团有由彰义门而入者,列队行,呵斥行人》

郎似白莲花,妾如青竹叶。竹叶随人烧,莲花由人摘。摘莲不知苦,烧竹不闻泣。日日捆载来,染遍胭脂血。

## 《昨夜驱蚤净尽,彻夜安眠,喜吟一首》

洒扫驱蚤净,彻夜安眠好。一蚤苟未除,背肘又纷扰。况复群蚤来，满室争腾掉。此扑彼则窜，仆仆闹邻保。迨晓主人昏，餐血任酣饱。醒后徒爬搔，倦闷颜色槁。何如缚大帚，项羽肆征讨。浇水湿其翅，火攻焚其爪。奥隅荡其巢，利甲剖其脑。一种不复留，神安辨昏晓。主人何不为，反手即易了。

## 《拟东园公、绮里季送黄石公避乱入山》

公本弃世人，误挟一卷书。兵端今已开，归隐意踟躇。成则有张良，败则有纪信。公去噉灵芝，理乱不必问。

## 《黄石公留别》

目无天下士，所见惟二君。二君安社稷，慰我山中云。社稷何以安，首在灭匈奴。将台挂赤帜，白茅有云符。

## 《戏赠乔提牢》

一片菩萨心，几多鬼子手。鬼手要杀人，皆借菩萨口。

## 《感记数绝》

勤王召西平，军容供一败。法苑珍宝多，剩有魂旛在。
招僧下五台，往破阴门阵。马归僧不归，战状无从问。
珊顶白髭须，气吞十六国。不见败军回，断胫余膏血。
白莲打白莲，无能辨真假。问人人不知，问天天亦哑。

## 《又记数绝》

东巷死如莽，西郊去似云。拉车随员驾，人说董家军。
一军自西来，宠之四军上。敬如关壮穆，今作禰縰样。
一战杨村北，狂奔张家湾。劫人强似盗，军令静于山。李所节制。

## 《又记数绝》

市上无官马，军中有妇人。前营云气墨，西路粉痕新。

人望令公来，乃作哥舒翰。哭地动三军，军心已早散。

## 《人传马安良为董义儿，董军误战致败，谑之以诗》

新来回子马安良，不认干爹董福祥。城外相逢不相识，对开营垒对施枪。

## 《又有谓西洋回子八年一贡，董误为大毛者，戏咏》

沙锅门外起尘沙，大将登坛望眼遮。记否职方前例在？八年回子贡西瓜。

**《戏作火车歌》先父愤极，以白话演之，今编入诗中，以备查考。男钺注。**

火车木，燃柴烧。火车铁，快打刀。打刀作何用？将以除二毛。红巾抹额带围腰，偎口吹气神巫号。除尽二毛杀公使，要将一十八国甲兵利器、雄兵猛将全驱下海淹波涛！徐中堂，呵呵笑；崇公爷，蹲蹲跳。内有端、庄、濂、澜主设坛，外有护法刚、启、赵。还有王回子，煽动连、刘、黄、张、曾、琦、鲍。坚僻左郎中，珑玲何京兆。丁丁点点数不清，一齐都说拳团妙。五台请来普和尚，山东招来红灯照。毓公暗地捧血盆，简堂到京烧热灶。随军带去八师兄，各有随身宝器呱呱叫。徐、崇喜得口难言，说道："正气将伸明大道。"一战失天津，两战到杨村。三战简堂、王回死，长驱直到沙锅门。忠愤义和团，一夜化乌有。撤去红巾埋下刀，分头都向城外走。有未走者出抢人，抢得当铺、钱店、油坊、米局无一文。洋兵入城扎营定，又有奴颜婢膝当顺民。人言徐相要吞金，又说崇公已自焚。静听七八日，还是拿抓太子，李逵、宋江保佑暂偷生。刚、赵奔行在，启眯皇城根，随时密打听，耽心议和一时难遽成。吁嗟乎！拳团痴蠢真可怜，偶因鼓舞成狂癫。

宗社孤危銮驾走，团鱼釜底尤悬悬。呜呼歌兮歌未毕，城外清团炮声急。

## 《悼王子斌》

同是花门各种因，王枚岑亦花门。一回死事一番新。凄凉菜市堆边过，恼煞东江决策人。

## 《远望》

五日看山山未开，烟云灭没费疑猜。何当剪破光明锦，放出鏖秋爽气来。

## 《感事》

中朝上相老和戎，免胄人皆望叶公。独有幕僚闲不得，后车犹插一枝红。

## 《雪偶成》

月下鳞鳞走玉龙，明年乐岁兆今冬。小臣不识艰难业，愿采秧歌达九重。

## 《九弟久未得京中确信，因赴成都，函询子厚于长安。子厚复书，十月半可到，近想由省归也，感而作此》

一梗津沾信，家书欲寄难。余生悬阙下，遥诉到云端。雁字随风快，乌篷犯雪寒。急归告儿女，北望免心酸。

## 《家饲一犬，近十年矣，夜间御盗，屡立奇功。今年军务起，仆人不时饲之，遂以病毙，诔之》

我有一只犬，捍户逾健仆。未附陆子书，讵盗苏公肉？遭乱腹频饥，瘦革毛尽脱。凌兢傍火炉，迭次被鞭扑。世已无牛医，谁能将狗续？尚有敝盖存，瘗汝西山麓。

## 《戏作华巡歌》

华巡号衣不扣钮，裘绵拥肿双缩手。颈斜肩耸驼钝刀，伛偻循墙缓步走。长官守旧不肯说，敢使立街如立鹄。白棓劫人迷未知，土坑横灯藏矮屋。洋巡突出何轩昂，大步踏前肩荷枪。控驭华巡分界立，随时更换如操防。近闻盗风亦渐止，洋巡昼夜无停趾。盗不劫掠甘料理，云是西法旧如此。

## 《萍三来，录〈挽王伯堂驾部诗〉见示，余亦用“寒”字韵作一首》

铁骨冰心剑气寒，久思归去着黄冠。生憎鬼卒轩轩舞，逆虑神州渐渐残。诀别有书留棐几，悼亡无地葬桐棺。亡妻未葬。若论尽节光明志，除却王公再数难。

## 《喜申甫到，口占》

乱后惊初见，相看各再生。我居京国病，君去汴梁行。访问函新发，初闻在正定，恰发问函。流离迹屡更。应知儿女语，缕缕故乡情。

## 《闻行在有人言将速归者，用尧生韵赋之》

王谢华堂拥破扉，啄泥寻主燕来稀。不愁春日匆匆过，但望花时缓缓归。隔日幸能倾碧醑，朝天谁与赞彤帏？官家重整升平业，应废霓裳旧舞衣。议者尚踌躇科举诸事。

## 《同尧生赴姚家井》

午雨天仍霁，南洼足再游。过门呼道侣，煮茗借清流。马老疲难驾，鹰雏甫上鞲。麦苗晨气润，披拂洗烦忧。

## 《和聘三移旧居》

去夏丝纶似乱丝，甘泉烽火照丹墀。全身难作还乡计，回首仍牵恋阙思。兵气已消三日雨，近日洋兵将撤尽。巢痕新扫万年枝。呢喃寻主乌衣燕，说与民家恐未知。

## 《偶成绝句》

藤萝迭迭似岩斑，绿润飞窗几席间。三五小禽藏叶底，定疑幽静是空山。

## 《由北半截寓迁南横街南堂子胡同》

灼灼紫藤花，盖屋纷盘纽。东头一古槐，西头一垂柳。附壁挂藤萝，苍如岩色黝。草木虽无言，相依则已久。况自兵燹乘，忠难亦相守。中有珠崖人，朝夕事趋走。归歇听雨堂，笑语杂杯酒。今忽舍之去，毋乃意不厚。相距一里余，似隔千山后。幸有古禅林，咫尺近街口。蒲团与木榻，翛然两老友。絮絮至更深，归卧北窗牖。儿曹各森立，须发渐皤叟。何必老弟兄，联联若臂肘。人生要有别，苏子论不朽。佐幕与秉铎，昔别屡岁有。还令老竹园，凄凄独无耦。但得互怜惜，何殊足与手。

## 《闲居即事》

霜林瘦梃战风声，闭户依然懒性情。独立苍茫无个事，重寻谏草看分明。

## 《和治平》

莫将磨蝎恼髯苏，云翮高翔万里图。自古人才半羁旅，鸢肩留待众人呼。

### 《七月二十日庖人一出不归，是日未刻联军入城》

儿能作饭自烧茶，不怕厨夫不在家。还有客堂须打扫，自寻敝帚扫槐花。

### 《仆人刘元赴太仓，口占送之》

伤心汝亦人家子，都向铜驼道上来。今去江南兵燹远，回头雇主不须哀。

### 《出街小立，口占》

翠华西去杳无痕，官巷萧条似废村。野趣疏慵成惯久，独迎斜日傍闲门。

### 《黄石孙以日界米贱，约同买之，戏作一首》

海上难寻避谷方，斋厨空咬菜根香。十年枉食神仓粟，坐待东京柴五郎。

### 《午到菜市看西山》

青骡几日赴潼关？净扫琳宫未肯还。向午菜篮初过市，北头街口看西山。

### 《夜梦至家，梦中得诗一首，醒后忘其首句。时未接竹园信，六阅月矣，因足成之》

魂梦乡关搅寸心，几人相忆在云林。去年远寄梅花信，今日入山何故深。

### 《得寿侄噩耗》

困守都城感慨多，飞来凄雁托湘波。伤心三十余年事，泪洒西风唤奈何。

依刘李密是娇孙，祖竹风霜冷墓门。赤足双蹲无一语，苦风愁雨过黄昏。寿幼随先母王太恭人，壬午，太恭人弃养，殡于珠崖，寿日蹲墓前，惨然无语，前景犹历历也。

髫龄失母剧堪怜，不料阿爷复弃捐。半载哭亲兼哭弟，累累鸡骨瘦如拳。寿之弟霖先以辛卯卒，先五兄又于壬辰下世，寿于是时已不支矣。

体弱还将家计撑，因持手版赴湘城。为贫而仕贫如故，避债台边过一生。

## 《读〈徐霞客游记〉》

飘瞥如鸾凤，山巅并水涯。刨云僧窆骨，寻宕雁为家。内地荆榛满，殊方窟宅遐。掉头公竟去，掩卷发长嗟。

## 《赵荛生题三绝于竹园〈纪程诗〉后，步元韵酬之》

阿连归后诗为简，题尾明珠字字新。待寄紫溪三日读，始知鸾鹤有斯人。

古槐萧槭掩禅关，梦绕青城瓦屋间。何日联吟话风雨，分将高咏写寒山。

冒雪西行我不如，坐看人食武昌鱼。时赴行在者自武昌西上。去留那及乡园乐，不作平阴忆弟书。

## 《独坐感念衷圣斋，凄然有作》

粹白光明一伟人，浸淫简册谢风尘。居嫌近市深韬晦，祸至如天重累身。谁使维新偏荐汝，徒令思旧屡怆神。冤沉万古何由雪，吁诉苍冥听不真。

## 《荛生以禅花将谢，醵饮伏魔寺，昨有诗来，依韵次和》

海棠开后到禅扉，脂雪经风渐欲稀。结子成阴三月暮，卖珠补屋几人归。新添梅隐烘冰砚，荛生新得金冬心砚。尚念花王罩锦帏。西望长安看不见，销愁沽酒典朝衣。

## 《荛生嘱题向仙樵所绘〈黄山图〉》

石笋矼头绿雾霏，莲花洞口赤苓肥。仙凡路隔无人问，时有白云山外归。

徐洪去后风流歇，谁向黄山顶上行？记取梨花春夜月，石梁仙管和涛声。

## 《题蒋文恪画》

南沙父子值銮坡，殿阁风微笑[①]语和。一样华林好颜色，九州岛全胜得春多。

## 《和荛生腐乳盐菘元韵》

法食斋厨足饫馋，略添芳乳别酸醎。慧灯竹寺亲磨腐，米汁同参问了凡。明季庐山高僧慧灯十五日磨腐一次，邻僧争往就食。

老圃新蔬久系思，椒香盐末入秋迟。红薹紫笋青青菜，同是人家荐祖时。

## 《荛生应沈刺史聘赴泸办学》

夏去秋移春又过，一年风物慨蹉跎。悲来庾信哀时赋，醉后王郎斫地歌。槛外絮飞留我住，江南草长奈君何！杏花楼下新经舍，乞与灵泉汇尺波。

## 《和荛生》

开尽春花人未归，伯劳东去燕来稀。冥鸿底处有南北，莺语颠狂

---

① 笑，《高给谏庚子日记》《高给谏遗诗》作“雀”。

无是非。仙岭数传青鸟使，神潭终起蛰龙飞。坐观雷雨掀腾后，好着游山大布衣。

## 《过翰林院故址，独刘文定植槐尚存，生意尽矣。门前两树向多鹊巢，今已无之。敬一亭所藏〈永乐大典〉及〈讲官厅天章〉皆烬焉》

旧是仙人向[1]玉堂，不缘荆棘始堪伤。槐龙倒地余残甲，巢鹊枯枝倚坏墙。秘籍尽消三日火，烟煤难觅五云章。瀛洲烧去洋楼在，恼煞中山异姓王。

## 《悼菊先、蕊先两侄女》

双双彩凤学双飞，才向江头缓缓归。一载初花经雨谢，殓装犹着嫁时衣。

岂真慧性能除福，可是仙家谪满时。怜尔双亲风雨夜，无言相对泪如丝。

## 《茂萱、荛生、孟育小饮宅中》

久晴疑夏旱，一雨又春寒。小饮随缘聚，闲愁借酒宽。谈诗千古易，起草寸心难。久欲奏事，未果。闻道秦关窘，流民未忍看。

## 《和荛生》

风舞垂杨缕万条，一棚迟放紫藤梢。愁怀未遣春将去，乡梦难随雪共销。少鹤有山期竹隐，新莺无语过花朝。东皇渐决思归计，休道征尘望转遥。

---

① 向，《高枏日记》作“白”。

## 《莼生行期已决，又以诗来，依韵再和》

客中诗梦落盘阿，笺草萦纡似薜萝。望帝杜鹃啼雨歇，避人仙鹤倦[1]云多。銮音小滞犹如此，帆影孤悬奈若何。倘过屈原江上塔，为侬高唱《定风波》。

## 《窗外梨花忽萎半树，前夜又梦藤花满地，凄切之意，不能无词，亦自写其意而已》

窗外梨花半树萎，紫藤片片梦中飞。零红淡白都辞去，魂向春风何处归。

柳堂形影自摩挲，锦瑟清弦感慨多。一曲余音更凄绝，银台枉嫁窦连波。

## 《王聘三移回旧宅，以诗索和》

扈跸秦中几故知，贻书争觅凤凰枝。飞龙回辔迟宣诏，旧燕安巢少去思。往日诗书遂墙壁，新阴槐柳接街墀。朝天紫陌分明在，记否踉跄出走时？

## 《和聘三石榴、小青松原韵》

雨洗春余绝艳空，带围金紫误东风。伊谁更羡珊瑚贵，一样榴花照眼红。

尺许雏松称剪裁，园丁蟠络巧安排。果能养到龙吟日，亦是参天拔地才。

## 《梨树集燕雏四五，数日不去》

惆怅东栏玉雪霏，东风瘦尽怨春归。多情尚有红襟燕，长驻枝头

[1] 倦，《高枏日记》《高给谏遗诗》作“卷”。

不肯飞。

## 《送荛生回川》

寂寂欲无语，裴裒自柳堂。素心能几许，之子远还乡。望望白云接，行行秋水长。笋舆山路捷，早日到嘉阳。

王室今粗定，乘舆即返京。好传天子圣，归慰老人情。望跸千官在，征帆二月行。西山深翠里，重听玉泉声。

## 《移家》

移家住何处，卜宅在南堂。略带川原气，微余花木香。地偏稀过客，日夕看鸦忙。夜犬声如豹，居然华子冈。

## 《和竹园率完孙探梅郭家，并寄荛生》

探梅风雪郭家村，久别溪山欲断魂。好句飞来清兴急，梦中如见作诗孙。用东坡句“郭家住龙溪”，山谷磨岩书曰“溪山清远”，完孙有句曰“一路香风三十里”。三官祠内几枝斜，祖帐清尊静不哗。我自乘骢忆驴背，蹋将残雪看梅花。

## 《得竹园书却寄》

新栽楠木四千树，又种苍筤十万根。我欲买山近寒渌，结庐深处对开门。

## 《寄荛生》

八月彝陵飞一纸，计程十月到三泸。愿将萍藻葳蕤质，化作轮囷十万株。

劝驾留君不自由，家山去住两悠悠。吾曹傥有分身法，半住京华半益州。

犹自溪堂忆柳堂，梅花香里更传觞。主宾萍絮风能聚，独为苍生一断肠。沈刺史在泸有惠政，荛生住泸，沈实聘之。荛到，沈将赴资，故设饯三官祠。

朝来郁郁凭谁语，棐几常多默坐时。昨夜欣逢成侍御，巡街匹马共谈诗。

## 《送萧次修从学英国》

三年蜀学堂中住，更附楼船万里行。好向伦敦求法乳，莫夸邛竹误平生。

小轮初向蜀江过，学得侏儒便足多。此去应知西国富，藏书楼阁任摩挲。

汉家受学冀通才，局守株隅信可哀。君上勤求废餐寝，不谙简要莫归来。

## 《正寄泸函，倩人写珠厓山水，忽接荛生诗，极状烟云风月之异，盖以二月同竹园宿珠厓云》

苍岩松柏系离思，才发书函觅画师。预写山容当招隐，子规声里雨飞时。

朝霁方山涌白云，滩声春涨隔江闻。蓝田墟里炊烟上，誓墓应怜王右军。

去岁姚家井上行，听泉长忆在山清。临江真吸峨眉雪，静对此心孤月明。

补种松孩二十秋，石田茅屋客星留。夜深谡谡风涛起，何似三间宏景楼。

## 《同陈子蕃、李子璈游陶然亭，子蕃有诗属和》

闷久思林壑，暄和况及春。好山无一面，是日山为雾隐。清坐只三人。浅荡抽新苇，晴沙碾细尘。海棠开放日，重咏此花身。

## 《再和》

俯眺南洼地，岿然二百春。添将三面槛，阅尽四朝人。判牍求僧笔，烹茶净客尘。独怜烽火后，古佛剩金身。

## 《寓中新种松竹》

柳絮游丝亦有情，岁寒松竹自关生。冬心涵得澄清露，留作鸾篁凤吹声。

## 《赠友人》

冰姿玉骨即仙才，何必邯郸道上来。争说封侯原是梦，汉家好畤早成灰。

## 《忆叔峤裴村》

应刘逝后风流尽，独立苍茫感故知。老树空庭霜露重，月明如水夜钟时。

## 《柳浪庄野望有感》

应刘逝后风流尽，海底沉冤孰共论。昔日相逢在何处，葭苍露白与招魂。

## 《子蕃索和》

新秋城下水，依旧沸寒汀。浪蹙前朝碧，山围故国青。崖洼余古塔，墙外露荒亭。欲问庚申迹，苍烟接杳冥。

## 《再和七律》

诗歌杂沓玉珠鸣，同在京朝作颂声。翠管推恩逢圣节，白云深处话清卿。含饴坐数诸孙秀，益算重看九宇平。闻道家书传懿诫，要停宾燕济呼庚。

## 《送段峩僧》

江水无情极，湘波无限长。似闻斑竹怨，犹带雨花香。沙净飞凫影，天空起雁行。凭将秋兴意，收取入诗囊。

## 《赠友人署县缺》

铅刀小试近何如？斗大山城可定居。堪笑阿婆寒乞相，数行花木半床书。

## 《尧生昨馈饺子，伴以二诗，今以昨馈羊多菜少，改良再制，嘱加评奖，用励勤劳。因凑二绝》

又将僖负盘飧例，再致倪迂不托供。昨日官羊今日菜，健牙风味在秋菘。

厨下新添络秀才，精良不待女师催。衔杯忽会随园老，端自铃辕品馔来。

## 《笼鸟》

笼中百舌鸟，饮啄似随心。刷水爱羽毛，瞻瞭思树林。新移檐屋敞，幸免霜雪侵。旭旦晴窗坐，相看寄意深。

## 《送紫璈回苏》

昔人设饯必吟诗，我欲吟诗意总迟。霎手便成沧海隔，回头终忆故山时。官分内外嫌难聚，味领酸咸却共知。此去使君舆诵在，几多父老迓车旗。

## 《题黄石荪〈梦隐图〉》

闽中山水最离奇，梦入樵川又几时。洞竹岩花霞客记，凭君图上寄相思。

泸水衙衙豸角山，渔洋归后孰跻攀。若教移入荒台梦，知在岚光几曲间。“衙衙豸角山”，渔洋过泸句也。“道人不识荒台梦”，朱子《游武夷》诗也。

## 《夜半至朝房递封事，次晨出，乃知七兄亦于是夜入直》

我入陈书兄入直，寓庐咫尺不相知。独当银烛朝天候，同是金门待漏时。雨打名花新坠地，吏部议子芊奏上。劫余衰柳又生枝。溉兰芟草年年事，谁伏青蒲荐一词。

## 《往年集朋辈钞〈衷圣斋诗〉副本五卷，竹园持归，今复寄来，然亦未能刊也》

不获刊君集，于今又五年。寄来仍似旧，相对倍凄然。奇厚欲凌古，精灵必在天。乱余供一恸，膏血润黄泉。

## 《友人馈六儿驴一头，谢之》

莫谓无高论，翛然风骨清。短躯能负重，缓步可徐行。圉当花骢看，儿抛竹马迎。须知农亩外，即此代牛耕。现严酒税，犯者没其驴。

## 《喜雨》

良田久旱禾欲枯，市米腾踊如明珠。九重黜贪乃大雨，天心下应阿大夫。是日电旨，成都知府阿革职。

## 《两年来，佥谓蜀乱将作，未深信也。今年果有径扑省城之举。朝廷擢晋抚岑署川督，命速往，庶其瘳乎》

庙略争先一着神，潜孚众论亦何真。已闻三晋驰丹诏，更为全川拜紫宸。

疏涤盗泉还净土，剪裁官柳待新春。遄临愿使公无胄，共识征南有后身。

## 《翠凤堂有二女，以事到城，为检配良家。王主政石生乃以作伐，请口占谢之》

双双翠凤好花枝，瓜蔓牵缠到北司。多谢蹇修王水部，明朝乌鹊渡河时。

## 《八月三十赴园》

蓬瀛清浅阆风存，含笑山容待至尊。绝胜明皇西幸返，秋风黄叶锁宫门。

苍烟暮霭接宫槐，石路沉沉压劫灰。疑是鹿门归隐处，却从龙闸上书来。

## 《座主高阳李文正公入祀贤良祠》五月二十二

身世功名尽，天家锡赉穷。升香余报飨，特谥励精忠。百代旗裳并，三朝保傅同。典型今不远，台省望诸公。

## 《五城集陶然亭，为谢什珊、茹子和、联子垣、瑞佩华诸前辈作生日》

久欲看山未有因，衔杯犹得殿残春。精神勃勃皆前辈，宾主熙熙共十人。酷似秧针丛苇短，微添花气海棠新。却嫌雨后车迟到，绝好峰峦望不真。

## 《过龙泉寺》

绿树青萝麦秀中，偶寻幽寺引禅风。心伤一十年前事，剩有棠梨照殡宫。继室车宜人辛卯殁，殡此。

## 《喜车撷篇至》

我昔辞家汝六龄，今来相见玉亭亭。山中鼓乐吾犹记，海上风涛尔独经。二顷田园忧债累，十年亲故半凋零。两重婚媾情尤切，苦语真言子细听。

## 《快隐复雪王龛诗一章，且言购地方，俾为祭扫珠厓息足之所，太夫人所欲得而未得者也。方塘一口，筑屋其上，明年歇伏，于是乎在。因记以诗》

官罢诗才健，时艰学未成。在泸办学方始。梦中疑汝瘦，书到慰吾情。得地陂塘近，餐风咳唾清。何时共休息，于此度三庚。嗽病已愈。

## 《数年来，亲友半鲜来书，撷篇归，诗以讯之》

亲朋无一字，用杜句。肠断雁西飞。乱后人将老，霜高鹤不肥。望乡千岭隔，送子一帆归。耆旧如相问，为言宦味稀。

## 《四女归泸》

往年避乱昌平道，四望无家却仗谁？回记灯前诏儿语，即今归去是佳期。

## 《九月初五夜，四女踞别，泣不可仰，禁之不止，良用恻然》

本不伤心不自由，呼爷　叩泪交流。劝儿勿泣爷先泣，百炼刚肠却化柔。

姑嫂相依十数年，姑啼嫂哭更缠绵。萍浮那及云归好，何故凄迷浩荡天？

## 《四女既行，犹有若仆媪声在耳者，则家中僮仆也》

晨起如闻仆媪声，火车开轫已东行。遥知投店津沽夜，定话阿爷到五更。

结褵凭嫂为无娘，保姆无人更可伤。十五年前东下日，街头一步九回肠。女幼随保母朱媪，庚寅来京，朱送至街头，絮絮而泣，今则朱殁数年矣。

## 《出西直门外》

一间茶舍一经楼，风日销磨近十秋。蓬岛春熙仙鹤警，有谁飞策定辽州。

## 《望玉泉山怀车九》

津沽信到海船开，沪上飞书尚未回。斜日玉泉留塔影，更谁能伴老夫来。

## 《于京卿晦若赠双芋歌》

于侯赠我双芋魁，不知远自何方来。但见鳞鳞锦衣森束缚，斑如竹笋青如苔。白衣山人久不作，懒残炉火空寒灰。辽东警露鹤声唳，长安酒肉纷尊罍。我闻东省盛麦豆，芋畴瓜圃青成堆。昔时未设郡县守，将军负腹撑蒿莱。神仙帷幄杳霄汉，宣公奏御沉烟煤。及今计划两无出，忽然忽否群疑猜。山中老圃忘汉魏，芋儿芋母依塍栽。吾乡十月好天气，闭门风雪煨红醅。烧芋饤盘蹲磊砢，佐之蔬韭餐琼瑰。酒后高歌动梁屋，不知谁是领取十年宰相之奇才。

## 《门人王小鲁学曾自山东来，言新补乐陵令宋位三梦槐以知府总盐务，而张掌卿三铨补鄢陵于汴，李荫垣、张棫堂朴亦补无极，署阜宁于直。诸生各有借手，喜而有作》

亲锄桂粟飘香日，看到樱桃结子时。自笑苍皮老松柏，月中霜影弄寒姿。

初腰铜绶遇艰难，努力心神事一官。内政未修财政绝，莫将风味变儒酸。

## 《南皮宫保师以上赐咯哒丝、柚子见馈》

多谢材官送莱丝，黄金柚子粲离离。才邀中使传天语，却佐门生泛酒卮。细嚼老臣忧国意，难忘寿母在山时。自万寿山颁赐。人烟寒色携锄日，南服川原有所思。

## 《移居烂面胡同》

京内移家今第五，宣南旧屋我能数。每当临别辄怅然，老树藤花如有语。前年僦宅临南洼，小楼平望青林斜。空庭春夏一何有，阶除独发红绒花。绒花开后客星散，四女回家泪如霰。三女先期赴稾城，仅递音书如见面。故人三五破岑寂，劝我移过横街北。猛省二十六年前，此是萧家子云宅。萧云笙。我时萧寺度春明，丁丑春住法华寺。海山无恙当承平。周李赵杨雅堂、湘石、宝书、虞裳剧欢宴，五日一踏城东城。我等时甘味外味，僧房食宿清肝肺。乘暇偶作城南游，一榻深宵常晤对。萧家主人能好客，茗椀璘窗话乡邑。坐客云飞二十年，屋瓦依稀记畴昔。今来怅触发嗟叹，暗中不道流年换。能返今皇即位初，不妨官兴从诗漫。

# 《高给谏奏稿》

## 《劾闽学折》

奏为学臣劣声昭著，恳请查办以重文衡而端风化，恭折仰祈圣鉴事。今年三四月间即闻福建学臣檀玑声名恶劣，初尚以为外间传言，容有未实，及入秋来，南省官绅暨福建绅士之来京者[①]，均谓该学臣考取生童端由贿卖，所考各处以漳泉、龙岩为尤甚，积资颇巨，由厦门商号兑归原籍，致令士子忿恨，用纸糊成秀才形像，置之轿中，刻印"钱必进"三字名片，沿衙拜客以羞辱之，该学臣不以为耻。窃维学臣任重文衡，主持风教，列圣重诫，至为严切，何至贸然罔觉，一至于斯！或言该学臣谓今日时事非复当年，不如收取重资，为美宅良田之计。是以熏心利欲，罔顾廉隅，不惟不惜声名，并且不畏处分。直以处分虽严，不过革职，饱载而去，却胜美官。夫国家分任臣工，各有职守，纵使清严自励，尚恐于事无裨，安有借官司职业之事，为规取财利之资？况士子一经进取，自当望其成材，为国家收作人之效。若今日为贿进之文生，异日必为钻营之巧宦。源流清浊，皆在学臣。此其利害攸关，似比广西学臣刘某夹带私盐、希图漏税，湖北学臣蒋某刻待士子、几酿事端者[②]，更为悬绝。臣职司纠劾，既有所闻，不敢不据实上陈。惟查浙闽督臣许系该学臣檀玑旧日交好，闽海将军景系该学臣

---

① 此段文字上有眉批：黄石荪太守与城叔同居，檀之劣迹，确闽人石荪转述。

② 此段文字上有眉批：刘嘉谟、蒋式芬。

多年世谊，拟请旨饬下邻封督抚查办，庶风化克端、纪纲不弛，于时局大有裨益。愚昧之见，是否有当，伏乞[皇太后、皇上圣鉴][①]。

## 《劾直隶署任藩司清河道高骖麟折[②]》

奏为署任藩司昏庸贪懦，恐滋贻误，据实别参恭折，仰祈圣鉴事。窃见兵燹之余，华洋交涉，督臣李鸿章及正任藩司周馥，均在京城，专意办理和局，其署任藩司为一省表率，必须公正廉明，始足拯遗黎而尊国体。讵署任藩司清河道高骖麟重听健忘，于地方公事向不经心，平时接见属员，但问贵姓、贵省，无一语询及地方公事，甚有面问数次，依然如故，至今官场传以为笑。风闻该藩司初次接印，即索三家银号陋规银六百两。其差委各缺，则专任其侄、群称三少爷者，及其幕友关仲武即关立德在外串合。如候补县福厚之署新城，贿银二千两；朱佑保之署安平，贿银五百两，皆从天保银楼过付。他如裕州、武邑、大名等缺，亦有贿卖情事，数少者由保定交纳，数多者在京城筹兑，其侄亲来收取，人所共知。官民相传，谓初尚暗地取财，后竟公然发卖。该署司朝夕孳孳，惟利是视，于城外土匪、城内劫盗，毫不过问。其办交涉也，专意迎合杜教士，无所不至，遂至教民乘机吓诈，结队成群，向定州、安肃一带任意讹索，每次索钱至数百千不等。四月初七，德提督某坐火车由保定回京，路过安肃，该县官绅均立火车路旁，候停轮时，以保定教民出外讹索告之。德提督曰："高藩司不能持平，办得太坏，以后教案不必理他，向京城控告。"是该司所为，亦为外人所鄙弃。闻经李鸿章、周馥屡加申饬，徒以和局倥偬，未遑吏调。

---

① 全文应为"伏乞皇太后、皇上圣鉴"，原本漏刻，依例补，后同。

② 此段文字上有眉批：高尔嘉即高骖麟之子，王仁和相国之婿也。尔嘉以泄漏外交，发往新疆，永远监禁。西湖有高庄，即高骖麟别墅。高任清河道，卓然叔在涞水任，以教案去官，城南叔谓高参卓叔冤抑，杜芳在保垣探悉高骖麟劣迹，乃弹劾之。

臣惟去岁之乱，直隶省受祸变最深，非得二三良有司加意抚循，无以起疮痍而苏民命。该道职任监司，政以贿成，罔知顾忌，实属玩视民瘼，有负委任。臣职司弹劾，既有所闻，理合列款纠参，伏乞皇太后、皇上圣鉴，谨奏。

## 《劾皖抚王之春片》

再。安徽抚臣王之春素无行检，甲午之役出使俄国①，归途过新嘉坡，微服冶游，被人狙击，已属有损国体。及在四川藩司任时，常往浣花溪冯会花园招聚倡优，肆行无忌，督臣奎俊讽之不可，乃劾冯会以愧之。该抚犹未悛改，去任时与家丁等互买民间女子二百余人，封船装载，蔽江而下，每过城邑，授意州县为之演戏饯行，优伶一惬其意，即填军功牌与之。地方劣绅能为物色倡优及与其门丁通谱者，无不延揽保举，收之门墙。上年来京入觐，出都时又以千余金买西城内小班妓女为妾。及到皖境，换坐兵船，该抚之妾竟有争妒服毒情事。该抚到任，募勇三营，自为护卫，今年七月中旬，中营勇丁乘夜入孀妇人家，将污辱之，街邻闻呼往救，随将勇丁三人扭送保甲总局，禀请究办。该营哨官得信，纠同勇丁多人前往抢犯，总办冯道几至不免。藩臬欲请重办，该抚纵令哨官并滋事之兵丁潜行逃去，以至皖民大哗，几酿事端。窃以抚臣责任匪轻，宜如何整躬率属，方能坐镇封圻，该抚王之春污秽如此、庸懦如此，似觉有忝疆寄，应请一并查办，以肃官箴。敬谨附片缕陈，伏乞圣鉴。

## 《劾统军武员夏毓秀保举欺罔折》

奏为统军武员保举欺罔，恳饬严议，以儆效尤而重名器，恭折仰祈圣鉴事。窃臣恭读邸钞，总督川军广西提督夏毓秀奏保营员，优异

---

① 此段文字上有眉批：王爵堂在外国觅一玻璃翠如意一柄，贡慈禧太后，极加赞美。

过甚，奉朱批该部议奏。在部臣综核名实，自能仰副朝廷慎重名器之意，而其原折铺张粉饰，无事可夸，有适形其欺罔者。如该军入陕及扎韩侯岭采买军粮，本为一事，而乃分作两层。采买亦军营之常，乃曰“惨淡经营”，极形劳悴。查探消息，有何异功，乃曰“尤属著有辛勤”。资遣回川，岂无车马？乃曰“雨雪载途，异常辛苦”，至谓督修营地为固行在后路，但知张大其事，不计贻笑于人。亦若万乘警跸之严，皆其一军捍卫之力，其装点为不知大体，其掩饰则有损国威，意在冒功，语多失体，臣窃耻之。尤可诧者，由川而陕而晋而直隶边界，本系驿站大道，行程不过两月，该提督乃曰“出征年余，行经四省”，形诸奏牍，愧怍毫无。足见其极力铺张，实苦无事功之可纪，而优保文武至七八十人之多，其冒滥亦已甚矣。溯去年事变以来，所谓异常辛苦、异常况瘁，惟我皇太后、皇上实身任之。臣子稍具天良，方将愧悚无地，何敢乘时觊幸，引以为功？该军驻扎山西，本无战事，若悯员弁数月相从，略求奖叙，已恐名实不符，而竟铺叙勋劳，越次优保，将何以对已故提督聂士成天津效命之军？亦何以对夏辛西北仓苦战之卒？况该军分统夏瑞符即该提督之子，任情铺叙，摭拾细琐，自以为劳苦功高，一经发钞，见者哗笑。当此梯航毕会之际，共见共闻，恐将谓中国武功真成儿戏，其关系实非浅鲜。至觊幸滥保之文武员弁，甚非端士伟材，固已不问可知矣。臣为力杜欺罔、慎重名器起见，应请旨饬下部臣严行驳斥，并申饬该提督夏毓秀以诞妄保举之咎，庶足以儆効尤而维赏罚。愚昧之见，是否有当，伏乞[皇太后、皇上圣鉴]。

## 《请郑重武臣专折奏事片①》

再。武臣专折，国家最为矜慎，从前如雷正绾、鲍超，战功卓著，皆曾奉旨专折奏事，然不久即行撤去。惟刘铭传为日较长，无他，刘

---

① 此段文字上有眉批：取消武臣专折。

铭传文理素通，雷正绾、鲍超则识字甚少，其幕府文职，类皆鄙陋之徒，乘主帅之不知，往往因缘为奸，贪功冒赏。夏毓秀此次之奏，大率由此。其文案委员某臣固深知其素无行检者也。嗣后统兵大员，务祈朝廷益加慎重，勿轻准其专折，庶纪纲不致废弛，而戎政益以日新矣。臣管窥所及，谨附片上陈，伏乞[皇太后、皇上圣鉴]。

## 《劾王之春谋充俄使折》

奏为出使俄国使臣关系重大，恳恩预加慎选，恭折仰祈圣鉴事。窃臣风闻开缺安徽巡抚王之春，自去冬交卸后，往来上海，隐现不常，外间传言其谋充俄使，近果潜行来京，佥谓由其弟先时入都，为之窥探消息，有信招致。虽流传风语不尽可凭，而考其踪迹显然，似不得谓其无因而至。夫王之春之欲使俄也，其心不过欲假阶梯，复希大用，借口于甲午之岁曾衔朝命往莅俄都，以彼土为旧游，易驾轻而就熟，然其归次西贡，微服冶游，致遭狙击之伤，久腾中外之笑。报纸传播，遍于地球，辩无可辩，掩无可掩，辱皇华而羞簜节，谁不知之？若复假以出使之权，固无益于邦家，并且有伤于国体，臣窃以为未可也。况目今祸变之余，睦邻为亟，事体重大，十倍往年。而各国素重品流，简使最慎。我之使臣，苟无德望以餍服人心，徒恃圆活诡随，与为因应，即令显无龃龉，亦必隐受大亏。其启外人轻视之心，有不仅在言语威仪之末而已。臣亦知用人之柄，操自朝廷。我皇太后、皇上重视使材，异常审慎，臣亦无庸过虑，特无如王之春之意向行为，似存必得之心，操必得之术，以求遂其必得之愿。人言藉藉，咸谓其如愿而偿。事果不虚，恐为中外所耻笑，与其朝命已下而始求更端，不如先事慎择之为得也。至王之春在川藩、皖抚任内劣迹昭著，人所共知，此时亦不必再为赘渎。特念以轻佻之行，膺出使之任，实有确见其不可者，臣职司纠劾，何敢稍避嫌怨，缄默不言，理合具折上陈，伏乞皇太后、皇上圣鉴。

## 《陈川西南盗贼情形片》

再。川省人稠地密，向来多盗，而以成属及川南一带为尤甚。督臣奎俊到川后，倚任首府刘心源独专，察吏认真，勤于捕务，盗贼敛迹。省外各府亦争自濯磨，吏治蒸蒸日上。刘心源升任后，阿麟为首府，不以捕盗为事，信任家丁王四，颇著贪名，属吏忙于趋承，盗贼因而蜂起。川南去省较远，接壤滇、黔，盗贼时时盘踞，咸丰末年滇匪之乱，足为前鉴。上年有邓、丁二寇，在纳溪上马场地方聚众焚劫，经署泸州知州沈秉堃往捕，始散。川省近年能除暴安良者，惟刘心源与沈秉堃二人而已。现在川南各属，天旱米贵，贼魁邓五又率二千余人随时出没，劫案愈多，一州一县，每月劫案至十余起。其蓝田场一案，赃贼皆被委员缉获，贼窝在纳溪中兴场地方，州差与保正同作窝家，知县许时中与保正通信，使之远扬，又勒令事主不敢认赃。富顺、合江、叙、泸各地，大率类此。兴文且有盗贼戕毙守备之事，纳溪有保正二子捕贼被戕之事，乡人来京，皆以为岌岌可虑，而咎阿麟之尸居首要，以致吏治不修，盗风日炽，盖非从前寻常之多盗案者可比也。窃以督臣廉静寡欲，老成持重，拟恳饬下该督臣选择廉明干练之员，俾居首要，以为通省表率。更派一廉干勤能之吏，酌带营勇，前往各处，分头捕缉，庶官方益饬，盗贼潜踪，不至酿为巨患。臣为绥靖地方起见，是否有当，谨附片具陈，伏乞[皇太后、皇上圣鉴]。

## 《请查办川省纵盗州县片[①]》

再。前成都县邓元譓冶游受辱，发辫被割，旋署涪州，贪懦养贼，有江西知县邓某回籍船被劫，报案，支吾不办。邓某闻市人言州官家丁开店养贼，有州牧手书对联，探之果然，且见店中一人手指斫落，因

---

① 此段文字上有眉批：此折参州县不少，经川督复奏均革职。参涪州知州出于施鹤笙意，铁老亦与闻，至参江、纳、永三县，纯卓然叔家信涉及。

忆被劫时有斫贼手之事，遂收对联，擒人送署，邓牧佯为不知，而私遣家丁逃避，聊办数人了案。又邓放著名贪酷，出身微贱，最善逢迎，屡署腴缺，今署涪州，与邓牧同而贪狡过之。前署邻水，勒借富民三万余金，已故三品卿衔李征庸在籍时亲见之，每以为言。此二员者，民间恨之、官场耻之，至于纳溪县许时中、永宁县阳昱，皆贪污纵盗，江安县耿秉枢，懦弱纵盗，今此数县地方商旅皆带枪械而行。永宁县新有创办学堂，学生六人被盗掳去，凡顺盗者，盗皆奸宿其家而去，尤属不成事体。现在天旱已久，人心惶惶，深虑从匪愈多，翦除不易，应请一并饬下，督臣将该县等严查劣迹及养盗情事，廓清吏治，速筹办法，为此附片再陈，伏乞[皇太后、皇上圣鉴]。

## 《请就本省旧有公款兴办蒙养学堂折》

奏为拟就川省旧有公款遵旨兴办蒙养学堂，请饬地方官吏勿得从中侵蚀，[恭]折仰祈圣鉴事。窃自去年以来，屡次恭读明谕，饬各省兴办中小学堂，省会地方办理固多，此外繁剧州县踵办者，尚属寥寥，即以川省全省而论，所办中小学仅有数处，至于蒙学，概未之闻，或以经费难筹，巧于卸责，或更私相讥议，阳奉阴违，官吏遂其偷惰之情，绅民狃于便安之习，泄泄沓沓，视为固常。伏查川省郡邑，皆有善举。如重庆同善堂、富顺学田局、泸州体仁堂等，每年经费或出于田谷，或收于契底，皆以民间之钱办民间之事，并非出自官长之陋规，乃该地方官等以陋规为己所应得，并不以之办公。又于己所应出者，辄于善举款项用札勒提，骤无以应，则派绅董借垫。绅董畏官势力，吞声受累，非复一年。甚或州县有讳盗纳贿各情，虑同城文武员弁之议，其后强于善举经费之中，剖为定额，以结欢心。不知该员弁于团保各局月有坐支，足供食用，此项又从而附益之，诚不知其视民间膏血为何物也！方今中学、蒙学及农桑工艺诸政，皆待及时振兴，国帑空虚，断难遍及，正赖绅民自行办理，以底于成，而正供赔款，又无一不出之民间，则又赖善举之有款目可指者，移而举办。在地方官，略一提倡，不须劳费而已。事无不举，从未有民捐、民办、民积、民用之事，不为提倡、不加保护，反行掣肘，且札提巨数，复令员弁侵蚀之者也。若不剀切严禁，恐善举公款不提之于印官，即蚀之于员弁，将迭奉明谕，催办诸务，苟非搁置而不行，必至有名而无实。应请饬下四川督臣奎俊，凡绅、民旧有善举，除培植士林、振兴学校、矜恤孤寡外，勿令地方员弁借端开支薪水及别项侵蚀挪移，庶朝廷所颁政教，可渐次举行，而民气稍纾，民心益固矣。臣为官款难筹，拟就本地善举办理蒙学，并防官吏侵蚀起见，是否有当，伏乞[皇太后、皇上圣鉴]。

## 《请饬严禁川省官借民钱片[①]》

再。川省旧有官借民钱积弊，每年择殷实富户数十家，借端勒借，每家多则千余金，少亦数百两，逐乡轮转，如应正供。前经督臣鹿传霖刻示晓谕，浇风渐止。数年以后，弊端又萌。今督臣奎俊于上年亲闻其弊，严饬一律禁止。乃州县官奉札后，视为具文，将札密藏，讵借如故。现今川省捐输津贴各项已复不少，加以赔款二百二十余万，民力已竭，若又令不肖官吏勾串绅幕，以百姓为鱼肉，将何以堪？应请明发谕旨，令地方官敬谨刊刻，腾黄遍贴各城乡市镇，务令家谕户晓。官吏不得隐行其私，闾阎知朝廷轸念民艰至为深切，而爱戴亦永无替矣。

## 《沥陈四川乱象请更换川督折》

奏为四川全省乱象已成，办法日行竭蹶，恳请特简重臣驰往补救，恭折仰祈圣鉴事。窃臣近日闻京中大小各官，皆以四川可危为言，复遍访四川乡人，所得家函皆言盗贼、饥民、会匪、义和拳，分之为四，合之为一，其形大著，其势甚危。始自川南之长宁、兴文、纳溪、江安等处，盗贼纵横，该督犹复掩饰。及至资阳、安岳事起，杀教士、毁

---

① 此段文字上有眉批：四川知县恶习，每向官绅借钱。

教堂、戕教民，劫署围城，报纸纷传，而外人之责言日至，该督犹不能急图补救，弭患已然。驯至盗匪蔓延，全境骚动，附近省城一带邪拳盗贼，指不胜穷，省会城门为之昼闭，加以饥民麇集，所在掳掠，闾阎困不聊生，官吏无能为计。日来外间传闻奎俊电致外务部，沥陈穷蹙之形，是其办法竭蹶，已可想见。臣于四月初二日曾以四川吏治、盗风各情上陈，并筹办法。其时但去一贪浊酿盗之阿麟、除五六恶劣之州县，即可幸其无事。乃今已阅三月，阿麟仍踞首府，捕务一切毫无振作，无怪合省州县相应成风，匿盗、讳盗，畏贼、养贼，以至于今也。然已至此，又非专去一首府所能补苴也。饥民当振，拳匪当禁，会匪之为首者当捕诛，盗贼之纠众者当攻剿，募兵于裁兵之后，筹饷于缺饷之时，此非坐镇雍容之督臣所能为也。四川稍一蠢动，边界则西藏、松潘，协饷则滇、黔、甘肃，邻封则湖南、湖北，在在均有掣肘之虞。征输不继，商贾不行，楚、蜀新旧赔款数百万，必有不能足额之势，而苦累遂将迫于朝廷。关乎四川者如此，关乎大局者如此，非特简精明果决、稳练坚固之督臣往膺督篆，必不能保大势将危之四川，即不能保私心自危之奎俊。早年奎俊为苏抚，本属中正和平，及入川任，刘心源又得藩司周馥以相助，故吏治卓然可观，土匪亦实时扑灭。及刘心源、周馥相继升任，乃深信贪黩之首府阿麟、昏愦之藩司员凤林，故四川之多盗，成于州县；州县之讳匿，成于阿麟；阿麟之滥居首要，则又督臣奎俊有以纵容之也。言路诸臣有知之者，率以奎俊为军机大臣荣禄之族叔，皆恂恂而不言[①]。今事势急迫至此，与其徇小节而坏完善之封疆，何如循公义而纾两宫之宵旰。恳我皇太后、皇上召荣禄，问以四川今日情形奎俊是否实能胜任，在荣禄公忠体国，必能据实面陈。更恳命荣禄等于京外大臣中，择一能纾蜀祸之员，请旨简放迅速驰往，或可转危为安，以图补救于万一。臣今日言之，亦恐缓不济急，若复隐忍，贻误非轻。谨将大致情形陈奏，外并就所知开具清

---

① 此段文字上有眉批：奎俊被参立开缺，阿麟革职。

单于后。臣为急图补救全局起见，且职司纠劾，迫切缕陈，是否有当，伏乞。谨开具清单，恭呈御览。

一、首府阿麟之门丁王四与督臣门丁表里为奸，贿卖各缺，悉由阿麟与王四主持。每日午后，王四坐青纱大轿径入督署，面告该督门丁，其应如响。故督臣不惟去阿麟而不能，并去阿麟之门丁而亦不得。

一、藩司员凤林，年老昏愦，一事不理，凡札委差缺，一听首府门丁与督署门丁所为，无不遵办，且于各项捐款解库时，加收陋规，督臣毫不禁止。

一、四川去冬、今春皆缺雨，栽插不及十分之二，至四五月，虽有小雨，不能补栽，米价陡贵，石米涨至十两以外。该督在川，乃谓“雨水调匀，粮价平易”。且五六月间，省城外穷民食大户者，每处聚集二三千人，省内拉人勒索之事，亦复时有所见，川西、川南移家入城者，纷纷在道，该督乃曰“人心大定”，此皆阿麟等巧为蒙蔽所致。

一、道员朱上洲，督臣义子也[①]，去年带营驻扎合江，有川、黔合拿之盗魁冯绍五逃入其营，朱上洲遂极力袒庇。及沈秉堃通禀大宪，索而诛之，朱上洲竟无庇盗处分，而反得调剂夔州府厘差。

一、官运局银鞘及商贾银鞘，向皆银担帮挑运，每次一二十挑，护送者荷枪保卫以行。乃去冬至今春，在荣昌、富顺各界，遇大伙盗匪，劫夺儿次，共二十余万之多，官不为理。近则泸州、江安、富顺等处，每日劫案各至七八起，省内外则每日十余起。

一、四川向尤拳匪，闻因已革浙江臬司荣铨充军到川[②]，沿途州县竭力办差，纤夫、仆役至二百余人。及抵省城，阿麟以知县王永平所贿八千金之房住之，又为之盛其仪卫，以壮观瞻，拜会官府，列队而行，愚民聚观，轰传仇教之官始得如此尊荣。无业游民，群相推奉。

---

① 此段文字上有眉批：朱上洲亦革职。

② 此段文字上有眉批：荣铨改充川北。

于是省城东门外十五里之大面铺、南门外十八里之红牌楼、北门外二十里之龙潭寺、无不假拳为名，直煽惑至新津、双流、绵竹一带。该督不能斟酌时势，将荣铨移驻僻邑，乃听阿麟逢合，肇此祸端。

一、泸州知州荣麟，系荣铨胞弟[①]，嗜好太深，精神短少，性情浮滑。前年以泸州事繁，资州事简，上禀求调。上年又以泸州税契较旺，复请调回，督臣皆曲如其意。荣麟回泸，适乡间获盗送官，荣麟斥其擅自拿人，将盗开释，且谓事主曰："若非为富不仁，何以被抢?"于是盗愈得志。泸属多盗，至此而始。泸州为繁剧地方，盐局银库常积百万，荣麟疲滑无能，其地益可大忧。

一、本月十八日邸钞有川督甄别属员一单，保举安岳知县如柏[②]。查如柏既署安岳，纵到任未久，亦当在两月内，而安岳闹事，即近在目前，乃不以为办理不善，而反登诸上考。况该督于资阳闹事，曾将甫经到任五日之马成基并列弹章，何为事同一律，办理两歧？又所劾有知县雷金铭，闻此人的是赌棍，劾之甚当。特雷金铭前在川省，并非差员，前月在京验看，至今尚未领凭出京，岂人未到省，文凭先到欤？督臣尽职，全在举劾分明，而竟敷衍搪塞如此。

一、该督素性慈柔，凡处决盗犯，皆素食念经。去冬督署火灾，有兵勇窃该督珊瑚顶、玉翎管者，两司请讯明正法，该督游移不决。及正法后，犹复嗔怪两司，而省城匪徒不感其恩，益欺其懦。

一、长宁、兴文、江安交界之万里箐，上年邓云峰即拥众二千余人，在其地开炉铸炮，声势甚大，远近皆知，官长不敢过问，相率讳匿，近且裹胁至四五千人，四出劫掠。

一、四川武营废弛已久，自协镇以至都守，凡有札委汛弁之权者，营求委署，非贿不行，甚至兵丁补额，亦必由贿而进，省标将官，尤为异常贪黩。

---

① 此段文字上有眉批：荣麟革职。

② 此段文字上有眉批：如柏亦革职。

一、威远后军统领丁鸿臣，上年奉派来京，所带兵勇沿途骚扰，行至巴县所属之唐家沱，逗留一月，军械多委弃而去，比抵汉口逃亡，亦已过半，乃本月十九日邸钞，该督以星驰入卫，蒙混请奖。所保武弁如此，其为有心欺罔可知。

## 《恳饬新督岑春煊迅速赴川折》

奏为四川情形急迫，恳饬新署督臣迅赴新任，恭折仰祈圣鉴事。窃臣恭读初二日邸钞，奉上谕：奎俊着开缺，四川总督着岑春煊署理。又奉上谕：着迅速来京等因，钦此。仰见我皇太后、皇上轸念川中事几危迫，以安全局、以保民生，故于各疆臣中特简督臣，俾除巨患，川中生灵，从此必有安枕之日。微臣乡人备员阙下者，无不感激涕零，惟闻川省近日情形，贼势既已鸱张，灾情尤复紧急，成都一带，土匪竟敢直扑省城，轰以巨炮，始稍稍屯聚别处场镇，此嘉庆年间白莲教匪及咸丰年间滇匪所逡巡而不敢为者，该匪等竟大胆为之。其叙泸一带之匪首邓瀛洲，即邓云峰，纠众数千，训练不懈。处则按户摊钱，供其饷械；出则鸣金聚众，家出一丁。违其令者，戕及全家，故乡里畏从者众。五月初旬，永宁道黄立鳌前往巡阅，该匪竟率众来迎，幸兵少未与接仗。该匪旋派三队分劫三场而去，其蕴毒既深，其为害必巨。加以川省旱灾已不下七八十州县，每处饥民至少以五千计之，已有数十万之多。倘或邓瀛洲与之勾结，酿成最患，外人出兵干预，后患已不可言，即使自我削平，该匪等伤毁之西士教堂，赔款又从何出？现在奎俊既经开缺，即使不存五日京兆之意，亦恐呼应不灵。设新督一日未到，则剿抚之布置，不能得其所归，即瞬息之军情，不能测其所至。明知电饬岑春煊有“迅速”字样，自当面授机宜，而深虑四川浮动之民情，值方张之寇焰，彼此响应，皆在意中，况由晋赴蜀、由京赴蜀，远近迟速相差一月有余，若更小有停留，则到川必阅四月以外，救焚拯溺，刻不容宽，到迟而狝薙为难，不如到早而收拾较易也。合无仰恳天恩，俯念川盗正倡、川灾正亟，电饬岑春煊速由太原径赴新任，则川疆以定，大局以全，上以纾两宫宵旰之忧，下以慰全蜀苍生之望，不胜感激屏营之至。不揣冒昧，迫切上陈，伏乞[皇太后、皇上圣鉴]。

## 《劾道员华国英折[①]》

奏为道员藐法，纵兵围攻朝贺重地，伤及绅民，并平日贪横各款，据实缕陈，恳请查办[②]，恭折仰祈圣鉴事。窃臣风闻六月泸州有盐局兵丁围攻会府及津捐保甲等局，并伤绅民一事，其时各处拳匪方盛，深虑兵变，为匪贻祸更宽。嗣悉此衅开于盐局总办导员华国英，盖盐局向有安定营勇归总办统带，驻南城外大教场。泸州亦有练兵百人为本州所辖，云骑尉世职李新钰领之，向驻龙神祠内保甲局，与安定营相去数里，不相及也。城西小教场演戏，练丁胡珍莹之妻往看，安定勇戏侮之，珍莹愧忿且詈，遂致格斗。李新钰闻之，当谒安定营官谢过，并捆送胡珍莹于州请惩以法。该州疲懦，未即治也。此日，安定营勇数十麇至龙神祠，攻伤练丁数名，津捐局绅急请知州弹压，验伤甫讫，突闻吹号之声与枪炮声相间，须臾，安定勇列队入，令官捧令先行，知州喝令阻止，令官曰："华大人大令，汝焉敢阻？"知州顾李新钰，曰："速禁，毋斗，斗即诛汝。"李新钰大声戒其众，众避入会府中，

---

① 此段文字上有眉批：卓然叔以内阁中书充泸州龙神祠津捐局总董。华道酒醉后妄发命令，围攻津捐局，不啻与城叔为难，故城叔必革华职，心始快。四川官吏素轻视绅士，在任目中无城叔，任便营私舞弊，不恤人言。沈幼南长于交际，在泸州任结交卓然叔，得卓叔欢心，查办华道，办四哨官营勇以塞责，所谓"救大不救小"，岑云帅之明察，犹庇华甚力，足征。

② 此段文字上有眉批：花数十万元，结果仍革职，永不叙用。四川吏治经城叔大批纠参后，略见澄清。城叔在谏垣直声震天下，每封奏到枢垣，王大臣见城叔名，辄战栗。独华道在泸敢于倒行逆施，不畏城叔纠参，恃其多金、能结交长官，奎督宠之，岑督庇之，锡督不能，袒之。奎、锡左袒之甚，实害之。城折既出手，焉能中止？华道虽革职，其盐岸甚多，仍不失为富翁，川南道属官吏，几鲜有在任保其禄位者。城叔以此折受乡人欢迎。

会府者，中供万岁牌，每遇万寿圣节及国家庆典，同城文武齐集叩拜地也。练兵知为禁地，避入当得免，乃安定勇恃有该道员之令，目无法纪，胆敢炮攻会府，炮子多中墙壁。破门入，练丁束手被创者甚众，令官分队仍炮攻保甲局，坏门破窗，拥至津捐局，局绅屈光钧、艾希濂及司事周某、杨某七八人出护所收津贴捐输银两，皆被创，而屈尤重，乃鸣金收军，掳李新钰至盐局，华国英踞座大吼，饬将新钰正法，幸其下虑祸代求，则毒杖几毙，锁交知州。城内惊惶，达旦不息，闻绅民赴省具控，督臣如何查办，迄今两月，未闻确音。查该道早年以试用同知到川，绰号“酒疯子”。历任听讼，每乘大醉毒杖毙人，故“华酒疯”之名大著。及捐道员为盐局总办也，于收支各局用两委员者，裁其一人，用一人者径裁去，而令大小事权统归掌握，益便营私。三年前，故督臣丁宝桢专祠落成，置买祭田。该道乘势私典民田，又托名公济堂，并捏改堂名、私买民业，价值至数十万之多。中证则黔人丁某、席某，武生王某、余某，以致泸州特凌铺之张姓及青杠滩之屈姓，至欲赎田别售而不得。南门邝辅臣苦其扣平太多[①]，不立契，则派营勇往拿，追逐奔逃，喧呼过市。至于公济堂，乃盐局设以养孤贫者也，岁金千二百，则蚀其九而发其三。施药所，盐局设以救疾疫者也，岁金八百，则蚀其六而发其二。今年大饥，犹派盐店为之囤谷二万石。新溪子、合江各买三千石，以图买贱卖贵，谷价因此骤昂。凡此之数，皆以入己。故民间恨其刻毒，官场恶其无耻。且夫官运局之设，国家所以裕课便民，本为官督商销，非为官营私业也。当故督臣丁宝桢兴办时，该道甫经到川，乃乘其胞兄在盐局筹划，私在黔省开盐号数十处，每岁获利巨万，黔中绅民类能言之。后又侵占黔边三岸以为己有，仁案两号则独霸踞，即永兴公、永裕公是也。永岸七家则占其四。涪案尤大，每岁解总局之银约三百万，则与天顺祥票号朋充之，又伙充金沙江口岸。故大顺祥所开盐号，五日一小结，十日一大结，皆送该道

① 此段文字上有眉批：邝辅臣系亲戚。

亲阅。虽欲多方掩饰，实则欲盖弥彰。上年四川督署曾有控案，督臣令其自行禀覆，该道一味掩饰，而将出名具控之人借端收禁，至今未释。其贪利营私，官场知之，士民知之，即该道黔省乡人，亦莫不知之。特以巧于弥缝，几至无可指摘，且安定营勇原为缉私而设，出没无过犍、富两厂，该道不将该营派赴两厂，专派往巡仁、永、涪岸所独开店之区，是盐局每年募勇重资，专为该道牟利而设也。私心如此，何知乎国计，何知乎之民生？臣愚以为理财之职，首贵清廉，督办之员，尤资表率。该盐局差委不下百数十员，职司出纳，宜如何洁己奉公；带勇缉私，亦当知安良除莠。今该道罔利营私，行同驵侩；纵兵攻练，不辨是非。且会府为朝贺重地，应如何肃穆，以昭敬谨，乃竟勒兵炮攻，藐视王章，殊堪骇异。虽非该道亲临，然既以令道之于先，又不能伸其法于后，是其治兵无状，纵下横行，已可概见。此而稍涉姑容，何以彰国法，何以慰绅民，何以肃纪纲，何以资表率？况该道员素性乖戾，离其妻，虐其媳，闻者痛心。此虽门内之行，无关政事，然治家事如此，即治公事可知。臣职司纠劾，闻听较真，用敢据实缕陈，恳请饬下新督臣，从严查办，以为腼然监司，敢于藐法纵兵、贪得无厌、骄横不职者戒。是否有当，伏乞皇太后、皇上圣鉴。谨奏。

## 《陈保宁知府人地不宜片》

再。臣二十日恭读邸钞，黄桂鋆选授四川保宁府知府。窃桂鋆前官御史时，与已革知府连文冲、已革编修王文龙等同一笃信拳匪，鼓舞铺张，不遗余力。及帮办中城，正值土匪嚣张，练兵弹压，苦虞不足，该员甫经接事，即派练丁多名护送家眷前往磁州。而一面又命街市居民毋出京城，其探听天津北仓战事，则专任拳匪，屡以匪党诳言入报军务处，以致讹语乱真。李秉衡因而出师，仓猝陨命。七月二十日，洋兵入城，董军奔溃，该员急书告示，捏报捷音，称兵团已获大胜，教民由水洞逸出，洋兵自北仓败回。乃告示张贴未竟，洋兵已到前门。若朝廷误信其言，后患何堪设想。是日傍晚，该员窜匿城西某氏园，犹复纵令仆人率众抢米市胡同当铺，居民啧啧称怪，自是各街当铺相继被劫。上年，该员得缺后调衡州，未几，复令开缺，是其人之恶劣，早在圣明洞鉴之中。今铨选是缺，自是部章，臣亦何容置喙？惟川省拳匪尚炽，西北各属尤甚。若以曾经主张拳匪之员往守是郡，愚民无识，或更鸱张，是桂鋆之选此缺，实属人地不宜，至应如何分别另选，惩处之处，朝廷自有权衡，非臣下所敢擅拟。臣因蜀乱未平，特为防微杜渐起见，是否有当，谨附片具陈，恭祈圣鉴。谨奏。

## 《奏交侍卫陈金梁折[①]》

奏为职官谋夺人妻，恳请旨革职，交刑部审办，恭折仰祈圣鉴事。缘侍卫陈金梁向住四川中馆，看馆长班李吕氏为伊子李顺娶刘五之女桂姊为媳，过门和睦，并无闲言。陈金梁窥见该媳刘氏，起意贪图，乃暗中串通该媳之母刘张氏，嗾令与刘五往李吕氏家中迭次滋闹，迫使退婚。其时李吕氏未能觉察，嗣后屡见陈金梁夜不回馆，及细探，则时宿刘五家中，始知滋闹退婚，皆陈金梁一人主使，冀遂其谋。即今正月十五日，臣等准李吕氏所控，派人密传，亦在刘五家将陈金梁传出，其事更不可问可知。案讯陈金梁，则以托买车为词，刘五、刘张氏则称伊女已被退婚，夫使退婚不出于陈金梁之密计与刘五夫妇之知情，则当其退婚之时，即应据实呈控，岂肯以甫经出阁之女，无故而听人退休？况刘五夫妇亦称伊女过门，与李顺和睦，又岂有贫民娶

---

① 此段文字上有眉批：城南叔巡视北城时，奏参陈侍卫，彼时同乡侍卫结伙索津贴，动辄在管印结家中无礼，比索债尤强暴，不可以理喻，城叔患之。办一陈侍卫，以儆其余，旋上一奏，请将各侍卫一律送入学堂，以解决之。侍卫本目不识丁，送入学堂，名为培植，实淘汰之。陶斐然侍卫深咎滋事索津贴之侍卫，全体受其影响。

妇,见其方和睦而反退其媳者?若陈金梁供,托买车方寻刘五,则买车并非急务,何至迫不及待,夤夜而入人家?传讯媒人江邵氏,则称不知刘五因为何事将其女接回,又所写休书不知等情。是其先后情节,均各显然,而金梁与刘五、刘张氏、刘桂姊所供,皆串同一气,确实无疑。臣等查该侍卫陈金梁身住馆中,乃谋馆人儿媳,始则独运阴谋,离人夫妇,继则据为己有,任意往来,不特有玷官箴,抑且大非人类,伏思此等案情,本所时有,更不能不陈请革办,以儆其余。应请旨将侍卫陈金梁暂行革交刑部,严行审办,以为职官无行者戒。伏乞皇太后、皇上圣鉴。谨奏。

## 《请再严查华国英贪横折[①]》

奏为劣员贪横昭著,查复牵强,恳请饬再严查,以儆贪邪而清吏治,恭折仰祈圣鉴事。窃臣伏读四月初八日邸钞,调任四川督臣岑春煊查复道员华国英纵兵围攻会府重地,并于辖地买田开店、囤谷营私被参各节一折。又听该道捐银六万两,阳予以善举之名,阴以为开脱之地,在督臣之意,以为该道既撤总办,则害不及人,略示包容,则罪期自赎,亦可谓踌躇尽善,扬激多方,而臣独有难已于言者。督臣上年到川,在八月二十四日,该道调省在十月,其时早奉廷寄交查,是则该道虽进省,但可静候查办,不容更谒长官。督臣纵知该道多财,何自有劝捐之举?侧闻官场中有一二人与国英交厚,潜出死力,代为乞情,督臣惑于人言,曲为开脱,于查复则多方回护,于捐赈则显冀抵销,独不思会府何地、总办何职、劝捐何时?此而可以姑容,朝廷之纪纲法度何在?幸蒙我皇太后、皇上圣明远烛,不允所请,仍着交部议处,诚以是非不明,则赏罚必紊,吏治何由而兴,人才何由而出?此不仅关一省之得失也。圣虑深远,钦佩莫名,况华国英藐法营私,即就

① 此段文字上有眉批:华建庵贿岑督数十万,竟“查无其事”覆奏。城叔补参,锡清弼查后,华革职,永不叙用。

查折而论，亦实有难掩耳目者。臣敢逐条疏驳，为我皇太后、皇上一一陈之。

一、华国英纵兵围攻会府重地也。查折谓此节当以勇丁是否有意围攻、该道是否知情故纵为断。夫光天化日之下而有此凶徒炮攻重地，形同叛逆，不特该道知避重就轻以全身家，即臣亦愿该道避重就轻以全国体。然弹压而必出令，已不可解。以平日统带之兵，而竟令之不从，该道自问当得何罪？况事后不责弹压不力之营弁，而毒责禁勇毋斗之李新钰，其情节尤属显然。查折一则曰："讵营勇等不受弹压。"再则曰："衅虽开于营勇，亦实成于练丁。"三则曰："姑念衅由营勇而开。"此等曲笔巧卸，臣不知其何说？至借四命以保一官，居心尤为惨酷。闻知州荣麟事后通禀前督奎俊，当日情形，至为明确，应请饬新督，寻出原禀，确实查办，以成信谳。

一、华国英借丁宝桢专祠典买田业也。查折称丁宝桢祠在省城，并未在泸买祭田，诚然。夫使真为祭田，则臣原参何至有"乘势私典"之说？查折以为公积堂之设，出边商义、盛、隆等四家，夫使果出自边商，则商事商办，纵该道纡尊降贵，又何至求田问宅之细，上劳总办为经理？今查折明谓该道代边商在泸州所属当买田业数契，事非一次，而均由该道一人为之代办，诚欲为之讳而无从也。查黔省米价向低于川，每年仁怀一带运出合江米甚多，盐船入黔，随处可以买食，又安有挽运盐船、必先买田收谷而后起运者？则盐商之必不为此可决也。况"公积堂"三字，系因盐局旧有堂名影射捏改，券握何人、租交谁手，一经调查，不难水落石出。

一、华国英侵蚀公济堂善举也。查折称公济堂每年由边计各引每张加银五钱，约收一万二千余金，为收养贫民诸费。乃以"并无定数"一语，为该道自便之方。考京外各善举，皆以入款为准，虽有透支存积，要亦不甚相悬。今曰"无定数"，可见该道实有侵牟。又曰"有奏销"，可见该道捏改账目。

一、华国英乘荒歉囤谷渔利也。查折称该道因春雨愆期，秋成必歉，买谷十万石以济两厂，是以密饬局员督饬各盐商设法购买，语意至为含混。不知动用官本而以商人为之经理乎？亦商人集资自购乎？抑该道出资本而商人代为营运乎？使以官本为之，则事前有通禀、事后有报销，不难详查。若出自商本，则当时新谷十万石，约值银五十万金，商人断难筹此巨款。且既已兴办，更不因该道交卸停止。事以该道一人而起，亦以该道遽尔一人而止，则该道以私财囤谷渔利可知。况富厂向仰给安岳、乐至，犍厂向仰给成都，皆取其顺流易达。今不取顺流，而取逆挽，苟非上游年成远逊下游，必不为此。然考其时，上游年成实较下游稍强也。且闻该道买谷时，面托泸绅刘世勋借体仁堂仓厫囤积。世勋以泸地方旱，恐积多被劫，累及善堂，不敢应允。人皆谓其公然采买、公然借仓，绝不隐讳。而查折谓其欲救两厂，恐此风一播，米价抬高，是以密饬局员督饬盐商设法购买。曰“督饬”，可见催之急；曰“密饬”，可见谋之诡。至恐闻风骤涨，则又垄断居奇之所必至者。

一、华国英开店肥己也。查折谓仁岸边商永隆裕、永发祥，永岸边商永昌公，均系该道族人，开设均在该道管局以前。臣原参谓“乘其胞兄在局，该道私在黔省开盐号多处”，即指此而言。夫仕宦营商大半托之族姓，华国英岂不知此？臣就查折考之，亦自流露无形。边商置产，预该道何事，而代为之当买？陈光弼变产，何不径寻边商，而托该道转劝？囤谷居奇何事，亦托之盐商？种种情事，不为营私，即为包揽，固讳无可讳、解无可解者。况闻华延庆即华廷仪，亦即华之鸿，为国英二胞兄联辉之子；华庆征即华三多，为国英长胞兄二子，为贵阳府学生员，丙子乡闱闹事被革，又改名蒙入遵义县学。至华承志，则国英亲子，曾捐候选道，去年在成都停妻，再娶高氏之女也。两为胞侄，一为亲子，此可谓之族人乎？联辉故后，国英将永发祥一店分给胞侄华延庆，以永昌公一店分给胞侄华庆征，至永隆裕一店，于遵义、刁把、水松坎、綦江各处皆有分号，销引最多，生意尤旺，国英取为己业，故三号配引皆价廉而盐美者，他号所不敢望也。国英居贵阳之团村，虽有族人，并无商号，此案应请饬交新任督臣查办，外并知照黔抚讯该族人以华延庆是否即国英胞侄华之鸿、华庆征是否即国英胞侄华三多、华承志是否即国英亲子，则国英是否因兄联辉在盐局而私开盐店，自可不烦言而解矣。

一、华国英之绰号"酒疯子"也。查折以历署各州县未闻有"酒疯子"绰号，又"乘醉毒杖毙人"，未指何年、何任、何案，无凭查悉。据该道绰号著于任叙永厅时，及署泸州，疯名尤大。曾醉斥该管上司道员沈守廉及醉打万福店客某州判。至"乘醉毒杖"，则在叙永尤多。此次毒杖世职李新钰几毙，即其明证。又该道署新都县时，曾夜入温姓孀妇之室，被人关锁，几酿事端，至今成都一带犹啧啧人口，故"酒疯子"之名，因以未衰。

以上各条，均就查折摘取捏饰牵强之处而指驳之。窃臣上年八月二十九日奏参华国英，奉旨交查到川，约在九月半间，距复奏到时已八月阅矣。除去往来驿递并檄委禀复，共需两月外，此案在川实悬六月之久。纵督臣岑春煊素号明察，而华国英多财善贾，负其横绝一世之气，亦何事不可弥缝？况所查如围攻会府，则曰"出令弹压"；私买民田，则曰"盐船食米"；侵蚀善举，则曰"款无定数"；囤谷居奇，则曰"救济两厂"。至所开各盐号，明明有华姓三人为东，偏又诿于族人，是均于无可解免之中强为饰说。第观其覆奏之词，固不待再行疏驳而已显露端倪也。若不再行确查，则无以绝欺饰，将带兵皆可藐法，朝贺重地亦可围攻。及至无可隐藏，则又草菅人命以塞责。至以监司为市侩，则买田、囤谷、开店，又谁不假借官力，欺压平民？无人参劾，则厚积数百万之巨资；奉旨查办，则又略出余利，借助赈以为弥缝。上乖政体，下长刁风，何以伸国宪，何以励臣节？而朘削民生，侵蚀公帑，又其后焉者也。该道富甲川、黔，即革职归田，曾无损于毫末。风闻近日又总办厘金，钦案未销，即优予差使，是以病国病民为不足计，而又从而益之，臣不知赏罚之何在也。臣闻吴佐、沈秉堃分查各节，虽不无关碍寅谊，而亦尚有是非。不料复折措词，何以几淆黑白?[1] 或者围攻会府,事关重大,只得稍予通融,以全国体,故忍而出此?臣愚以为朝廷之行政,以赏罚为大,而人臣之事君,以靖共为节。今该道炮攻重地,几同大逆,与其宽纵而不足以伸国威,何如严谴而可以励臣节?又况平日贪蠹之显著者乎?是以不揣愚昧,谨就所驳各条,具折再陈,恳旨密交新任督臣锡良认真查办,庶几肃纪纲而新宪典,而川民亦感戴鸿慈于无暨矣。伏乞皇太后、皇上圣鉴。谨奏。

## 《请训诫词臣折[2]》

奏为词臣招摇,有玷清班,恳请训诫以重科目,恭折具陈,仰祈圣鉴事。窃臣闻翰林院修撰夏同龢素习钻营,居心贪诡。自通籍后,刻印兰谱五百套,前赴上海、广东,凡富商大贾以及纨袴之子、殷富之儿,无不腼颜向人,与之通谱。狎寻花酒,任意招摇,甚或有求不遂,口舌相争,翻倒酒席,市井腾笑,闻者塞耳。庚子乱时,该修撰欲逃避出京,又欲因以为利,乃呈请掌院代奏回籍办团,居然以曾国藩、丁宝桢自比,闻其呈有“督率诸将,赶援京师”诸语,是以急公赴难之言,为狗苟蝇营之计,乃得请后,七月初旬始行出京,行至常德一带,高挂“钦命团练大臣”旗号,沿途拜谒官府,觊觎程仪,次年正月抵家,复以集资招募,哄诱乡里。上年到京,有曾充上海军械局委员来京过班[3],该修撰知其以差致富,深相结纳,约与同居,并为营谋信件,贿赂招摇至万余金之多。嗣该委员以未能取偿,气忿病死,是其行径可

---

① 此段文字上有眉批:城叔素赏识沈幼南,此次查案,幼南不免袒护岑督,又减轻之。岑得钱见好于华;城叔不让步,必令华革职。华既耗钱又失官,泸人称快。

② 此段文字上有眉批:城南八叔在宴会场中寡言语,衣冠又不入时,后辈翰林多疏忽,不致以敬礼,用卿初得大魁,恃才傲物,言语多不检点,得罪城南叔已非一次,平时搜其劣迹,此次始参之。

③ 此段文字上有眉批:聂仲芳同道之委员鲁建彭。

想而知。又闻今年散馆，并敢为人写卷，且于考差日向人言曰："卷之取否、差之放否，全不在写作优劣。"[①]盖其神之所注，有已所独知而人不及知者，故公然于殿廷之间自鸣得意。窃以我朝科目取士，垂二百数十年，殿撰一官，尤魁多士，宜如何敦品励学，始副其名。乃该修撰内而钻营、外而招摇，视为常行功课、职业当然，论者谓昔年黄思永在上海，不过与关道往来通谱，遂列弹章，今该修撰所交，驯乎惟利是视，不问品流，而且替人写卷、为己营差，毫不隐讳，直下黄思永百数十倍，信足以羞翰林而亵科目。臣既有所闻，不敢安于缄默，拟恳我皇太后、皇上加之训诫，俾得痛改前非，毋致此风浸染日甚，于官箴不无裨益。臣为郑重科目起见，是否有当，伏乞[皇太后、皇上圣鉴]。

## 《请补拿广西革抚交部折》

奏为革抚欺问贻患，请并拿问，以正刑章而维纲纪，恭折仰祈圣鉴事。窃六月恭读邸钞，奉明谕将已革广西提督苏元春拿交刑部治罪，次日即有喧传拿问王之春之语，历久未熄。臣、工、士、庶大半皆闻夫传说者，岂尽与王之春有嫌怨哉！毋亦事理所在，舆论因之而起也。臣闻苏元春越南之战功虽亚于冯子材，一时皆推名将，故彭玉麟曾经表贺，法兰西敬其威名，论者谓龙州一带，若非苏元春驻扎，未必

---

① 此段文字上有眉批：用卿年少恃才，代人散馆、代人考差。公然向同年说出姓名，平日在宴会席间大言不惭，对前辈、长辈轻视，致有此结果。用卿系戊戌进士，与寿恒先兄同年，平日不认年谊，不往来，及被参，用卿忽衣冠来拜先严，见面即下跪不起，求兄许救之，乃起。先严向城南叔求情，允不为已甚，如皇上不令明白回奏，即默认为了事，用卿十分感谢。徐桐相国后奏留院察看情。时翰林被参，开坊及学试差均绝望，用卿大受打击，销去"察看"字样，后即改官知府，分江西。夏用卿写作俱佳，又长于交际，如果行为谨慎，其学试差必绵绵不绝，至开坊、升侍郎，意中事也。仅开罪城叔及同年某，遂列弹章。城叔犹存忠厚，否则用卿生命不保，且拖累二翰林。用卿被参，咎由自取，不能咎城叔不讲世交。

能安静无事至十余年。第该提督五六年来一意应酬，军律不整，革职治罪，咎实难辞。王之春往抚广西，诚在兵兴以后，然入境观望，趑趄不前，苏元春画进兵之策而不从，有悬饷之多而不与，且又迭报肃清，大开保举，此非苏元春教之也，使不意存敷衍，蒙蔽朝廷，早以彼地实在情形缕晰入告，亦何至糜烂至今，乃王之春辜负圣恩，讳贼饰报。复委希廉、黄仁济等署理藩臬各缺，于盗贼纵横、民生凋敝之际，贿赂公行、败坏吏治，以致贼匪愈聚愈多，遂成今日之势。故科苏元春以酿盗之罪，该革员故应无词；科王之春以欺罔之罪，该革抚又将何说？王之春前办四川余蛮，时仅遣一人招之而出。余蛮本未迎敌，官军亦未开仗，川东人民皆所目击，而王之春竟连篇累牍，诳报战功，幸叨赏赉，自后以朝廷宽大为可欺，而又本此意以办桂匪，是桂匪之萌芽由于苏元春，桂匪之猖獗则又王之春之贪庸有以致之也。臣闻广西军政之坏，伏莽之多，皆起于黄槐森。今即不能追论黄槐森，而王之春实不能置身事外。应请旨将王之春一并拿问，与苏元春当面对质，庶情罪真确，舆论翕然，并使文臣武将知我皇太后、皇上执中用法，原无所轻重于其间，而洞鉴难逃，尤不敢存侥幸之见。夫而后是非愈明，纪纲愈饬，疆圉亦因之愈固矣。是否有当，伏乞[皇太后、皇上圣鉴]。

## 《请饬江苏设法办盗片[①]》

再。江苏盐枭会匪充塞，引案劫掠商民，时合时分，为害甚巨，其出则驾红单船，一船数十人，一出数十号，假充商船，联帮而行，出没州县，毫无畏忌。船上置快枪快炮，遇有官卡地方，则乘昏暮之间横冲而过，每到一处，则上岸抢劫当铺、富户，饱载而归，舟积赃至盈千

---

① 此段文字上有眉批：刘坤一收抚盐枭首领徐宝山为统领，缉私、走私，联为一气，不入青帮，不能充缉私营连长。长江一带，迄今缉私兵与枭匪仍通，永不能革除。如纯粹陆军缉私，生命亦不保，收枭匪充缉私，此盖减少枭匪势力也。如根本解决，或就场征税，可减少私枭。

累万。或踞沙洲市镇，大开赌博，居民报官往捕，港汊纷歧，艰于缉获，即令获其一二，逸者已多，且报复寻仇至再不已。现在商富疾首痛心，移家迁避，州县仅恃捕快，防范难周。向有招入师船，为羁縻计者，给发口粮，拔补哨弁，原望其化莠为良，而该匪等贼心难化，纠合愈众，一若犯案愈多，匪名愈大，则收抚而奖以哨弁之职亦愈优。是欲招抚而潜化之，反益鼓励之也。且未招抚时，其名为匪，营勇犹得驱除，既招抚后，挂名为兵，仍暗与匪通，官长无从觉察。近闻南省有以枭匪滋多、无从办理，仍用招抚之策者，商民利害切身，心焉滋惧。窃以广西招抚匪徒前鉴不远，若拘守此计，利少害多，江南地方紧要，百倍广西，且长江数省，瞬息可通。伏莽不除，为患更难思议。合无仰恳天恩饬下江南督抚设法办理，于得力州县许以便宜从事，纵不能尽绝根株，当易诛其首要，庶几匪风稍戢，可无大忧。臣为防患未然起见，是否有当，伏乞[皇太后、皇上圣鉴]。

《高给谏奏稿》终

# 《高给谏奏稿补遗》

## 《陈时势危急亟筹挽救疏》

奏为时势危急，恳请亟筹挽救要政，并整饬行政用人，以固人心而维大局，恭折仰祈圣鉴事。臣维国必自伐，而后人伐之。今俄人之据我东三省，皆由朝野上下事事敷衍、人人泄沓所致。而使臣、外务部聋瞆懦弱，撤兵愆期，一误再误，不早求助各国据理公断，乃有今日。虽在愚贱无知之人，犹当懔懔忧惧。而数日以来，廷议寂寂无闻，所以应付之者，犹是自欺自饰故智，岂所谓"哀莫大于心死者"耶？臣愚以为仓卒之变，必有仓卒之策以应之，然后思其次；痛酷之祸，必有痛酷之诚以求之，然后知所归。目前之计，惟有恳请圣明下罪己之诏，克期还宫，枢使、外部诸臣严旨议处，然后派袁世凯、张之洞为全权大臣，星夜驰赴奉天，面晤其俄[①]大臣，询其何以不交地而进兵、何以未开衅而据地之故，则我求助英、美各国为有辞，而我朝野上下，又当人人愁苦惨怛、事事整刷刻厉，划除一切锢习，以此感动中外，否则取乱侮亡，适足以见笑而速其祸耳。虽焦唇敝舌，何益哉？若独是寂若无事，秘不以告，则各国必诬以密约，横生枝节，朝廷将若之何？既出专使，又思其次，今日变故，断非枢臣二三人所能济事。拟请降旨，特尊政务处之权，以议政为主，另简大臣管理，不以枢臣兼领，许其常请召对，一切政要悉令条议，而以删定则例并省职官为专责，并添择翰林部属之学识著闻者，赞助其间。至于大小臣工，非严明赏罚黜

---

① 俄，原作"阿"，今改为通行名词。

陟，不足以示更新之象。其贪庸误国、圆滑保身之臣立罢斥之，不谙交涉、妒贤嫉能之员立降罚之。六部堂司，各官有苞苴贿赂、卑鄙钻营、声名狼藉者，令言官指劾，严予罢斥，惩一儆百。废商部以停无益之举、奔竞之风，裁外务薪水，酌留一二成余，与六部同以行均平之政，则人心必悚惧震奋，凡上书言事者，必赐召对，事皆明发，以除权贵蒙蔽专擅之积习，如此则各国闻之，当亦洒然动容，不敢复以波兰、印度待中国，俄人或亦易其激烈之手段，为和平之政策，若是者，外交为枝叶，内政为根本，知人善任，为根本中之根本，人勿知其不可用而用之，政勿知其不可行而行之，此殷忧启圣，转祸为福，四海九州所日夜涕泣祷祝，望君门之九重，怀欲陈之而未有路者也。臣为时势危急，宜振人心而谧大局起见，蠡管测议，是否有当，伏乞皇太后、皇上圣鉴，训示施行。谨奏。

## 《跋》

光绪癸卯秋间，日本率师到东省，迫令俄退兵，否则将战。时尚未战也，都人震恐，而两宫尚驻跸颐和园，大小臣工皆缄默不言。苹珊告城弟曰："明日察院值日，同寮均赴园，今日速写一亟筹挽救之策，吾二人领衔，晚到园，与同寮阅，同意者附名于折尾。公有何策，请书条件，吾交秦幼衡名树声草奏，吾缮写。"城弟曰："善。"时我在坐，请我书条件付之，即幞被上车赴园。苹珊携奏至，与诸公阅，皆咋舌不敢附名，二人遂联名入奏。次日，遂召袁公、张公入仁寿殿同枢臣议，时张公在京也。久之，乃退出。下旨添派张冶秋尚书、孙燮臣相国为政务大臣。折留中，时予在枢垣，得见此折，钞一纸携出。窃谓此奏关系甚大，城弟与苹珊皆应梓入奏稿中，不能以友朋代笔，听其阙如。予所加墨圈者，皆城弟属我所写之条件也，未圈者皆苹珊条件。兄蔚然跋。

《高给谏奏稿补遗》终

# 《高给谏城南先生行状》

## 诏授通奉大夫城南高公行

曾祖耀贮赠通奉大夫，曾祖妣氏王贮赠夫人

祖位富赠通奉大夫，祖妣氏何、萧赠夫人

孝鸣谦赠通奉大夫，妣氏谭、王赠夫人

先兄城南，讳枏，行八，咸丰壬子年十月二十四日同楷孪生，七岁出就傅，次年春游于城而颠，堞高寻丈，幸不死，或以明徐文贞公堕括苍岭[①]为比，因开家塾，延江安杨敬生先生课焉。明年，先考通奉公没，家益窘。先母王太夫人曰："他费可省，读书不可省也。"延师如故。兄独钝，师难其成，兄顾勤学，往往楷书先熟，假寐醒，兄犹坐榻前，一灯荧荧。市柝三下，书声未辍也。同治甲戌，杨师主家塾已十五年，将归，兄二十二岁矣，始受提学今两湖总督南皮张公知，三试第一入学，丙子科试复高等，食饩，秋与楷同榜中试举人。壬午丁王太夫人忧，服阕，夹江训导，贫甚而啸歌山水、钞纂书籍，汩然若终身焉。己丑与七兄同榜进士，选庶吉士，明年授编修，充国史馆协修纂修，癸巳充山西副考官。

兄之为学也，制艺外兼好骈文及诗，尤善公牍，既服官，则加意于

---

① 《明史·卷二百十三·列传第一百一》："徐阶，字子升，松江华亭人。生甫周岁，堕智井，出三日而苏。五岁从父道括苍，堕高岭，衣挂于树不死。人咸异之。嘉靖二年进士第三人。授翰林院编修，予归娶。丁父忧，服除，补故官。阶为人短小白皙，善容止。"

人才消长、世运转移之故。当是时，吏治日敝，习敷衍而尚便给。兄尝曰："士大夫不甘淡泊、求自立，徒营营一官，颠倒其神智，贻误其子弟，夫既以官为安身立命、传家保世之物，则凡可护其官者无不为矣。凡少碍于官者，必不为矣。充义至尽，势不至率天下并趋于虚窳；惰坏不止，而人才安得不乏，世运安得不穷？"吾兄平日之论如此，故官京师十余年，开户息影，不近权势，即同乡同官，所许为心知者无几人，而人亦莫之奇也。

辛丑春，补河南道御史，夏，转山西道掌印，兼署江南、浙江、福建、江西各道御史，劾直隶藩司高膠麟贪庸昏谬，福建督学檀玑贿卖生员，皆论罢。劾皖抚王之春狎昵声色，给事黄均隆初劾之，不报，至是开缺。劾提督夏毓秀保举欺罔，请撤其专折奏事。自戊戌后，贤者忧劳而不遑察，吏不肖者攫货利为旦夕计，纲纪荡然，怨谤塞路，黄均隆、王乃征、黄曾源与吾兄先后论奏，内外官始有忌惮，朝廷渐尊矣。

壬寅，四川旱，盗风日炽，成都府阿麟倚势纳赂，藩臬不敢诘，贤吏隳心，牧令多不得人，拳匪蜂起，据资阳、安岳等县，且扑省城。兄先劾阿麟，再劾蜀督，且言督臣为阿麟所误。京师人知蜀危不敢言者，以督臣为军机大臣荣禄叔也。请召荣禄，问该督能否胜任，荣禄公忠体国，必能据实面陈。更恳命择中外大臣能纾蜀祸者，驰往救奉。旨褫阿麟职，擢沈秉堃知成都府，调张曾扬为川藩。京师方苦旱，命下，大雨竟日，人心大悦。逾日，擢晋抚岑春煊署川督，兄复奏请就近赴蜀，免迟误，从之。

癸卯，广西提督苏元春以纵盗下狱论斩，王、大臣为之请，不能得。柴市供张，行刑有日矣。兄上言："元春越南之战，一时推为名将，近年一意应酬，军律不整，实难辞咎，第王之春往抚，虽在兵兴以后，然叠报肃清，大开保举，此非元春教之也。之春前办四川余蛮子，并无战争，而报功倖赏，遂以朝廷为可欺，使早以实情入告，何至糜烂至今？应请一并拿问对质，庶情、罪确实。"奏入，留中，而元春因得长系，其余论劾不具载。兄尝言："劾人必胪前功，论事必筹办法，若缄默以苟禄，悻直以沽名，吾不为也。"初，联军入京，京师分界巡警，街市整肃，逾年，将撤归。朝命都察院廉干者受其代，兄因奉巡视北城之命。后叙功，特恩加三品衔，旋转刑科给事中，巡城如故。五城皆繁剧，北城多达官贵人，治事尤难，兄履任两年，无所挠，禄故薄，往时多恃馈遗，兄一概谢绝，且加给仆从工资，禁有所受，清风肃然，请托之书罕至，至者亦不一视，曰："诸君听一面词，我则质两造直断之，故不视也。"侍卫陈金梁霸奸馆人妇，中书戴君义骗孀妇银，同知岳某招摇财物，皆乡人也。兄先后劾罢之，人尤以为难。某某侍卫持刀辱朝官，兄皆奏论褫职。某邸巡警兵及某督帅兵、拳捽都市、焚民宅，皆鞭责之。或曰："属于两公，宜勿治。"兄曰："吾正以敬两公也。"巡城印例存内城，掌以满员，每行公牍，必展转数日，事多支节，教案尤甚。庚子夏，中城御史陈璧改存城外，公所事得速办，至是议复旧画，诸者十一人，公独不可，曰："地面交涉甚繁，牧师司铎之书，公使领事之文，日不暇给，皆利于速而不宜以迁延致误，乌在必循其旧耶？"十一人恍然曰："今乃服公之有断也。"

兄中进士，固受高阳李文正公知，公尝曰："吾老矣，但保全善类，一语一息尚存，不敢懈也。"因言咸、同间举善去邪诸政，为中兴根本。故吾兄之好善出于天性，亦由师训焉。某京卿骤迁，或劾之，兄曰："吾不识某公，记昔入其宅，见其手一笔不停挥，书记十余人环而分录，客至，无寒暄语，办事才也。人才实难，当为天下惜之。"论者乃已。

庚子，圣驾西巡，百官多从扈，兄不及行，时留都下者惶惶然，且有自行在驰书劝兄宜续行者，谓联兵必不撤，圣驾必不归。张邦昌、刘豫之势成而偏安之局定也。兄剖析事理，独不谓然，且曰："我辈当联名催全权大臣早入都定和议，和议成、圣驾归而大局定。患在事事儒缓耳，其他尚非所虑。"后皆如兄言。兄留心掌故，暨当世事变，凡遇交游，必殷勤延访，一事一言可取者，咸书日记中。每公余，终日坐书室，宾客不绝，酬对无倦色，亦卒以劳致疾。

俄据奉天，诸御史约联名上奏，及书衔，相顾不敢发，王乃征愤甚，兄曰："失数千里无一言，诚为大耻，吾为若领衔，何如?"王大喜，上之京师，相传为"高王"云。兄更拟一条，陈支危局，稿具，未及上，而病十日，卒，癸卯十二月十二日也。近来多议富强，兄言："富强之道，必使农、工、商、艺之徒皆富，而后国可富；官、吏、士、民之身皆强，而后国可强。募兵以为强，抽税以为富，非真强、真富也。吾于辛丑夏曾奏请速办蒙学、工艺，即此意也。"周主事凤翔，察视日本学校归，过京师，曰："吾以告他人，多不省，独公一闻了然。人尽如公，富强岂难致哉?"

在京师十余年，事可纪者尚多，七兄录为一书，里居行谊，拟仿陆放翁《家世旧闻》例记之。所交友多豪俊，兄又虚怀集益，各有评论，拟仿柳子厚《先友记》、王渔洋《感旧录》例分记焉。兄重实行，不愿以文词名，故只存《庚子日记》四卷、《借禅室诗钞》一卷、奏草一卷，北城判牍无存稿，拟钞辑若干卷，家书最多，语皆精当，大率与楷往返，辩论事理者也。又《萱泽堂骈文》一卷、诗一卷，皆少作。兄前以山东道御史俸满截取，暨京察一等，均记名繁缺知府，嗣得给事中，俸满截取，记名繁缺道员，援例加六级。蒙覃恩，追赠代[1]暨贻赠曾祖、曾祖妣均如例。长兄义、二兄智、三兄敬、四兄毅，均前妣谭夫人出，五兄棠，乙卯举人。六兄泽，早卒。七兄树，兵部员外郎、军机章京，江南道监察御史，授奉天府知府。九弟楷，丙子科举人，授涞水县知县，历署肃宁无极容城知县，内阁中书。原聘熊，早没，原配曹，继配车，均赠夫人，再继配龚，以子钺得官，赠恭人，均先卒。箨室李氏、何氏。子敏先、仿先，均曹夫人出。敏先改名钺，前顺天代理三河县，署房山香河县知县，俟补缺，后以直隶州用四品衔，赏戴花翎。仿先改名锐，

① 此处疑有阙文。

出洋留学，铁道毕业，生女四，长适萧，次适傅，次适车，次幼孙公辅、公楚俱幼。楷于先兄，友于之谊殊异寻常，谨叙生平事实，俟当世立言大君子锡之铭诔，以图不朽。

光绪三十有二年仲夏月胞弟楷谨状

道州何维朴拜书

# 人名字号音序索引

## E



## F

---

① 高铎于民国四年(1915)任抚远县知事,并因边疆事务出色而有德政碑,见刁书仁《东疆研究论集》,吉林文史出版社 1992 年版,第 408 页。高铎还在民国九年(1920)十一月到民国十年十二月任额穆县(现蛟河县)知事,民国十一年(1922)任阿城县知事,见吉林省档案馆编《吉林省县以上职官名录 1907 年—1931 年》,吉林省档案馆 1994 年版,第 77 页;丁一等撰《东北人物大辞典》附录,辽宁人民出版社 1992 年版,第 1363 页。

## H

① 疑为黄肇铭。

## J

## K



## L

## M

① 疑为聂耀庚。

## O



## P

## Q

## R

**S**

## W

## Y

---

① 疑字“采亭”。
② 疑为毓俊，字赞臣。

## Z

① 疑字“燕谋”。

# 《中国近现代稀见史料丛刊》已出书目

**第一辑**

莫友芝日记
汪荣宝日记
翁曾翰日记
邓华熙日记
贺葆真日记
徐兆玮杂著七种
白雨斋诗话
俞樾函札辑证
清民两代金石书画史
扶桑十旬记(外三种)

**第二辑**

翁斌孙日记
张佩纶日记
吴兔床日记
赵元成日记(外一种)
1934—1935中缅边界调查日记
十八国游历日记
潘德舆家书与日记(外四种)
翁同爵家书系年考
张祥河奏折
爱日精庐文稿
沈信卿先生文集
联语粹编
近代珍稀集句诗文集

**第三辑**

孟宪彝日记
潘道根日记
蟫庐日记(外五种)
王癸避难日志　辛卯年日记
嘉业堂藏书日记抄
吴大澂书信四种
赵尊岳集
贺培新集
珠泉草庐师友录　珠泉草庐文录
校辑民权素诗话廿一种

**第四辑**

江瀚日记
英轺日记两种
胡嗣瑗日记
王振声日记
黄秉义日记
粟奉之日记
王承传日记
唐烜日记
王锺霖日记(外一种)
翁同龢家书诠释
甲午日本汉诗选录
达亭老人遗稿

**第五辑**

袁昶日记
吉城日记
有泰日记
额勒和布日记
孟心史日记·吴慈培日记
孙毓汶日记信稿奏折(外一种)
高等考试锁闱日录
东游考察学校记
翁同书手札系年考
辜鸿铭信札辑证
郭则沄自订年谱
庚子事变史料四种(外一种)
《申报》所见晚清书院课题课案汇录
近现代"忆语"汇编

**第六辑**

江标日记
高心夔日记
何宗逊日记
黄尊三日记
周腾虎日记
沈锡庆日记
潘钟瑞日记
吴云函札辑释
新见近现代名贤尺牍五种
稀见淮安史料四种
杨懋建集
叶恭绰全集
孙凤云集
贺又新张度诗文集
王东培笔记二种

**第七辑**

豫敬日记　洗俗斋诗草
宗源瀚日记(外二种)
曹元弼日记
耆龄日记
恩光日记
徐乃昌日记
翟文选日记
袁崇霖日记
潘曾绶日记
常熟翁氏友朋书札
王振声诗文书信集
吴庆坻亲友手札
画话
《永安月刊》笔记萃编
浙江省文献展览会文献叙录
杨没累集

第八辑

徐敦仁日记
王际华日记
英和日记
使蜀日记　勉喜斋主人日记　浮海日记
翁曾纯日记　瀚如氏日记(外二种)
朱鄂生日记
谭正璧日记
近代女性日记五种(外一种)
阎敬铭友朋书札
海昌俞氏家集
师竹庐随笔
邵祖平文集